KB166039

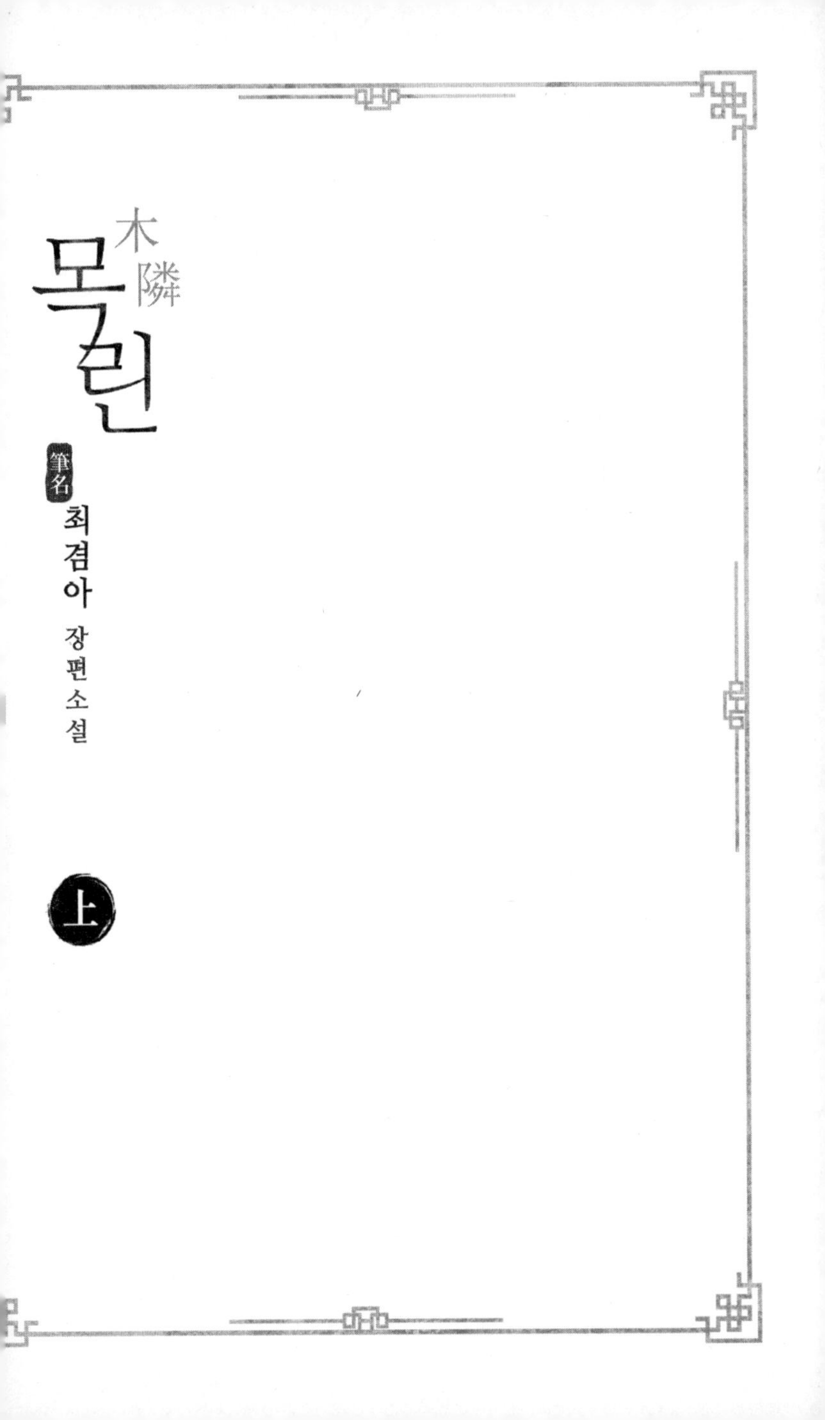

목린 木隣

筆名 최겸아 장편소설

上

초판 1쇄 인쇄일 | 2021년 11월 17일
초판 1쇄 발행일 | 2021년 11월 25일

지은이 | 최겸아
펴낸이 | 박성면
펴낸곳 | (주)동아

출판등록 | 제406 - 3960100251002007000071호
주소 | 경기도 파주시 문발로 115, 세종대학교출판부 206호
전화 | (031)8071 - 5201
팩스 | (031)8071 - 5204
E - mail | bear6370@hanmail.net

정가 | 12,000원

ISBN 979 - 11 - 6302 - 544 - 3 (04810)
979 - 11 - 6302 - 543 - 6 (set)

木隣
목린
筆名
최겸아
장편소설
上
동아

차 례

우거진 나무 사이로 얼굴을 내민 채 앞을 바라보는 어린 청년의 얼굴이 새빨갛게 달아올랐다. 귀까지 붉어진 그의 멍한 눈빛이 향하는 곳을 따라가 보면, 쭈그리고 앉아 훌쩍거리는 귀여운 여자아이를 발견할 수 있었다.

소녀의 울음소리가 청청한 숲을 외롭게 떠돌아다녔다. 싱그러운 꽃들마저도 그녀의 울적한 마음을 달래기엔 역부족이었다. 소녀는 끊임없이 나오는 눈물을 손등으로 벅벅 닦아댔다. 옆으로 꼼꼼하게 땋아 내린 머리카락이 흔들거렸다. 숲을 꽤 오랫동안 헤매고 다녔는지, 허벅지까지 내려오는 샛노란 유(저고리)와 빨간 주름치마에 작은 잎사귀가 덕지덕지 붙어 있었다.

"흐읏……."

돌이켜 보면 소녀의 아버지는 그녀가 창을 던지고 노는 것을 늘 반대해 왔다. 풀을 뜻하는 초(草)족이라는 부족명에서 볼 수 있듯이 마을은 자연과 산림을 중시하는 풍토를 지키고 있었다.

부족이 사는 단월도는 섬이었다. 고립된 지역에서 분쟁은 위험했기에 갈등이 벌어져도 어떻게든 쉬이 넘어갔다. 그런 문화가 계속 발전해 결국 폭력으로 번질 수 있는 무예와 같은 활동을 꺼리고 경시하는 분위기가 면면히 이어져 왔다. 대부분의 사람들이 온순하기 그지없었다.

본디 여기 있던 사람들은 그랬다.

아버지께서는 소중한 딸에게만은 숨기고 싶으셨겠지만, 마을 전체를 들쑤시고 다니는 이야기를 모르는 이가 없었다. 무시무시한 귀혈족이 이곳 단월도를 장악하려 한다는 뒷얘기 말이다.

언제부턴가 온갖 극악무도한 어류들이 해저에 득시글거리기 시작하면서, 단월도와 머나먼 육지 사이에 놓인 광대한 바다는 인류의 힘을 능가하는 공포의 대상이 되었다. 하여 그동안 초족은 외부인의 침입 없이 약 200년간 온화한 나날을 누릴 수 있었다.

그러나 지나친 단절은 그들에게 독이 되기도 했다. 힘이 약한 그들은 똘똘 뭉쳐 서로에게 의지하고픈 기질을 강하게 보였다. 이는 타지에 대한 극도의 두려움으로 번졌다. 무서운 말이 빠른 속도로 주민들의 귀를 타고 흘러갔다. 발이 붙은 양 이곳저곳 뻗어나간 과장과 허풍 또한 감당하지 못할 정도로 불어났다.

소문에 의하면 육지에는 작은 향리를 무력으로 장악해 영토를 넓히는 부족도 있다고 했다. 노인들은 모두 죽이고 힘 있는 남자들은 노예로 써먹는다고 한다. 어린 여인들은 강제로 첩이나 씨받이가 된다는 말도 있다.

섬이 고립된 상황에서 외부의 소식을 바로 들을 수 있는 것은 아니었지만, 종종 육지에서 화재가 일어나면 그 연기가 바람을 타고 섬에 놀러오곤 했다. 하늘에 남은 흐릿한 여흔은 필시 잔혹했을 싸움을 짐작케 했다. 바깥세상에 사는 이들은 늘 싸우느라 바쁜 듯했다.

연결이 단절된 유구한 세월 동안 타지인에 대한 소문은 끊임없이 몸집을 키웠다.

그리고 그런 이들의 침략이라면 초족은 절대 살아남을 수 없을 것이다. 어린 소녀인 목린도 알았다. 그녀의 보잘것없는 창 솜씨가 마을을 지키는 데 도움이 될 리 만무했다.

하지만, 족장의 딸로서 뭔가를 해 볼 수 있다면. 시도라도 해 볼 수 있다면.

"흑……."

그렇다면, 이곳에서 이렇게 시간을 허비할 수는 없는 노릇이었다. 곤충이 찌르르찌르르 울고 풀 냄새가 잔잔히 돌아다니는 숲은 평소와 다름없었다. 마음을 상쾌하게 해 주는 소중한 고향. 이곳을 지키기 위해 어린 목린은 뭐라도 하고 싶었다.

그녀는 커다란 눈에 매달린 이슬을 대충 닦고, 아담한 손으로 제 키에 맞춰 허술하게 제작된 대나무 창을 꽉 쥐었다.

"어?"

그리고 그때, 목린보다 우람스러운 형체 하나가 그녀의 뒤로 잽싸게 달려들었다.

* * *

"하아."

익문은 오전부터 내내 관자놀이를 한 손으로 문지르며 고뇌에 빠져 있었다. 세월의 흐름에 따라 얼굴에 자연스럽게 새겨진 주름은 오늘따라 더 촘촘해진 것만 같았다.

몸을 앞으로 움츠리고 걱정에 앓는 지금의 그는, 평소에 남들에게 보여 주던 늠름하고 인자한 족장의 모습과 거리가 멀었다. 초로(初老)를 앞둔 그저 평범한 아버지였다.

"그렇게 말을 하지 말았어야 했는데."

주변에 복슬복슬하게 올라온 수염 사이의 입술이 나지막하게 빼끔거렸다. 울연함이 목소리에 듬뿍 묻어나왔다.

육지와 단월도를 잇는 바다에 약 200년 만에 낯선 물체가 발견된 것은 지금으로부터 한 달 전이었다. 너무도 경악스러운 나머지 마을 주민들 대부분이 헐레벌떡 뛰쳐나와 운집했다. 우는 아이를 안고 급하게 온 여인도 있었고, 그동안의 다리 통증도 잊고 껑충껑충 뛰어온 노인 또한 즐비했다. 그들은 파리한 안색으로 좌절을 맞아들였다.

'저것이 바다에 사는 요물이 아니면 뭐란 말이오?'

'우리에게 격노하신 게 틀림없소!'

불분명한 형체가 가까워졌을 때가 되어서야 그들은 그것이 '배'라고 알 수 있었다. 황소를 15마리는 연이어 줄 세워 놓은 만큼 그 길이가 압도적이었다. 그들이 보고 자라온 작은 쪽배와는 괴리감이 너무도 컸으나, 현재로선 그 단어 말고는 저 요상한 것을 설명할 수 있는 방법이 없었다.

그렇다고 해서 상대가 인간이라고 쉬이 단정 지어 안도할 수는 없는 노릇이었다. 초족이 생각했을 때 저 깊은 미지의 바다를 넘을 수 있는 사람은 존재하지 않았다. 그러니 저 멀쩡한 배를 몰고 온 이들 또한 범인(凡人)이 아닐 테다.

'이곳이 단월도입니까?'

바로 그 순간은 초족 사람들 모두에게 잊지 못할 추억이 되었다.

많은 군사들이 거대한 배에서 우르르 쏟아져 나오기 시작했다. 저 정도의 신장과 골격이 가능하다고 초족은 생각지 못했다. 어깨는 기형적으로(철저히 그들의 관점에서) 넓었으며, 마치 하늘에게 도발을 하는 양 정수리는 높게 치솟았다. 다리와 팔은 실컷 두들겨 맞아 혹이 난 것처럼 울퉁불퉁했다.

세상을 향해 쌓게 된 모든 부정적인 멍울을 빚어내 인간을 만들면 저것과 유사할 테다. 그만큼 저들은 분노에 차 있었다. 그들의 존재 자체가 곧 압제였다. 무시무시한 갑옷이 햇빛을 받아 번들거렸다.

아무도 군사들의 질문에 답하지 않았다. 아니, 못했다는 표현이 더 상황에 걸맞을 터였다. 힘없는 초족 사람들은 단지 오늘의 이야기를 몇십 년 후 어린 후손들에게 즐겁게 들려줄 수 있는 그 날이 올 수 있기를, 그때까지 자신들이 살아 있기를 바랄 뿐이었다. 상대가 끌고 다니는 위압감을 봤을 때 영 가망 있는 일이 아니었지만.

'……맞습니까?'

우락부락한 사내들 중 하나가 눈을 가늘게 뜨고 다시 한번 물었다. 조그마한 아이 하나가 마침내 떨떠름하게 고개를 끄덕였다.

'아!'

그제야 사내의 얼굴이 활짝 펴졌다. 그는 품 안에서 귀하게 보관되어 있던 죽간을 꺼내 들었다.

'저희는 육지에서 온 귀혈족입니다. 이곳의 족장을 뵙고 싶습니다.'

'……나요.'

무리의 가운데에 서 있던 익문이 한 걸음 더 걸어 나왔다. 뒤에서 있던 그의 아들 목현이 여동생 목린을 보호하듯 더 가까이 끌어안았다. 사내는 익문 앞으로 성큼성큼 다가왔다.

'귀혈족의 주월진 족장께서 보내신 서찰입니다.'

상대는 무척이나 태연해 보였기에, 익문은 족장으로서의 존엄을 지키기 위해 최대한으로 떨리는 손을 감추었다. 똑같이 아무렇지도 않은 척 죽간을 건네받았다.

가죽끈을 풀고, 그가 묵직한 죽간을 펼쳐 읽어 내리는 동안 심장을 옭아매는 정적이 모두의 주변을 감쌌다. 어린 아기조차도 예사롭지 않은 분위기를 읽었는지 숨을 죽이고, 모두가 겁에 질린 눈으로 족장의 표정을 면밀히 살폈다.

잠시 뒤 익문이 망설이며 고개를 들었다.

'……정말 한 달 뒤에 올 생각인가.'

죽간의 내용은 다소 웅장했다. 아무래도 단절되어 있던 200년의 시간 탓인지 알아볼 수 없는 단어도 몇 가지 남아 있었다. 하지만 요지는 확실했다. 하나로 간추려질 수 있는 문장을 귀혈족의 족장은 참 장엄하게도 적어 놓았다.

'예.'

한 달 뒤에, 무려 백여 명의 군사를 데리고 족장 자신이 직접 찾아오겠다는 통보였다.

사내들이 무덤덤하게 대꾸했고 익문의 얼굴이 빠른 속도로 창백해졌다. 오늘 찾아온 열 명의 군사도 이렇게나 그들의 숨통을 조였다. 백 명이 의미하는 바는 누가 봐도 명백했다. 침략이다.

주민들이 조심스럽게 수런거리기 시작했다. 어린 목린은 근심어린 표정으로 아버지를 올려다보았다. 늘 당당하던 아버지가 이토록 정신을 못 가누는 것은 처음이었다.

'……그러면 나는 지금 바로 답장을 쓰겠네.'

가로로 도열한 10명의 군사가 그의 시야를 차지한 이 상황에서, 부족을 지키기 위해 익문이 당시 행할 수 있던 가장 나은 선택이었다.

그리고 오늘이야말로 초족의 족장 익문이 줄곧 걱정해 왔던 바로 그날이었다.

족장임에도 아무것도 하지 못하는 무력감에 몸부림치며 수많은 밤을 허비했다. 이제라도 섬사람들이 모두 힘을 모아서 장비를 만들고 싸운다 해도 수년간 훈련해 온 전문적인 전사들을 이길 리가 만무했다. 섬을 탈출하는 것도 불가능했다. 초족에게는 아직 이 험한 바다를 가로지를 충분한 기술이 없었다.

어른들끼리 모인 회의에서 여러 가지 방책이 거론되었다. 섬 주민 몇백 명을 모두 나오게 해 함께 무릎을 꿇어 보자. 다 같이 금전이나 귀한 물품을 모아서 갖다 바치자. 어떻게든 어린아이들만큼은 구해 달라고 빌어 보자. 함께 머리를 싸매 보니 그럴싸하게 보이는 방안이 튀어나왔지만, 그것이 확실히 통한다는 믿음은 아무데도 없었다.

지난 나흘간 익문은 거의 한숨도 자지 못했다. 눈이 뻐근하고, 한숨이 쉬지 않고 푹푹 터져 나왔으나 신기하게도 잠자리에 들진 못했다. 머리는 끔찍하게도 활발하게 움직였다.

그는 부족을 대표하는 족장이었다. 처음 족장이 되었던 날에 자기 자신보다 주민을 위하는 족장이 되겠다고 말했었고, 그 의지는 변하지 않았다. 어린 두 아이들이나 가장 가까이에서 함께하는 동료 중 그 누구의 앞에서도 털어놓지 못했지만, 최악의 경우 그는 주민들은 건들지 말고 자기 목만 잘라 가라고 빌어 볼 참이었다.

그러니 오늘이 아끼는 아이들과 함께하는 마지막일지도 몰랐다.

'아버지, 오늘 창을 던지고 놀고 싶어요.'

'안 된다!'

그래서 호통쳤다. 예민해진 정신 탓에 순간 솟구치는 불안함을 억누를 수 없었다. 안 그래도 창은 위험한 물건이다. 무예를 꺼리는 부족 분위기 탓에 위험한 무기들은 목린과 같은 어린 나이에만 잠시 쥐어 볼 뿐, 크면서 흥미를 잃는 경우가 다반사였다.

마지막으로 함께하는 날일지도 모르는데 그런 무분별한 행위에 사랑스럽고 소중한 딸을 떠맡길 수는 없었다. 어떻게든 딸을 막아야 한다는 생각에 표현이 험하게 튀어나왔다.

'귀혈족이 온다는데 너는 그런 농땡이에 빠져 있겠다는 것이냐! 족장의 딸이!'

'아니, 그것이 아니라…….'

아니라는 것을 익문도 알았다. 족장의 딸로서 철들지 못한 어린 나이에 우월감을 느낄 법도 한데 목린은 굉장히 겸손하고 바른 아이였다. 차분하며 심성도 온화했다. 누구나 예뻐하는 고운 아이인데.

호통을 들은 목린의 얼굴이 새파랗게 질렸을 때, 익문은 그제야 자신의 실수를 깨달았다.

'죄송해요…….'

오전에 할 일이 흘러넘치도록 쏟아졌기에, 익문은 울먹이며 달려나가는 목린을 잡을 수 없었다.

그런 어린아이가 뭘 안다고 내가 호통을 쳤을까. 달래 주었어야 했는데. 익문은 속으로 끊임없이 후회했다. 아이의 커다란 눈이 흔들리던 그 모습이 머릿속에 어룽졌다.

그리고 되돌리지 못할 과실 탓에 안 그래도 머리가 터질 것 같은 지금, 고민의 무게가 더욱 불어났다.

울상을 지으며 나간 목린이 실종된 것이다.

우애를 빙자하여 찾아오는 귀혈족은 머지않아 본심을 드러낼 것이다. 가족이 흩어진 상태에서 공격이 날아오면 무슨 일이 벌어질지 아무도 몰랐다. 최악의 상황 또한 예측해 볼 수 있다.

어떻게든 귀혈족이 오기 전에 목린을 찾아내야만 했다.

"그래, 목린이는?"

천막이 거두어지고 아들이 모습을 비추자마자 익문이 벌떡 일어나 물었다. 윤기 없는 수염이 그가 얼마나 힘들어하는지를 적나라하게 보여 주는 중이었다.

젊은 청년이 표정을 무너뜨리며 응답했다.

"찾지 못했습니다."

아아, 작은 탄식이 족장의 입에서 고통스럽게 흘러나왔다. 그것을 가만히 듣고 있어야 하는 목린의 형제, 목현 또한 마음이 편하지는 않았다. 그러나 지금 당장 보고해야 할 것이 있었다. 목현은 목을 가다듬고 힘겹게 입술을 뗐다.

"아버지, 귀혈족의 배가 보입니다."

익문은 무너지지 않기 위해 다리에 힘을 주었다.

* * *

200년 동안 초족은 단 한 번도 침입은커녕, 방문객 또한 받아 본 적이 없었다.

지난번에 왔던 것보다 훨씬 커다란 배가 백 명을 담고 다가온다. 거대한 돛에 새겨진 잔혹한 문양이 절로 지켜보는 초족들의 눈살을 찌푸려지게 했다. 그들은 쇠락하는 정신을 끈질기게 붙들어 잡았다.

"흐아앙!"

부모의 품에 안긴 아이가 다가오는 배를 보고 울음을 터뜨렸다.

의외로 구경을 나온 이들은 별로 없었다. 대개는 남이 함부로 열 수 없게 문 뒤에 무거운 물건을 놓고 집안에 구어박혀 있었다. 작은 창문으로 얼굴만 빼꼼 내밀어 상황을 유심히 지켜보았다.

익문의 옆에 나란히 선 동료들이 그의 어깨를 든든하게 두들겨 주었다. 무슨 일이 벌어져도 그를 도와주겠다는, 끝까지 함께 사람들을 지키자는 그런 의지를 보이는 행동이었다. 익문은 비장한 각오로 팔을 뻗어 옆에 있는 아들의 어깨를 안았다.

여전히 마음 한구석에선 목린에 대한 걱정이 끊임없이 불어나는 중이었다. 하나 그에게는 도저히 떨쳐 낼 수 없는 족장의 임무라는 것이 있었다. 이제는 그간 딸이 보여 줬던 모습을 믿는 수밖에 없었다. 사고뭉치는 아니니 혼자서 위험한 일을 일으키진 않을 것이다.

배가 육지에 다다랐다.

쿵—. 묵직한 소리와 함께 배와 육지가 연결되었다.

터벅터벅. 백 명에 육박한다는 군사 모두 철저히 행렬을 지키며 빠져나왔다. 거대한 갑옷이 움직이고, 자잘한 게 부딪치며 왈각달각 하는 소리를 자아냈다. 모두 한 마음 한 사람이 된 양 그 움직임엔 틀어짐이 없었다. 개개인의 인격은 철저히 무시된 것만 같았다.

행렬 가장 앞에 선 건 우람한 키의 여인이었다. 위로 묶은 머리카락이 머리 뒤에 짧게 흔들거리고 있었다.

"백익문."

걸걸한 목소리가 족장의 이름을 입에 담았다. 익문은 상대를 힘없이 올려다보았다.

"반갑다. 귀혈족의 족장, 주월진이다."

여인은 익문보다도 키가 컸다. 치렁치렁한 검은 갑옷을 벗는다 한들 근육으로 다져진 몸은 덩치를 봤을 때 익문과 큰 차이가 없을 법했다. 단월도에서는 이런 여성은 물론 남성조차도 찾아볼 수 없었다. 저 굵고 단단한 팔에 갇히면 숨도 못 쉬고 바로 죽겠구나 싶었다.

허리춤에 손을 올리고 눈을 내리까는 태도가 마치 상대를 가차 없이 깎아내리는 것만 같았다. 물론 이에 대해 익문이 내보일 수 있는 태도는 극히 한정적이었다.

"예, 부디 편안하게 묵고 가시길 바랍니다."

익문은 머리를 조아리며 공손히 답했다.

'흠?'

월진은 속으로 의문을 품었다.

'왜 말을 높이는 거지?'

단월도는 월진이 어린 시절부터 와 보고 싶었던 곳이다. 비단 월진뿐만이 아니었다. 이제껏 족장의 자리에 올랐던 모든 이들에게 단월도는 꿈의 땅이었다.

'월진아. 바다 너머에는 단월도라는 작고 아름다운 섬이 하나 있단다. 내 아버지도, 내 할머니도, 그 위의 분도, 그 위위 분들도, 모두 그 섬의 주민들과 교류하는 게 꿈이었어.'

귀혈족의 선조들은 누구보다도 교류와 친화의 중요성을 강조했다. 많은 것을 접할수록, 배우는 것이 쌓일수록 세상을 보는 눈이 넓어진다는 것이다. 그들이 진취하고자 하는 확실한 방향과 목표는 다른 부족들을 설득해 냈고, 결국엔 현재 다른 부족들과 수 년째 평화 연맹을 유지해 오고 있었다. 함께하는 가족이나 다름이 없었다.

그 속에 들지 못한 유일한 두 부족 중 하나가 바로 단월도의 초족이었다.

200년간 다른 땅과 단절되었으니 얼마나 고독할까. 월진은 그들의 고통만 생각하면 마음이 아팠다. 하여 족장 위치에 올라오고 수년을 단월도에 닿을 수 있는 튼튼한 배를 제작하는 데에 쏟아부었다.

종종 축제가 벌어질 때면 큰불을 일으켜 단월도에 신호를 보냈다. 우리가 있다, 그러니까 기다려 달라는 호소였다.

앞서 보낸 부하들의 설명으로 미리 전해 받았지만 실제로 본 초족 사람들은 훨씬 더 특이한 이들이었다.

'늘 말을 높이는 이들이 있지. 그런 부류의 사람들인가 보군.'

그 외에도 번쩍거리는 갑옷 하나 걸치고 있지 않은 모습이며, 온순한 억양이며, 모두 한번 툭 치면 그대로 쓰러질 것 같은 용모를 가진 것을 보면……. 확실히 초족은 월진이 아는 '일반적인 사람'의 상식을 깨부쉈다.

갑옷이나 근육을 이용해 몸을 넓히는 것은 귀혈족을 비롯한 육지 사람들에게 너무도 당연한 행동이었다. 그다지 깊은 우정이 없더라도 스스럼없이 두 팔 벌려 서로를 안고 친하게 구는 행동이 자연스럽다는 풍습도 있다. 넓은 몸을 갖고 있으면 따뜻한 품을 선사할 수 있기에 매우 자랑스러워할 만한 것이었다. 하여 누구라도 신체의 근육을 발달시키는 활동적인 일에 적극적으로 참여했다.

때문에 월진은 그들의 입장에서는 자기들이 가히 충격적일 것이란 생각에 차마 다다르지 못하였다. 그도 그럴 법했다. 닭이 달걀을 낳는데 갑자기 달걀이 닭을 낳는다는 상상을 하는 것만큼,

이제껏 삶에서 쌓아온 모든 지식을 뒤집어야 하는 일이기 때문이다. 육지에서 200년간 쌓인 자연스러운 문화였다. 이를 거꾸로 받아들이기는 의외로 쉽지 않았다.

한편 월진의 머릿속을 지나간 생각에 대해 알 턱이 없는 익문은 쓰러지지 않기 위해 안간힘을 쓰고 있었다. 주변에서 초족 사람들의 긴장 어린 시선이 느껴졌다. 특히 월진의 뒤에 서 있는 군사들은 엄청난 위압감을 퍼뜨렸다.

"그럼 우선 먼저 마을을 둘러보시겠습니까?"

익문이 서둘러 물었다. 귀혈족이 다른 위험한 생각을 하지 못하게 무엇이든 해야 했다.

"좋다! 하하하!"

드디어 선조들의 꿈을 이룰 수 있다! 월진은 벌써 익문에게 친밀감을 느꼈다. 그는 수줍음은 많아도 좋은 사람 같았다. 그래서 익문의 등을 다정하게 팍팍 내려쳤다. 귀혈족과 대치하고 있는 익문을 숨쉬는 것조차 멈추고 지켜보던 섬 주민들이 히익 하고 몸을 떨었다.

익문과 월진이 나란히 걷고 그 뒤를 목현이 따라 걸었다. 그리고 적당한 거리를 두고 월진이 데려온 군사들이 규칙적으로 걸음을 맞췄다. 다소 침잠된 분위기 속에서 안내가 시작되었다.

익문은 마을을 돌고 지리를 설명하면서도 정신이 다른 곳에 나가 있었다. 산뜻한 태양도 그의 싸늘해진 정신을 감싸기엔 역부족이었다. 월진이 옆에서 실수로 돌멩이라도 발로 차 버리면 놀라서 찔끔거렸고, 그녀가 주변을 두리번거리면 곧 지배할 마을의 흐름을 읽는 것만 같아 어깨가 움츠러들었다.

한편 월진이 지켜보던 것은 얼굴만 빼꼼히 내밀고 상황을 지켜보는 주민들이었다.

'이곳 사람들은 수줍음이 많군.'

일부러 따뜻한 품을 가진 이들을 백 명 끌고 왔는데 효과가 없는 느낌이었다. 익문이 아닌 다른 주민과도 대화를 나눠 보고 싶은데 기회가 영 안 보였다. 그녀는 귀혈족의 마을보다 더 자연 그대로의 상태를 유지한 이 섬이 마음에 쏙 들어서, 다양한 이들에게 묻고 싶은 질문이 이것저것 많았다. 보무당당하게 거리를 활보하던 월진은 후면에 뒤따라 걷고 있는 소년과 말을 트기로 결심했다.

"너는 이름이 무엇이냐?"

월진은 휙 등을 돌려 물었다. 그녀와 눈이 마주친 목현은 순간 당황했으나 얼른 목을 가다듬었다.

"족장님의 아들, 백목현이라 합니다."

목현은 최대한 힘 있게, 월진을 똑바로 바라보며 말했다. 월진은 호탕하게 웃었다.

"내게도 아들이 있다! 외형은 정반대지만 말이다!"

목현의 표정이 흔들렸다. 저 안에 내포된 함의가 과연 무엇인가? 비웃음인가? 조롱인가? 두 사람을 한 번 맞붙게 해 보겠다는 선포인가? 아들이란 사람도 저 뒤의 무시무시한 군사들같이 생겼다면 목현 자신은 주먹 한 방에 날아갈 것이 자명했다. 아버지의 큰 키를 물려받아 초족 사람 중에 가장 장신임에도 그러했다.

한편 그렇게 목현이 심각하게 고뇌하고 있을 때, 아무 생각

없이 내뱉었던 한 문장을 쉽게 잊어버린 월진은 이제 콧노래를 부르며 마을의 우물을 구경하고 있었다.

월진은 이제 우물 안으로 머리를 집어넣어 관찰했다. 그 순간, 익문은 목현에게 고개를 숙이고 엄숙하게 말했다.

"목현아, 너는 가서 목린이를 계속 찾아보아라."

"예."

"……무슨 일이 생겨도 오라비답게 목린이를 지켜야 한다."

"예, 알겠습니다."

"무슨 일인가?"

어느샌가 다가온 월진이 불쑥 물었다. 익문과 목현은 어깨를 들썩이며 서로에게서 떨어졌다. 익문은 머리를 조아리며 연거푸 더듬더듬 쏟아부었다.

"아무, 아무, 아무것도 아닙니다."

"그대는……."

월진은 미간을 좁혔다. '혹시, 내가 무섭나?'라고 물으려던 찰나였다. 한데 갑자기 등장한 목소리가 분위기를 온통 뒤흔들었다.

"어머니이이이이!"

모두의 머리가 소리가 들리는 방향으로 향했다.

"어머니! 어머니!"

그것은 사내였다.

단월도에는 나무가 매우 많고, 또 그 길이 또한 엄청났다. 소년과 청년 그 중간쯤 되는 남아가 높다란 나뭇가지 사이를 껑충껑충 뛰어넘고 사뿐히 날아오르며 이곳을 향해 질주해 오고 있었다.

집에 숨어 있던 초족 주민들이 그 현란한 움직임을 얼빠진 표정으로 지켜보았다.

여기 온 이래 처음으로 월진이 분노를 보였다.

"언영아! 네가 대체 왜 여기 있느냐!"

그녀의 안면 근육이 떨리는 게 고스란히 보였다. 익문은 이대로 평화는 끝인가, 생각하며 눈앞이 아득해졌다.

"소인의 부인을 찾았습니다!"

사내의 형체가 점점 가까워졌다. 그의 날쌘 움직임이 놀라운 이유는 그가 한쪽 팔로 커다란 짐을 편히 들고 있는 것도 한몫했다. 뭔가를 팔로 꽉 붙들어 맨 채로 나머지 한 손으로만 나무 사이를 자유롭게 가로질렀던 것이다.

그런데 가까이서 보니 그것은 단순한 짐이 아니었다. 익문의 얼굴 위로 공포가 넓게 퍼졌다.

"아니, 이게 대체 무슨……!"

만약 목현이 서둘러 그의 팔을 잡지 않았더라면 익문은 당장 그 자리에서 무너지거나, 저 사내를 잡으러 달려 나갔을 것이다.

키 큰 사내의 발이 마침내 가볍게 땅에 닿았다.

"언영아! 그동안 배에 숨어 있었던 것이냐!"

월진이 고함을 지르니 주변의 공기가 떨렸다. 익문과 목현은 자기들도 모르게 서로를 붙잡고 가까이 달라붙었다. 그러나 그 정도의 격노에도 개의치 않고, 언영이라고 불린 소년은 팔에 끼고 있던 사람을 마치 물건인 양 두 손으로 공중에 들어 불쑥 어머니께 내밀었다. 해맑게 웃으며 소리쳤다.

"이 아이를 보십시오! 부인으로 삼고 싶습니다!"

목현이 순간적으로 아버지의 팔을 더 세게 부여잡은 것은 자신을 억제하는 노력이기도 했다. 그는 아버지가 충격을 받아 숨을 들이켜는 소리를 들었다.

목린은 여자아이기는 했지만, 섬에서 또래보다 키가 큰 편이었다. 하나 낯선 이가 그녀의 겨드랑이 아래에 손을 끼고 안아 들어 앞으로 내민 지금, 그녀의 발은 힘없이 허공에서 대롱대롱 흔들리고 있었다.

얼이 나간 표정의 목린은 벌벌 떨고 있었다. 너무 무서워서 혼이 나가 버렸는지, 눈물조차 흘리지 않았다. 옆으로 예쁘게 땋아 놓았던 머리가 언영의 품에 안겨 날아오는 과정에서 엉망이 되어 버렸다.

월진은 잠시간 턱이 바닥에 닿을 정도로 입을 벌리고 가만히 있었다. 그러다 돌연 모든 분노가 자취를 감추었다. 갑자기 그녀는 이 세상에서 가장 뿌듯한 어미가 되어 있었다.

"오오, 장하구나!"

마음에 담은 여자아이를 든든하게 들어 올리고 있는 아들을 보며 월진은 눈물이 나올 것만 같았다. 그녀와 그녀의 남편 사이의 사랑도 비슷하게 시작되었다. 마을 공터에서 너무 심심한 나머지 젊은 사람들이 모여 심심풀이로 전투를 벌였는데, 그의 움직임을 보고 반해 버렸다. 바로 허리를 끌어안고 품에 안아 들어 빠져나왔다. 남편 또한 그녀의 당돌한 태도에 마찬가지로 홀딱 빠졌다 말해 주었다.

여기까지 생각하니 월진은 갑자기 그이가 너무 보고 싶었다. 안타깝게도 남편은 해야 할 일이 있어 마을에 남아 있었다. 그에게도 지금 광경을 보여 주고 싶은데. 어리고 말썽만 피울 줄 알았던 아들이 이렇게 사랑을 할 정도로 자라다니……. 단순한 놈이라 과연 제 짝을 만날 수나 있을지 월진이나 남편이나 고민이 많았다. 월진은 가슴이 벅차올랐다. 영견(손수건)을 꺼내 눈에 조금씩 찍었다. 목이 멘 목소리로 익문에게 나직하게 말했다.

"익문, 인사하게. 내 아들이네."

"예, 예……. 공자님. 초족의 족장 백익문이라 합니다. 한데…… 그…… 품에 제 아이는…… 왜……."

익문은 차마 말을 끝맺을 수 없었다.

언영이라는 어린 청년은 다 큰 귀혈족 어른처럼 우락부락하지는 않았지만, 여전히 초족에서는 절대 발견할 수 없는 체형을 가지고 있었다. 그의 품에 안겨 있는 목린은 마치 덫에 걸린 다람쥐 같았다.

언영이 씩씩하게 말문을 열었다.

"저는 귀혈족의 주언영입니다. 잠깐, 이 아이가 당신의 여식입니까?"

익문은 입술을 빼끔거리며 거의 들리지 않을 정도로 속삭였다.

"……그렇습니다."

"그렇군요! 그렇다면 제겐 장인이시겠군요."

익문은 제 귀를 의심했다.

"예? 장인이요……?"

"정말 귀여워."

그렇게 말한 언영은 그대로 목린의 몸을 절반 휘리릭 돌려 그를 바라보게 했다. 그는 헤벌쭉 웃으며 목린의 겁에 질린 표정을 바라보더니 이내 그녀를 품에 바짝 끌어안았다. 여전히 목린의 발은 바닥에 닿지 않았다. 언영은 그 상태에서 목린의 뺨에 쪽 하고 길게 입을 맞추었다.

목린의 충격받은 눈이 위아래로 더 벌어졌다. 익문이 급기야 목덜미를 잡고 휘청거렸다.

"모, 목린아!"

"아버지!"

목현은 익문의 등에 손을 대고 그가 뒤로 쓰러지지 않도록 잡아 주었다.

언영은 더욱 싱글벙글 웃으면서 목린의 얼굴에 계속 입술을 찍었다. 이어서 제 뺨을 그녀의 뺨에 비비적거리며 행복해했다. 섬 주민들은 입을 틀어막고 그 모습을 지켜보는 반면, 귀혈족 사람들은 덩치에 맞지 않을 만큼 따스한 눈으로 구경했다.

월진은 아들을 뿌듯하게 내려다보다가 이어 익문에게 신나게 걸걸대는 목소리로 물었다.

"익문. 그러면 혼인은 언제가 좋을까?"

"혼인이요?!"

익문은 겨우 목현을 붙잡으며 허리를 지탱하고 더듬거렸다.

"목린이는…… 목린이는……."

"자네 아이도 꽤 좋아하는 것 같은데."

"예?"

자네랑 표정이 비슷하지 않은가. 월진은 뒷말을 속으로 삼켰다.

보아하니 이 마을 사람들은 정말로 수줍음이 많고, 모두 한결같이 저런 아파 보이는 표정을 짓고 있었다.

새로운 부족과의 화합은 즐거운 일이었다. 특히나 좋은 평판이 있는 귀혈족은 어디를 가나 환영받았다. 월진은 자기들과 관련해 부정적인 소문이 돌고 있었다고는 상상도 못 하고 있었다.

게다가 저번 죽간에 초족은 긍정적인 답장을 보내 주지 않았는가. 품이 따뜻한 100명의 부하를 이끌고 방문하겠다고 했을 때 초족은 분명 환영한다고 흔쾌히 말했었다. 싫으면 거절하면 됐다. 우리가 뭐 대하기 어려운 사람들도 아니고.

그래서 월진을 비롯한 귀혈족 사람들은 이렇게 판단 내렸다. 아, 저런 표정이 초족에겐 긍정적인 의미를 담고 있구나. 좋다는 뜻이구나. 단지 부끄러워하는 것뿐이구나.

"목린아, 너도 나를 사랑하는구나……!"

언영은 감격이 듬뿍 담긴 목소리로 중얼거리며 목린에게서 눈을 못 뗐다. 정신이 완전히 나가 축 처져 버린 목린의 이목구비를 하나하나 헤벌쭉 웃으며 뜯어보더니 그녀의 콧방울에 입술을 쪽 갖다 대고 신나게 내뱉었다.

"혼인은 당장 내일이 좋을 것 같습니다."

목린의 눈이 휘둥그레 팽창했다.

"잠깐만요, 공자! 우리는…… 우리는 그리 빨리, 어린 나이에 혼인하지 않습니다."

너무 긴박해진 나머지 익문이 팔을 뻗으며 외쳤다.

"그럼 어느 정도의 기간이 더 필요한가?"

모자(母子)가 똑같이 실망한 표정으로 익문을 향해 고개를 돌렸다. 너무 판박이라 익문의 등골이 서늘해졌다. 언영이 기대 어린 목소리로 물었다.

"사흘? 나흘?"

흥분한 그가 긴박하게 덧붙였다.

"이틀?"

"아니, 적, 적, 적어도 오, 오, 오 년은 있어야……."

삽시간에 언영의 표정이 험악하게 변했다. 정말 입에서 불이라도 뿜을 낯빛이라 익문은 한 삼 년 정도로 낮춰 말해야 했나 후회했다. 분명 어린 사내일진데도 어두운 표정이 무시무시했다.

그 순간 월진이 언영의 등을 팍, 한 번 내려쳤다. 소리가 얼마나 컸는지, 목현은 자기도 모르게 뒤로 휘청거렸다.

월진이 쩌렁쩌렁 호통 쳤다.

"그런 표정 짓지 말아라! 정말 이 아이를 마음에 담았다면 당연히 아이가 함께한 문화를 존중해야 한다!"

"……어머니의 말씀이 옳습니다."

언영의 표정이 갑자기 심각하게 돌변했다. 그는 대롱대롱 흔들리는 목린을 똑바로 바라보며 진지한 목소리로 말했다.

"목린이를 위해서라면 십 년도, 이십 년도 더 기다릴 수 있습니다."

"그래, 우리 아들. 장하구나! 단순히 마을만 둘러보고 가려 했는데 이렇게 좋은 인연을 맺게 되다니! 하하하!"

"하하하!"

월진이 목을 뒤로 젖히며 호방하게 웃음을 터뜨렸다. 마찬가지로 언영도 따라서 웃었다. 그리고 함께하던 군사들도 따라 했다. 그들은 손에 쥐고 있던 창이나 검을 비롯한 무기를 두 팔로 치켜들고 흔들며 환호했다.

호쾌한 웃음이 사방에 파도쳤다. 이날의 기억은 오랜 기간 초족 사람들의 악몽에 남아 깃들었다.

* * *

"오른쪽으로 갔습니다!"

"아니, 왼쪽! 왼쪽으로!"

"내가 봤을 때는 분명 오른쪽이었는데?"

"아니야. 숲길로 빠졌네."

오늘도 집 밖에는 '호위'들의 혼란스러운 외침이 가득했다. 목린은 지루한 표정으로 바닥에 앉아 주사위만 의미 없이 던졌다. 다섯 개의 주사위가 한 손에 모였다가 바닥에 여러 개로 흩어지는 모습이, 꼭 지금 저 호위들이 찾고자 하는 대상과 비슷한 것 같다는 생각이 들었다. 몸을 나누는 분신술이 아니고서야 어떻게 빨리 움직인단 말인가. 평범한 초족 사람들은 도무지 이해할 수 없었다.

"목린아, 걱정하지 마렴. 아저씨가 지켜 주마."

초가집 문 앞을 지키고 있는 아저씨가 목린이 들릴 수 있을 정도로 크고 당당하게 외쳤지만, 그의 목소리 끝이 떨리는 것을 놓치지 않을 수 없었다.

하지만 그렇다고 아저씨께 분풀이를 할 수는 없었다. 이제껏 살면서 제대로 된 무기 한번 잡아 본 적 없는 그는 분명 최선을 다하고 있을 테고, 그저 귀혈족이 초족은 절대로 이길 수 없는 대상일 뿐이었다. 성인 남성이 여럿 모여도 어린 청년 하나 잡지 못했다.

'목린아. 미안하구나……. 그 상황에서 혼사를 거절하면, 어떤 보복이 날아올지 알 수 없었다.'

무시무시했던 귀혈족이 다행히 아무 공격 없이 집으로 돌아간 날, 그날 밤 익문은 목린을 따로 방에 불러놓고 말했다. 그나마 목린이 없었더라면 단월도는 그날 이미 파멸했을지도 모를 일이었다. 족장의 아들이 마음에 담은 여자아이의 섬을 아무리 피도 눈물도 없는 자들이라도 쉽사리 침략할 수는 없었을 테니.

목린은 묵묵히 고개를 주억거렸다.

'이해해요, 아버지.'

'차라리 가끔은 네가 이해를 못 할 철부지 딸이길 바란단다. 네가 너무 일찍 성숙해진 것 같아 이 아비는 마음이 미어터지는구나.'

'…….'

익문이 일그러진 표정으로 한숨을 토해 냈다. 목린은 대답 없이 두 손을 내려놓고 손톱을 뜯었다. 익문은 관모를 벗으며 힘없이 말했다.

'그리 걱정하지 말아라. 한낱 어린 시절의 치기 그 이상은 아닐 것이다. 조금만 지나면 지금의 행동이 부끄러워 이곳에 발도 디디지 않을 테니 그리 알 거라.'

'너무 부끄러워서 이곳을 영원히 없애 버리려고 하면요?'

'그럴 일은 없다!'

익문이 황급히 외쳤다.

'하지만 소문들을 생각했을 때 그리 행동하는 게 타당하잖아요. 그럴 거면 차라리…….'

정말 혼인을 하고 마을을 안전히 지키는 편이 훨씬…….

'목린아, 아비 몰래 이상한 일을 꾸미려는 것은 아니지? 그건 안 된다!'

'네…….'

'주언영은 너를 금방 잊을 것이고, 우린 그렇게 조용히 귀혈족의 기억에서 사라지면 된다! 아무 걱정도 하지 말거라!'

과연 그럴까. 목린은 차마 근심에 빠진 아버지에게 대꾸할 용기는 없어서 가만히 있었다. 하나 그의 말에 대한 의구심은 끝까지 뇌리에서 사라지지 않았다.

귀혈족이 다시 타고 왔던 배를 통해 떠나는 그 날까지, 언영의 눈은 목린에게 달라붙어 절대 떨어지지 않았다.

'목린아, 내가 자주 찾아올게!'

마지막으로 떠나기 직전 언영이 외쳤지만 목린은 그다지 심각하게 받아들이지 않았다. 족장의 아들이니 할 일이 많을 테고, 여기부터 육지까지 왕복하는 데는 상당한 기간이 소요되었다. 단순히 보고 싶다는 이유로 바로 닻을 올리고 출발하기에는 꽤 먼 거리였다.

그러던 어느 날이었다. 때는 귀혈족이 방문한 지 한 달이 조금 안 된 오후였고, 목린은 또래 여자아이들 여러 명과 함께 도란도란 모여 숲에서 산책을 하고 있었다.

그때 높게 솟은 나무에서 검은 형체가 몸을 던지며 내려왔다.

'목린아아아아아아!'

'꺄아아아아아아악!'

다름 아닌 언영이었다. 목린의 친구들은 비명을 지르며 언영이 목린을 데려가지 못하게 함께 그녀를 감쌌다. 목린의 머리카락 한 올도 못 보게 가려 버리자, 언영은 안달 내며 주변을 서성였다.

'비켜 봐. 목린이 얼굴 좀 보게. 응? 목린아, 얼굴 좀 보여 줘.'

'꺄악!'

'오지 마세요!'

'도와주세요!'

소녀들의 비명이 컸기 때문에 마을 어른들이 금방 달려 나왔다. 이걸 어쩐다, 하고 낮게 중얼거리며 뒷머리를 긁적이던 그는 결국 잡히기 전에 폴짝 나무 위로 튀어 올라 지난번 등장했을 때처럼 나무를 타고 빠져나갔다.

그 이후에도 몇 주에 한 번씩 걸쳐 언영은 단월도에 출몰하였다. 눈에 띄지 않게 작은 뗏목으로 몸을 옮겨 사람이 지나지 않는 숲을 통해 섬에 편하게 들어왔다. 목린이 얼굴 한 번 보겠다고 팔이 쑤시도록 노를 혼자 휘저으며 마을에 와선, 그녀가 보일 때까지 잠입했다.

'목린아!'

굴을 파고 들어가 숨어 있다가 산책을 하고 있던 목린의 앞에 불쑥 튀어나오기도 했고.

'목린아!'

목린이가 방문한 장터에서 갑자기 옷을 바꿔 입고 상인 노릇을 하고 있기도 했고.

'목린아!'

하루는 목린이 낚시를 하고 있었는데, 웬 엄청난 게 물렸다 해서 봤더니 해맑게 웃고 있는 언영이었다. 목린은 비명을 지르며 낚싯대를 내던졌고 미간 정중앙에 그것을 맞은 언영은 짧게 소리를 지르더니 물속으로 다시 꼬르륵 빠져 버렸다. 이후에 사람들이 그를 건져내기 위해 함께 해안가로 몰려들었으나 그사이 훌륭하게 잠수를 해서 빠져나갔는지 온데간데없이 사라졌었다.

주언영과의 첫 만남으로부터 한 해 정도가 지나갔다. 그는 열정이 식기는커녕 되레 더 열렬하게 단월도를, 목린을 찾아오고 있었다. 목린은 과연 이것을 한순간의 치기로 볼 수 있는지 걱정이 앞섰다.

'그래도…….'

주사위를 다시 정리해 집어넣는 목린의 머릿속에 어떤 기억이 빠르게 스쳐 지나갔다.

몇 주 전. 그날도 목린은 아버지의 반대를 무릅쓰고 어정쩡한 대나무 창과 함께 숲에 들어갔다. 허공에 부족한 자세로 열심히 휘릭휘릭 흔들어 대다가, 나무에 기대어 잠시 햇볕을 쬐며 휴식을 취했다. 충분히 쉬었다고 생각했을 때 목린은 다시 옆에 누워 있던 창을 쥐어 들었고, 이는 갑작스러운 비명을 촉발했다.

창에 길고 두꺼운 뱀이 칭칭 감겨 있었다.

큰 반응이야말로 뱀을 자극시킨다는 사실을 몰랐으랴. 하나 목린은 너무 당황한 나머지 목청껏 소리를 질렀고, 뱀 또한 이에 놀라 반사적으로 방어 태세를 취했다. 바로 옷깃 안에서 살짝 드러난 목린의 손목을 문 것이다.

목린이 깨달았을 때는 이미 늦었다. 이미 물린 자국이 선명히 피부에 새겨지고, 뱀의 독이 속으로 침투하기 시작했다. 너무나도 경악한 어린 소녀가 할 수 있는 일이라곤 자리에 주저앉아 흐느끼는 것뿐이었다. 그리고 그때, 눈앞에 있던 다 큰 사내만 한 바위가 갑자기 땅 위로 떠올랐다.

'모오오옥리이이인아아아아!'

그 아래에서 언영의 해맑은 미소가 불쑥 튀어나왔다.

'흐하하! 목린아, 나 왔어!'

언영은 거대한 바위를 으랏차차 두 팔로 번쩍 치켜들며 땅속에서 등장했다. 나 이렇게 강한 사람이라고 자랑하며 구애하기 위함이었다. 충격 먹은 목린의 입이 쩍 벌어졌다.

'목린아, 부끄러워하지 않아도……. 목린아!'

주저앉아 있는 목린과 그녀의 부풀어 오른 손목을 본 언영은 지체하지 않았다. 큰 바위를 옆으로 휙 가볍게 던져 버렸다. 땅에 부딪힌 바위가 무거운 굉음을 내도 아랑곳 하지 않으며 그는 목린을 향해 입을 벌리며 달려들었다. 그 모습을 지켜보는 목린이 어깨를 움츠리며 비명을 질렀다.

목린의 부풀어 오른 손목이 당겨졌다.

언영은 목린의 가는 팔을 우악스럽게 쥔 뒤에, 그대로 고개를 숙여 뱀의 잇자국이 남은 그곳에 망설임 없이 제 입술을 갖다 댔다. 독이 섞인 혈흔이 마치 귀한 보약이라도 되는 것처럼 허겁지겁 빨아들였다.

너무도 놀란 나머지 처음에 목린은 가만히 앉아 그 행위를 받아들였다. 상당한 시간이 흘러서야 개미만 한 목소리로 겨우겨우 속삭였다.

'독이…….'

너무 작은 목소리라 언영은 제대로 알아듣지도 못했으나 대충 무슨 말인지 짐작은 했는지 고개를 들고 밝은 목소리로 말했다.

'괜찮아. 이미 꼬맹이 때부터 여러 번 당해 봐서 이 정돈 거뜬해!'

입술에 피를 묻히고 있는 그의 얼굴은 다소 흉측했으나 이번만큼은 목린도 촉촉해진 눈으로 그를 빤히 쳐다볼 수 있었다. 도대체 어떤 삶을 살아왔기에 뱀에게 자주 물렸다고 저렇게 밝게 털어놓을 수 있단 말인가. 육지에선 다 크지도 않은 소년 소녀들을 뱀의 먹이로 자주 던져 준단 말인가. 이 얼마나 냉혹한 곳인가.

한편, 한때 자신이 뱀의 말을 알아들을 수 있다고 착각해 자주 뱀을 도발해서 어머니께 엉덩이를 열 번은 얻어맞았던 언영은 겨우 안도한 표정을 지으며 목린을 마주 보았다.

'위기는 막았으니까 이제 마을로 내려가서…….'

언영의 눈동자가 다시 천천히 내려가면서 그의 말끝도 점차 흐려졌다.

아까 전엔 경황이 없었다. 하나 이성이 돌아오고 주변이 시야에 차기 시작하며 언영은 자연스레 목린의 하얗고 가는 팔목에 눈길을 두었다. 평소엔 소맷자락에 가려져 있던 고운 피부가 소동 탓에 드러나 있었다. 그리고 언영은 방금 전 저 위에 그의 입술이 닿았던 사실을 똑똑히 기억했다.

언영의 얼굴이 불처럼 순식간에 타오르기 시작했다.

목린은 의아해하며 눈을 끔벅였다. 커다란 눈이 호기심을 갖고 옆에서 움직이는데도 언영은 평소와 달리 시선을 똑바로 마주치지 못하며 우왕좌왕했다. 눈을 어디다 둘지 몰라 하던 그는 불에 덴 것처럼 목린의 손목을 황급히 놔주었다.

'나, 나는 이만 바빠서!'

언영은 몸을 뒤로 내빼며 일어났다. 벌겋게 익은 얼굴을 정신없이 두리번거리며 빠져나갈 길을 찾았다. 앉아 있던 목린은 고맙다는 말을 해야 할 것 같아 가만히 입술만 오물거렸다. 그러나 언영의 외침에 묻혀 버렸다.

'부축해 줄 사람들을 불러올게!'

목린의 얼굴을 일부러 보지 않으며 언영이 내질렀다. 그 외침을 끝으로 그는 숲 속으로 다시 사라지는가 싶더니, 잠시 주춤하며 아까 내던졌던 바위가 있던 곳으로 종종걸음 쳤다. 그러고는 바위를 번쩍 들어 다소 정성스럽게 제자리에 내려놓았다. 그런 뒤 다시 고개도 안 들고 종적을 감춰 버렸다.

그날 고맙다는 말도 못했던 미안함이 목린의 마음속에 여전히 불편하게 줄기를 키우고 있었다. 언영이 그 자리에 없었다면 어떤 끔찍한 결과로 이어졌을지는 그 누구도 알지 못했다. 다소 무서운 사람이긴 하나 은인은 은인이었다.

'아, 안 돼. 그 사람은 나쁜 귀혈족이야.'

목린은 머리를 강하게 휘저으며 언영을 향한 긍정적인 상념을 모두 떨쳐 버리려 애썼다. 땋은 머리 구석구석에 끼워 넣은 꽃들이 떨어질락 말락 했다. 가만히 있으면 더욱 혼란스러워질 듯하여 오라버니의 옷을 만들기 위해 몸을 일으켰다.

* * *

"형님!"

"컥!"

단순히 언영이 한쪽 팔로 안았을 뿐인데 목현은 숨이 막히는 기분이었다.

알고 보니 목현은 언영보다 한 살이 더 많았다. 그러나 그것은 태어난 해를 비교했을 때의 얘기고, 외적인 용모만 따졌을 땐 언영이 두 살은 더 많아 보이는 것이 사실이었다. 작년에는 그래도 어느 정도 키가 비슷했는데 이젠 목현이 아우인 그를 올려다봐야 했다. 언영의 몸이 훨씬 굵직한 건 말할 것도 없었다.

"……오셨습니까."

익문은 이제 언영의 일방적인 방문에 놀라지도 않았다. 또 올 것이 왔구나, 하며 체념하고 받아들였다. 정말이지 한 해 동안 그렇게 정신없는 술래잡기를 펼쳤는데도 언영은 단 한 번도 섬 주민의 손에 잡힌 적이 없다. 항상 목린이 얼굴만 잠깐 보고 다시 신나게 빠져나갔다. 그것이 괘씸하면서도 또 한편으로는 그 얼굴 한 번 보겠다고 목숨을 걸고 바다를 건너는 게 대단하기는 했다. 대범하다고, 아니면, 무식하다고 해야 할지…….

한편 언영은 익문을 보고 해맑게 웃었다. 목현을 놓아주고 익문에게 달려갔다. 목현은 해방되자마자 여러 번 헛기침을 했다. 대낮에 아버지와 마을에서 이게 대체 무슨 봉변이란 말인가.

"장인!"

익문은 그 단어를 듣고 잠시 머리가 어지러워졌다. 오래 들었지만 여전히 적응되지 않았다.

"그간 강녕하셨습니까!"

언영은 우렁찬 목소리로 예의 바르게 인사했다.

"그, 그렇습니다. 공자께서야말로……. 크흠!"

스스럼없이 달려와 끌어안는 언영의 행동은 수백 번을 반복해도 소름 끼쳤다. 익문은 어색하게 언영의 어깨를 잡고 밀어냈다.

"공자, 그……. 목린이를 보고 싶은 마음은 알겠지만, 그래도 이렇게 멋대로 침입하는 건……. 그……."

"안 됩니까?"

순간 언영의 표정이 싸늘하게 식었다. 익문은 침을 꿀꺽 삼켰다.

언영이 워낙 환하게 웃는 일이 잦고, 과격한 표정 변화가 많아서 그렇지 가만히 있으면 이렇게 냉담한 얼굴이 또 없었다. 눈매가 어찌나 날렵하고 턱선도 매끈한지, 이렇게 정반대의 면모를 보일 수 있다는 것이 믿기지 않았다.

저 싸늘해진 표정으로는 바로 전쟁을 선포해도 이상할 일 없으리라.

"아니, 안 되는 건 아니고, 그……."

언영의 표정이 다시 풀어졌다. 익문은 크게 안도했다.

"아, 그나저나 장인께서는 왜 제게 말을 높이십니까?"

"예?"

"제 장인이십니다. 왜 구태여……."

"저는 이것이 더 편합니다."

괜히 말실수를 일으켜 돌이킬 수 없는 일을 벌이느니 이편이 더 마음이 놓였다.

"한데 공자, 이렇게 자주 찾아와도 되는 겁니까? 분명 해야 할 일이 매우 많으실 텐데요."

내심 그렇다 답하며 당장 떠나 주기를 바랐다.

"목린이를 보기 위해서 밤새 해결하고 왔습니다! 목린이를 만날 수만 있다면 소인 뭐든지 할 수 있습니다!"

하지만 언영은 늘 익문의 기대를 무너뜨리는 말만 했다. 이번에도 활짝 웃으며 꺼낸 말은 익문이 속으로 끄응 신음을 내게 했다.

"장인, 목린이는 어디에 있습니까?"

"아, 목린이는 지금…… 많이 아픕니다."

어찌 보면 틀린 말은 결코 아니었다. 목린은 실제로 언영이 섬에 등장했다는 얘기만 들리면 시름시름 앓았다.

"예?!"

언영이 소리쳤다. 그리고 정신을 차리지 못하고 사방을 빙글빙글 돌며 절규하기 시작했다.

"목린이가! 목린이가!"

"공자! 진정하십시오!"

"목린아! 지금 당장 보러 가야겠습니다!"

"그, 그건 안 됩니다! 전염병입니다!"
익문은 생각나는 대로 뱉으며 언영의 팔에 달라붙었다.
"상관없습니다! 목린아!"
차마 소중한 여인의 아비를 거슬린다고 떨쳐낼 수는 없었다. 그래서 언영은 익문을 두 팔로 번쩍 안아 들었다. 익문은 팔로 언영의 목을 감싸며 고함을 질렀다. 언영은 그 상태로 익문의 집을 향해 질주하기 시작했다.
"장인! 죄송합니다!"
"내려놓으십시오! 공자! 내려놔! 내려놓으라고!"
"말을 놓으시다니 소인은 기쁩니다!"
"내려놔! 주언영!"
'주언영이 보이면 당장 잡아서 족장 앞에 데려다 놓아라'라는 명령을 받은 이들은 족장이 언영의 품에 안겨 있으니 쉽게 나서질 못했다. 어찌 보면 명령을 지킨 셈이었다. 그리하여 언영은 동네 한복판을 아무런 방해 없이 가로지를 수 있었다. 목린이 있는 초가집 앞에 순식간에 당도했다.
"열어!"
문을 지키고 있던 이는 언영이 달려오자 입을 굳게 악물고 비장하게 있다가도, 그가 안아 들고 있는 이가 다름 아닌 족장임을 확인하자 눈에 띄게 당황했다. 어떻게 해야 할지 명령을 내려주는 이를 찾기 위해 사방을 두리번거렸다.
"열라고!"
답답해진 언영이 다시 한번 고함을 내질렀다.

"아니, 열지 마! 열지 말게!"

익문이 버럭버럭 던졌다.

문을 지키던 호위는 어찌 해야 할지 몰라 정말 볼품없는 무기로 허공을 찔러 대며 쩔쩔맸다. 하지만 여기서 분명한 것 하나는 언영이 달려오는 속도를 전혀 낮추지 않고 있음이고, 이대로 가다간 문에 정면으로 부딪쳐 언영과 익문의 얼굴에 달걀만 한 혹이 불어날 게 뻔했다. 귀한 아들이 그런 징그러운 상처를 달고 나타났는데 귀혈족이 과연 가만히 있을지 의심되었다. 결국 호위는 문을 열었다.

문 앞에서 멈춘 언영은 거칠게 숨을 쉬며 말 그대로 익문을 호위에게 건넸다. 마치 물건을 주고받듯이 행했다. 언영이 너무 자연스럽게 익문을 내미니까 호위도 반사적으로 팔을 뻗었다. 하나 여기서 한 가지 간과한 사실은, 모두 언영처럼 이렇게 자유롭게 성인 남성을 들어 올릴 수는 없다는 점이다. 익문을 옮겨 받은 순간 힘없는 호위의 팔이 아래로 확 꺾이고, 덕분에 익문은 바닥에 엉덩방아를 크게 찧었다.

"아악!"

"목린아, 괜찮아?!"

한편 익문을 건네준 뒤로 바로 집 내부에만 신경을 쏟은 언영은 그 모습을 보지 못했다.

바닥에 앉아서 피륙으로 베를 짜고 있던 목린은 갑자기 언영이 시야에 나타나자 조그만 어깨를 굳히며 호흡을 멈추었다.

그는 볼 때마다 나날이 더 커지고 있었다. 저런 어깨로 달려가면 단단한 돌도 부서뜨릴 수 있을 것 같았다. 그의 허벅지는 거의 목린의 허리만큼이나 굵었고, 대체 평소에 뭘 하고 다니는 건지 종아리엔 말랑한 살이라곤 하나도 없고 근육으로 울퉁불퉁했다.

"목린아……!"

언영이 성큼성큼 걸어와 몸을 기울여 목린의 겨드랑이 사이에 손을 끼워 넣었다. 그러자 질질 끌려가듯 베틀 앞에 있던 목린의 몸이 일으켜졌다. 언영은 허리를 펴고 자신과 눈높이가 같아진 목린의 볼에 계속 쉬지 않고 뽀뽀했다. 목린의 뽀얀 볼이 꾹꾹 눌리길 반복했다.

"고, 공자! 지금 뭐 하는 짓이요! 잠깐……."

익문은 엉덩이를 문지르며 뒤늦게 자리에서 일어섰다.

"공자? 공자!"

하지만 익문이 따라서 들어오려고 하자 언영은 발을 휙 하고 뻗어 문을 닫아 버렸다. 종아리의 힘만 썼는데도 문 전체가 나가떨어질 것처럼 흔들거렸다. 이어서 언영은 문 옆에 있던 큰 상자를 발로 쓱쓱 밀어서 문 앞에 옮겨 두었다. 익문은 머리가 띵해질 정도로 세게 문을 주먹으로 쾅쾅 내려쳤다. 조바심에 순간 감정을 참지 못하고 외쳤다.

"목린아! 목린아, 너무 못 참겠다 싶으면 바로 소리를 지르거라! 당장 문을 부수고 들어가겠다!"

"네게 줄 게 있어."

목린에게 오롯이 집중하느라 그녀의 목소리 말고는 아무것도 들리지 않는 언영이 신나게 말했다. 그의 얼굴에 설렘이 만발했다.

그는 마지막으로 목린의 뺨에 얼굴을 비빈 후에 그녀를 옆에 있는 침상 위에 다소곳하게 앉혀 놓았다. 그리고 그 옆에 바짝 달라붙어 앉았다. 다리가 닿아서 목린이 어색하게 발을 움직이는 동안, 언영은 등 뒤에 아까부터 차고 있던 기다란 것을 그녀에게 불쑥 내밀었다.

"이거. 네가 그날 쓰던 그 볼품없는 창보다는 훨씬 나을 거야."

그날이라 함은 두 사람이 처음 만났던 그 날을 일컫는 것이었다.

목린에게 무기를 보는 눈은 없었으나 손에 꽉 잡히는 느낌이나 무게를 고려했을 때, 그가 건넨 창이 오랜 시간 심혈을 기울여 제작된 것이라는 느낌을 받았다. 특히 언영의 눈에서 피어오르고 있는 뿌듯함이 그것을 방증했다. 좋은 자원인 철이 무기를 매끄럽게 뒤덮고 있었다. 목린이 고개를 푹 숙이고 들릴 듯 말 듯 말했다.

"……고맙습니다."

"돌려서 뒤에 한 번 봐 봐."

창을 뒤집어본 목린의 미간에 줄이 생겼다.

"어때? 내가 새겨 넣었어."

"……."

삐뚤빼뚤한 글씨로 언영목린이라고 적혀 있었다. 사실 목린을 몽린이라고 적기는 했지만, 각고의 노력이 보였기 때문에 목린은 대수롭지 않게 넘어갔다.

"앗!"

갑자기 옆에서 언영이 확 끌어안았기 때문에 목린은 창을 바닥에 떨어뜨릴 뻔했다. 언영은 목린의 허리를 당겨 안아 더 제 몸에 바짝 붙인 뒤에 그녀의 뺨에 입술을 다정하게 지분댔다.

숲에 혼자 쭈그리고 앉아 눈물을 뚝뚝 흘리고 있는 목린을 처음 발견한 그날, 언영의 세상이 바뀌었다. 정신을 차렸을 때는 이미 그녀와 혼인하겠다고 어머니에게 자랑하고 있었다.

그때나 지금이나 목린이는 여전히 수줍음이 많았다. 어쩌면 볼에 입을 맞출 때 목린의 낯빛이 떨떠름한 것도 그 연유에서 비롯된 것이리라.(물론 그건 좀 다른 문제였지만 언영은 거기까지 머리가 돌아가지 않았다.)

"앞으로 사 년만 더 기다리면 돼."

"……."

"그러면 이렇게 번거롭게 방문하지 않아도 매일 볼 수 있어."

언영은 목린을 꽉 끌어안으며 앞뒤로 이리저리 흔들었다.

"네……."

너무 대답이 없으면 그의 기분을 거슬리게 할지도 모르니까 목린은 차마 눈을 못 마주치고 어색하게 답했다. 그것만으로도 기쁜지 언영이 입술을 씰룩거렸다. 그러다가도 또 금방 얼굴을 찡그렸다.

"아프다고 들었는데 괜찮아?"

"네……."

"전염병이라며."

목린은 얼른 머리를 굴렸다.

"네……."

"난 너만 아픈 건 싫어. 나도 같이 걸려도 상관없어. 그러니까……."

목린의 아래턱이 잡혔다.

처음에 목린은 언영의 말을 이해할 수 없었다. 지금이라도 그런

병에 걸린 적이 없다고 알려야 하나 고심했다. 그런데 그의 눈동자가 정확히 어디에 내리꽂혀 있는지 알게 된 순간, 조금 전 그가 어떤 것을 목적으로 그런 언사를 내뱉었는지 확실히 깨닫게 되었다.

"……."

아무렇지도 않게 볼에 입술을 꾹꾹 내려찍던 사내가 이번엔 진정으로 두 입술을 겹치려 하니 얼굴이 시뻘겋게 변해 버렸다. 함께 연결된 귀와 목 또한 만지면 데일 것같이 색이 붉어졌다. 언영의 눈이 반쯤 벌어진 목린의 입술에 고정되어 떨어지지 않았다. 그가 침을 삼키자 목울대가 그에 따라 꿈틀거리는 모습이 목린의 눈에 고스란히 담겼다.

이내 비장한 각오로 그가 목린의 여린 입술 위에 제 것을 찍었다.

언영이 얼마나 긴장했는지 부딪친 입술마저도 달달 흔들리고 있었다. 입술은 물론이고 목린의 어깨를 잡은 손까지 같이 떨었다. 얼굴을 서서히 앞으로 더 들이밀면서 목린의 몸에 더 바짝 달라붙었다. 그는 두 팔을 벌려 목린을 품에 꽉꽉 끌어다가 안았다. 하지만 차마 더 이상 나갈 용기는 없어 그 상태로 가만히 있었다. 어린 애기한테 뽀뽀하듯이 입술만 갖다 댔다. 그것마저도 언영에겐 얼굴이 터질 것 같이 버거웠다.

실 하나 들어갈 틈도 없이 그렇게 달라붙은 상태에서 목린은 기쁨에 요동치는 언영의 심장을 누구보다 가까이서 느낄 수 있었다.

그리고 그와 동시에 그녀의 입술 위로 무언가가 흘러내렸다.

"피!"

눈을 뜬 목린은 두 손으로 언영을 확 밀어냈다.

"피가 나요! 어떡해!"

목린은 반사적으로 두 손으로 언영의 뺨을 감싸며 울었다. 언제부터였을까, 언영의 코에서 피가 주룩주룩 떨어지고 있었다. 삽시간에 지극히 감정적으로 변한 목린의 얼굴을 언영은 마치 믿기지 않는다는 양 멍하니 바보처럼 바라보았다. 누가 보면 피를 흘리는 사람이 목린이라 오해했을 터였다.

"가만히 계세요. 제가 닦아 드릴게요."

목린이 피를 닦을 것을 챙기러 갔다. 한번 이성을 잃은 목린은 좀 전까지의 차분함은 던져두고 사방팔방에 소란을 피우기 시작했다. 끊임없이 혼잣말하며 당장 쓸 만한 영견을 찾기 위해 방을 급하게 뒤졌다.

분위기가 좀 진정된 건 다분히 오랜 시간이 지난 후였다. 출혈이 멈추고, 목린은 벌겋게 변한 언영의 인중을 매우 정성스럽게 닦아 주고 있었다. 얼마나 집중했는지, 마냥 히죽거리기만 하던 언영이 난데없이 조용해진 상황에 대해서도 무지했다.

"목린아."

목린은 갑자기 손목이 잡히고서야 뒤늦게 분위기를 읽었다. 영견을 쥔 손이 그의 얼굴에 닿지 못하고 허공에서 움직임을 멈췄다. 언영의 단단하고 상처가 많은 손이 그녀의 가는 손목을 탁, 하고 힘껏 감싸 쥐었다.

웃음기를 싹 거둔 언영은 완전히 다른 사람이 되어 있었다. 그의 또렷한 눈이 오로지 목린에게만 집중되었다.

"그거 알아?"

소리를 지르지 않고, 호쾌한 박장대소도 터뜨리지 않는 그의 나직한 목소리는 놀랍도록 차분했고 듣기 좋았다. 이게 어떻게 사람의 음성인가 싶을 정도로 부드러웠다.

목린의 심장이 콩, 콩, 활발하게 튀어 올랐다.

"네가 나한테 '네' 말고 다른 말을 한 걸 똑바로 들은 게, 이번이 처음이야."

목린은 입을 살짝 벌리고 탄식했다.

그러니까, 이 사람은 많이 이상한 사람이었지만 그래도 진실한 마음 하나는 분명해 보였다. 목린은 아직 어려서 사람의 입에서 흘러나오는 진실과 거짓을 명백히 구분할 자신은 없었지만, 그래도 이 사내는 확실했다.

역으로 생각해 보면, 마음을 담아 둔 사람이 내뱉는 말이 '네'밖에 없으면 확실히 많이 아쉬울 것 같았다. 늘 해맑게 '목린아!'라고 외치며 달려와도 내심 오늘은 좀 변화가 생기지 않을까 기대하고 찾아오는 거겠지…….

마음에 들지는 않았지만 목린은 목전의 사내에게 살짝 마음이 누그러지고 말았다. 마을의 평화를 위해선 어차피 그와 친하게 지내야 하는 거니까, 그러니까 그런 거라고 목린은 자신에게 끊임없이 중얼거렸다.

"흐흐흐……."

하지만 그런 생각도, 그가 다시 괴상망측한 웃음을 지으며 입꼬리를 바보같이 헤벌쭉 올리니 곧장 죽어 버렸다. 손목이 잡히지만 않았더라면 목린은 그 손으로 이마를 짚으며 감히 이상한 상념을 뇌리에 담았던 저 자신을 꾸짖었을 것이다.

"흐흐흐흐흐흐흐흐……."

"저기, 입으로 피 들어가요."

"흐흐흐흐흐흐흐……. 목린아……."

"정말로 들어가요."

"흐히흐하흐히흐흐……."

그렇게 웃더니 언영은 잠시 눈치를 보며 얼른 덧붙였다.

"한 번만 더 뽀뽀해도 돼?"

"……코 밑에 피 묻은 상태에서는 안 돼요."

"그러면 얼른 닦아 줘."

그가 얼굴을 불쑥 내밀고 싱긋 웃었다. 목린은 그의 부탁을 뿌리칠 수 없었다. 단순히 무서워서는 아니었다. 저렇게 좋아하는 그를 보니 내칠 수가 없었다. 이 정도는 그에게 허락해도 될 것 같았다. 부족을 위해서였다.

나무의 우듬지가 햇빛을 한가득 받았다. 맑고 따사로운 계절 속에 온풍이 함께 어우러져 최고의 대낮을 선사했다. 그리고 그런 나날에 혼인을 맺은 행운의 신부가 바로 지금 공터에 앉아 저보다 어린 여자아이들 사이에 둘러싸여 있었다. 또랑또랑한 목소리의 소녀들이 오늘의 주인공에게 연이어 재잘거렸다.

"선화 언니, 언니. 자세히 말해 줘."

선화는 어제 무리 중에서 첫 번째로 시집을 간 여인이 되었다. 저번 주까지만 해도 아무렇지도 않게 두세 살 어린 애들과도 잘 어울리던 선화는 갑자기 자신은 이제 이 꼬맹이들과는 다르다는 생각을 품게 되었는지 훨씬 성숙한 옷을 입고 화장을 진하게 하고 나타났다.

"하지만 딱히 해 줄 말이 없는걸. 그것은…… 어두워서 아무것도 보이지 않았고, 짧게 끝났단다."

그리고 어울리지 않게 도도한 목소리로 말했다. 평소에 가장 말투가 험악하기 짝이 없던 소녀였단 사실을 돌이켜봤을 때 피식하고 웃음이 나올 짓이었지만, 아직 미혼인 소녀들에겐 이런 엉성한 변화마저도 뭔가 대단해 보였다. 둘러앉은 소녀들 모두 입을 헤벌쭉 벌리고 선화를 구경했다. 선화는 어깨를 으쓱이며 자신만만하게 입꼬리를 올렸다. 서툴게 입에 바른 연지가 돋보였다.

초족에게 혼인 후의 '초야'라는 것은 존재하지 않았다. 몸을 섞는 행위는 단순히 후손을 얻기 위함인 것. 그 이상의 가치가 없는 행동에 빠지는 것은 곧 타락으로 이어지는 길이라고 초족 사람들은 굳게 믿었다.

하여 부부는 어두운 방에 들어가 눈 깜박할 사이에 교합을 마쳤다. 상대의 몸을 보고 이상한 생각으로 번지지 않도록 아무것도 보이지 않는 어두운 공간에서 행했고, 정말 삽입과 파정 두 단계만 거치고 끝났다. 사람마다 결과가 다양했지만 가장 빠른 경우 2초 만에 끝내고 나온 적도 있었다.

집에서 부부는 정말 아이를 갖기 위한 필수적인 삽입만 했고, 개인의 공간을 중요시하여 잠을 자는 방도 따로 가졌다.

그토록 추악하다고 여겨지는 것이니 초족의 주민들은 일단 아무리 어린아이라도 교접에 대해 부정적으로 인식하고 있었다. 하지만 그와는 별개로 이만큼 소녀들의 호기심을 자극하는 것도 없었다. 징그러워하고 몸서리를 치면서도 끝내 하나라도 더 듣고자 했다.

한 소녀가 몸통을 앞으로 숙이고 은밀히 입술을 뗐다. 언제부터였는지 몰라도 과하게 떠돌아 어느새 진실인 양 자리 잡은 소문 중 하나를 꺼냈다.

"듣자 하니 육지 사람들은 그 짓을 밤새 한다더군요."

선화는 뒤로 발라당 넘어졌다.

"그런 망측한 게 있나! 염병, 숨이 내 목에 닿는데, 어찌나 기분이 나쁘던지. 그런 짓을 밤새 하느니 니미럴 차라리 그냥 죽어 버릴……."

초족에서 결혼은 주로 사랑이 아닌 두 가정 사이의 유대를 목적으로 이뤄졌다. 선화에겐 남편을 향한 각별한 애정이 없었다.

아니나 다를까, 하루도 못 참고 평소의 그 걸걸한 말투를 되찾고 외치던 선화의 목소리가 이내 힘을 잃고 잠잠해졌다. 그녀는 당혹스러운 눈으로 오른쪽을 어색하게 훑었다.

"……."

아까부터 얼굴이 창백해진 목린이 초조하게 손가락으로 제 치마를 구기고 있었다. 선화의 시선이 향한 곳을 확인한 나머지 소녀들도 뒤늦게 자기들의 실수를 깨닫고 허둥거렸다.

목린의 양쪽에 앉은 소녀들은 그녀의 손을 각각 하나씩 쥐고 쓰다듬으며 달래느라 바빴고, 나머지 애들도 엉금엉금 기어와 목린에게 끊임없이 긍정적인 말을 던졌다. 하지만 시무룩해진 목린의 얼굴은 낫는 기색이 보이지 않았다.

"목린아. 물론 괜찮은 귀혈족도 있을 거야."

"그래, 그렇고말고."

"그 족장의 아들이라는 자는 아닌 것 같지만……."

"얘! 조용히 해!"

가장 눈치가 빠른 아이가 잽싸게 선화에게 물으며 대화 주제를 돌렸다.

"언니, 듣던 대로 많이 아팠어?"

"아, 아니. 솔직히 말해선 들어온 줄도 몰랐어."

"그렇다면 밤새 생각만큼 힘들진 않을 것 같은데. 그렇지, 언니? 그렇대, 목린아……."

친구들이 어깨를 두들겨 주며 달랬다. 목린에겐 그들의 표정이 익숙했다. 연민이 아래에 깔린 걱정. 지난 두 해 동안 질리도록 익히 봐 온 얼굴이었다.

분명 진실한 위로일 터이지만 목린은 몸에서 힘이 쭉 빠져나가는 것을 절감했다.

"나는 몸이 안 좋아서 집에 가봐야 할 것 같아."

"그, 그래! 목린아. 내일 만나자."

"목린아, 조심히 가!"

"내일 봐!"

"응, 얘들아. 고마워……."

목린은 부러 뒤를 돌아보지 않았다. 아이들의 걱정스러운 낯빛은 이미 굳이 눈에 담지 않아도 쉬이 그려 볼 수 있었다. 예전에는 그 표정을 보고 잠시나마 위로를 받고는 했지만, 어차피 바뀌지 않을 미래를 깨닫게 된 후로부터는 아무것도 느끼지 못했다.

목린은 터벅터벅 힘없이 돌길을 걸어갔다. 축 늘어진 팔에 생기가 없었다. 집이 모여 있는 마을 아래가 아니라 나무들이 빽빽이 우거진 산 위로 방향을 바꾸었다.

울창한 숲의 냄새가 목린을 상냥하게 환영했다. 곰살궂은 바람 아저씨는 목린의 머리를 다정하게 쓰다듬었고, 짓궂은 햇빛 언니는 목린의 얼굴 위로 지나치게 내리쬐었지만, 그마저도 달가웠다. 목린은 계속 위로 올라갔다. 나무에서 재롱을 부리는 다람쥐들이 눈을 부릅뜨고 목린을 신기하게 구경했다.

지난번 익문의 탄생일에, 어미인 월진하고 군사 여럿과 함께 언영은 배에 가득 호화로운 선물을 담고 찾아왔다.

'이미 가족이나 다름이 없으니까! 하하하!'

월진이 팔짱을 끼고 등을 꺾으며 가가대소했다.

'하하하!'

'하하하하!'

이어서 옆에 서 있는 언영이나 무사들도 똑같이 그 행동을 따라 했는데 초족 주민들은 그 모습을 보고 머리가 어지러워질 지경이었다.

한편 정작 선물을 받은 목현이나 익문은 전혀 기뻐할 수 없었다. 그들이 준 패물들은 감히 초족에서 태어나고 자란 이들은 꿈도 꿀 수 없는 귀한 것들로, 우리에겐 이런 것을 쉬이 구할 힘이 있으니 반항하지 말고 딸을 내놓으라는 의미로만 받아들여졌다.

언영은 시간이 지날수록 바빠져 평소처럼 섬을 드나들지는 못했으나, 그 대신 꾸준히 목린만을 위한 서간을 보냈다. 새가 날아와 전해 주고 떠났다. 물론 목린에게 보낸다고는 했지만, 제일 먼저 아버지 익문이 이상한 내용이 없는지 확인하고 그제야 딸에게 마지못해 내밀었다.

'엄청난 악필이군.'

'그래도 열심히, 자주 쓰잖아요.'

'목린아, 설마 이놈을 두둔하는 것이냐!'

'그냥 그렇다는 거예요, 아버지…….'

'이놈은 야만인이야. 잊지 말아라! 우리가 조금만 강했어도 그런 놈에게 널 주진 않았을 거다……!'

서간의 절반은 사랑한다는 얘기, 그리고 나머지는 언영의 일과 얘기였다. 목린으로서는 하나도 이해할 수 없는 목록의 나열이었고 익문은 그것을 읽을 때마다 끔찍하다면서 혀를 끌끌 찼다. 얼른 보고 싶다고, 매일 안고 뽀뽀할 수 있게 하루라도 빨리 혼인하고 싶다는 부분을 읽을 때면 익문의 눈에 화염이 튀었다.

내심 바빠진다는 것을 빌미로 목린을 향한 언영의 관심이 식기를 바랐던 익문에게, 매번 날아오는 서간은 고통의 연속에 불과했다. 특히 목린의 탄생일 또한 내일로 다가온 지금, 다시 한번 언영을 비롯한 귀혈족 이들을 마주해야 한다는 것에 그는 요즘 자주 몸서리를 쳤다. 그자들이 오지 않을 리 없었다.

목린 또한 언영이 무서웠다. 하지만 예전만큼 싫어하지는 않았다. 복잡한 감정이지만 그것이 사실이었다. 그에게 감사의 의미로 선물 받은 창을 쓰는 모습을 보여 주고 싶었다.

언영이 준 철로 된 창은 산 높은 곳에 보관되어 있었다. 이 정도 거리만큼 올라왔을 때 오른쪽에서 다섯 번째로 보이는 갈참나무 아래, 이곳이 목린의 비밀 장소였다. 언제부터 이곳을 신비스러운 혼자만의 공간으로 썼느냐 묻는다면, 기억이 나지 않을 정도로 오래되었기에 답할 수 없었다.

옛날에 빨빨거리며 이곳저곳 돌아다니길 좋아했던 목린은 작은 굴을 파 놓고 그 안에 물건을 넣어 놓고 놀았다. 길에서 우연히 주운 구슬, 깨진 석경(거울) 조각, 도토리 몇 개 등등. 언제 숨겨놨는지 기억조차 나지 않는 것들이 쌓여 지금의 추억을 만들었다. 오늘도 산에 오른 목린은 자리에 고이 누워 있는 창을 집어 들었다. 창은 차마 굴에 넣기엔 너무나도 길었다.

"……."

삐뚤빼뚤한 '언영목린'을 한 번 손으로 쓸었다. 지난번에 목린이 새로 파내서 '몽린'이었던 제 이름을 고쳐 적었다.

언영이 준 창은 부담스러운 선물이었다. 이전에 목린이 쓰던 것은 대나무를 대충 깎은 것으로, 최대한 창의 모양을 본떠서 만들어 본 것이지, 실제 전투에서는 쓰일 수 없는 쓸모없는 물품이었다. 하여 창을 연습할 때도 목린은 마음 편하게 할 수 있었다. 어차피 제대로 된 물건이 아니니 얼마나 바른 자세로 꼼꼼히 반복하느냐는 별반 중요하지 않으리라 보았던 것이다.

하나 제대로 된 무기를 손에 쥐니 이야기가 달라졌다. 잘못 연습했다간 안 좋은 습관이 몸에 남을 것 같았다. 그렇다고 좋은 선생님을 찾아보자니, 무예를 폄하하는 분위기인 단월도에서는 아예 불가능한 일이었다.

새가 공중에서 울었다. 나뭇가지를 이리저리 옮겨 다니느라 잎

사귀가 흔들리는 노래가 높다란 하늘에 메아리쳤다.

마음이 금방 차분해졌다. 연습하기에 좋은 계절, 늦여름이었다. 목린은 창을 멀리 날리기 준비하는 자세로 손을 뒤로 당겼다.

그때 뭔가 익숙한, 청아한 냄새가 코끝을 갉작대고 놀았다.

"그게 아니라 이렇게."

낮고 다정한 목소리가 귓가에 안착했다. 뒤에서 다가온 손이 목린의 허리를 안아 제자리에 맞게 돌렸다. 크고 골격이 두드러지는 그 손은 목린의 복부 전체를 거의 감쌀 만큼 길었다.

"더 자신 있게."

그의 나머지 손이 목린의 팔꿈치를 더 뒤로 당겼다. 그동안 저도 모르게 숨을 참고 있던 목린이 뒤늦게 살짝 허덕거리자 기분 좋은 웃음소리가 그녀의 머리카락을 간지럼 태웠다. 기쁨에 젖은 목소리가 듣기 좋은 너털웃음을 뽑아내며 그녀의 얼굴에 단단히 밀착했다.

"옳지. 이제 던져!"

그 상황에서 창을 제대로 던질 수 있을 리 만무했다. 이상하게 뻗어 나간 손은 힘을 충분히 내지 못했고, 그래서 목린은 평소 실력보다 훨씬 형편없이 창을 던졌다. 두 걸음 길이도 못 넘고 얼마 지나지 않아 쉽게 고꾸라진 창은 목린의 자신감처럼 휘청거리며 옆으로 털썩 쓰러졌다.

"잘했어!"

"아!"

그래도 언영은 반색하며 양손으로 뒤에서 목린을 번쩍 들어 올렸다. 신나게 환호성을 내질렀다. 그사이 언영의 키가 더 커지고 힘도 늘어났기에 목린은 이전보다 더 높게 떠올랐다. 목린은 짧게 비명을 지르며 상대적으로 훨씬 아담한 발을 휘저었다. 언영은 끊임없이 쾌활하게 웃음을 펼치며 이젠 서로 마주 볼 수 있게 목린을 돌렸다.

언영은 그 사이 더 키가 늘어나 이제 익문을 훨씬 뛰어넘었다. 볼살이 다 빠져서 얼굴 윤곽이 더 진하게 도드라졌다. 처음 보니까 어색할 뿐이지, 더 매섭고 날카로워져서 돌아온 그의 인상은 전혀 나쁘지 않았다. 시원하게 옆으로 뻗은 눈은 주변을 뒤덮는 살 없이 또렷했고, 코는 자칫 오만해 보일 정도로 위에 우뚝 올라서 있었다. 입술은 너무 얇지 않고 적당히 도톰한 것이 예쁜 색으로 반짝거렸다. 턱은 군살 없이 날카롭고 예리하게 빠졌다.

너무 균형이 잘 잡혀 자칫하면 냉정해 보일 수 있는 인상이 따스한 미소와 자연스럽게 겹쳐졌다. 목린은 순간 몸을 뻣뻣이 굳히고 그의 조각 같은 얼굴을 세밀히 뜯어보았다.

"목린아……!"

그러나 그가 목린의 이름을 부르며 안면 근육이 흐느적거리고 사랑에 빠진 멍청한 미소가 얼굴 전체에 전파되는 순간, 목린의 두근거림도 금방 잠잠해지고 말았다.

언영은 거의 울려는 표정으로 목린을 확 끌어안은 뒤에 얼굴을 맞대고 비볐다. 목린의 얼굴이 구겨지듯 꾹꾹 눌렸다. 이어서 언영은 그 위로 다정한 입술을 끊임없이 쏟아부었다. 목린은 그의 어깨를 얌전히 붙잡고 눈을 내리깔며 받아들였다.

한참을 쪽쪽거리다가 언영은 마지못해 목린을 다시 땅에 내려놓았다. 그리고 아까 던졌던 창을 향해 성큼성큼 걸어가 목린이 평소에 보관해 두는 바로 그 자리에 다시 두었다. 목린을 향해 또 몸을 틀며 언영이 들뜬 목소리로 축하했다.

"목린아, 생일 미리 축하해!"

목린은 치마를 매만지며 수줍게 답했다. 오늘은 뒤로 땋은 머리의 끝이 목린의 허리 근처에서 흔들거렸다.

"고맙습니다."

"여기 계속 있을 거야?"

"아, 아니요."

"그러면 내려가자."

목린은 당연히 언영이 이번에도 그녀를 번쩍 들어 올리리라 예상하고, 몸을 마주 보는 위치로 틀었다. 겨드랑이 사이에 손을 끼워 넣기도 쉽게 팔을 살짝 옆으로 벌렸다. 하지만 언영은 길을 따라 걷지 않고 뭐하냐는 듯 의아한 표정으로 목린을 내려다봤다. 짙은 눈썹을 꿈틀거리며 물었다.

"안 내려가?"

"아……."

목린은 뒤늦게 자신의 실수를 깨달았다. 얼른 다시 발을 돌려 길을 향해 갔다. 얼굴이 화끈거렸다. 당장 이곳에서 몸을 숨기고 사라지고 싶었다. 손으로 뺨을 팍팍 때리며 더듬거렸다.

"그, 아니에요……!"

손을 옆으로 내밀어 언영의 검지를 꼭 잡고 소심하게 낑낑 잡아끌었다. 얼른 떠나서 잊어버리고 싶었다.

"얼른 내려가요. 얼른요."

그러나 목린의 소망을 묵살하듯 언영은 그 자리에 뿌리가 박혔다. 잡힌 검지를 어리벙벙한 눈으로 내려다보며 상황을 가늠하는 듯싶다가 이내 그의 눈이 팽창하듯 크게 벌어졌다. 그의 동공에 이채가 도드라졌다.

"어……. 어……. 하…… 하하하!"

"……."

"하하하하하!"

"어서……! 내려가요……!"

"하하하하하!"

"저는, 그러니까, 원해서 그런 게 아니라 당연히 하실 줄 알고……. 어머나!"

언영이 목린의 허리를 가뿐히 안아 올렸다. 목린은 안절부절못하며 성격답지 않게 허공을 강하게 발길질했다. 그래 봤자 언영의 눈에는 깜찍한 재롱에 불과했다.

"잠깐만요! 잠깐만 내려 주세요!"

"하하하하하! 마음껏 들어 줄게! 평생 발이 바닥에 안 닿도록 귀하게 모셔 줄게!"

"무서워요! 너무 무서워요!"

진심이었다. 단순히 겨드랑이 아래에 손을 넣어 들어 올리는 게 아니라, 이번엔 튼튼한 두 팔을 이용하여 머리 위로 번쩍 그녀의 몸통을 붕 띄워 올리고만 것이다. 목린은 이제 안타까워 보일 정도로 파리해졌다.

"너무 무서워요, 언영 님!"

하지만 차마 그의 심기를 거슬리게 할까 봐 내려 달라거나, 싫다는 말은 내뱉지 못했다.

한편, 귀혈족에게 '무섭다'는 것은 깨뜨려야 할 임무였다. 귀혈족은 끊임없이 제 속의 두려움이나 의심과 싸우는 일을 매우 중요한 목표로 여겼다. 자신의 한계를 뛰어넘어 궁극적으로 더 나은 모습으로 발전하는 것을 인생 최고의 행복으로 보았다. 그러므로 목린이 무섭다고 했을 때, 언영은 그녀의 내부에 깃든 공포와 맞서 싸우는 것을 도와주는 역할을 자처하기로 마음먹었다.

"꺄아아악!"

내려주기는커녕 위태로운 그 상태에서 언영이 잰걸음으로 산에서 내려가기 시작했다. 목린의 가느다란 외마디소리가 길가를 그들먹하게 채웠다.

언영이 목린을 단단히 부여잡고 있었기 때문에 떨어질 일은 결코 없었지만, 실로 당하는 사람 입장에선 그 사실이 하등 고맙지 않았다. 목린의 몸이 가차 없이 흔들거렸다. 뒤로 땋아 내린 머리가 채찍을 휘두르듯이 사방에 펄럭였다. 그사이에 군데군데 꽂혀 있던 꽃이 바닥으로 낙하했다.

한편 약초를 캐러 산에 올라오는 마을의 할아버지가 그대로 두 사람을 맞닥뜨렸다. 그는 언영과 그 위에 떠 있는 목린을 목도하자마자 손에 쥐고 있던 바구니를 떨어뜨리며 우스꽝스럽게 뒤로 풀썩 넘어졌다. 마치 귀신을 목격하기라도 한 것처럼 손톱으로 돌바닥을 피가 날 정도로 벅벅 긁으며 엉덩이를 뒤로 밀었다. 신 한 짝이 홀라당 벗겨졌다.

"에, 에, 에구머니나!"

언영의 얼굴에 사람 좋은 미소가 활짝 피어올랐다.

"안녕하세요, 어르신!"

"저, 저, 저……! 사람을 죽이려 하는구먼!"

할아버지는 바구니를 줍는 것도 잊고 부랴부랴 자리에서 일어섰다. 발에 힘이 안 들어가 몇 번이나 바닥을 헛되게 긁었다. 그리고 힘들게 올라왔던 길을 기우뚱거리며 되돌아갔다. 벗겨진 신은 다시 찾아가지 않아 흙길에 뎅그러니 버려졌다. 나이 든 노인이라고는 믿을 수 없을 정도로 몸에 지닌 모든 원기를 모두 뽑아내며 도망쳤다.

언영을 금세 다시 잔잔함을 회복한 길가를 아쉬운 표정으로 응시했다.

"이곳 사람들은 여전히 수줍음이 많군."

목린은 대답할 힘도 없었다. 엄동설한 한겨울에 알몸으로 폭설을 맞고 있는 사람인 양 전신을 가냘프게 떨며 울음을 삼켰다. 아까 조금이라도 그에게 설렘을 느꼈다는 게 믿기지 않았다. 꾸준히 써 주는 서간에 감동한 것도 다 소용없었다.

언영은 계속 같은 자세로 목린을 받쳐 들고 산에서 내려왔다. 그는 너무 신난 나머지 재미난 노래까지 흥얼거리고 있었다.

평지로 내려왔을 땐 앞서 내려간 할아버지로부터 소식을 전해 들은 주민들이 그들의 앞길을 가로막고 서 있었다. 그 가운데에는 익문과 목현이 있었다. 할아버지의 말이 진실이었음을 눈으로 확인한 순간, 익문은 억장이 우르르 무너졌다. 목현 또한 입술을 피가 터질 정도로 깨물었다.

"목린아! 공자!"

"장인! 형님!"

"꺄아아아악!"

익숙한 이들을 발견한 언영의 얼굴이 더욱 펴졌다. 그는 위에 떠받들고 있던 목린을 일부러 보란 듯이 위로 살짝 던져 올렸다가 잡고, 다시 던졌다가 잡고를 반복하기 시작했다. 버팀목이랄 게 없이 그대로 당하기만 하는 목린이 겁에 질려 귀가 찢어질 정도로 비명을 질렀다.

귀혈족에겐 무조건 통할 수법이었다. 언영에게 떠 있는 목린을 다시 잡는 것은 숨 쉬는 일보다도 간단했다. 이렇게 힘을 과시하면 모든 시부모가 배를 잡고 깔깔 웃으며 기뻐했다. 제 자식을 튼실하고 믿음직한 놈에게 맡긴다는 뜻이니까 말이다. 그리고 무엇보다 위아래로 들썩거리는 연인 또한 누구보다 즐거워했다.

하나 초족은 전혀 즐겁지 않았다.

"아아아……!"

"아버지, 정신 차리십시오!"

익문의 노쇠한 몸이 결국 무너졌다. 그를 받쳐 주고 있던 목현마저도 함께 옆으로 넘어져 버렸다. 익문은 부들부들 떨리는 검지로 언영을 가리키며, 엉킨 수염 사이의 메마른 입술로 빗발치는 서러움을 우렁차게 토해 냈다.

"내 절대 저놈에게는 우리 목린이 못 보낸다. 못 보내……!"

한편 언영은 다시 목린을 고쳐 안아 들었다. 눈높이를 맞추고 여전히 목린의 발은 둥둥 떠 있는 상태에서, 언영은 목린의 볼에 제 입술의 흔적을 쪽쪽 남기고, 얼굴을 맞대며 홍복을 누렸다. 근육질 팔에 꽉 갇힌 목린은 이대로 쥐어짜질 것 같았다. 한참이나 소리를 질러 금세 성대가 쉬어 버린 데다 안색은 마치 맨 처음 그에게 잡혔던 날만큼이나 처참하기 그지없었다.

아무것도 해 줄 수 없는 아비라서 너무 미안했다. 익문은 주름진 손으로 아들의 손을 꽉 말아 쥐었다. 목현만 들을 수 있는 작은 목소리를 통해 필사적으로 쏟아부었다.

“목현아. 저 녀석이 돌아가자마자 당장 우리 목린이의 남편감을 한 번 구색해 보자.”

“아버지…….”

“아직은 시집보내기 이른 감이 없지 않아 있지만 적당한 녀석을 찾고 준비하며 지내다 보면 시간은 금방 가겠지. 목현아, 네 친우 중에 가장 괜찮은 녀석이 누구냐.”

목현은 답하지 못했다.

그리 쉽게 해결될 수 있는 문제가 아니었다. 그럴 수 있었다면 진작에 목현이 손을 썼을 것이다.

본래 목린의 남편은 좋은 자리였다. 족장의 딸이라니, 혼인이 곧 가문 사이의 계약인 초족에게 목린은 누구라도 탐낼 최상의 여인이라고 봐도 좋았다. 하나 그건 어디까지나 언영이 등장하기 전까지의 얘기였다.

아무리 훌륭한 혼처라고 해도 귀혈족 사람의 위협을 받고 싶어 할 멍청이는 여기 없었다. 만약 정말 나중에 목린을 향한 언영의 관심이 식는다 해도 마찬가지일 것이다. 언제 다시 언영이 마음을 바꿀지 모른다는 이유로 모두 꺼릴 테고, 목린은 끝까지 홀몸으로 남게 될 것이다. 물론 그것을 목린이 원한다면야 괜찮겠지만, 여태까지 벌어진 모든 일에 목린의 의사는 하등 관여하지 못했다. 그리고 오라비와 아비로서 그녀에게 믿음직한 사람을 붙여 주고 싶은 건 당연한 심리였다.

문제는 또 있었다.

“아버지, 그러다가 저쪽에서 보복하면…….”

“하아…….”

“제정신이 아닌 놈입니다. 목린이를 다른 사내에게 보냈다간 이곳을 불바다로 만들 것이 자명합니다.”

목현은 알고 있었다. 주언영이 싫다, 주언영을 죽이고 싶다고 고래고래 꿈에서도 소리 질러 대는 아버지이지만 절대 그 이상으로 행동하실 분이 아니다. 마을이 걸려있기 때문이다.

아니나 다를까, 목현이 그리 말하자 씩씩거리던 익문의 몸에서 힘이 파사삭 흘러나갔다. 고개를 축 늘어뜨리고 익문이 웅얼거렸다.

“이게 다 내 잘못이다. 내 잘못이야……. 우리 목린이 창 던지고 놀고 싶다고 할 때 오냐오냐해 줬어야 했어……. 아이고, 아이고……. 이 아비가 잘못했다……!”

“아버지, 아버지의 잘못이 아닙니다! 극악무도한 귀혈족 탓이지요.”

한편 두 사람의 비참한 모습을 눈에 담을 수는 있되, 대화는 놓치고 있는 언영은 그들 부자를 바라보며 미간을 찌푸렸다.

“장인께서 어디 편찮으신가?”

목린은 여전히 아까의 충격에서 벗어나는 중이라 답하지 못했다. 눈을 아래에 내리깔고 천천히, 최대한 차분하게 규칙적인 호흡을 되찾았다. 들이마시고, 내쉬고, 들이마시고, 내쉬고……. 한데 입술에 다른 것이 닿으며 상황은 종결되었다. 언영의 입술이었다.

"……!"

목린의 얼굴에 충격이 빗발쳤다. 나머지 주민들의 낯빛도 마찬가지였다.

몸을 섞는 일만큼은 아니더라도 입술을 부딪치는 행동 또한 부도덕한 것으로 여겨졌다. 구태여 하고 싶다면 아무도 보지 않는 밀폐된 공간에서 남들 몰래 하고 나오는 것이 초족이 쌓은 일반적인 상식이었다.

언영은 질식할 정도로 목린을 품에 가두고 그녀의 조그만 입술 위를 쪼아대면서, 부드럽게 여린 점막을 물고 빨았다. 애정을 표현하는 행위를 중시하는 귀혈족에게 이런 것은 아무것도 아니었다. 오히려 장려하는 행동이었다.

마지막으로 입으로 이상한 소리를 내며 익문이 철퍼덕 쓰러졌다.

* * *

익문의 눈꺼풀이 느리게 열렸다. 어느새 그의 몸은 집에 옮겨져 있었다. 익숙한 냄새. 익숙한 느낌. 익숙한 장소. 익숙한…….

"장인!"

"……."

익문의 눈꺼풀이 다시 느리게 닫혔다. 언영은 절박하게 익문의 어깨를 품에 안아 당겼다.

"장인! 눈을 뜨십시오! 장인! 정신 차리십시오! 장인!"

"정신은 차렸네. 부러 눈을 감은 것이네."

"휴……. 다행입니다. 장인."

그놈의 장인, 장인 소리……. 눈치 볼 필요 없었다면 익문은 바로 이를 으드득 갈았을 터다.

"눈을 뜨자마자 들린 것이 너무나도 끔찍해서 다시 감을 수밖에 없었네."

여전히 눈동자를 보이지 않은 상태에서 익문이 웅얼거렸다.

"내가 우리 목린이 마음 아프게 한 죄로 지옥에 떨어졌나 보구나."

"장인……. 갑자기 혈압이 안 좋아져서 쓰러졌다고 들었습니다."

"……누구 때문인지 궁금하군."

그렇게 구시렁대다가 나중에서야 제 말실수를 깨닫고 익문은 입술을 오므렸다. 귀혈족 앞에서 대놓고 비꼬는 날이 오다니. 이 사내가 너무 익숙해진 나머지 벌인 과실이었다. 제발, 제발 못 알아듣고 넘어가길. 제발. 자비를 베풀어 주길.

언영이 시든 줄기처럼 늘어져 있던 익문의 손을 번쩍 집어 들었다. 고작 그 행동 때문에 익문의 상체 또한 벌떡 일으켜질 뻔했다. 장인의 손을 따뜻하고 두툼하게 감싸며 언영이 비장한 각오로 마음을 다졌다.

"소인이 바로 잡아내겠습니다."

"……그래. 그렇게 해 주면 매우 고맙겠네. 제발. 제발 그렇게 해 주게."

저렇게 언영이 황당하게 답하는 모습을 보다 보면 허탈해서 기가 찰 때가 종종 있었다. 그래서 자칫 방심하게 된다. 그러지 않기 위해 익문은 다시 정신을 가다듬었다. 그 무시무시한 배와 군사들의 첫 등장은 아직도 등골이 서늘해질 정도로 오싹하다. 주언영의 저런 멍청한 모습도 다 연막 중의 하나이리라.(아니다.)

"그나저나 월진 족장님께서는 오지 않으셨는가?"

"예. 어머니께서는 마을 일로 바쁘십니다."

"마을 일이라……. 다른 부족과의…… 그런 건가."

그래. 분명 지금도 꾸준히 침략으로 영토를 넓히느라 바쁠 것이다. 단월도 또한 목린이가 아니었다면 이미 종속국 비슷한 게 되었거나 모두가 노예로 팔려갔을 터이니.

"어떻게 아셨습니까?"

언영이 놀라서 물었다.

육지에서는 여러 부족의 화합을 위하여 주기적으로 반년에 한 번, 봄과 가을에 함께 축제를 개최했다. 항상 새로운 대회가 함께 하는데, 작년에 있었던 '빠르게 유밀과 10개를 먹은 뒤 엉덩이로 자기 이름 쓰기' 종목에서 월진은 간발의 차이로 우승을 놓쳤다. 그리고 하필이면 그때 승리를 거머쥔 자가 월진이 옛날부터 제 친구이자 경쟁 상대로 보았던 백화족의 족장이었다.

이번 대회에선 무조건 그자보다는 잘해야 한다고 월진은 콧김을 뿜으며 말했다. 그래서 단월도에 가지 못하는 것에 대한 미안한 마음에, 월진은 대신 목린에게 주는 생일 선물을 준비하는 데 큰 도움을 주었다.

"그걸 내가 어떻게 모르겠는가."

"당연히 모르시리라고 생각했는데, 하하! 아, 그러면 초족도 참여하는 게 어떻겠습니까?"

"돼…… 됐네……."

"재밌을 텐데요."

"자네는 그런 게 재밌-! 후우……."

익문은 관자놀이를 꾹꾹 누르며 혀끝까지 올라온 수많은 말을 억지로 삼켰다. 대화 주제를 다른 곳으로 돌리기 위해 지친 표정으로 주변을 둘러보았다. 아비가, 마을의 족장이 잠깐 기절했었다는데 목린이도 없고 목현이도, 아무도 없다. 텅텅 빈방에 주언영 하나다. 엄습하는 불안감을 인식하며 익문은 천천히 입술을 벌렸다.

"……한데 모두 어디 가고 왜 자네만 내 방에 있는 건가."

"아! 장인께서도 얼른 나가 보셔야 합니다. 목린이의 생일선물을 가져왔습니다. 소인이 여기 있을 테니 모두 나가서 보라고 했습니다. 목린이도 목현 형님도 바깥에서 구경하느라 바쁩니다. 장인 또한 만족하시리라 믿어 의심치 않습니다."

글쎄, 그렇게 치면 익문은 언영의 말은 모두 틀리리라 믿어 의심치 않았다.

"……알겠네. 일단 한번 보세."

일단 그 선물이 무엇이든지 언젠가 보기는 봐야 했다. 그리고 그것이 그의 예상대로 끔찍한 것이라면, 족장으로서 상황을 중재하기 위해 얼른 나서는 것이 시급했다. 익문이 손을 바닥에 짚으며 자리에서 일어서고 언영이 그 옆에서 잡아주며 도왔다.

"너무 놀라서 다시 쓰러지셔도 소인은 모릅니다, 장인."

언영은 뿌듯하게 말했다.

"대체 무얼 가져왔길래 그런 말을……."

문이 열리고 외부에서 내려오는 햇빛이 익문의 눈을 때렸다. 환한 시야를 가득 차지하는 바다가 오늘따라 왁자했다.

"저것은……!"

익문이 대경하는 모습을 언영이 해맑게 내려다보았다.

아무것도 없었던 단월도의 바다를 배가 차지하고 있었다. 두세 사람 정도가 탈 수 있는 뗏목부터 시작해서 수십 명을 채울 수 있는 거대한 배까지 다양한 종류가 함께 차례로 세워져 있었다. 배를 옮겨다 준 귀혈족 무사들이 초족 주민들로부터 물이나 간단한 요깃거리를 받아먹고 있었고, 가까이서 이 광경을 눈에 담기 위해 몰려온 사람들로 인해 섬이 시끌시끌했다.

언영이 입꼬리를 올리며 친근하게 익문을 한쪽 팔로 옆에서 안았다. 그리고 든든하게 설명했다.

"모든 배에는 비상시에 쓸 수 있는 활이나 검, 창 같은 무기가 구비되어 있습니다. 물론 초족 사람들이 그것들을 제대로 쓰려면 더 훈련해야겠고, 해서 아직 저희 마을로 건너올 수 있을 만큼 배를 몰려면 시간이 걸리겠지만……. 일단 평소보다는 더 멀리 나갈 수 있을 것이 분명합니다, 장인."

"고…… 고맙네."

익문이 떨떠름하게 말했다.

대부분의 땅이 그렇듯이 단월도도 장단점을 고루 가진 섬이었다. 숲과 바다에는 풍부한 식자재가 넘쳐났지만 반대로 무언가를 제작하는 데 있어 보탬이 되는 자원은 턱없이 부족했다. 집이 대체로 설비가 취약하고 무기가 볼품없으며, 어류가 득실거리는 바다로 멀리 나가지 못하는 것도 이에 기인했다.

한데 요즘 섬 주변에 늘 있던 작은 물고기들이 잘 몰려오지 않았다. 그렇다고 밖으로 더 멀리 나가자니, 초족의 배는 볼품없었고, 사람을 잡아먹는 어류가 언제 머리통을 밖으로 내밀지 몰라 모두 쉽게 엄두를 내지 못했다. 그리고 조금만 멀리 가면 수심이 터무니없이 깊어졌다. 그 누구도 해저의 끝이 어디인지, 아래에 무엇이 있는지 알지 못했다.

튼튼한 배로 위험하지 않을 정도로만 더 멀리 나가게 된다면, 그리고 자신을 지킬 수 있는 최소한의 방어력만이라도 갖춘다면 이 문제가 해결될 수도 있었다. 설령 실패한다고 하더라도 딱 봐도 훌륭한 자재로 만들어진 배는 분해해서 다른 용도로 쓸 수 있었다. 마을을 다스리는 족장으로선 이보다 좋은 소식이 있을 수 없었다.

멀리서 봐도 너무나도 훌륭하게 만들어진 배를 차례차례 훑어보며 익문이 나지막하게 말했다.

"이번엔 정말로 고맙네."

여태까지는 안 고마웠다는 함의가 내포되어 있었으나 언영은 눈치채지 못하고 넘어갔다.

"모든 배 바닥에는 '목린아 사랑해'라는 말을 제가 일일이 새겨 박아 두었습니다."

배를 응시하던 익문은 토할 것 같은 표정으로 천천히 목을 틀며 언영을 올려다보았다.

"그것 참…… 다행이군. 절대 볼 일이 없을 테니……."

익문은 어느새 그냥 생각나는 대로 다 내뱉고 있었다. 이 이상한 사내에게 그 또한 천천히 적응해 가는 중이었다.

"그러면 소인은 목린이랑 나갔다 오겠습니다."

"으응?"

그건 또 대체 무슨 소리인가? 나가다니? 익문이 물어보려고 했을 땐 이미 언영이 저 멀리 달려 나간 후였다.

한편, 목린의 친구들은 엉망이 된 목린의 머리를 다시 예쁘게 땋아 주고 있었다.

"목린아, 괜찮아?"

"으응, 난 괜찮아……."

핏기 없는 얼굴의 목린이 친구들의 말에 하나하나 답해 주었다. 목린은 더 늘어날 질문을 피하고자 일부러 배를 쓰다듬으면서 그쪽에 관심이 쏠린 척했다. 그러자 아이들은 더는 목린을 방해하지 않았지만, 머리를 다 땋아 준 후엔 저들끼리 모여 웅성거렸다.

"아까 그렇게 목린이를 불쑥 들어 올리는 거 봤어? 징그러워라. 사람이 아니라 망측한 괴물이나 할 짓이지."

"그러면 목린이 괴물한테 시집가는 거야?"

"목린이 너무 불쌍해……."

근방에 있던 목현이 그 대화를 엿들었다. 제 욕을 엿들은 것처럼 얼굴이 화끈해졌다. 목현은 일그러진 얼굴로 성큼성큼 빠르게 발을 뗐다. 뗏목 바닥을 쓸다가 오라비의 성난 발걸음을 귀에 담은 목린은, 그가 그녀를 부르기 전에 미리 등을 돌려 대화를 시작할 준비를 했다.

"목린아."

"저는 괜찮아요, 오라버니."

아직 묻지도 않았는데 목린이 눈을 내리깔며 작고 차분하게 말했다. 목린의 습관적인 대답 탓에 목현은 더욱더 화가 치밀어 올랐다.

"괜찮을 리가 없지 않으냐!"

워낙 목소리를 높이는 일이 없는 오라버니였기 때문에 목린의 눈이 위아래로 크게 벌어졌다. 목현은 얼굴을 잔뜩 구기며 처참한 낯빛으로 말했다.

"원래대로였다면 그냥 섬에서 좋은 사내 만나서 평온하게 살아야 할 내 누이가 어떻게……. 사방에선 사람들이 너랑 그 야만인 얘기만 하고 있고……."

목현의 말을 듣느라 목린은 옆에서 다가오는 그림자를 전혀 눈치채지 못했다.

"목린아, 가자!"

"어머나!"

갑자기 튀어나온 언영이 목린을 번쩍 어깨 위로 안아 들었다. 목린의 눈엔 갑자기 세상이 뒤집어져 보였다. 목현이 진노하여 내질렀다.

"무슨 짓입니까!"

하지만 이미 앞서 달려 나간 언영은 가장 작은 쪽배 위에 사시

나무 떨듯 하는 목린을 천천히 소중하게 내려놓고, 그 맞은편에 자리를 잡고 앉아 노를 양손에 쥐었다.

수많은 주민들이 입을 틀어막으며 그쪽으로 달려갔다. 간신히 그를 따라잡은 익문이 쩌렁쩌렁 고함쳤다.

"공자!"

"해가 지기 전에 꼭 돌아오겠습니다!"

언영의 단단한 팔이 맹렬한 속도로 노를 젓자 쪽배가 바다를 향해 뻗어 나가기 시작했다. 목린은 숨을 들이마시며 망연자실한 얼굴로 자신과 표정이 별반 다르지 않은 제 아버지를 올려다보았다. 그 뒤에 서 있는 주민들 또한 안타까움을 금치 못하고 있었다. 목린은 눈을 내리깔고 입술을 악물었다.

* * *

바다 냄새가 났다.

언영이 노 젓는 소리가 들렸다. 계속 쉬지 않고 저었는데도 지치지도 않는지, 배가 움직이는 속도가 줄어들지 않았다.

고개를 오랜 시간 들지 않은 목린의 눈에는 넘실거리는 새파란 바닷물, 제 치맛자락, 그리고 언영의 종아리와 발만이 보였다. 언영의 다리는 종아리 중반까지 오는 화(靴)와 검은 바지로 둘러싸여 있었는데 목린은 살면서 이토록 큰 발이나, 굵다랗고 긴 하체를 본 적이 없었다. 치마 밖으로 살짝 빼꼼 나온 제 아담한 발과 비교하니 그 크기는 더욱더 터무니없었다. 목린은 움찔 놀라며 제

발을 안으로 완전히 숨겼다.

"이 정도만큼 바다에 나와 본 적 없지?"

"네, 네……."

갑작스레 날아온 언영의 곰살궂은 질문에 목린은 어색하게 끄덕거렸다.

"왜 숙이고만 있어? 마음껏 구경해도 좋아."

"저, 혹시 무서운 물고기가 공격해 오면 어쩌죠?"

"걱정 마. 이 정도 거리에선 안 와. 왜, 걱정돼?"

"……네."

사실 물고기보다 앞에 앉은 사내가 더 무서웠지만 굳이 그것을 설명하지는 않았다.

"내가 있는데 뭘 걱정해. 내가 다 때려눕히면 되지. 하하하!"

그가 목을 꺾으며 쾌활하게 웃자 배가 살짝 양옆으로 흔들렸다. 목린은 양손을 재빨리 뻗어 배를 잡고, 목숨을 걸며 몸을 지탱했다. 숨이 달달 떨려 나왔다.

"이 정도 거리면 충분한 것 같은데."

언영이 두리번거리더니 노를 놓았다. 목린 또한 용기를 내어 눈으로 주변을 더듬었다.

청청한 바닷물은 최고의 운치를 선보였다. 단월도가 조그맣게 보이고, 한없이 위로 뚫려 있는 천공의 빛깔은 온화하기 그지없다. 아까 머리를 다시 땋다가 덜 묶여서 삐져나온 머리카락 몇 가닥이 산들바람에 맞춰 몸을 맡겼다. 그야말로 화풍난양(和風暖陽)이었다.

언영이 큼지막한 몸을 자리에서 조심스럽게 일으켜 세웠다. 그의 비범한 골상은 이런 자그마한 쪽배와 전혀 자연스레 어울리지 못했다. 배의 중앙에 앉은 언영은 팔을 뻗어 목린의 어깨를 끌어안았다. 그녀의 뺨이 그의 어깨에 털썩 주저앉았다. 그녀는 떨지 않기 위해 손을 꽉 쥐었다.

목린의 어깨를 감지 않은 언영의 손이 저 멀리 그의 고향 쪽을 가리켰다.

“저기 저 끝에 희미하게 우뚝 솟은 산이 보여?”

목린의 눈이 가늘어졌다. 그러자 기분 탓일지 몰라도 희미하지만 보이는 것 같았다. 난생처음 목격하는 타지의 흔적에 목린은 등골이 서늘해졌다.

“저기가 바로 우리 마을 중앙을 차지하고 있는 귀룡산이야. 어머니께서 나와 내 누이들을 가지셨을 때 아버지는 거의 매일 산에 올라가 물을 떠 놓고 아이가 건강히 나올 수 있게 비손하셨다고 들었어.”

“거, 건강히 잘 나오신 것 같아요.”

목린은 떡 벌어진 언영의 어깨와 탄탄한 몸을 훑어보며 심각하게 대답했다.

“뭐? 하하하하하!”

언영이 박장대소했다. 신중하게 고려해서 언영이 기분 나빠하지 않을 말을 고른 목린은 대체 뭐가 웃기는지 몰라서 멀뚱거렸다.

언영은 목린의 뽀송뽀송한 뺨을 손바닥으로 둥글게 어루만지며 신나게 덧붙였다.

“언젠가 내 누이들도 보여 줄게. 아직 너보다도 어려서 얼마나 덩치도 작고 귀여운지 몰라.”

“네……!”

여태까지 목린이 본 귀혈족 사람들은 모두가 어마어마하게 거대했다. 아기 때도 저런 모습으로 태어나지 않았을까 싶을 정도로 아담했을 과거가 쉽게 머릿속에서 그려지지 않았다. 하여 그런 이들이 우글우글한 땅에서 대체 어떻게 살까 걱정이 앞섰는데, 작고 귀여운 이들도 없지는 않다고 하니 다행이었다.

목린이 기대 어린 목소리와 함께 고개를 열심히 귀엽게 끄덕거렸다. 그 모습을 지켜보는 언영의 귀가 빨개졌다. 그는 헛기침을 하며 얼른 고개를 틀고 목린의 어깨를 더 바짝 안아 오른쪽으로 돌렸다.

“그리고 저쪽으로 가는 길엔 서문족이 있는데, 재밌는 사람들이야. 걔네가 자랑하는 폭포가 있는데 정말 아름다워. 그리고 여기에서 더 오른쪽으로 가면 백화족이 살고 있는데…….”

목린은 무엇이든 잘 알고 있는 언영이 신기했다. 섬을 떠난 적이 없는 그녀와 달리 그는 이곳저곳을 다니고 많은 사람을 만나 본 것 같았다. 여태까지 봐 온 언영과는 사뭇 다른 모습에 목린은 어느새 굉장히 집중하여 이야기를 귀에 담고 있었다. 육지에 대한 언영의 유창한 설명은 다소 오랜 시간이 지나서야 끝이 났다.

“……그리고 그 마을 사람들이 왜 금족이냐면, 거기선 하늘이 종종 금빛을 띠기 때문이야. 상상해 봐. 정말 예쁘겠지?”

“네, 신기해요……!”

목린이 살짝 들뜬 목소리로 답하자 언영은 히죽히죽 웃으며 목린의 몸통을 두 팔로 질식시키듯이 감쌌다. 그리고 같이 양옆으로 몸을 나긋나긋 흔들었다. 겁에 질린 목린의 얼굴이 그의 팔에 파묻혀 눈만 빼꼼 삐져나왔다.

언영이 행복에 젖어 목린의 동그란 정수리에 얼굴을 기대며 말했다.

"혼인하고 나면 먹고 싶은 거 마음껏 먹고, 가고 싶은 곳 마음껏 가게 해 줄게."

"정말요? 정말 그럴 수 있어요?"

목린이 고개를 한껏 치켜들어 언영의 팔에 묻혔던 이목구비를 드러내며 물었다.

이제껏 상상했던 혼인 후의 미래는 그렇게 희망적이지 못하였다. 단순히 혼인을 한다고 끝이 나는 게 아니라, 혼인 후가 진정한 시작이었다. 언영과 매일 마주치고 산다면 그만큼 그의 심기를 거스르게 할 가능성이 크다는 것이고, 그 말인즉슨 그가 언제라도 단월도를 칠 수 있다는 의미였다. 죽을 때까지 가시방석에 앉아야 하는 삶을 예상하고 또 그에 맞춰 심적으로 준비 중이었는데……. 생각만큼 끔찍한 인생은 아닐 것 같다는 희망이 새싹을 피웠다.

"물론이지!"

"다행이다……."

목린의 작은 얼굴에 안도의 미소가 산뜻하게 자리 잡았다. 입꼬리가 부드럽게 양쪽으로 올라가고 또렷한 눈이 사랑스럽게 반절 접혔다. 그 모습을 홀린 듯 바라보던 언영의 귀, 얼굴, 목이 전부 빨갛게 타올랐다. 그는 참지 못하고 목린의 얼굴을 두 손으로 겹쳤다. 손이 너무 커서 목린의 얼굴이 다 감싸지고도 남았다.

"정말 너무 귀여워……."

그 상태에서 바로 언영은 고개를 틀며 목린의 입술에 급하게 제 것을 부딪쳤다. 저번처럼 떨리는 입술을 맞대고 가만히 있는가 싶더니, 이번엔 그녀의 아랫입술을 살짝 깨물었다. 바로 벌어진 틈으로 혀가 조심스럽게 들어갔다. 목린의 몸이 뻣뻣하게 굳었다. 언영은 그녀를 달래듯 머리를 쓰다듬었다. 두 사람의 입술을 타고 끈적하고 질척거리는 소리가 태어났다. 쫀득거리는 마찰 사이로 목린이 "흐읏" 하고 작게 신음을 흘리자 언영의 거대한 몸이 떨리고 호흡이 부자연스러워졌다.

언영의 혀가 서툴게 목린의 입 안을 훑았다. 목린의 몸을 천천히 쓰다듬고 만지는 그의 거친 손이 달달달 떨렸다. 입에서는 절로 낮은 신음이 터져 나왔다.

언영은 목린을 계속 제게 당겨 안았다. 익숙해질수록 더 과감하게 나아갔다. 세 개로 보일 정도로 떨리는 손이 목린의 가슴 주변을 망설이며 배회했다. 언영이 피를 빨듯 목린의 아랫입술을 물고 안 놔주고 있는데 그녀가 그의 어깨를 빠르게 두드리기 시작했다. 언영은 무슨 일인가 싶어 잠시 그녀를 놔주었다.

그리고 그때 목린이 머뭇거리며 뱉은 한 문장이 그를 강제로 현실에 끌어당겼다.

"저기…… 또 코에서 피가 나고 계셔요……."

그 말에 언영이 황급히 옆으로 물러났다. 민망함이 얼굴에 엄습했다.

목린은 급하게 몸을 뒤로 빼며 제 얼굴에도 조금 묻은 혈흔을 손등으로 닦았다. 그리고 신중한 표정으로 주변을 두리번거렸다. 피를 닦을 만한 것은 갖고 오지 않았고 작은 쪽배에는 이 상황에 도움을 줄 만한 물품이 보이지 않았다. 결국 목린은 발을 모아 쪼그려 앉은 다음 치마 끝부분을 뚜두둑 뜯어내기 시작했다.

그 과정에서 속에 숨겨져 있던 목린의 하얗고 매끈한 종아리가 활짝 드러났다가 다시 치맛자락 속으로 사라졌다. 그 모습을 놓치지 않은 언영의 몸이 바짝 굳고, 그는 침을 꿀꺽 삼켰다.

언영은 목린의 반대쪽을 응시하며 주먹을 꽉 쥐고 중얼거렸다.

"삼 년, 앞으로 삼 년만 더 참으면……."

"어서 이쪽으로 돌아보세요."

피를 봐서 심각해진 목린의 목소리는 평소보다 더 날카롭게 나왔다. 이어서 그녀는 지혈을 도왔다. 무릎으로 서서 언영과 눈을 맞추었다. 그녀가 얼굴을 뚫어지라 쳐다보며 인중을 정성스럽게 닦아 주자 언영은 애써 눈동자를 돌리며 딴청을 피웠다. 그의 기다란 손가락이 불안하게 쪽배 바닥을 톡톡톡 때렸다.

"어디 불편하신가요?"

"어?"

"코피를 흘리는 일이 잦으신 것 같아서요."

"뭐? 아냐."

"하지만 저와 계실 때만 해도 이미 두 번이나 흘리셨는걸요."

언영은 입을 꾹 다물었다.

"게다가 양도 더 많아지신 것 같아요."

목린은 근심 어린 목소리로 말하다가, 허벅지 쪽이 어딘가 불편한 듯 자세가 계속 바뀌는, 갑옷으로 가려진 언영의 사타구니 부근을 내려다보았다.

"그리고 다리도 어디 안 좋으세요?"

"아, 아니야. 이건……."

언영이 평소답지 않게 목린으로부터 등을 틀었다. 목린은 혹시 자신이 말실수를 해서 저럴지도 모른다는 생각에 식은땀이 났다. 철렁 내려앉는 심장을 무시하고 주먹을 꽉 쥐며 최대한 조심스러운 목소리로 말했다.

"언영 님, 피 많이 흘리는 거 좋지 않아요."

"……그래."

"조심하셔야 해요……."

그때였다. 옆에서 보이는 언영의 얼굴이 팍 일그러지더니, 그가 불시에 몸을 휙 돌려 벌써 밤이 왔나 싶을 정도로 목린의 앞에 큰 그늘을 드리웠다.

목린은 등을 뒤로 빼고 손으로 자신의 입을 틀어막았다. 하지만 반대로 언영의 입에서 새어 나오는 말은 다정하기 그지없었다.

"목린아. 나를 걱정해 주는 거야?"

목린은 토끼처럼 눈을 크게 떴다.

그러고 보니 그녀는 그를 지금 진심으로 걱정하고 있었다. 앞서 당황스럽게 몸이 만져진 것도 피를 보니까 다 머릿속에서 날려 버리고 말았다. 하지만 이 감정은…….

"사람이 피를 여러 번 흘리는데 어떻게 신경을 안 써요……."

"목린아……!"

목린의 대답이 어땠든 간에 일단 목린이 걱정을 했다는 점에서 언영은 최고로 감동하였다. 원래 매우 멀쩡하게 생긴 얼굴이 차마 말로 형용할 수 없을 정도로 괴이해지면서, 언영은 목린의 겨드랑이 아래에 팔을 끼고 그녀를 일으켜 세우며 본인도 무릎을 폈다.

언영은 한 손으로 목린의 뒷머리를 안고 나머지 팔로 허리를 감으며 그녀를 아기 다루듯 둥기둥기 들었다가 내렸다. 배가 약간 불안정하게 삐거덕거렸다. 목린은 양옆으로 흔들리는 제 몸을 인지하며 등골이 서늘해졌다.

한편 언영은 목린의 뺨에 쪽하고 입을 맞추고 신나게 말했다.

"목린이는 하늘에서 내려온 선녀가 분명해."

"저 배, 배가 뒤집힐까 봐 무서워요, 언영 님."

"하하, 우리 목린이는 겁이 많네!"

"정말 너무 무서워요……!"

"하하하!"

목린이 버팀목 삼아 언영의 목에 팔을 둘러 몸이 더 가까이 와 닿자, 그는 기뻐서 어쩔 줄을 모르며 떨었다. 그러자 배도 같이 요동쳤다. 목린은 짧게 비명을 지르고, 다리를 주뼛주뼛 그의 허리에 감으며 여름철 나무에 붙은 매미처럼 찰싹 매달렸다.

그리고 그때 목린은 등지고 있어서 몰랐지만, 언영은 똑똑히 볼 수 있었다.

돌연 언영의 키만 한 회색빛의 식인 물고기가 물에서 용솟음치며 올라왔다. 그리고 목린의 머리를 삼키기 위해 어마어마한 크기의 입을 벌렸다. 끊김 없이 둥글게 입을 둘러싼 잇몸에는 빼곡히 모든 자리에 이빨이 박혀 있었다. 백 개가 넘는 뾰족뾰족한 갈고리같이 생긴 것이 보기 좋지 않은 누런빛을 띠었다.

언영은 지체하지 않았다. 오랜 훈련으로 그의 몸은 늘 언제나 싸울 준비가 되어 있었다. 그대로 허리를 반절 돌리며 튼튼한 오른쪽 다리를 높이 직선으로 올렸다. 그의 발이 목린의 정수리보다 높게 올라갔다. 날쌔고 우렁찬 돌려차기가 물고기의 옆얼굴을 정면으로 강타함과 동시에, 둔탁하게 퍽 하는 소리가 요동쳤다. 물고기의 이빨 40여 개가 우두두두 뽑혀 날아가 바다에 풍덩 빠졌다. 누런 눈 또한 충격으로 흐리멍덩하게 벌어졌다.

쪽배의 오른쪽에서 등장한 물고기는 그대로 배를 넘어 왼쪽으로 기우뚱 재주를 부리듯이 떠났다.

"어, 어?"

목린은 범상치 않은 일이 방금 지나갔음을 느꼈다.

"아무것도 아니야."

언영은 바닷물에 둥둥 떠 있는 피 묻은 이빨을 보지 못하게, 목린이 그곳을 등지도록 방향을 바꾸었다.

"여기 앉아 있……."

언영이 그에게 달라붙어 있던 목린을 내려 주려던 차였다. 그는 얼른 다시 노를 쥐고 이곳을 빠져나가려고 했다. 한데 그때 목린의 정수리 위로 또다시 같은 종의 물고기가 튀어 올라 징그럽게 입을 쩍 벌렸다.

이빨이 모두 완전히 남아 있었다. 그러므로 이번엔 다른 놈이었다.

이번에 언영은 왼쪽 다리를 들어 올렸다. 아까와 같이 강력한

한 방에 물고기의 머리가 옆으로 꺾이며 이빨이 후두두 빠졌다. 몇 개는 배 위에 달그락거리는 소리를 내며 떨어졌다. 언영은 목린이 그것들을 보지 못하게 그녀의 뒤통수를 안고 더 제 품으로 바짝 가두었다.

하나 아무리 목린이 본 게 없더라도, 뭔가가 세게 얻어터지는 소리를 놓칠 수는 없었다. 긴장이 팽팽한 적막이 찾아왔다.

목린은 언영의 목에 더욱 의지하며 작게 속삭였다.

"언영 님……? 방금 뭐였어요……?"

언영이 그동안 목린이 무섭다고 해도 웃어넘겼던 연유는 목린이 겁먹은 상황이 별것 아니기 때문이었다. 설령 그럴 일은 없겠다만, 언영이 목린을 높게 들어 올렸다가 떨어뜨린다고 해도 그나마 뼈 좀 부러지는 게 전부였다. 귀혈족들 사이에서는 겨우 그 정도로 두려워하면 비웃음을 샀다. 그렇다고 언영이 목린을 비웃거나 떨어트릴 생각이 있던 것은 아니지만 말이다.

배가 뒤집혀 바다에 빠진다고 해도, 언영이 금방 건져 올릴 수 있었다. 목숨이 걸리지 않은 일에 겁내는 건 시간 낭비에 불과하다고 언영은 배워 왔다.

하지만 식인 물고기는 얘기가 달랐다.

식인 물고기는 귀혈족에게도 골칫거리였다. 무기를 써서 죽일 수는 있다지만 그전에 아래에서 치고 올라와 두꺼운 몸통으로 배를 쪼개 버리는 녀석들은 어찌할 수가 없었다.

단월도와 육지 사이의 바다를 건널 수 있을 정도로 튼튼한 배를 개발한 지 이제 겨우 다섯 해도 채 지나지 않았다. 한 번의 실수만으로 목숨을 빼앗아 갈 수 있는 게 바로 이 녀석들이었다.

“아무것도 아냐. 그냥 바다에 올챙이가 몇 마리 있어서.”

언영은 아무렇지도 않은 척 목린의 몸을 다정하게 토닥거렸다.

“올챙이는 바다에 살지 않……”

목린의 입에서 엄청난 비명이 터져 나왔다.

언영은 황급히 고개를 돌렸다. 또 다른 물고기가 아가리를 수직으로 찢고 목린과 눈을 맞추고 있었다. 언영은 그대로 목린을 꽉 붙들고 몸을 꺾어 돌리며 거센 발차기를 날렸다. 이번엔 몸통 전체의 힘을 갖다 썼으니 물고기는 더욱더 멀리 하늘을 가르고 날아갔다.

언영의 귓가에 목린이 흐느끼는 소리가 들렸다. 그의 심장이 쿵 내려앉았다. 목린은 언영의 어깨에 얼굴을 비비며 울먹거렸다.

“여기까지 식인 물고기가 올 일은 없다면서요……!”

언영은 주변을 둘러보았다.

더, 계속 더 다가오고 있었다. 그들의 쪽배는 포위되었다. 물 안에 스멀스멀 다가오는 그들의 적나라한 형태가 모습을 비추었다. 언영은 얼른 눈을 잽싸게 움직여 적의 수를 셌다. 하나, 둘, 셋, 넷, 다섯, 여섯, 일곱, 여덟, 아홉, 열. 총 열 마리. 각기 다른 속도로, 같은 목적지를 추구하며 스멀스멀 헤엄쳐 오고 있었다.

언영도 절망스러웠다. 저들이 등장할 줄 알았더라면 절대 목린을 이곳으로 끌고 오지 않았을 터였다.

도대체 어떻게 찾아온 거지. 여기까지 올 일이 없을 텐데 이번에 갑자기 왜.

그리고 그때 그의 뇌리를 스치고 지나가는 생각이 하나 있었다.

"치마 찢은 거! 그거 꺼내!"

"네?"

"거기서 나는 사람의 피 냄새를 맡고 온 거야!"

말을 마치자마자 또다시 새로운 한 마리가 푸른 하늘을 등지고 장대하게 치솟았다. 언영은 이번에 목린의 머리를 안고 있던 손을 떼고, 이를 악물며 물고기의 몸통에 주먹으로 강한 타격을 가했다. 발로 차는 것만큼 멀리 보내진 못했으나 일단 일시적으로 배 밖으로 내보내는 데는 성공했다.

방금 쳐낸 물고기의 종을 떠올려 보니 확실해졌다. (철저히 귀혈족의 기준에 국한하여 말하자면)터무니없이 약하고 지능이 거의 없는 녀석들임에도, 후각이 제일 치명적으로 발달했다. 인간의 피 냄새를 맡으면 환장했다. 유독 언영보단 목린을 노리는 점에서 추측이 사실임을 증명할 수 있었다.

"꺼냈어? 내 손목에 묶어."

"네? 그냥 바다에 빠뜨리는 게 더……."

"어차피 이미 몰려들었어. 조금이라도 더 공격이 내게 집중되게 하는 편이 나아. 어서 묶어! 그리고 저쪽 끝으로 가!"

목린은 혼자 위험을 감당하겠다는 언영에게 선뜻 그러라 말할 수 없었다. 하지만 웃음기를 완전히 지운 채 거친 날것의 표정으로 고함치는 그에게 대드는 건 누가 봐도 시간 낭비였다. 목린은 일단 항거하는 태도 없이 서툴게 매듭을 묶고 난 뒤에 얼른 발걸음을 반대쪽으로 옮겼다.

언영의 말이 맞았다. 목린과 언영이 각각 쪽배의 양쪽 끝에 자리를 잡자마자 물고기들은 전부 언영을 목적지로 삼았다. 물속의 시꺼먼 그림자가 한 곳으로 기어왔다. 언영은 노 하나를 손에 쥐며 비범하게 공격할 자세를 취했다. 원래는 손을 올려놓는 각각의 외판에 다리를 벌려 발을 아슬아슬하게 올려놨는데도, 굵직한 종아리는 일체 흔들림이 전혀 없었다.

위풍당당하게 어깨를 펴고 태양 아래 서 있는 언영은 조금 전에 그 쾌활한 사내라고는 믿을 수 없을 정도로 달라 보였다. 그만큼 부지불식간에 면모를 탈바꿈했다. 그의 눈이 사냥을 준비하는 날렵한 매처럼 움직였다. 온전한 바다의 용사였다.

공격이 들어왔다. 새로운 상대가 하늘에 등장했다. 빼곡히 박혀 있는 이빨이 그를 반겼다. 언영은 천을 묶은 반대쪽 손가락으로 여유롭게 노를 휘리릭 돌리며 놀다가 순식간에 행동을 바꾸었다. 그의 눈에 본격적으로 불꽃이 튀기 시작한 것도 바로 그때부터였다. 핏줄이 터질 정도로 세게 노를 움켜쥐고 제 눈높이까지 두 손으로 들어 올렸다. 그대로 노의 넓은 면을 적의 입을 정확히 쑤셔 박다 못해 입천장을 찢고 들어갔다.

죽지는 않았지만 벗어나지도 못하는 물고기가 섬뜩한 이빨을 언영의 목전에서 번뜩이고, 묵직한 몸통을 파닥거리며 고통 속에서 몸부림쳤다. 노를 빼지 않고 되레 체내의 찌걱거리는 장기와 근육으로 끊임없이 침투하는 언영의 근육 진 팔이 부들거렸다. 그는 노로 쑤셔인 상대의 입 속을 흉흉하게 지켜보았다.

언영의 두 손이 모두 노에 붙잡힌 지금, 그의 우측 후반부에서 또 다른 적이 하늘로 비상했다. 목린이 울음을 터뜨리며 경고하려고 했다. 그리고 그와 동시에 푹 하는 소리와 함께, 입에 박혀 들어갔던 노가 비늘을 뚫고 몸을 관통하여 위에서 찢겨 나왔다. 언영의 첫 번째 승리였다.

그러나 그는 기뻐하는 기색도 없이 그다음 상대를 맞이했다. 뒤에도 눈이 달렸는지, 손목을 향해 날아올 것을 알고 예견이라도 했는지 그대로 허리춤에 달려 있던 단검 하나를 돌아보지도 않고 잡아서 잽싸게 뒤로 찍었다. 정통으로 찔린 물고기가 몸을 비틀며 껄떡거렸다.

목린은 눈물로 흐려지는 시야를 이겨내며 주변을 둘러보았다. 비록 형편없겠지만 조금이라도 보탬이 되어 줄 수 있는 방법을 찾기 위함이었다.

마치 그런 그녀의 생각을 모조리 파악하고 있는 양 언영이 때맞춰 든든하게 외쳤다.

"나서지 마, 목린아! 내가 다 무찌를게! 얌전히 앉아 있어!"

언영이 어느새 두 번째로 죽인 물고기의 혀를 묶어 바다에 힘차게 던졌다.

"둘!"

또 다른 놈이 날아왔다. 언영은 노를 휘두르며 다다다다 빠르게 연타했다.

"몸 풀고 싶었는데 잘됐네, 하하하하하!"

그가 해맑게 소리쳤지만, 부러 목린을 안심시키기 위해 저런다는 사실을 알 정도의 눈치는 그녀에게도 있었다.

상황은 더욱 악화되었지, 좋아지지는 않았다. 새로운 적이 끊임없이 날아들고, 언영은 아까와 같이 노를 녀석의 입에 날렵하게 찔러 박았다.

"넷! 아, 젠장!"

이번에 각도가 조금 어긋났다. 아까처럼 입천장을 향하게 해 위로 뚫어 버리려던 시도는 실패하고, 대신 정면으로 들어가 목구멍을 찢고 들어가 버렸다. 그러면서 식도가 완전히 막혔으나 나름의 저항으로 물고기가 입을 악물었고, 그 과정이 노가 지저분하게 잘려 나가는 결과를 초래했다.

언영은 반절로 부러진 볼품없는 노를 힐끔 내려다보며 망설임 없이 바닥에 내던졌다. 혹시라도 발에 맞을까 봐 목린은 어깨를 웅크리며 다리를 더 끌어안았다.

섬으로 돌아갈 때 쓸 노가 하나는 있어야 했기 때문에 결국 언영은 허리춤에 달려 있던 두 단검을 모두 각각 손에 쥐어야 했다.

"짧은 무기는 자신 없는데."

그가 엄지로 무기 손잡이를 쓸며 난감하게 중얼거렸다. 하나 목린이 볼까 봐 금방 어두운 표정을 거두고 그녀를 향해 믿음직하게 말했다.

"무서우면 눈 감고 있어, 목린아! 금방 끝내 줄게!"

목린은 지금 언영이 얼마나 신경 써서 움직이고 있는지 상상도 가지 않았다.

저렇게 날쌔게 몸을 던지고, 뛰고, 주먹을 날리는데 배가 거의 흔들리지 않았다. 오히려 조금 전에 언영이 목린을 둥기둥기 흔들고 놀았을 때가 더했다. 배가 조금 오른쪽으로 기울어지려 하면 언영이 재빨리 왼쪽에 무게를 실어 중심을 지켰다. 저렇게 무겁고 큰 몸이 정신없이 움직여 대는데, 목린이 앉아 있는 자리는 다소 평온하다고 봐도 좋았다. 이쪽으로는 피도 튀지 않았다.

짧은 무기는 자신이 없다면서 팔이 보이지 않을 정도로 자유롭게 움직이며 순식간에 치명타를 입히고, 찌르고, 돌리고, 박고, 찢고, 상대를 연달아 도륙하는 모습은 흡사 춤의 한 동작 같기도 했다.

"숙여!"

언영이 이미 죽어 버린 물고기의 꼬리를 쥐고 목린을 향해 내질렀다. 목린이 이마가 무릎에 닿을 정도로 숙임과 동시에, 언영이 그녀의 머리가 있던 자리에 물고기의 몸통을 휘둘렀다. 그러자 목린의 위에 튀어 올랐던 물고기가 대신 그것을 맞고 얻어터졌다. 언영이 가볍게 들어 올렸을 뿐이지, 무게가 많이 나가는 놈이라서 그 타격 하나로 이빨이 대부분 뽑혀 나가고 튀어나온 눈알이 터졌다.

"여섯!"

저만치 날아가는 물고기를 보며 언영이 시원하게 외쳤다. 그리고 한쪽에서 날아오는 또 다른 녀석의 두툼한 몸통을 굵은 한쪽 팔로 단단히 끌어안고, 단검으로 그 위를 길게 부우우우욱 갈랐다. 피가 콸콸 솟구쳐 나오자 그대로 바다에 휙 던져 버렸다.

"아, 젠장!"

"언영 님!"

갑자기 날아온 새로운 적이 갑옷이 가려 주지 않는 언영의 팔꿈치를 덥석 물어 버렸다. 옷 위로 순식간에 피가 번지고 언영은 고통에 찬 신음을 짜증스럽게 씹어뱉었다.

언영은 꿈틀거리는 적의 몸통을 남은 팔로 압박했다. 그리고 무릎 한쪽을 이용해 빠르게 올려 쳤다. 체내에 있는 장기가 일그러지자 그것이 억지로 이빨을 다시 뽑았다. 바다로 얼른 안전하게 도망치려는 것을 언영이 놓치지 않고 발로 걷어찼다.

그 과정에서 물고기의 목이 꺾이며 이빨에 흥건히 묻은 언영의 혈흔이 주변으로 튀었다. 그중 몇 방울이 목린의 옷을 검붉게 적셨다.

"목린아, 얼른 그거 닦아 내!"

언영이 당황하며 고래고래 소리 질렀다. 더하여 아까와는 비교할 수 없을 정도로 살기가 만연한 눈과 함께 물고기의 아가리를 양손으로 잡았다. 두두두두둑, 하면서 식인 물고기의 입이 바깥쪽으로 벌어지며 찢겼다. 목린은 구역질이 나오려는 입을 얼른 틀어막았다.

"진작 이렇게 뜯어낼 걸 그랬네. 여덟."

언영은 가장 징그럽게 죽어버린 입 찢긴 물고기를 대수롭지 않게 밖으로 휙 내던졌다. 아홉 번째 상대도 비슷한 방식으로 죽여버렸다. 쪽배를 둘러싼 바닷물의 빛깔이 피가 섞여 더러워졌다. 서서히 죽은 물고기들이 물 위로 둥둥 떠오르기 시작했다.

"한 마리가 더 있었는데."

기다란 몸을 곧게 뻗고 주변을 샅샅이 뒤지는 언영의 모습은 살벌했다. 그의 얼굴과 갑옷에서 짐승의 피가 줄줄 흘러내리고 있었다. 크고 넓은 가슴이 거친 숨소리에 맞춰 들썩거렸다. 초족에게선 죽었다 깨어나도 볼 수 없는 인간의 잔인한 면모였다. 같은 사람이면서도 완전히 다른 종의 생명체를 구경하는 기분이었다.

목린은 너무나도 몰입한 나머지 눈을 감는 것도 잊었다. 만약 그녀의 눈높이에 맞춰 낮게 뛰어오르는 물고기가 아니었다면 꾸준히 쳐다봤을 것이다.

정확히 말하면 언영의 피가 튄 치맛자락을 목표로, 식인 물고기가 다소 허술하게 날아올랐다. 목린이 그것과 똑바로 눈을 맞출 정도로 위치가 가까웠다. 언영의 동공이 살벌하게 끓어올랐다.

“여깄구나!”

언영이 뒤에서 끌어안듯이 팔을 벌리며 한쪽 무릎을 꿇고 앉았다. 각각의 손에 쥐어져 있던 단검이 동시에 물고기의 몸을 꿰뚫었다. 박힌 상태에서 검의 손잡이를 반 바퀴 돌리며, 언영이 입으로만 웃었다. 제 널따란 품에서 파닥거리는 녀석의 몸통을 가소롭다는 듯이 내려다보며 응징했다.

“내가 두 눈 똑똑히 뜨고 있는데 감히 누구를 넘봐, 응?”

“언영 님, 얘는 아까 찼던 그 녀석이에요!”

언영은 뒤에서 보느라 몰랐겠지만 이미 이빨이 거의 없어지거나 으깨진 상황이었다. 날아오르는 모양새도 영 시원치 않았던 것을 보면 아마 가만히 놔두면 알아서 죽을 놈이었다. 죽은 줄 알아서 바깥에 차냈는데 끈질기게 엉겨 붙는 정도에 그쳤다.

“뭐?”

언영이 당황하며 눈을 끔벅였다.

새로운 놈이자 마지막 놈의 등장이 뒤를 이었다. 여태까지 모습을 보인 동족 중에서 그 크기가 가장 거대했고, 가장 날렵했다.

언영은 불리한 위치에 놓여 있었다. 이번 상대가 마지막이라는 생각에 그는 두 팔을 모두 쓴 터였다. 다시 단검을 뽑아 팔을 꺾고 찔러 넣기엔 시간이 부족했다. 자리에 앉아 있었기 때문에 다리를 휘날려 공격하는 것도 불가능했다.

괴물이 언영의 뒤에서 목을 뜯어내러 왔다.

목린은 반사적으로 움직였다. 바닥에 떨어져 있던 부서진 노를 순간적으로 움켜쥐었다. 지금 이 순간은 아무 생각도 들지 않았다.

아까 숲에서 언영이 해 줬던 충고를 어렴풋이 떠올렸다. 팔꿈치를 더 높이 들고, 더 자신 있게.

무섭게 생긴 이빨로 인해 강제로 분절된 노는 잘렸다는 말보다 뜯겼다는 말에 더 가깝게 생겼다. 끝이 반듯하지 못하고 거칠어져, 잘못해서 손만 스쳐도 피범벅이 되는 것은 당연지사였다. 그 부분이 적에게 향하도록 목린은 힘차게 노를 투척했다.

끝이 첨예한 노는 그대로 물고기의 피부를 찢고 들어가, 다름 아닌 심장을 정통으로 찍었다.

땀으로 범벅이 된 언영의 뜨끈뜨끈한 목을 얼마 두지 않은 거리에서, 물고기가 그대로 공중에서 굳어 버렸다. 그리고 피를 토해내며 아래로 고꾸라졌다. 마지막 남은 생을 고통에 몸부림치며 파닥거리다가 그렇게 떠났다.

언영은 믿을 수 없다는 듯 그 광경을 잠시간 지켜보다가, 마찬가지로 얼이 나간 목린을 이글거리는 눈으로 마주했다.

"위험하니까 얌전히 있으라고 했잖아!"

처음으로 언영이 목린에게 목소리를 높이며 성을 냈다.

"하지만 그랬으면, 언영 님은 머리가 먹혔을 거 아녜요. 어떻게 그렇게 놔둬요……."

그 말에 언영은 잠시 어안이 벙벙해져 아무 말도 하지 못했다.

"너……."

언영은 말을 더 하려다가 말았다. 입을 굳게 다문 상태에서 배에 아슬아슬하게 걸쳐 있는 마지막 놈을 더 안으로 잡아 끌어당겼다. 그의 귀가 빨갛게 익어 있었다.

"왜 바다에 안 버리는 거예요?"

"당연한 거 아냐? 네가 처음 잡았으니까 기념해야지."

"정말 죽었어요?"

"응."

"맙소사……."

목린은 손으로 뺨을 가렸다. 이제껏 물고기를 잡아 본 건 강에서 한 건전한 낚시가 전부였다. 물고기가 아무리 길어도 목린의 팔보다는 짧았다. 다른 초족 사람들 대부분도 비슷한 생활을 살았다. 그런 낚시마저도 작년쯤에 물속에 숨어 있던 언영을 건져 낸 이후로 목린은 피하던 참이었다.

"그나마 덩치 작은 따까리들이라 다행이었어."

"네? 작은, 작은 거예요?"

식인 물고기는 언영보다도 몸집이 우람했다.

"목린아. 나를 구해 준 사람은 네가 처음이야."

언영이 사뭇 진지하게 입술을 뗐다. 어릴 때부터 알아서 혼자 날아다녔으니 누군가가 구해 줄 필요가 없었다.

"정말이에요……?"

반면 목린은 큰 충격을 받았다. 가혹한 종족이라고 해서 설마 같은 마을에서 자란 이들까지도 그리 무자비하게 대할 줄은 몰랐다. 귀혈족은 정말 정말 무서운 이들이구나.

"응, 정말."

"우와, 저 정말 기뻐요."

목린은 가슴이 찡해지는 따뜻한 감정을 전달받았다. 이어서 치맛자락 아랫부분을 다시 뚜두둑 찢기 시작했다.

"아까 물렸던 팔 이쪽으로 주세요. 별거 아니지만 안 하는 것보단 나을 거예요."

"아, 아니……. 나는 괜찮은데."

"어서요."

싸움이 있었던 만큼 시간이 꽤 지체되었다. 언영이 하나의 노로 열심히 배를 움직이는 동안, 목린은 배에 남아 있는 사투의 흔적을 애써 지워 냈다.

주변의 바닷물이 완전히 깨끗한 곳에 다다르자 언영은 노를 잠깐 손에서 놓았다. 그리고 쪽배 바깥으로 몸을 내밀더니, 정수리부터 목까지 물 안에 깊숙이 집어넣었다. 그 안에서 머리를 이리저리 흔들더니 연이어 팔도 집어넣어 얼굴을 손으로 벅벅 비볐다. 이후에 모습을 다시 보이니 피가 묻혀 있던 부분이 훨씬 깔끔해졌다.

그의 짧은 머리가 우스꽝스럽게 얼굴에 찍 달라붙었다. 목린은 필사적으로 두 손으로 입을 꾸욱 막았다.

"왜? 내 모습이 웃겨서 그래?"

"아, 아니에요!"

목린은 눈을 질끈 감고 도리질 쳤다.

"하하하하!"

언영은 호탕하게 박장대소를 터뜨리더니 이어서 목린에게 웃는 법을 가르치기까지 이르렀다.

"목린아. 나 따라 해 봐. 어깨랑 가슴을 제대로 펴고, 얼굴을 살짝 든 다음 크게 웃어. 하하하하!"

"하……하. 하하…… 하."

목린은 뻣뻣하게 턱을 올리고 어색하기 짝이 없는 웃음을 내뱉었다. 눈은 난감함에 젖어 입만 삐끔거리며 웃는 척했다. 언영은 목린이 귀여워서 어쩔 줄을 몰랐다. 얼른 목린의 어깨를 당겨 안으며 그녀의 볼에 쪽쪽 끊임없이 입을 맞춰 댔다. 숨이 막힐 정도였기에 목린은 이것이 그를 보고 웃은 것에 대한 벌인지, 진심에서 나오는 행동인지 끝까지 아리송함을 거두지 못했다.

* * *

마침내 다시 섬에 다다랐을 때는 노을이 거의 지고 있었다. 해가 지기 전에 오겠다는 약속은 아슬아슬하게 지킨 셈이었다.

단월도는 늦은 오후와 밤의 중간을 지나가는 중이었다. 뭐라 형용할 수 없는 몽환적인 빛깔의 하늘이 섬을 얼싸안은 지금은 아무것도 중요하지 않았다. 신비한 이채의 세계에서 인간은 모두 터무니없이 작은 존재에 불과했다. 그저 이런 터무니없이 아름다운 것을 만끽할 기회를 거머쥠에 감읍할 뿐이었다.

"섬이 너무 예뻐요."

목린이 멍한 얼굴로 중얼거렸다. 힘들었던 사투 끝에 결국 밖으로 삐져나온 얇은 머리카락이 바람에 맞춰 살랑거렸다.

"그러게."

언영은 섬을 바라보다가 목린 쪽으로 눈을 돌리고 이내 푹 고개를 숙였다. 빨개진 귀만이 그의 표정을 짐작케 했다.

"……섬이 네게 그 예쁨을 정말 많이 나눠 줬나 보다."

"네? 뭐라고 하셨어요?"

목린이 고개를 갸우뚱하며 물었다.

"아, 아니야."

언영은 후욱후욱거리며 손목이 안 보일 정도로 노를 빠르게 젓기 시작했다. 어찌나 빠른지 목린의 땋은 머리가 마구 펄럭거렸다.

'혹시 섬이 예뻐서 침략할 마음을 품고 중얼거린 건 아니겠지?'

아까 싸우는 모습을 처음으로 보았다. 저런 실력이라면 사실 혼자서 단월도의 모든 성인과 맞붙는다고 해도 이길 수 있었다. 그가 얼마나 무서워질 수 있는 존재인지 다시금 떠올랐다. 목린은 손가락을 파르르 떨며 주먹으로 치마를 구겼다.

한편, 육지에는 많은 이들이 몰려나와 언영과 목린을 기다리고 있었다.

"해가 거의 지고 있는데 왜 오지 않는단 말이냐……!"

"익문, 조금만 더 기다려봐."

"분명 목린이를 납치해서 데리고 떠난 게 틀림없네!"

"고작 쪽배로 어디를 간다는 거야. 아무리 귀혈족이라도 그건 불가능하지 않을까?"

"그렇다면 미리 월진 족장이 탄 거대한 배가 저쪽에 대기하고 있었을 것이 틀림없네."

익문은 거의 확신한 듯이 말했다. 옆에 있던 목현이 애써 침착한 목소리로 부친을 달랬다.

"아버지, 그래도 아직 공자가 약속한 시각이 다 지나지 않았습니다. 사정이 생겼을 수도 있지요."

"하지만 우리를 감시하고 있는 저 모습을 보아라!"

익문은 속삭이며 검지로 조심스럽게 왼쪽을 가리켰다.

그쪽에는 언영이 가져온 수많은 배와 함께 그것들을 운반하는 일을 도운 귀혈족의 무사들이 모여 있었다. 그들은 몸집이 아담한 초족 사람들을 신기한 듯 구경하거나(말을 걸었다가 상대가 울음을 터뜨릴 뻔한 이후 이제 거리를 두고 바라보기만 했다) 아니면 저들끼리 수다를 떨고 있었다. 모두가 휘황찬란한 갑옷을 걸치고 신식 무기를 손에 쥐고 있었다.(사실 이 무기들은 그저 장신구나 다름없는 것으로, 아주 약간의 모양새와 만드는 데 사용된 재료에 따라 내부에서 은밀한 서열이 정해졌다. 물론 초족의 눈엔 다 똑같아 보였다.)

"목린이 어떡해!"

"목린아, 흐흑……."

목린의 친구들은 서로를 끌어안고 흐느끼기 시작했다.

"나타났습니다!"

그때 갑자기 섬에서 가장 시력이 좋은 청년이 수평선을 똑바로 가리키며 자신 있게 외쳤다. 모두가 하던 행동을 멈추고 부랴부랴 달려 나갔다.

"목린아!"

"목린아, 괜찮냐!"

그리고 배가 근접해 오면서 초족 사람들은 배 위에 있는 것이 두 남녀뿐만이 아니라는 사실을 받아들여야 했다. 서서히 '그것'을 눈에 담은 자들의 안색이 안 좋아지기 시작했다.

적당히 가까이 도달했을 때 언영은 자리에서 벌떡 일어나 목린이 잡은 거대한 식인 물고기를 두 팔로 들고 과시했다. 싱글벙글 웃으며 당당하게 외쳤다.

"목린이가 잡았습니다!"

"뭐, 뭐?"

초족 사람들이 더듬거렸다.

"혈압에 좋다고 하니 많이 드십시오, 장인! 저랑 목린이 혼례식 때 신나서 춤도 출 수 있을 정도로 팔팔하셔야 하지 않겠습니까!"

"목린이를 그런 위험한 곳에……!"

귀로 듣고도 믿을 수 없는 언영의 발언에 초족 사람들 모두가 입을 쩌억 벌리고 그 자리에서 움직이지 못했다. 목린이가 대어를 잡았다는 것은 그들에게 별로 중요하지 않았다. 그녀를 그런 위험한 장소로 데리고 갔다는 것 자체가 용납되지 않았다.

그리고 그때 그들의 고막을 찢어버릴 듯한 고함이 날아왔다. 귀혈족 무사 모두가 자리에서 벌떡 일어나 무기를 양손에 쥐고 흔들고 있었다. 그들은 소리 높여 열광했다.

"와아아아!"

"백목린! 백목린! 백목린!"

귀혈족과 초족의 반응은 상극이었다. 자리에 얼어붙어 있는 초족 사람들과 달리 귀혈족 사람들은 발 빠르게 움직였다. 그들이 타고 온 배로 들어가 그릇과 요리 기구를 꺼내들고 나왔다. 졸지에 공터 한복판에서 거대한 모닥불로 목린이 잡아온 물고기를 굽게 되었다.

귀혈족 사람들 두 명이 양끝에서 물고기를 잡고 타오르는 불 위에서 돌렸다. 어느새 별들이 인사하는 밤이 되어 붉은 불꽃은 제 존재를 가장 독보적으로 빛냈다. 흐릿한 으스름달 아래에서 유일하게 선명하게 타올랐다.

섬에 있는 모든 이들이 한 입 맛보고도 남는 충분한 크기였다. 귀혈족 사람들은 신나게 춤을 추며 모닥불 주변에서 노래를 불렀다. 오늘의 영웅 목린을 추앙하는 가사를 즉석에서 지어냈다. 언영의 품에 갇혀 있느라 목린은 어색하게 그 틈에 껴 있었다. 잠시 뒤 언영이 한 손으로 목린의 엉덩이를 들고 그녀와 눈을 맞추었다. 그리고 이마를 다정하게 맞댔다. 목린은 어색하게 언영의 목에 팔을 둘렀고, 그는 듬직한 목소리로 따뜻한 분위기 속에서 속삭였다.

"목린아. 다시 한번 생일 축하해. 너의 특별한 날을 함께 기념할 수 있는 영광을 주어서 고마워. 태어나 줘서 고마워."

모닥불 덕분에 언영의 얼굴 한 면이 뜨겁게 빛났다. 목린은 서둘러 고개를 저었다. 직설적인 표현에 어쩔 줄 몰랐다.

"아니에요, 고마울 것까진……."

"정말 고마워. 정말."

언영의 눈동자가 목린의 입술에 달라붙었다. 입술이 부드럽게 부딪힘과 동시에 목린은 눈을 감았다. 주변에서 귀혈족의 장난기 섞인 야유가 터져 나왔다. 그러든지 말든지 언영은 목린의 엉덩이를 잡지 않은 손으로 그녀의 뒤통수를 상냥하게 안았다.

식사 준비가 다 된 후에는 언영이 주변에 서 있는 초족 사람들의 팔을 끌어당겨 이쪽으로 오게 했다. 냄새 때문에 호기심은 생기는데 차마 가까이 가서 뭐 하냐 물어볼 수는 없어 얼쩡거리던 이들이었다. 언영이 쾌활하게 웃으며 함께하자고 끌어당기니 어쩔 수 없이 발이 옮겨졌다. 무엇보다도 언영의 커다란 손에 잡히고 나니 아무런 생각도 들지 않았다.

그날 초족과 귀혈족이 함께 스스럼없이 어울린 건 아니었다. 언영의 옆에 앉은 목린을 제외하고 초족 사람들은 모두 무리지어 구석진 틈에 앉았다. 종종 귀혈족 사람이 뭐 필요한 건 없냐, 불편한 건 없냐고 다가와 물어보면, 그 사람의 허리춤에 달린 흉흉한 도끼를 쳐다보며 고개를 저었다.

하나 그렇다고 그 날이 나빴다 볼 수도 없었다. 수많은 농담과 즐거운 담화가 끊이지 않았다. 언영이 목을 젖히고 내는 '하하하' 하는 웃음소리는 처음엔 무서웠지만 나중에는 안 들리면 어색할 정도로 분위기가 흥겨웠다. 배에서 꺼내 온 술을 마신 사람들이 앞으로 나와 노래를 부르고 춤을 췄다. 종종 불장난을 치거나 무기를 휘둘러서 초족 사람들의 등골을 서늘하게 하는 이들이 등장했지만 그들의 행각이 위험한 일로 번지는 경우는 없었다.

나쁘지 않은 생일이라고 목린은 생각했다.

"졸려?"

제 어깨에 기대어 눈을 감고 있는 목린을 내려다보며 언영이 물었다. 팔로 그녀의 몸을 더욱 가까이 당겨 안았다.

"아니요……. 자는 거 아니에요."

위에서 언영이 웃는 소리가 들리자 목린은 다소 억울했다. 그가 그녀의 말을 믿지 않는 게 분명했기 때문이다. 목린은 그저 잠깐 눈에게 휴식 시간을 주고 있었을 뿐이다.

"잠깐만 이러고 있다가 금방 일어날 거예요."

"응. 그래, 그래."

"어깨 아플 텐데 죄송해요."

"아니야. 평생 이러고 있어도 돼."

그럴 수 있을 리 없었다. 안 된다고 항변하려고 하는데 그 전에 먼저 몰려오는 피로를 해결하고 싶었다. 잠깐만 눈만 붙이고 있을 것이다.

왁자지껄한 주변의 소리가 얌전히 사그라든다. 점점 현실로부터 멀어진다. 유일하게 생생히 와닿는 건 이제 언영의 시원한 체취뿐. 그곳에 의지하듯이 정신을 모두 기울였다. 그러자 신기하게도 긴장이 더 나른하게 풀렸다. 몸이 두둥실 날개가 달린 듯 떠올랐다. 편안한 꿈나라가 그녀를 환영했다. 언영의 말이 맞았다. 평생 이러고 있는 것 또한 괜찮은 생각이었다.

3장

목현은 석경에 비친 제 얼굴을 가만히 들여다보았다.

특히나 근래에 팍삭 늙고 지친 제 얼굴을 씁쓸하게 마주했다. 기실 좀 늙었다고 해도 말이 그렇지, 아직 젊은 나이를 고려했을 때 여전히 파릇파릇한 건 사실이다. 조금만 기운 차리면 생기를 되찾을 것이다. 그러나 이 기분이 계속 가다간 기운은커녕, 구긴 인상 그대로 꺼림칙한 주름이 잡힐 것이다.

목현은 피곤한 얼굴로 석경을 밀어 내렸다.

"형님!"

그때 난데없이 문이 벌컥 열리더니 신난 목소리가 목현의 귀를 꽉꽉 채웠다.

주언영이다. 누이의 정혼자. 목현은 굳은 표정으로 고개를 돌렸다.

"오, 오라버니, 언영 님이 들어와도 될까요?"

언영이 활짝 열린 입구를 가득 차지하고 있고, 그 뒤에서 목린이 까치발을 하고 묻고 있었다. 목린의 눈은 보이지도 않았고 간신히 드러난 고운 이마만 반짝거렸다.

목현은 나지막이 한숨을 쉬었다.

"목린아, 그 질문을 왜 네가 하느냐. 네가 마치 공자의 눈치를 봐야 하는 것처럼. 청혼을 해 온 건 공자 쪽이다. 조심스러워야 할 자는 네가 아니라 공자란다."

"오라버니, 말조심하셔야 해요……!"

목린이 팔짝팔짝 뛰고 허둥거리며 속삭였다. 팔을 사방에 저으며 당황하는 모습이 퍽 귀여웠으나 목현은 지금 가만히 누이를 흐뭇하게 지켜볼 기분이 아니었다.

언영이 공손하게 고개를 숙이고 입을 열었다.

"형님 말씀이 백번 옳습니다. 경솔하였습니다. 형님, 소인 들어가도 되겠습니까?"

"……목린이 너는 나가 있으렴. 둘이서 할 얘기가 있다."

목린은 무슨 말을 더하고 싶은지 그 자리에서 얼굴을 구겼으나 결국 작게 대답하며 뒤로 물러났다.

"……네."

"금방 끝내고 나올게!"

언영은 문을 닫기 직전까지 목린에게 힘차게 손을 흔들었다. 그리고 목현에게 다시 공손히 인사했다. 마치 목린이의 뭐라도 된 양 저리 구는 게 가소로워 목현의 손에 힘이 들어갔다.

"혼인 진심으로 축하드립니다, 형님!"

"앉으세요."

언영은 목현이 손짓하는 의자에 가서 앉았다. 그리고 목현의 얼굴을 다소 유심히 구경했다.

언영이 무슨 생각을 하는지 목현은 쉬이 짐작할 수 있었다. 누이인 목린과 그는 닮은 듯 안 닮은 얼굴을 지니고 있었다. 하여 나란히 두고 구경하는 재미가 있었다. 얼굴이 달걀같이 둥근 목린과 턱이 날렵한 목현은 예쁘장한 이목구비가 유사해도 풍기는 느낌이 확연히 상이했다. 목현도 언영이 신기해하며 쳐다보는 게 이해 갔다.

옛날에 목린이는 오라버니 같은 서방님을 두고 싶다고 종알거린 적도 있고, 사랑보다는 선망에 더 가까웠지만 목현과 분위기가 비슷한 그의 친우의 뒤를 마냥 좇아다닌 경험도 있었다. 꽤 마른 체격의 과묵한 남자였다. 목현과 마찬가지로 다소 까칠하게 생겼던 걸 보면 목린이에게는 확고한 취향이 있는 게 분명한데, 완전히 정반대의 남자에게 시집가게 생겼다니. 목현은 이것도 참 재수 없는 운명의 장난이다 싶었다.

"……공자, 궁금한 것이 하나 있습니다."

"마음껏 물어보십시오, 형님!"

"목린이는 공자의 마을에서 어떤 삶을 기대해야 합니까? 새로운 세상에서 아무런 불편함 없이 잘 이겨 낼 거라는 보장이 없는데요."

"걱정하지 마십시오, 형님. 마을에 있는 모든 이들이 목린이를 좋아하고 존중할 겁니다. 목린이에게 낙원과도 같은 삶을 선물하도록……."

언영이 뿌듯하게 말했지만 목현은 놀라지도, 기뻐하지도 않았다.

"공자가 하고 싶다고 마음대로 할 수 있는 것이 아닙니다."

목현은 뿌듯하게 말하는 언영의 말허리를 싹둑 잘라냈다. 그런데도 언영의 얼굴엔 난감한 기색하나 없었다. 그는 인심 좋은 표정과 함께 넓은 어깨를 제대로 폈다.

"사랑하는 여인 하나 마을에서 지킬 수 없는 남자가 후에 족장 자리에 오를 자격이 있겠습니까, 하하!"

"공자께서는……."

목현은 이마를 손으로 짚었다. 할 말이 너무나도 많은데 어디서부터 내뱉어야 좋을지 알 수 없었다.

귀혈족이 그렇게 나쁜 사람들은 아닐지도 모른다는 주장이 부상한 건, 예전에 있었던 목린의 생일 이후부터였다. 확실히 다소 비도덕적이며 불경한 태도를 많이 보이기는 해도, 뼛속까지 썩은 놈들은 아닌 것 같다는 견해이다.

하지만 200년 동안 고립되어 살아온 초족에게, 첫 등장부터 무기를 들고 온 이들에게 마음을 여는 행동이란 엄청난 용기를 요하는 일이었다. 또한 귀혈족을 한 번 믿어 보자는 이들은 대개 지난번에 모닥불을 피워 놓고 놀았던 현장에 함께 있었다. 다시 말해 초족 사람들 중에서도 극히 일부였다. 나머지 사람들의 기억엔 목린을 그런 위험한 바다에 노출했다는 충격이 더욱 뿌리 깊게 박혔다. 특히나 목현과 같이 목린과 가까운 사이인 자들에게 더욱 그랬다.

처음에는 단순히 누이를 빼앗긴 오라비로서 분노하였다. 속수무책으로 당하는 허망함에 가슴이 아렸다. 그리고 이 분노는 목현의 마음속에 부족 대 부족에 대한 감정으로 자리 잡았다.

바깥세상으로의 길이 열리지 않았을 때는 알지 못했다. 알지 못했으니 욕심이 나지도 않았고, 부끄러운 마음도 없었다. 하지만 이제는 아니었다.

그의 아버지가 현재 하는 고민은 훗날 족장 자리를 물려받으면서 그 또한 함께 얻을 고민이었다. 그의 아버지의 어깨에 얹힌 짐이 곧 그의 짐이기도 했다. 아버지의 몸이 나날이 노쇠할 때마다, 목현의 가슴에 쌓이는 현실적인 고민의 무게는 더할 수 없이 육중해져 갔다.

어떻게 해야 좋은 족장이 될 수 있을까? 좋은 남편이 될 수 있을까? 아이가 생긴다면, 좋은 아비가 되는 방법은 무엇인가? 누이를 저런 남자에게 보냄으로써 이미 좋은 형제가 되는 건 실패했다고 간주했다.

똑같이 차기 족장 자리에 있으면서도 주언영은 너무나도 달랐다. 삶에 고민이라고는 없는 자 같았다. 본인의 위치가 얼마나 막중한지 아예 모르는 것이 분명했다. 가볍고 책임감이 없었다. 부담탓에 피로함과 하나가 되어 가는 목현과 달리, 언영은 하루 종일 해맑고 활기찼다. 머리가 비어 있다고 봐도 무방한 듯했다.

목현이 보았을 때 이는 명백히 지배하는 자와 지배당하는 자의 차이였다.

'우리에게도 귀혈족과 같은 힘이 있었다면 좋았을 텐데요, 아버지.

목린이만 생각하면 죄책감에 마음이 썩는 것 같은 기분입니다.'

'……목린이 때문이라면 이해하지만, 네 말에 완전히 공감하지는 못하겠구나, 아들아. 네 자유를 위해 다른 이의 자유를 묵살하고 얻은 것을 너는 힘이자 해방이라고 보는 것이냐. 그것이야말로 결핍이자 악령에게 영혼을 구속당하는 게 아니면 뭐란 말이냐. 네 말을 듣고 목린이가 참으로 자랑스러워하겠구나. 나는 못 들은 거로 하마.'

아버지의 말씀을 듣고 얼굴이 화끈거렸다. 그런 의미로 했던 말은 아니나 자신이 경솔했음은 틀림없는 사실이었다. 하나 그렇다고 그분께 전적으로 동의하는 것 또한 아니었다. 이렇게 무력하게 여동생을 빼앗길 수는 없는 노릇이었다. 저런 자에게 여동생의 남은 삶을 모두 맡길 수는 없었다.

"공자, 아버지께서는 섬을 더 신경 쓰시지만 저는 그리 굴복할 성정이 못 됩니다."

밤잠을 설쳐 가며 좋은 족장의 역할에 대해 생각했다. 그 과정에서 한 가지 깨닫게 된 사실은 바로 그가 그의 아버지와 똑같이 행동할 수는 없다는 점이다. 아주 가끔 터져 나오는 울분을 통제할 수 있는 힘이 거의 전무했다. 늘 서글서글한 아버지를 그대로 빼다 박으라는 건 너무나도 가혹한 임무였다.

귀혈족이 배를 선물로 바친 이후, 아버지를 비롯한 마을 사람들은 초족이 귀혈족에게 일정한 주기를 두고 찾아가 조공을 바치게 하려는 생각이 아니겠느냐 쑥덕거렸으나 목현의 생각은 외려 달랐다. 배는 귀혈족 말고 다른 섬 밖의 이들과 접촉할 수 있는 빌미를 제공했다. 저 바다 밖 어딘가 분명 귀혈족과 대적할 수 있을 정도의 무력을 지닌 이들이 존재할 것이다. 힘을 키우고, 그들과 손을 잡으면 된다. 몇 해가 걸릴지 모르겠지만 귀혈족을 모조리 도려내는 것이 망상 속에서만 가능한 일은 아니라는 뜻이다.

하지만 여기까지 고민했을 때 끝이 보이지 않는 높다란 벽과 같은 고뇌에 다다른다.

그렇다면 과연 그것은 좋은 족장의 길인가?

"알겠습니다."

"하하. 제 말은 위협도 안 된단 표정이로군요, 공자."

"어째서 위협이 됩니까?"

"제 말은 고려할 가치도 없습니까?"

언영은 여전히 밝은 표정으로 답했다.

"사랑하는 여인에게 이런 든든한 오라비가 함께한다는 것이 어째서 위협인지 모르겠습니다."

"공자, 제 말을 오인하신 듯한데, 저는 공자의 편이 아닙니다. 목린이의 편이지요. 우리는 동료가 아닙니다."

"저 또한 목린이에게 언제나 진심이고 목린이가 언제나 제 우선이니 동료가 맞지요."

목현은 아무 말도 하지 않았다.

"그리고 형님, 형님이 설령 제 반대편에 서 있다고 한들, 그것이 실로 위협이 될 확률은 극히 미미합니다. 아, 오해하지는 마십시오. 형님의 힘을 소인이 얕잡아 보아서가 아닙니다."

"그래요? 그렇게 들렸는데. 그렇다면 한번 들어봅시다. 연유가 무엇인지."

목현은 아까 뒤집어 놓았던 석경을 다시 손에 집어 들고 만지작거렸다.

"소인의 마을은 다른 부족의 땅과도 밀접하게 닿아 있어, 어린 시절부터 많은 다양한 사람들을 만날 수 있었습니다. 그래서 형님, 저는 알고 있습니다."

언영은 여전히 미소를 잃지 않은 채로 말했다.

"한순간의 탐욕에 이성을 빼앗겨 분별력을 잃은 지저분한 이들이 어떤 눈을 하고 있는지, 매우 잘 알고 있습니다."

조용했다.

"……."

목현이 쥐고 있는 석경은 그대로 으스러지기 직전이었다. 언영의 다정한 눈이 그 모습을 힐끔 내려다보았다.

"물론 형님 얘기는 아닙니다. 위협이 되지 않는다 말씀드리지 않았습니까. 제가 여기 올 때 누구보다 잘 반겨 주는 분이 형님 아니십니까. 하하!"

언영이 자리에서 몸을 일으켰고 목현은 그런 그를 제지하지 않았다. 언영은 머리를 긁적이며 유쾌하게 말을 던졌다.

"저는 뭐 머리는 무식하고 할 줄 아는 게 힘쓰는 것밖에 없는 놈이니 몇 번 얻어터져도 금방 일어나겠지만, 제가 아끼는 이들은 저와 다릅니다. 제 주변에 있는 이들이 저 대신에 피해를 받을까 봐 늘 걱정이 많아서 이 문제에는 살짝 예민한 편입니다."

목현은 아무 말도 하지 않았다. 언영은 등을 돌리고 문을 젖혔다.

"넓은 마음으로 베풀고, 남을 지켜 주며 살아가는 것만큼 기쁜

일이 없답니다, 형님! 그러면 저는 이만 물러나겠습니다. 다시 한 번 혼인 축하드립니다! 목린이가 그러던데, 어릴 때부터 몰래 좋아하시던 분이라면서요?"

"그런 쓸데없는 소리를……."

"하하하하하!"

그리고 시끌벅적하던 그의 존재가 한순간에 방에서 사라졌다.

* * *

언영은 살짝 고개를 측면으로 틀어 닫힌 문을 노려보았다. 온기가 완전히 사라진 그의 매서운 눈엔 감정이라곤 없었다.

"언영 님."

"목린아!"

목린의 목소리가 들리자마자 그는 다시 정면을 보았다. 언제 어두워졌냐는 듯, 목린을 향해 방향을 트는 얼굴엔 쾌활한 미소만이 자리 잡았다. 싱글벙글 웃으며 거대한 몸을 갖고 달려오는 언영을 목린은 어깨를 굳히고 긴장한 채 지켜보았다.

"한데 키, 키가 그사이에 또 자라신 것 같아요."

그가 코앞에 다가왔을 때 목린이 조심스럽게 말했다. 이젠 언영의 얼굴을 가까이서 마주 보려면 목을 최대로 꺾어야 했다. 이전보다 더 자랄 수는 없다고 생각했는데 신기했다.

"이제 내가 마을에서 가장 커! 하하하하!"

언영은 익숙하게 목린의 겨드랑이 아래에 손을 끼워 넣고 그녀를 제 품에 안아 들었다. 목린은 혹시라도 떨어질까 봐 그의 목에 주뼛주뼛 팔을 둘렀고 언영이 히죽 웃었다.

'어떡해, 더 무서워지셨어…….'

오라버니랑 무슨 얘기를 했냐고 묻고 싶었는데. 목린은 울상을 지으며 계획을 조용히 접게 되었다.

두 사람은 조금 뒤 목현의 혼례가 진행될 공터로 뚜벅뚜벅 향했다. 이미 섬 주민들이 앉아 있을 의자와 음식을 놓을 탁자 등이 모두 깔끔하게 배치된 후였다. 그리고 각각의 자리에는 앉게 될 이들의 이름이 적혀 있었다. 미리 와 있던 초족 사람들은 언영을 발견하고 흠칫 몸을 굳혔다.

"오, 오라버니의 혼례식을 기념해서 제가 직접 자리를 배정해 드렸어요."

"내가 네 옆이야? 이걸 네가 직접 흔쾌히 정했다는 거야?"

"네……."

특별할 것 없는 일이었다. 그를 앉힐 자리가 딱히 없었다. 정말 아무 데나 앉혔다간 그 옆에 착석한 섬 주민이 놀라서 졸도할지도 모를 일이었으니, 어떻게 봐도 그냥 목린이 함께하는 게 제일 무난했다.

얼마 전에, 겨울이 끝나 가면서 마지막으로 갑작스럽게 큰 눈이 내렸다. 해가 뜨자마자 목린은 밤새 쌓인 눈을 구경하러 어린아이처럼 들떠선 달려 나갔다. 목린의 오라비와 아버지는 그런 그녀를 뒤에서 흐뭇하게 바라보았다.

'목린아, 조심하렴. 허허허! 내 아이지만 어쩜 저리도 귀여운지.'

'어, 아버지! 오라버니! 집 앞에 눈사람이 있어요!'
'꼬맹이들이 놀다가 만들었나 보구나.'
'그런데 키가 정말 커요! 애들이 이런 걸 어떻게 만들었을까요?'
초족 사람들 중 가장 장신인 목현도 이 눈사람보다는 짧았다.
'많이 추워 보인다……. 제 목토시를 나눠 주고 싶은데 얘가 너무 커서 좀 힘들 것 같아요.'
목린은 아무런 장식도 달지 않아 허전해 보이는 눈사람을 보며 시무룩하게 중얼거렸다.
'그럼 이 오라버니가 좀 도와줄까?'
'네?'
마치 어릴 때 함께 놀던 것처럼 목현이 뒤에서 목린의 허리를 안고 들어 올렸다. 추억을 되새기며 목린은 까르르 웃었다. 마침내 눈사람과 완전히 키를 맞춘 상태에서, 목린은 제 목을 두른 따스한 토시를 풀었다. 그리고 눈사람의 목에 다정하게 휘감아 주었다.
목린은 눈사람이 살아 숨쉬기라도 하는 양 그것의 머리를 톡톡 두드려주며 미소 지었다.
'추웠지? 이제 괜찮아.'
그리고 그때 갑자기 눈사람의 얼굴이 터졌다. 목린의 몸통으로 얼굴이었던 하얀 잔재가 뿔뿔이 흩어지며 떨어졌다.
'목린아!'
눈사람 안에 숨어 있던 언영이 쾌활하게 외쳤다. 이목구비를 뺀 나머지는 모두 여전히 눈에 갇힌 채였다. 뒤에서 목린을 받쳐 주던 목현이 휘청거렸다.

'형님, 혼인하신다고 들었습니다. 축하드립니다! 저도 꼭 혼례식에 참석하겠습니다, 하하하!'

꽤 오래 이러고 있었는지 언영의 코가 시뻘게져 있었다.

'그리고 목린아, 토시 고마워. 목린……. 목린아?'

'…….'

목린은 몸을 굳히고 영혼이 나간 눈으로 언영을 바라보았다.

'목린아!'

목린의 눈이 서서히 감기고 옆으로 기우뚱하자 언영이 절박하게 외쳤다. 그의 단단한 팔이 눈을 뚫고 튀어나와 쓰러지는 목린의 몸을 붙잡았다. 그것이 의식을 잃기 전 목린의 마지막 기억이었다.

그다음에 벌어진 일을 목린은 기억하지 못했다. 목현에게 들은 바에 의하면, 언영은 목린이 기절하자마자 눈을 뚫고 나와 목린을 안아 들었다. 그리고 울부짖으며 의원을 찾았다. 다행히 의원은 목린의 바로 옆집에 사는 이웃이었다. 의원이 어쩌다 쓰러졌냐고 묻자 언영이 '목린이는 이런 눈 내리는 날씨를 감당을 못한다'고 울부짖었다.

옛날부터 눈 위에서 누구보다 신나게 방방 뛰놀던 목린을 봐 온 의원은 눈살을 찌푸렸다. 뒤에서 지친 표정으로 조용히 고개를 젓고 있는 익문과 목현을 보고 대충 상황을 파악해 언영의 말을 알아들은 척해 주었다.

일련의 소란 후, 본래 친한 친구들과 아버지하고 가까이 앉기로 했던 목린은 울며 겨자 먹기로 혼례식의 자리 배치를 다시 바꿔야 했다.

언영에게는 목린의 옆에 앉는다는 사실이 굉장히 특별하게 와 닿은 듯했다. 그는 저번에 만났을 때보다 또 훨씬 굵어진 팔뚝으로 목린을 압박시켜 가두고 입술을 쪽쪽 빨았다. 목린은 눈을 질끈 감았고, 옆에 지나가던 주민들은 겁에 질려 숨을 멈췄고, 어린 아이는 언영의 덩치에 압도당하여 울음을 터뜨렸다.

* * *

예서와 목현이 맞절을 하고 일어섰다. 절차에 따라 목현이 가볍게 예서의 이마에 입을 맞추며 식이 끝났다. 그들을 둘러싼 사람들이 손뼉을 쳤다. 본격적으로 잔치가 벌어졌다.

목린은 혼례식을 좋아했다. 맛있는 음식을 많이 먹을 수 있기 때문이다.

혼례식은 단월도의 식문화가 가장 돋보이는 행사라고 할 수 있었다. 섬에는 건강에 좋은 다양한 식자재들이 풍부했고 중요한 날인 만큼 마을 사람들이 각자 모여서 최고의 음식을 선보였다.

목린은 먹는 것을 정말 좋아했다.

지금도 너무나도 행복했다. 앞에 놓인 탁자에 진수성찬이 끝없이 펼쳐져 있었다. 입에서 사르르 녹는 맛에 절로 고개를 젓게 됐다. 목린은 눈웃음을 치며 황홀한 세계에 빠져들었다. 손이 끊임없이 반찬과 밥 위를 오갔다. 어르신들은 목린이 먹는 모습을 볼 때마다 이렇게 복스럽게 먹는 아이는 또 없을 거라며 껄껄 웃었다.

볼이 빵빵하게 부푼 상태에서 목린은 무심코 옆을 바라보았다.

그러다가 흠칫 놀라며 뒤로 물러났다.

언제부터였는지, 언영이 팔을 괴고 그녀를 빤히 지켜보고 있었다.

"히히히히히히……."

그의 눈은 완전히 힘이 풀리고 자유롭게 벌어진 입에선 이상한 웃음소리가 자꾸 흘러나오는 중이었다. 술 취한 사람도 이렇게 무너지긴 쉽지 않을 것 같았다. 흐뭇하게 지켜보는 어르신들과 같다고 치부하기엔 그의 눈빛이 너무나도 이상했다.

저렇게 입이 망측하게 벌어진 걸 보면, 배가 고파서인 것 같다고 목린은 입에 담긴 밥을 꼴깍 삼키며 생각했다.

목린은 제 수저를 내려다보았다. 갓 만든 따끈따끈한 쌀밥에 듬뿍 올린, 먹음직스러운 고춧잎 나물무침. 남한테 주기 너무나도 아까웠다. 이게 얼마나 맛있는데……. 만약 언영이 이걸 갑자기 빼앗아 먹으려 했다면 목린은 초족의 운명이고 뭐고 언영의 머리카락을 뜯어냈을 것이다.

하지만 언영은 현재 공격성을 내세우지 않고 있었고(목린은 그 점을 매우 높이 샀다. 남이 맛있는 것을 먹는 모습을 보고 참는 행위가 얼마나 힘든지 알고 있었다.) 목린은 그를 화나게 해선 안 됐다. 또한 단월도에 이렇게 맛난 식자재가 많다는 것을 깨닫고 나면, 만일 최악의 상황이 들이닥쳤을 때 그래도 섬을 불바다로 만드는 일까진 피할지도 모른다.

목린은 시무룩함을 뒤에 숨기고 언영을 향해 소심하게 수저를 내밀었다. 한 입 정도는 괜찮을 것 같았다.

"너무 맛있어요, 언영 님. 이, 이것 좀 드셔 보셔요. 제가 정말로 많이 좋아하는 무침이에요…….”

“으응, 아니. 난 괜찮아. 너 마음껏 먹어. 흐흐흐흐…….”

전혀 괜찮아 보이지 않았다. 그의 입에서 침이 흘러나오기 직전이었다. 하지만 목린이 어쩔 줄 모르며 그 자세로 가만히 있자 갑자기 그가 표정을 바꾸었다. 살짝 얼굴을 굳히더니 다소 초조한 목소리로 독촉하기 시작했다.

“얼른 먹어. 먹는 모습 보여 줘. 얼른.”

“네……?”

목린은 여태까지 자신이 착각했을지도 모른다는 생각을 처음으로 갖게 되었다. 그러고 보니 언영은 목린이 먹고 있는 음식보다는 그녀의 움직이는 입술이나 터질 것 같은 볼에 더 집중하고 있었다.

목린의 등골이 서늘해졌다.

그러고 보니 섬 바깥 사람들은 인육을 먹는다는 소문 또한 돌았던 것 같다.

그리 생각하니 이해가 되려고 했다. 아무리 생각해도 귀혈족에서 가장 키도 크다는 남자의 부인보다는 그의 한 끼 식사가 더 그녀의 역할에 어울릴 성싶다고 생각한 것이다. 오늘 안겼을 때 느꼈는데 자신의 덩치는 언영이 들고 먹기에 딱 좋을 듯했다.

혼인한 후에 마음이 변하면 잡아먹을까? 딸의 뼈만 전해 받은 아버지는 얼마나 슬퍼하실까. 아니, 어쩌면 혼인은 거짓말이고 처음부터 잡아먹을 생각이었을지도 몰라. 초족 남자들과는 너무나도 다르게 적극적으로 뺨에 뽀뽀하고 빠는 걸 보면 그녀의 살에

유독 집착하는 건 분명했다. 지금 저렇게 웃는 것도 포동포동하게 살찌운 다음 먹을 생각에 푹 빠져서 그럴지도.

"정말 드셔도 괜찮아요……."

지금이라도 마음을 바꾸고, 잘 먹겠다고 하면서 받아먹으면 괜찮을 것 같은데 언영은 끝까지 일관된 태도를 유지했다.

"너 먹으라니까."

"정말 괜찮아요……."

목린은 울먹거리기 직전이었다.

"아냐. 이것도 먹고, 이것도 한번 맛봐."

언영은 목린이 먹는 음식을 다 지켜보고 있었는지, 아직 입 대지 않은 것만 가져다가 그녀의 앞에 친절히 갖다 놓아주었다. 한여인이 손을 뻗어 집으려 했던 고기를 빼앗겨 슬퍼했지만 차마 언영에게 돌려내라고 할 수 없어 울상을 지었다.

나를 정말 살찌우고 잡아먹을 생각인가. 목린은 젓가락을 빨며 슬픔에 잠겼다. 하지만 지척에 놓여 있는 숭어전의 유혹을 이길 수 없었다. 정말로 언영에게 잡아먹히더라도 저건 먹어 봐야 후회하지 않을 것 같았다. 목린의 젓가락이 그쪽으로 향하자 언영의 입술 끝도 양쪽으로 찢어지듯 벌어졌다.

'우울했는데……. 너무 맛있어.'

냠냠거리며 이 환상적인 맛을 음미하고 나니, 아까까지 머릿속을 잠식하던 걱정이 모두 잠시나마 종적을 감추었다. 이 세상에서 목린에게 먹는 것보다 좋은 치유제는 없었다. 목린의 두 눈이 반짝거렸다. 그 모습을 보는 언영은 기뻐서 어쩔 줄 모르며 얼른 목린의 앞에 새로운 접시를 놔주었고 젓가락을 쥔 목린의 손 또한 야무지게 움직였다. 지금 이 순간 그녀는 목전의 음식에만 집중하기로 했다.

아침에 먹는 밥도 맛있고, 대낮에 먹는 밥도 맛있고, 저녁에 먹는 밥도 맛있다. 그래도 뭐니 뭐니 해도 가장 맛있는 밥은…….

"혼례식 밤에 있을 일이 정말 기대돼요."

목린의 말을 들은 언영이 돌연 행동을 멈추고, 고개를 돌려 기침을 퍼붓기 시작했다.

"그, 그래?"

"네. 제가 혼례식 중에 가장 좋아하는 순간이에요."

밤에 먹는 밥이 제일 맛있다.

앞에서도 잠깐 거론되었지만 다시 꺼내자면, 초족의 혼례식에는 초야 문화가 없었다. 단순히 아이를 배태하기 위해 하는 행위를 쾌락으로 오래 즐기는 것은 상스럽다고 여겼기 때문이다. 하나 그렇다고 혼례 행사를 너무 빨리 끝낼 수는 없는 노릇이니, 대신 밤에도 주로 간단한 놀이와 같은 재밌는 일을 이어서 진행하였다.

그중에서도 목린에게 가장 중요한 것은 밤에 하는 군것질이었다. 맛난 음식들은 밤에 먹으면 더 맛났다. 정말 신기했다.

언영은 팔을 괴고 고개를 돌려 다른 곳을 구경하는 척을 했다. 하지만 그의 신경이 목린에게 쏠려 있음은 누구나 알 수 있었다. 언영은 갑자기 목린과 눈을 마주치지 못하고 있었다. 그가 망설이듯 입술을 뗐다.

"나도 그럴 것 같아. 그러니까…… 우리 혼례식 때 말이야."

"언영 님도 좋아하시는군요!"

목린은 그와 자신 사이에 공통점이 있다는 것에게서 놀라움을 느꼈다. 그녀의 목소리가 밝자 언영의 목이 더욱 빨개졌다.

"그건 당연한 거잖아? 나는 사실 매일…… 하루도 빠짐없이 그걸 상상하는데. 나는 수줍음이 많은 너도 좋아한다고 할 줄은……."

"누구나 좋아하지 않을까요? 너무도 열정적인 밤이니까요."

"……안 그러던 애가 갑자기……."

"저는 이 얘기만 나오면 말이 많아져요."

허둥거리며 앞에 보이는 잔을 집는 언영의 귀가 빨갛게 변해 있었다. 그는 안에 든 것도 확인하지 않고 우선 벌컥벌컥 들이켜고 보았다. 초족의 손에 맞춰진 잔은 그의 손에 비해 터무니없이 아담했다.

드디어 언영과 말이 통했다고 생각한 목린은 들떠서 재잘거렸다.

"언영 님, 저는 제 혼례식에서 마지막 잔치만 한 달 동안 계속 쉬지 않고 했으면 좋겠어요."

뿌우우우-

언영이 뱉은 액체가 무지개 모양으로 시원하게 뻗어 나갔다. 주변에서 그 장면을 목격한 단월도 주민들은 그가 불을 내뿜는 줄 알고 자리에서 일어나 후다닥 도망쳤다.

"괜찮으셔요?"

목린은 화들짝 놀라며 물었다. 언영이 소리치듯 물었다.

"한 달?! 쉬지 않고? 진심이야?"

"네? 네. 아, 아무래도 너무……."

준비할 게 많겠죠? 그쪽 입장에선 볼품없는 초족 여인일 텐데 그런 사람을 위해서 일주일 동안 음식을 준비해 준다는 것이 애초에 말이 안 됐다.

"그런데 괜찮으세요? 맛이 없으셨나 봐요……."

"할 수 있어."

"괜찮……. 네? 정말요?"

"한 달. 쉬지 않고. 알았어. 할 수 있어. 무슨 일이 있어도 해낼게. 목린이 네가 원한다면. 네가 원하면 나는 하늘의 별도 따다 줄 수 있어."

언영이 목린의 양쪽 어깨를 잡고 비장하게 말했다. 당황한 목린은 눈을 굉장히 많이 끔벅거리기 시작했다.

"저기, 말씀은 고맙지만 정말 괜찮아요. 많이 힘들 것 같아요. 준비해야 할 것도 많고, 아무래도 너무 무리……."

"무리 아니라니까!"

언영은 굉장히 자존심이 상한 듯해 보였다. 목린의 눈엔 귀혈족 식문화에 대한 자긍심에 금이 간 것이 분명해 보였다.

"할 수 있어. 하고 싶어. 하고 싶어서 미칠 것 같아. 매일 하고 싶어. 지금 당장도 하고 싶어."

"뜨, 뜻이 같다니 다행이에요. 하지만……."

"걱정하지 마. 너는 그냥 날 따라오기만 하면 돼."

"그렇게 말씀해 주시니 안심이에요."

목린이 희미하게 웃자 언영의 목과 얼굴이 모두 터져 버릴 것 같이 빨개졌다. 그는 굳은살이 많이 박인 커다란 손으로 제 얼굴을 벅벅 비볐다. 그리고 나지막한 목소리로 한탄했다.

"우선 코피 문제부터 어떻게 해결해야겠군."

"네?"

그 말을 이해하지 못한 목린은 고개를 갸우뚱했다.

* * *

천둥이 소리를 질렀다. 혼례식에 갑작스럽게 이런 날씨라니, 아무래도 좋은 소식은 아니었다. 물론 남은 일정은 내부에서 진행하면 될 테니 큰 상관은 없겠지만.

익문은 밤까지 이어지는 잔치에 참여할 정도로 젊은 몸이 아니었다. 그건 그의 여식 목린같이 어리고 파릇파릇한 애들을 위한 일이었다. 날씨도 뒤숭숭하겠다, 익문은 평소보다 일찍 자리에 누워 잠들 준비를 했다.

목린이는 지금 저쪽에서 맛있는 과자를 야금야금 골라 먹느라 신이 났을 것이다. 그 모습을 상상하니 절로 그의 얼굴에 미소가 꽃피었다. 그러다가 이제는 이 집에 살지 않을 목현이를 떠올리니 또 이번엔 마음이 뭉클해지면서 이상한 감정이 그를 사로잡았다. 여러 가지로 감성적인 하루였다.

마지막으로 목현의 방이나 좀 보고 올까, 란 생각과 함께 눈꺼풀을 들었다. 그와 동시에 평화가 무너졌다.

"주언영!"

"장인."

어둠 속에서 그의 존재는 저승길로 인도하러 온 안내자와 다를 바 없었다. 이 섬에서 저렇게 커다란 덩치를 가진 자는 단 한 명뿐이었다. 덕분에 얼굴이 전혀 보이지 않는데도 누군지 알 수 있었다.

"고, 고, 고, 공자……."

익문은 허리를 벌떡 일으켰다. 왜 주언영이 여기까지 왔는지 알 것 같았다.

"장인……."

번개가 하늘에 빗금을 냈다. 그와 동시에 아주 잠깐 섬뜩한 빛이 주언영의 얼굴에 닿았다가 사그라들었다.

언영은 완벽한 무표정이었다.

"공자, 우선 내 말을, 내 말을 먼저 좀 들어 보게나!"

"급한 겁니까?"

"그, 그렇다네."

"저도 지금 좀 급합니다."

낮은 음성으로 답하며 언영이 한 걸음 더 다가왔다. 익문은 다급하게 팔을 뻗었다.

"잠깐만!"

"장인, 정말 죄송한데 이번만큼은 제가 먼저 말하겠습니다. 얼마 전부터 쭈욱 생각해 왔던 것입니다."

"안 돼! 나도 다 이유가 있었네. 알잖나! 그리고 어차피 다 소용없었다고!"

목린은 나날이 자라나는 중이었고, '혼인하기엔 아직 어리다'라는 핑계가 절대 먹히지 않을 날이 가까워지는 중이었다. 섬의 수백 명의 주민을 위해서 익문은 제 딸을 넘겨줘야 했지만, 아비로서의 절박함을 끝내 마음에서 도려낼 수는 없었다. 하여 오늘 혼례식 내내 여러 사람들 앞을 기웃거리며 목린의 신랑감을 찾아다녔다.

하지만 익문이 조심스럽게 '자네에게 혼인 안 한 아들이 하나 있었지?'라고 얘기를 꺼내는 순간 분위기가 달라졌다. 모두 갑자기 당황하며 말도 안 되는 핑계를 대고 자리를 피했다. 표정에는 미안함이 가득했다.

딸을 그런 무서운 곳에, 무서운 자에게 어떻게 시집보낼 수 있단 말인가. 주언영도 머리는 있으니 초족의 상황을 이해해 주긴 할 것이다. 익문이 절박하게 소리쳤고, 마침 언영 또한 참지 못하고 입술을 뗐다.

"나로서는 어쩔 수 없었네. 목린이를 우리 섬 사내에게 시집보내고 싶었네!"

"목린이와 혼인하는 날을 더 앞당기고 싶습니다."

두 사람이 동시에 말했다.

"응?"

"예?"

두 사람이 동시에 당황했다.

"아, 그 얘기 하러 온 게 아니었나?"

익문이 시선을 피하며 웅얼거렸다.

"장인, 조금 전에 뭐라고……."

"하하! 아무것도 아니네. 아무튼, 어, 혼인을 앞당기고 싶다고?"

"장인, 분명 아까……."

"날씨가 너무 덥군! 허허!"

콰콰쾅! 엄청난 천둥소리와 함께 밖에서 바람을 못 이기고 나무 하나가 쓰러졌다.

"크흠."

익문은 손부채질을 하던 오른손을 어색하게 내렸다. 언영은 그 모습을 묵묵히 바라보다가 천천히 입술을 뗐다.

"……목현 형님도 짝을 만나셨고, 목린이를 위해 거의 4년을 기다렸습니다, 장인."

"벌써 그렇게 지났나? 부디 화내지 말고 듣게. 내가…… 보기엔 목린이는 여전히 너무 어리다네. 아직도 눈이 내린다고 신나서 달려 나가는 애를 어떻게 다 컸다고 남한테 보내겠어. 눈사람보고 좋아서 어쩔 줄 모르는 영락없는 소녀인데……. 자네도 보지 않았는가."

"보진 못했습니다. 그 눈사람 안에 있었으니까요."

"그런 말을 그렇게 심각한 목소리로 할 필요는 없네."

"어떤 말을요?"

어색한 침묵이 흘렀다. 익문은 고개를 저으며 대화를 이어나가길 포기했다.

"그래. 자네 말대로 자네가 그…… 눈사람의 안에 있었다면, 그래도 목린이의 들뜬 목소리는 듣지 않았는가. 그러니 목린이가 누군가의 아내가 되기엔 아직……. 아니, 한데 대체 눈사람에는 왜 숨어 있던 거야. 혼자서 그런 걸 대체 어떻게……."

가끔 번개가 하늘을 밝힌다고 해도 밤은 밤이었다. 어둠에 밝은 언영도 장인의 얼굴을 더 자세히 보기 위해 몸을 가까이해야 했다. 귀혈족 중에서도 가장 덩치가 큰 남자가 어둠 속에서 제게 다가오는 모습은 그 어떤 초족도 감당할 수 없었다.

“장인.”

“흐악! 미안하네. 기밀 정보라면 다신 묻지 않겠네! 그러니 제발 그 자리에 가만히 있게. 내가 생각을 좀 할 수 있게.”

이 나이 먹고 이불에 오줌을 지릴 수는 없으니까 말이다.

언영이 앞으로 내밀었던 상체를 다시 뒤로 빼고 나서야 익문은 호흡할 수 있었다. 아무래도 눈이 오는 겨울에는 눈사람으로 위장하는 행동으로 다른 땅을 침략하나 보다 싶었다. 다시는 물어보지 말아야겠다.

무시무시한 귀혈족이 침략을 하러 쳐들어온 날(아니다) 그들이 공격을 그만둔 유일한 이유는 족장의 아들인 언영이 목린을 보고 푹 빠져 버렸기 때문이었다(그렇지 않다). 섬의 운명은 오로지 목린이에게 달려 있었고(오해다) 목린도, 익문도, 마을 주민 모두 이 사실을 알고 있었다. 그래서 힘없는 초족을 지키기 위해 안타깝게도 목린이 언젠가 언영과 혼인하는 것은 기정사실화된 지 오래였다.

하지만 딸을 사랑하는 아버지인지라, 아무리 족장이라고 해도 그렇지 차마 제 입으로 혼인을 허락한다고 하기엔 용납할 수 없는 것이다. 익문은 얼른 머리를 굴렸다. 어떻게 해야 귀혈족의 눈에 밉보이지 않고, 섬을 지키면서, 사랑하는 목린이도 같이 보호할 수 있을까.

“그러면 공자, 목린이한테 직접 말하고 허락을 받게. 목린이와 함께하는 혼인이 아닌가. 당연히 그 아이의 의견을 존중해야지."

굉장히 이상하고 무서운 사람이기는 하지만 일단 목린이를 향한 마음은 진심인 것 같았다. 목린이를 진정으로 사랑한다면 익문이 안 된다고 하는 것보다 목린이 안 된다고 하는 게 더 잘 통할 테고.

익문은 아침에 목린이가 집에 돌아오면 일단 무슨 일이 있어도 언영의 제안을 거절하라고 할 생각이었다. 물론 이 방법도 한계가 있고 목린이를 계속 곤란하게 할 수는 없으니, 그동안에 익문은 다른 방책을 강구해 낼 계획이었다.

"목린이에게요?"

"그래."

너무 신나서 그대로 춤이라도 추지 않을까 싶었던 주언영은 의외로 평범한 반응을 보여 주었다. 생각에 깊이 잠긴 듯 눈을 아래로 약간 내리깔았다.

극적인 표정이 담기지 않은 그의 얼굴은 평소와 너무나도 달라, 익문은 순간 숨을 쉬는 법도 잊고 그 무표정을 감상했다. 그렇다. '감상'했다는 표현을 써도 어색하지 않을 정도로 가만히 있을 때 그의 얼굴은 너무도 멀쩡했다.

"대체 왜 저런 얼굴로 그런 이상한 웃음을……."

"예?"

"아무것도 아니네. 그럼, 잘 가게!"

언영은 인사를 마치고 빠르게 자리를 나섰다. 그가 완전히 종적을 감췄음을 안전하게 확인하고 나서야, 익문의 몸에서 힘이 스르르 빠졌다. 그가 기절하듯 다시 자리에 누웠다.

* * *

언영은 장인에게 얘기를 꺼내기 위해 더욱 일찍 자리를 뜨고 목린의 집으로 온 것이었다. 하여 그는 집으로 돌아올 목린을 보기 위해 바깥에 나왔다. 하지만 그가 도착했을 때와 달리 빗방울은 점점 거세게 땅을 내려치다 못해 바닥에 가득 고였다. 어두컴컴해진 날씨 탓에 언영조차도 밖에 있는 사물을 분간하기 어려웠다. 한데 목린이의 흔적은 전혀 보이지 않았다.

언영은 살짝 초조해졌다. 이 섬 사람들은 대부분이 다 그가 한 대만 치면 날아가게 생겼다. 바람에 목린이가 날아갈지도 모른다는 생각에 불안해졌다. 조그만 목린이가 '꺄악, 언영 님, 도와주세요!' 하면서 바람에 따라 휭 날아가는 모습을 상상하니 등골이 서늘해졌다.

물론, 비 때문에 집으로 돌아가는 것을 포기하고 근처에 있는 친우의 거처에 잠시 머물고 올지도 모른다. 예상치 못했던 상황이니까 계획도 바뀌었겠지.

하나 그렇지 않을지도 모른다.

아무것도 안 보이는 어둠 속에서 길을 헤매며 떨고 있을지도 모른다.

"……."

언영은 등을 돌려 목린의 집을 흘겨보았다. 딸이 집에 오지 않았다는 사실을 장인께서 알고 있을까. 하지만 끝내 모르시는 편이 나을 것이다. 가장 좋은 것은 아무래도, 그가 직접 목린을 안전히 데리고 와 아무 일 없었던 것처럼 아침을 맞이하는 방법이었다.

"목린아!"

언영이 외쳤으나 돌아오는 대답은 바람의 비명과 빗방울의 재롱뿐이었다.

언영은 손으로 눈 위에 그늘을 만들었다. 그래야 눈을 뜰 수 있을 정도로 비가 험악하게 내렸다.

단월도는 자연의 상태를 거의 그대로 보존한 섬이다. 하여 운치는 그 나름의 멋이 있었으나 자칫하여 발을 잘못 뻗거나 실수를 하면 날카로운 돌에 몸을 찧는 등의 실수를 할 가능성이 높았다. 특히나 지금처럼 암흑이 세상을 장악하고 있는 상황에는 더욱이.

언영은 앞으로 발을 뻗었다. 그깟 거 하나도 두렵지 않았다. 오히려 집에 돌아오지 못해 떨고 있을 목린이가 더 걱정되었다.

* * *

이른 아침, 목린은 커다란 나뭇잎 우산을 쓰고 축제장을 나섰다. 포만감이 느껴지는 꽉 찬 배를 한 손으로 팍팍 두드리며 싱긋 미소 지었다.

한밤중에 심하게 내려쳤던 폭우는 해님이 인사하자 얌전해졌다. 싱그러운 비 냄새를 맡으며 집으로 향했다. 적당히 흐르는 비는 좋은 친구가 되어 주었다. 길가에 있는 꽃이나 나무, 돌 위에서 반짝거리는 물방울도 사랑스러웠다. 목린은 이슬을 품고 있는 예쁜 나팔꽃 하나를 꺾어 땋은 머리에 꽂았다. 룰루랄라 콧노래를 부르며 발을 뻗었다.

"어머나!"

집 앞에 도착한 목린은 문 앞에 서 있는 언영을 보고 흠칫 놀랐다. 이미 그의 감당할 수 없이 우람한 덩치에는 약간 익숙해졌다 해도, 저리 고개를 푹 숙이고 암울하게 서 있는 모습은 당혹스럽기 그지없었다. 그가 문을 완전히 다 가리고 서 있었다.

"언영 님……?"

"……."

목린은 손을 덜 떨기 위해 나뭇잎 우산의 줄기를 꽉 잡고 신중하게 다가갔다.

"언영 님……. 어?"

언영의 몸이 머리부터 발끝까지 홀딱 젖어 있었다. 단순히 새벽에 잠깐 나와 있었다고 이 지경이 될 리가 없었다. 그야말로 만신창이였다. 심지어 가까이서 보니까 옷의 군데군데가 찢겨 있었다. 그 사이로 혈흔이 보였다. 몸의 절반을 두른 갑옷이 아니었다면 더 심했을 것이다.

"목린아."

언영이 천천히 고개를 들었다. 평소와 완전히 다른 목소리, 다른 표정에 목린은 움찔 튕겨 오르려는 몸을 다잡았다. 가슴께에 주먹을 꽉 쥐고 조심스럽게 물었다. 여태까지 그에게 했던 말 중에 가장 길었다.

"언영 님, 대체 여기서 무얼 하고 계세요? 왜…… 왜 비도 오는데 이렇게……. 산에서 구르기라도 하셨어요? 왜 이렇게 비를 많이 맞으셨어요? 아버지를 뵈러 오신 거예요? 아버지께서 들어오지 말라고 하시나요?"

"너는 안 맞은 거지?"

"네?"

언영의 진지한 목소리에 목린이 눈을 깜박거렸다. 누가 봐도 그의 상태가 더 심각하고 끔찍했는데 그는 오로지 그녀의 안위만을 묻고 있었다.

"비 말이야."

"네, 저는 보다시피 우산이 있어서……."

"다행이다."

"언영 님……."

목린은 팔을 높게 뻗어 언영에게도 나뭇잎 우산을 씌워 주었다. 두 사람, 특히 한 쪽이 귀혈족 남자일 경우에 같이 쓰기엔 터무니없이 작은 우산이었다. 목린의 등이 젖기 시작했다. 그 모습을 본 언영이 심각한 표정과 함께 커다란 손으로 목린의 등을 안아 끌어당겼다.

"목린아……."

그의 듣기 좋은 목소리가 목린의 귀를 부드럽게 감쌌다. 그의 뜨거운 눈이 오롯이 그녀를 향해 있었다. 목린의 뺨이 수줍게 달아올랐다.

그리고 그와 동시에, 언영이 앞으로 쓰러졌다.

"언영 님!"

언영의 머리가 목린의 어깨에 떨어지고 그의 몸이 비정상적으로 굽어졌다. 아담한 목린은 무너지는 장신의 남자를 버틸 수 없었다. 무게를 못 이기고 목린은 비명을 질렀다. 그 소리를 듣고 익문이 부리나케 튀어나왔다.

다행히 의원의 집은 바로 옆이었기 때문에, 언영의 몸을 운반하는 데 시간이 얼마 들지 않았다. 목린, 목린이 소리를 지르기 전까지는 바깥 상황을 파악 못 했던 익문, 의원, 그리고 의원의 아들 덕복이 함께 힘을 모아 언영을 의원 집 침대로 옮겼다.

처음엔 하나의 침상에 눕혔으나 철저히 초족 사람들의 몸집에 맞춰 만들어진 가구는 언영의 밑에서 매우 위태로웠다. 하여 두 개의 침대가 나란히 붙고, 언영이 그 위를 비스듬하게 가로지르게 되었다. 일을 끝마친 네 명의 이마에 땀이 송골송골 맺혔다. 목린은 힘이 풀려 그 자리에 주저앉았다.

"족장님. 목린아."

어느새 덕복이 시원한 물을 길어와 목린 부녀에게 건네주었다. 두 사람은 벌컥벌컥 그것을 급하게 들이켰다.

"휴식이 많이 필요할 것 같군."

진찰을 마친 의원이 언영으로부터 물러서며 중얼거렸다. 목린이 놀라서 물었다.

"네?"

"뭘 그렇게 놀라? 결국 이자도 이렇게 생겼지만 사람이다."

'이자도 사람이다'라고 말하기는 했지만, 의원은 언영을 믿기지 않는다는 눈으로 내려다보고 있었다.

열이 나는지 언영의 얼굴에 붉은 기가 감돌았다. 악몽을 꾸는 어린아이처럼 계속 뒤척이고 있었다.

목린은 고개를 저었다.

"그게 아니라……. 저 때문에 이렇게 되신 것 같아서요."

"무슨 일이 있었는데 그러냐?"

"밤새 비를 맞으신 것 같아요. 저를 찾아다니시느라."

"그게 왜 네 탓이냐, 목린아."

익문이 치고 들어와 말했다. 목린은 아버지의 말에 답을 못하고 의원을 향해 질문했다.

"아저씨, 이렇게 크고 강한 사람도 당할 정도로 비가 위험한가요?"

"솔직히 내가 보기엔 좀 더 근본적인 문제가 있는 게 아닌가 싶다."

방 안에 있던 모든 이들이 어리둥절한 표정을 지었다. 의원은 잠깐 언영의 맥을 다시 짚더니 혀를 끌었다.

"보니까, 응? 정신이 영 맑지 않아요. 심란한 문제가 있었던 게 분명해."

"제가 사라졌던 거요?"

"그걸 수도 있고. 더한 문제가 속내에 있었을 수도 있고."

말을 하다 말고 의원은 언영의 의식이 돌아왔는지 아닌지 꼼꼼히 확인했다. 그리고 그가 여전히 자고 있음을 확인한 뒤 안심하며 크게 내뱉었다.

"물론 우리 쪽 입장에선 이 사람이 아파야 더 좋겠지만! 불쌍한 목린이."

"언영 님은 많이 무섭고 가끔 엄청 이기적으로 굴 때도 있지만 그래도 나쁜 사람은 아닌 것 같아요……. 목숨을 걸고 저를 구해 주기도 한 걸요."

목린이 조심스럽게 발언했다. 하지만 돌아오는 건 연민과 동정에 휩싸인 의원과 아버지의 시선뿐이었다. 그들은 마치 그녀가 목에

칼이 날아와 억지로 거짓말을 쥐어짜는 줄 알고 있었다. 뒤에서 방을 정리 중이던 덕복 또한 하던 일을 멈추고 그녀 쪽으로 몸을 틀었다.

의원이 한숨을 푹 내쉬며 고개를 저었다.

"아이고, 우리 불쌍한 목린이. 이제 너무 무서워서 이자가 잘 때도 옹호해주는 지경에 이르렀구나."

"그, 그건 아니에요. 많이 무섭긴 해도……."

목린이 두 손을 저으면서까지 열렬히 부정하려 했으나 그다음 날아오는 발언에 다소 소극적으로 변할 수밖에 없었다.

"저자가 저번엔 위험하게 너를 들고 공중에서 들고 놀지 않았니?"

"그건 맞지만……."

"눈사람 안에 숨어서 너를 기절시킨 게 불과 얼마 전인데 벌써 잊은 거야?"

목린은 답하지 못했다. 잊어버리기엔 너무도 생생한 기억이었다. 이때다 싶어 익문도 끼어들었다.

"그리고 식인 물고기 틈에서 널 구해 준 건 구해 준 게 아니라고 몇 번을 말해야 알아듣겠니. 처음부터 너를 그쪽으로 데려가질 말았어야지."

"피 냄새가 나서 몰려든 거라고 했잖아요, 아버지."

"그러니까, 그 피가 어쩌다 나왔냐니까?"

"언영 님이 코피를 흘리셨어요. 계속 말해도 믿지 않으시면서."

"저렇게 생긴 사람이 허약하게 코피를 흘린다는 게 말이나 되는 소리냐."

목린도 익문의 말이 타당하다고 보았지만 실제로 코피 흘리는 모습을 본 이상 어쩔 수 없었다.

"저도 믿지 못하겠지만 제 앞에서 두 번이나 흘리셨어요. 혹시 이번에 쓰러진 것도 코피와 연관이 있지 않을까요……?"

"흠, 딱히 큰 지병은 발견되지 않던데. 아무튼 목린아, 그게 중요한 게 아니고 지난번엔……."

익문과 의원은 번갈아 가면서 언영이 목린 앞에서 벌였던 극악무도한 일을 끄집어내기 시작했다. 그중에 상당수는 목린을 비롯한 초족이 도저히 받아들일 수 없는 행동이었고, 목린에게 잊을 수 없는 충격을 주기도 했다.

목린의 어깨가 축 늘어졌다. 그동안 잊었던 사건까지 모여서 휘몰아치니 확실히 언영이 다시 무섭게 느껴졌다. 좀 괜찮다 싶다가도 또 바로 몰상식한 행동으로 기대를 무너뜨리는 사람이 주언영이었다.

의원은 고개를 저으며 혼잣말을 했다.

"이자가 없었다면 너를 우리 덕복이랑 맺어 주는 건데……. 에휴."

멀리서도 이야기를 귀 기울여 듣고 있던 덕복과 목린의 눈이 마주쳤다. 덕복은 화들짝 놀라더니 얼굴을 붉히며 얼른 고개를 돌려 버렸다. 목린 또한 의원을 마주 보며 얼른 말을 돌렸다.

"저, 심란한 문제가 있는 것 같다고, 하셨죠."

"그래, 그래."

"하지만 이 세상에서 가장 심란하지 않을 것 같은 사람인데……."

지금도 언영의 '하하하!'나 '흐흐흐…….', '히히히힉' 같은 웃음소리가 고막을 때리는 것만 같았다.

"그거야 모르는 법이지."

의원은 어깨를 으쓱였다. 뭐 그런 걸 가지고 고민하느냐는 투가 역력했다.

"아무튼 무척이나 건강한 몸이니 알아서 깰 거다. 그만 신경 써도 돼."

* * *

귀혈족의 무시무시한 주언영이 앓아누웠다는 소식은 단월도 섬 전체에 빠르게 퍼져 나갔다. 수많은 사람들이 그 소식을 듣고 믿을 수가 없어 의원의 집 주변을 기웃거렸다. 지금도 집 밖에서 의원이 '믿기지 않겠지만 그자도 사람이고, 기절을 하오! 그러니 아픈 사람이 아니면 모두 물러서시오!'를 외치며 방문객들을 내쫓고 있었다.

이틀째 언영의 의식이 돌아오지 않아서 정확히 무슨 일이 있었는지 그에게서 설명을 들을 수는 없었다. 다만 주민 한 명의 증언이 있었다. 가장 산에 가깝게 붙어사는 아주머니께서 한밤중에 "아으어 으아윽! 악! 악! 아악!" 하며 누가 굴러떨어지며 외치는 비명을 들었다는 것이다. 이 날씨에 산에 올라가는 미친 사람이 있을 리가 없으니 귀신인 줄 알고 해가 뜰 때까지 떨었다고 아주머니는 회상했다.

그 날씨에 그 산에 올라가는 건 미친 짓이었다. 하지만 그 산 위에서는 마을 전경을 내려다볼 수 있었다.

"……."

목린은 고요히 자고 있는 언영을 내려다보았다.

목린은 언영을 이해할 수 없었다. 첫눈에 반했다는 말을 믿지 못하는 것은 아니었다. 그렇다고 제 외모에 자신이 있는 것 또한 아니다. 목린 역시 스쳐 지나가는 사람들을 보면서 언뜻 그 사람이 예쁘다, 멋지다 생각한 경우가 잦았기 때문이다. 정말 아무 생각도 없을 때 갑자기 훅 끼쳐 들어오는 순간이 있었다.

단순히 낭만적인 감정만을 논하는 것이 아니었다. 사람들은 본래 저마다 다양한 아름다움을 갖고 있었다. 친구가 머리카락을 귀 뒤로 넘기는 모습을 우연히 봤는데 그 모습이 뇌리에 오랫동안 눌러앉았다. 키우는 소를 쓰다듬는 마을 할아버지의 웃음이 너무나도 따뜻해 한참을 그 자리에 앉아 구경했다. 새로 과일을 땄는데 하나 먹어 보지 않겠냐고 내미는 한 아주머니의 모습이 그리도 곱게 보였다.

바로 전날까지는 그들을 보고 아무 생각도 없었다. 그런데 그 찰나의 순간이 햇살처럼 다가와 심장을 따뜻하게 다독여 주었다. 그러니 목린도 자신에게 하나쯤은, 적어도 하나쯤은 그런 특이한 아름다움이 있겠거니 하고 생각했던 것이다. 그리고 운 좋게 언영이 지나가다가 그 모습을 본 것뿐이고.

하지만 그뿐이다.

목린은 비슷한 경험으로 목현의 친우를 좋아한 적이 있었다. 아니, 그날의 감정을 정말로 '좋아했다'고 해도 괜찮을지 목린은 아직도 확신할 수 없었다. 툭 까놓고 말하자면 그의 생김새가 마음에 들었다. 마을에서 그 사람이 가장 잘생겼다고 생각했다.

약간 마른 체격에 키가 큰 그는 예리한 얼굴을 갖고선 말이 없었다. 그가 지닌 신비로움은 목린이 많은 상상을 할 수 있게 만들었다. 시간이 지날수록 그녀가 원하는 그의 모습은 더 구체적으로 변했다.

그러던 어느 날 그 환상이 깨졌다. 그가 다른 여자와 가약을 맺게 된 것이다.

놀랍게도 아무 생각도 들지 않았다. 질투도 나지 않았다. 목린이 '좋아한' 남자는 목린을 마찬가지로 좋아해 주고, 그녀와 혼인하고 싶어 하는 남자였다. 그러니 다른 여자의 것이 된 그 남자와는 완전히 다른 사람이었다.

단월도 사람들은 단월도에서 태어나서 섬을 떠나지 않는다. 그 남자도 지금 버젓이 이 섬에 살고 있다. 혼례식에서도 얼굴을 봤고 저번 주에도 길에서 마주쳤다가 인사했다.

몰래 따라다니며 얼굴을 구경했던 게 무색하게도, 아무 생각도 들지 않는다.

그래서 목린이 지금 그 무엇보다도 걱정하는 것은…….

"아직도 여기 있어?"

"네."

그녀가 기대에 미치지 못해, 언영 또한 변할지도 모른다는 점.

목린은 재빨리 몸을 틀었다. 덕복 오라버니가 그녀를 걱정스러운 눈빛으로 쳐다보고 있었다. 그는 평소 작업할 때와 같이 헐렁한 옷을 입고 있었는데, 언영만큼은 아니었지만 마을에서 가장 큰 덩치를 자랑하는 이답게 타고난 넓은 어깨가 돋보였다. 그가 언영을 못마땅한 듯 주시하다가 뜸 들이며 입술을 뗐다.

"……목린아."

"네, 오라버니. 말씀하세요."

"솔직히 말하면 나는 저 사람을, 저 사람의 부족을 받아들일 수 없어. 처음 쳐들어온 날은 충격 그 자체였지. 네가 없었다면 그쪽에서 무슨 짓을 했을지 모를 일이고."

그는 짧게 한숨을 쉬더니 이내 말을 이었다.

"그래서 나는 걱정이 되는구나. 네가 오로지 부족을 위해서, 네가 원하는 것을 포기하는 건 아닐지."

목린은 고개를 저었다. 오늘은 등 뒤로 땋은 머리가 귀엽게 딸랑거렸다.

"꼭 그런 것만은 아니에요. 언영 님은, 보이는 것과는 조금 면모가 있으셔요."

"그래도 이런 상황이 아니었다면 너는 이자에게 관심을 주지 않았겠지. 보이는 것과 조금 다른 사람이라는 것도 모르는 채로 그냥 지나가는 인연으로 끝났을 거야."

"……."

목린은 말문이 막혔다. 덕복의 발언은 틀림없는 사실이었다.

"여기 계속 있을 거니?"

"……아니에요. 곧 갈게요."

"그래. 문만 닫고 나오면 돼."

"네. 안녕히 가세요, 덕복 오라버니."

덕복은 뭔가 할 말이 마저 있는 듯 망설이다가 결국 자리를 떴다.

문이 닫히고 다시 목린과 언영만이 남았다. 어차피 고비는 넘겼으니 의원이 꾸준히 확인하러 올 필요가 없었다. 때문에 익문이 그녀를 끌고 나오려 하지 않는 이상 방에 새로운 손님이 오진 않을 터였다.

목린은 제 손에 올려져 있는 것을 한참 동안 내려다보았다.

"……."

과거 언영이 선물해 주었던 그 창이다.

일부러 이곳에 챙겨 온 건 아니다. 해가 지나면서 목린이 창을 갖고 노는 날은 줄어들었다. 이는 언영 때문이 아니다. 단순히 어린 시절 취미였던 행위를 천천히 잊어 가는 성장 과정에 불과했다.

비가 많이 왔고, 그래서 산에 놓은 창이 보관해 둔 그 자리에 잘 놓여 있을까 걱정되었다. 그 때문에 부랴부랴 들고 내려온 것이다. 다행히 창은 멀쩡했다. 삐뚤빼뚤 새겨진 언영목린 또한 여전히 선명하다. 평범한 단월도 창이라면 이미 수년 전에 부러지고도 남았을 것이다.

"으으……."

그때 언영의 얼굴에 변화가 생겼다. 잠잠하던 그의 표정에 균열이 일어났다.

"언영 님!"

목린은 자리에서 벌떡 일어나 언영 쪽으로 몸을 기댔다. 바닥으로 창이 덜컹 소리를 내며 떨어졌지만 신경 쓸 겨를이 없었다. 언영은 눈을 뜨지 못하고 계속 고통스러운 신음만 내뱉었다. 그답지 않게 미간이 잔뜩 일그러졌다.

"아……."

"언영 님, 정신이 드세요?"

"목린아……."

언영이 가라앉은 목소리로 웅얼거렸다. 서서히 보이기 시작하는 그의 검은 눈동자에 힘이 없었다. 언제나 (다소 지나치게)빛나던 눈이 저렇게 변한 현실 때문에 목린은 가슴 한편이 아렸다. 그래서 따뜻한 목소리로 응했다.

"네, 언영 님. 저 목린이에요."

그리고 언영의 손이 갑자기 날아와 목린의 허리를 휘감았다.

갑옷을 입고 있지 않은 언영은 처음이었다. 하지만 갑옷을 입든 안 입든 그의 가슴팍은 단단하기 그지없었다. 목린은 눈 깜짝할 사이에 그 위에 눕혀졌다. 얇은 천으로 된 옷을 걸치고 있는데도 그의 울퉁불퉁한 근육이 여실히 느껴졌다. 사내의 냄새가 목린의 후각을 가득 차지했다.

"목린아."

"네, 네."

당황한 목린이 더듬거리며 답했다.

"어떡하지……."

"왜, 왜 그러세요. 한번 말씀해 보세요."

"아아……."

목린은 언영의 가슴팍에 파묻혀 있던 얼굴을 들었다. 말은 나름 멀쩡하게 하는데 낯빛은 여전히 영 좋지 않다. 여전히 여기가 꿈인지 아닌지 헤매고 있는 모양새였다. 지금 벌어지는 일을 나중에 기억이나 할지 의문이 들었다.

목린의 손이 절로 뻗어졌다. 특별한 애정을 담고 움직이는 건 결코 아니었다. 다만 이전보다 더 까칠해진 그의 뺨이 거슬렸을 뿐이다.

"목린아……."

그의 뜨거운 숨결이 목린의 여린 손목에 닿았다.

"네, 네."

"내가 너한테…… 청혼을 해야 하거든."

언영의 뺨을 쓸던 손이 어색하게 멈췄다.

"……네."

"그런데, 네가 싫다고 답할까 봐 겁나."

그렇게 말하고 언영은 끝에 힘없이 피식 웃었다. 잠결에 그냥 내뱉는 것이라고는 믿을 수 없을 정도로 듣기 괜찮았다.

목린은 잠시 이해를 못 해 미간을 구겼다.

"……그래서 지금 이렇게 아픈 거예요? 고작 그런 문제 하나로 심란했어요?"

"고작이 아닌데. 목린이는…… 수줍음이 많으니까, 딱히 그러자고 답하지 않을 것 같아."

"그걸…… 물어보지도 않고 어떻게 알아요."

언영이 목린의 손바닥에 먼저 스스로 뺨을 비벼 왔다. 목린은 순간 호흡하는 법을 잊어버렸다. 그는 이어서 그녀의 손에 입술을 묻었다. 그가 말을 할 때 입술이 움직였고 숨이 닿았고 목린은 손목이 떨리는 것을 겨우 견뎠다.

"그냥 그럴 것 같아."

목린은 천천히 고개를 도리도리 저었다. 어색하게 손을 옆으로 빼냈다.

"……아니에요. 저한테는 지금 혼인하나 다음 해에 혼인하나 별 차이 없는걸요. 왜 언영 님은 다른 때는 해맑다가 항상 이런 일이 닥치면 부끄러워하고 수줍어하고 그래요."

"그건……."

"그건……?"

언영이 웃기 시작하자 탄탄한 가슴이 들썩거렸다. 여전히 그는 몽롱한 꿈에 빠져 있었다. 그 위에 누워 있던 목린이 그를 빤히 응시했다. 웃음이 점차 사그라들고 언영의 핏기 없는 입술이 느리게 움직였다.

"목린이가 너무 예뻐서……."

언영의 기다란 손가락이 목린의 허리를 살살 문질렀다.

"목린이 처음 본 날이 아직도 기억에 생생해. 그렇게 귀엽고 예쁘게 생긴 애는 난생처음 봤어."

눈을 감은 그는 현재에 없었다. 추억에 되돌아가 처음 만났던 그날에 듬뿍 젖어 있는 것이 틀림없었다. 사랑에 빠진 사내는 기쁨을 만끽하고 있었다.

그리고 이것은 목린이 두려워하는 바이기도 했다.

아름다운, 환상이 깨지지 않은 과거에 스며들어 평생 그곳에만 머무는 것.

"……그러면 목린이가 안 예뻐지고 안 귀여워지면요?"

"으응?"

“제가 나이 먹고 늙으면…… 그럼 그때는 마음이 변하는 거예요?”

언영은 낮게 웃었다. 목린은 심각한 지금 웃음을 터뜨리는 그가 얄미웠다. 아픈 사람이라 봐주려고 했는데 얼른 밀어내며 몸을 일으킬까 고민하던, 바로 그때였다. 그가 천천히 입술을 떼고 달콤한 말을 속삭인 건.

“뭐야, 그런 게 어딨어. 오늘의 목린이가 어제의 목린이보다 귀엽고 내일의 목린이는 더 귀엽고……. 쭈글쭈글 할머니 된 목린이는 내가 보자마자 심장 멎을 정도로 귀엽겠지.”

“…….”

“뭐, 이미 그렇긴 하지만.”

그가 이어서 첨언했다. 잠결에 나오는 웅얼거림에 불과했지만 가까이 있는 목린은 똑바로 들을 수 있었다. 그리고 잠결이기에, 남에게 들려주기 위해 꾸며져서 나오는 말이 아니었기에 더욱 날것이었다.

“나날이 시간이 지나면서 더 사랑하게 될 거야. 우리의 추억이 가득한 얼굴인데 어떻게 점점 더 예뻐 보이지 않을 수 있겠어.”

“…….”

목린은 눈을 감았다.

조금 전 그의 말을 음미하고, 또 음미했다.

목린은 언영의 말을 온전히 믿을 수 없었다. 그가 지금 보이는 사랑을 의심하지는 않았다. 다만 미래를 예지하는 그의 능력을 의심했다. 그는 신이 아니기에.

“……언영 님.”

목린은 그의 품 안에서 손가락을 꼼지락거렸다. 허리를 감싼 그의 손에 몸이 데일 것 같았다.

“그렇게 얼른 혼인하고 싶어요?”

언영의 모든 것을 믿지는 않는다. 하지만 언영이라면, 아무리 당시엔 전부인 줄만 알았던 불타던 사랑이 전체 인생을 봤을 때 작은 불꽃에 불과했음을 나중에 깨닫더라도.

‘마음껏 들어줄게! 평생 발 바닥에 안 닿게 해 줄게!’

‘혼인하고 나면 먹고 싶은 거 마음껏 먹고, 가고 싶은 곳 마음껏 가게 해 줄게.’

‘목린아. 나 따라 해 봐. 어깨랑 가슴을 제대로 펴고, 얼굴을 살짝 든 다음 크게 웃어. 하하하하!’

‘너의 특별한 날을 함께 기념할 수 있는 영광을 내주어서 고마워. 태어나 줘서 고마워.’

열정적이고 아름다웠던 과거를 선물해 준 그녀를 끝까지 존중해 줄 거란 믿음이 생겼다.

설령 그 마음이 식었다고 해도, 이전과 다르다고 해도, 그 사랑과 관심을 더 예쁘고 더 귀여운 다른 누군가가 누리게 된다고 하더라도.

‘나날이 시간이 지나면서 더 사랑하게 될 거야.’

언영은 함께하는 시간이 주는 그 성장과 추억, 그 존재 자체의 가치를 잘 아는 사람인 것 같았다.

그 점을 그에게서 배우고 싶었다.

‘이렇게 함께하니까 얼마나 좋니, 하하하!’

목린의 아버지는 자식들이랑 셋이서 함께 무언가를 같이하는 것을 유독 중시했다. 아주 작고 사소한 행위라도 두 남매와 함께 하고자 했다. 목린이 어느 정도 나이를 먹고 목현은 설명해 주었다. 아버지가 가장 후회하는 것 중의 하나가 목린을 낳다 돌아가신 어머니와 충분한 추억을 쌓지 못한 것이라고.

결국 사람은 혼자일 수 없기 때문에. 그것이 사랑이든, 증오든, 우정이든, 심지어는 무관심이든, 우리는 누군가와 접촉하고 닿으며 나아가는 것이기 때문에. 결국 그 기억이 우리를 만들기 때문에.

누군가의 기억에 남는다는 것. 결국 나중에 가서 우리의 존재를 증명해 줄 수 있는 건 그뿐이라.

'어쩌면 아버지와 언영 님은 생각만큼 크게 다르진 않을지도 모르겠어.'

그렇다면 주언영의 경우엔 어떤 과거가 그를 이렇게 만들었는가.

목린은 여전히 그의 사랑을 영원히 믿을 수는 없었다.

그를 사랑하지도 않았다.

하나 그가 궁금했다. 어떤 삶이 그가 저런 생각을 가질 수 있게 만들었는지. 어떤 환경이 그를 이리도 적극적이고 몸소 나아가는 사람으로 만들었는지. 이전엔 단순히 무서웠던 그의 행동이 이제 그녀의 호기심을 건드리기 시작했다.

이제까지 이 정도로 그녀의 호기심을 촉발한 이는 아무도 없었다.

그리고 목린은 알았다. 이런 궁금증은 오라버니의 친우를 향했던 풋사랑처럼 쉽게 해결되는 것이 아니다.

지금 바닥에서 구르고 있는 저 창에 새겨져 있는 언영과 목린의 이름처럼, 또렷하고 깊게 삶을 관통하며 계속 관심과 열정을 부풀릴 것이다.

언영은 끝내 대답이 없었다. 다시 감긴 눈과 닫힌 입은 움직일 기색을 보이지 않았다. 오로지 그의 심장만이 목린의 아래에서 쿵쿵 뛰었다.

* * *

나흘 뒤. 언영의 의식이 완전히 돌아왔다.

"걱정을 끼쳐드린 것 같아 송구스럽습니다. 이 은혜 절대 잊지 않겠습니다!"

안색이 돌아온 언영이 의원에게 예의 바르게 인사했다.

"아니, 별로 걱정하지는 않았……."

혼자 조용히 중얼거리던 의원은 맞은편에 있는 아들 덕복의 시선을 느끼며 말끝을 흐렸다.

"그리고 목린아, 내 곁에서 나를 계속 지켜 줬다면서!"

이어서 언영은 자신의 옆에 서 있는 목린을 격렬한 눈으로 내려다보았다. 목린은 그와 시선을 맞추지 않고 고개를 숙였다. 무언가 할 말이 있는 듯 안절부절못하는 표정과 함께 작게 답했다.

"아, 아니에요. 고생은 덕복 오라버니와 의원님께서 하셨지요."

이어서 언영이 바로 입을 열려고 하였으나 목린이 조금 더 빨랐다. 수줍은 목린의 뺨이 붉게 여물어 있었다.

"저, 언영 님. 드, 드릴 말씀이 있는데……."

잠시 뒤.

"자아아아아앙이이이이이이이이이인!"

"으아아악!"

집에서 차를 마시고 있던 익문은 그대로 그것을 바지 위에 쏟아부었다. 젖은 바지를 붙들고 사방팔방 폴짝거리고 있는데 언영이 갑자기 나무 판문을 열고 들이닥쳤다. 그의 뒤에선 목린이 어쩔 줄 모르고 우물쭈물 서 있었다.

언영이 행복하게 웃으며 외쳤다.

"이유는 모르겠는데 목린이가 얼른 혼인하자고 합니다!"

익문은 언영의 말을 믿을 수 없었다. 원래 믿을 수 없는 놈이지만 특히 이번엔 더욱 그랬다.

말이 되는 소린가. 나흘 만에 정신을 차리고 몸을 풀고 있는데, 갑자기 목린이가 수줍게 다가와선 혼인을 앞당기는 게 어떻겠냐고 먼저 물었다는 게. 저게 사실이라면 목린이 혼례식 때 익문은 친절히 허공에 엉덩이로 '주언영 사랑해' 글씨를 쓸 것이다. 보나 마나 주언영 저 악귀 같은 놈이 우리 목린이를 몰아붙인 것이리라.

"목린아. 아주 어지럽겠지만 솔직히 말해 보아라."

주변에서 언영이 빙글빙글 끊임없이 공중제비를 반복하며 방을 돌고 있었다. 기쁨을 주체할 수 없어서 저런다. 거의 칠척장신의 우람한 사내가 휙휙 돌아다니니 방에 바람이 불 정도였다. 익문의 턱에 달린 수염이 그에 맞춰 펄럭거렸다. 목린과 익문은 언영이 움직이는 궤도 안에서 서로를 마주 보고 앉은 채였다.

목린은 부끄러운 탓에 고개를 못 들고 있었고, 이를 다른 의미로 해석한 익문은 회전 중인 언영이 듣지 못할 정도로 목소리를 깔았다.
"공자가 너를 협박하였느냐."
"아니에요. 빨리해도 상관없다고 생각했어요. 아니, 어차피 할 혼인이라면 빨리 하는 게 나을 것이라고 판단하였어요."
"목린아……!"
당연히 아버지는 여식의 말을 믿을 수 없었다. 익문은 앞으로 몸을 기울이고 목린의 두 손을 꽉 말아 쥐었다. 그리고 언영이 들을 수 없는 크기로 속삭였다.
"미안하구나. 내가…… 우리 부족이 너무 약해서……."
"그런 말 마셔요, 아버지……. 그런 게 아니라니까요."
주름진 아버지의 손이 따뜻했다. 혼인을 앞당기자는 건 목린의 선택이었으나 아버지의 마음도 온전히 이해 가는 터라 그녀는 마음이 시큰거렸다.
덕복 오라버니의 말씀이 옳았다. 언영과 목린은 본래 엮이지 않을 수도 있었다. 하지만 그런 걸 인제 와서 고려해 봤자 무의미할 뿐이었다. 중요한 건 눈앞에 벌어질 미래였고, 목린은 최소한 이번엔 자신이 직접 결정내리고 싶었다.
주변을 계속 빙글빙글 돌던 언영이 이내 익문의 옆에 철퍼덕 무릎을 꿇고 앉았다. 그리고 초롱초롱한 눈으로 목린을 뚫어지라 쳐다보았다. 사랑이 뿜어지다 못해 넘쳐흐르는 눈을 목린은 차마 마주 보지 못해 바닥만 바라보며 떨었다. 언영의 입이 바보같이 헤벌쭉 벌어졌다.
"흐흐흐, 정말 너무너무 예쁘다……."

익문은 손으로 이마를 짚었다.

언영은 이어서 무릎으로 기어가더니 목린을 팔 안에 가득 끌어 안았다. 목린의 눈만 겨우 빼꼼 삐져나와 귀엽게 깜박거렸다. 언영은 목린의 머리에 제 볼을 비비적거리며 끔찍하게 좋아했다.

"……그러면 지금 혼례식에 앞서 필요한 것을 한 번 논해 보도록 하지."

익문은 울음을 참으며 말했다.

의복이 다르고, 사는 거처도 서로 많이 동떨어져 있었다. 하여 오랜 논의가 필요할 것이라고 익문은 생각했다. 하지만 이번에 목현의 혼례식에 참석한 언영은 다소 다른 의견을 내놓았다.

"저희 혼례식도 이곳과 별반 다르지 않습니다. 그냥 몸만 오시면 됩니다."

"다르지 않다는 말을 더 구체적으로 말해 줄 수 없겠는가."

"그냥, 저희 쪽이 좀 더 시끄럽습니다."

"……그건 매번 그렇잖나."

"그렇죠."

"……."

익문은 눈을 감고 호흡을 정돈했다. 지금까지 잘 참아왔다. 여기서 모든 걸 뒤집어엎을 수는 없었다.

"……후, 나는, 혼례식은 여기서 했으면 좋겠네. 아예 모르는 곳으로 가서 살게 될 텐데 혼례식이라도 목린이가 좀 마음 편한 곳에서 할 수 없겠는가. 그…… 온몸이 울퉁불퉁한 녀석들 사이에 껴서 혼례가 진행되는데 얼마나 무섭겠어. 우리 처지를 알잖나.

목린이를 진정으로 사랑한다면…….”

“무섭다고요?”

언영의 눈이 가늘어졌다.

“장인, 혹시…… 혹시 저희가 무섭습니까?”

아아, 이렇게 4년간의 오해가 해결될 수 있는 절호의 기회가 찾아오고야 말았다.

익문은 입술을 빼끔거렸고, 언영의 눈이 예리하게 번득였다. 익문의 등을 타고 식은땀이 매섭게 쏟아졌다.

‘저렇게 당연한 걸…… 심각하게 묻는 연유가 뭐지?’

분명히 무슨 의도된 바가 있는 듯하다. 그러니 저리 당연한 것을 묻는 게 아니겠나. 하지만 앞서 나왔던 대화의 문맥을 다시 되새겨 봐도 도저히 어떤 노림수가 담겼는지 판단 내리기 힘들다.

“아, 아니. 물론 아니지.”

“휴…….”

언영은 안도했다. 그가 가장 바라지 않는 것이 목린을 겁주는 것이었다. 다행이라는 생각과 함께 언영이 목린을 향해 부담스럽게 얼굴을 들이밀며 미소 지었고, 겁먹은 목린이 살짝 어깨를 움츠렸다.

익문은 손등으로 이마를 닦으며 말을 이었다.

“그 내가 말한 무섭다는 것은…… 낯선 환경 얘기였네.”

“하지만 목린이가…… 혼례식에 관해서 특별히 부탁한 게 있고, 그걸 저희 마을에서 이뤄 줄 수 있습니다.”

그리 말하는 언영의 얼굴이 무슨 생각을 하고 있는지 갑자기 확 붉어졌다. 목린과 가까이 붙어 있던 몸을 어색하게 떼어냈다.

그가 듬직한 덩치와 어울리지 않게 부끄럼을 타기 시작했다. 이번엔 반대로 익문의 눈이 가늘어졌다.

그리고 아까부터 계속 잠자코 대화를 듣고 있던 목린은 아무렇지도 않게 물었다.

"밤에 하는 일 말이에요?"

"어?"

언영이 크게 당황했다. 마치 여기서 목린이 그 얘기를 꺼냈다는 것을 믿을 수 없다는 태도였다. 목린으로선 이해하기 힘들었다. 익문의 반응도 그저 평범하기 그지없었다. 목린이 혼례식 밤에 먹는 과자를 얼마나 좋아하는지 매우 잘 알기 때문이다.

"그래. 목린이가 정말 좋아하긴 하지."

"예……?"

언영은 황망한 표정을 지었다.

"그럼 그 문제는 둘이서 정하게. 그쪽에서 혼례식을 진행한다면 평소와 색다른 경험을 할 수 있겠구나, 목린아."

"평소와 색다른 경험이라니……?"

언영의 목소리가 떨려 나왔다. 그는 익문과 목린을 번갈아 바라보았다.

"목린이가 평소에…… 대체 뭘……."

"언영 님께서 저를 위해 준비하시는 거라고 하니 거절하는 건 예의가 아니라고 생각해요."

목린이 두 손을 모으고 공손히 말했다. 그녀의 뒤에 후광이 보여서 언영은 눈을 찡그려야만 했다. 그가 감격에 차올랐다.

"목린아……."

언영은 다시 목린을 얼싸안았다. 한쪽 팔로 목린의 허리를 휘감고 나머지 손으로 조그만 얼굴을 소중하게 쓰다듬었다. 거의 이마가 맞닿을 정도로 얼굴을 가까이 한 채 언영이 굳건하게 말했다.

"내가 정말 열심히 할게. 지치지 않고 너를 만족시켜 줄게."

"언영 님……."

"네가 평소에 뭘 했든, 예전에 누구랑 했든 나는 상관하지 않아. 중요한 건 지금과 너와 내가 함께 만들어 갈 아름다운 미래야. 오히려 과거 경험이 생각나지 않을 정도로 더 밤에 행복하게 해 줄게."

"정말 그 정도예요?"

귀혈족의 식문화도 굉장한가 봐. 더 다양한 음식을 먹을 생각에 목린의 마음이 순수한 기대로 꽉 찼다. 언영은 대답 대신 그녀의 반듯한 이마와 귀여운 콧방울에 쪽쪽 입을 맞추었다.

"하아……."

익문의 얼굴이 화끈거렸다.

* * *

혼례 준비를 위해 제 마을로 돌아간 언영은 한 달 정도의 기간이 지난 뒤 단월도로 돌아왔다. 여태까지 섬에 타고 왔던 배는 지금 보이는 모습에 비하면 장난감이나 다를 바 없었다. 바다를 완전히 압도하는 이 새로운 배는 단월도 섬 주민을 모두 실어 나를 수 있을 정도로 웅장했고, 그런 만큼 초족 사람들에겐 공포 그 자체로 와닿았다.

수십 명의 무사가 제 덩치만 한 보따리를 들고 끊임없이 배에서 내렸다. 모두 혼례식을 기념하여 귀혈족이 보내는 선물이었다. 평생을 섬 주민들이 놀고먹어도 될 정도의 양이 전해졌으나 초족 그 누구의 표정도 편하지 않았다. 저들끼리 목린이를 팔아먹은 기분이었기 때문이었다.

"흐아앙-!"

몸집이 거대한 사람들이 끊임없이 눈앞에 돌아다니니 결국 아기 하나가 크게 울음을 터뜨렸다. 아이의 부모는 어쩔 줄 몰라 했다. 목린 때문에 어쩔 수 없이 나오긴 나왔는데 이대로 귀혈족 귀에 거슬렸다간 어떤 일을 당할지 알 수 없었다.

"쉬이, 쉬이. 착하지, 응?"

"집에 돌아가면 맛난 거 줄게. 지금 집으로 갈까?"

부부가 결국 집이 있는 방향으로 몸을 튼 그때였다.

"나만큼 아기를 잘 달래는 사람이 없지."

귀혈족의 여인이었다. 그녀의 그림자가 아이의 앞에 거대한 그늘을 만들었다. 초족 부부는 숨을 죽이고 그녀를 올려다보았다. 여인은 아이의 아버지와 키가 비슷했지만 입고 있는 갑옷과 근육 덕에 옆으로 더 넓었다.

머리카락이 목 중간까지 오는 그 여인은 매우 비장한 표정으로 한쪽 팔을 높이 치켜들었다. 부부는 긴장했다. 그들이 저 손에 맞는 건 상관없었다. 그렇지만 아이는 안 된다.

"안 돼!"

"자, 우리 모두 어깨를 펴고! 드넓은 들판으로 달려 나가자! 저 높은 강산 위 용의 아가리! 다 같이 힘을 합쳐 찢어 버리자!"

여인의 웅장한 노래가 끝났다. 그녀는 뿌듯한 얼굴로 아이를 내려다보았다.

"흐아아아아아아아아아아아아앙!"

아기가 더 크게 오열했다.

"어, 어……? 왜 안 웃지?"

여인은 뒤통수를 긁적이며 당황했다. 보통 이렇게 하면 귀혈족 아기들은 모두 손뼉을 치며 까르르 웃었다.

"배다인. 뭐 하는 거야."

"어, 주언영."

아이의 부모는 간신히 다리에 힘을 주고 버텨야 했다. 이번에 다가온 자는 다름 아닌, 목린을 약탈한 것이나 다름없는 귀혈족의 차기 족장 주언영이었다.

과연 우두머리의 피가 흐르는 자답게 이 수많은 무사 중에서도 가장 돋보이는 신장을 지녔다. 그리고 높게 뻗은 키와 단단한 근육만이 그의 특이점이 아니었다. 지금과 같이 웃음기가 죽어 버린 얼굴은 얼마 전 지나가 버린 겨울도 다시 불러일으킬 만큼 매서웠다.

그렇게 초족 부부가 겁에 질려 언영의 생김새를 심각하게 판단하는 동안, 다인이라고 불린 귀혈족 여인은 장난스럽게 언영의 어깨를 주먹으로 퍽 때렸다. 말이 장난스럽지, 초족이 맞았다면 바로 뼈가 부러졌을 힘이었다.

"봐라. 내 노래를 듣고도 우는 아기는 처음이야."

언영은 울고 있는 아기를 무표정으로 내려다보았다. 다인이 머리를 갸웃하며 중얼거렸다.

"너무 감동하여서 우는 건가?"

"……."

한편 아기를 내려다보고 있으니 목린이와 후에 가질 아기 생각으로 언영의 머릿속이 가득 찼다.

목린이와의 아이는 그냥 적당히…… 15명 정도면 딱 맞으리라. 언영은 천천히 상상의 나래를 펼쳤다. 아이를 갖고도 팔팔하게 움직이는 귀혈족 여인들을 생각했을 때 전혀 무리가 아니었다.

그의 아이를 배에 품고 초롱초롱한 눈으로 그를 바라봐 주는 목린이. 그와 함께 만든 15명의 아이들에 둘러싸여 기뻐하는 목린이. 그의 품에 안겨선 지금 세상에서 제일 행복하다고 하는 목린이. 밤에 그가 몸을 쓰다듬어 주며 '우리 열여섯째도 만들까?' 묻자 그의 품 안에서 수줍게 얼굴 붉히며 끄덕이는 목린이.

목린이와의 행복한 혼인 생활을 상상하니 가슴도 벅차오르고 사타구니도 벅차오르고 코피 또한 벅차오르려 했다. 언영은 허리춤에 차고 있던 호리병 중에 하나를 벌컥벌컥 들이켰다.

'정말 절박합니다, 스승님!'

'허허허허, 언영이 왔누? 우리 강아지.'

'코피를 멈추는 약이 필요합니다!'

'허허허허.'

얼마 전 언영은 산을 넘고 또 산을 넘어 예전 스승의 앞에 찾아가 무릎을 꿇고 간절히 빌었다. 일 년 내내 겨울인 곳이었다. 언영의 어깨에 하얀 언덕이 쌓였다.

목린보다도 작은 덩치의 마른 할아버지는 언영을 보고 수염을 쓸며 인자하게 웃었다. 창고에 곧장 뽀르르 들어가 무언가를 뚝딱 뚝딱 만드는가 싶더니 머지않아 큰 상자를 번쩍 들고 나타났다.

'나올 것 같다 싶으면 이걸 얼른 마시거라. 허허허허.'

'감사합니다. 정말 감사합니다.'

언영은 바닥에 계속 머리를 박으며 감사를 표했다. 스승은 한결 같은 미소를 유지했다.

'허허허허.'

'하하하하!'

'허허허허.'

'하하하하!'

그리하여 현재 언영의 허리춤에는 호리병 10개가 대롱대롱 달려 있었다. 혼례식이 다가오는 지금 목린이 살짝 웃어만 줘도 바로 코가 반응을 보일 것 같아서 미리 대비해 놓은 것이다. 언영은 이어서 스승과 있었던 그다음 대화를 회상했다.

'평생 함께하고픈 여인을 만났습니다, 스승님. 그래서 말인데 스승님의 충고가 필요합니다.'

'허허허허. 쭉 홀몸이었던 내게 무슨 충고를 들으려고. 허허허허.'

'하지만 스승님 말씀은 틀린 게 없지 않습니까.'

'허허허허. 뭐 굳이 원한다면……. 난 우리 강아지가 잘하리라고 믿는다만, 허허허허……. 그래도 굳이 말하자면 묻고 싶은 게

하나 있는데…….'

인자하던 스승의 미소가 단번에 실종되었다.

'네 멋대로 몰아붙인 건 아니겠지.'

'예! 목린이가 먼저 혼인을 앞당기자고 하였습니다.'

언영이 위풍당당하게 답했다.

'근데 왜 나는 다 네가 저질렀다는 느낌이 드는 걸까.'

'그렇지 않습니다! 많이 수줍어했을 뿐, 싫어하진 않았습니다!'

'흐음…….'

스승은 여전히 언영의 말을 믿지 못하는 낯빛이었으나 추궁을 그만두고 넘어갔다.

'허허허허, 우리 강아지.'

'하하하하.'

'축하한다. 언제 한번 데리고 올라오너라. 허허허허.'

'예, 하하하하.'

한편, 회상 장면에 따라 가지각색으로 변하는 언영의 다양한 표정을 구경하던 아기가 집중하느라 서서히 눈물을 줄여 나갔다. 다인이 크게 외쳤다.

"어, 아기가 울음을 그쳤다!"

하지만 기쁨도 잠시, 다인의 눈이 질투로 이글거렸다. 그녀는 팔짱을 끼고 당당하게 서 있는 언영을 잽싸게 주먹을 쥐고 노려보았다.

"어떻게 한 거냐, 주언영!"

언영이 거만한 표정으로 어깨를 으쓱였다.

"글쎄, 머지않아 나도 애 아빠가 될 수 있으리라는 점에서 아이가 내게 친밀감을 느낀 게 아니겠냐.”

아니었다.

“애 울음 그치기는 내가 제일 잘했는데, 나쁜 놈! 죽어라!”

다인이 갑자기 도끼를 꺼내 들고 언영의 머리를 내려칠 자세를 취했다. 초족 부모는 아이를 끌어안으며 비명을 질렀다.

“꺄아아아아악!”

“죽여 봐라. 죽여 봐. 어디 한번 해 봐. 하하하!”

언영은 거대한 몸집을 가지고 요령 있게 촐랑거리며 공격을 피했다. 여인은 씩씩거리며 초야 전에 고자로 만들어 주겠다고 떵떵거렸다. 애 아빠 평생 못 되게 해 주겠다 이를 갈고 말했다. 물론 귀혈족의 눈에는 다인이 허술하게 도끼를 휘두르고 있고 이 모든 게 장난임이 보였지만, 초족에게는 전쟁이었다. 부부는 그대로 뒤도 안 돌아보고 도망갔다.

* * *

한편 목린은 이제 막 초가집을 나서고 있었다. 얼마 되지 않는 소박한 짐 보따리와 언영이 준 창을 들고 익문과 함께 나왔는데, 기다렸다는 듯이 옆집에 있던 덕복이 달려왔다.

“목린아.”

“덕복 오라버니, 안녕하세요. 그동안 감사했습니다.”

목린은 머리를 숙이고 공손하게 인사했다. 덕복은 피가 날 정도로 입술을 깨물었다.

"종종 섬에 놀러 오는 거지?"

"기회만 된다면 꼭 올게요."

"그래도 많이 아쉽다."

옆에서 익문이 마치 그의 말에 동의하듯 푹 꺼지는 한숨을 내쉬었다. 여전히 성숙하고 사람 좋은 덕복이 사위로서 탐이 났다.

"목린아."

갑자기 새로운 인물이 등장했다. 이번엔 오라버니인 목현이었다. 피로가 가득 쌓인 얼굴로 나타난 그는 성큼성큼 빠른 걸음으로 목린의 앞에 당도했다. 다리를 움직이는 과정에서 푸른 삼베가 시원하게 펄럭거렸다.

"네, 오라버니? 어어?"

목현은 목린의 손목을 쥐고 그녀를 숲속으로 잡아끌었다. 덕복도 익문도 그의 완강한 태도를 처음엔 막으려 했으나 어딘가 심히 비틀어진 목현의 표정이 그들을 주춤거리게 했다. 목린은 결국 두 남자에게 기다리라 눈짓을 해 보였다. 짐을 잠시 덕복에게 쥐여 주고 오라버니와 발걸음을 맞췄다.

나무가 우거진 숲에서 상쾌한 냄새가 났다. 여기저기서 새가 지저귀고, 보들보들한 흙과 잎을 밟는 느낌이 좋았다.

"오라버니, 아파요……."

"목린아. 잘 들어라."

목현은 다소 깊숙한 곳에 다다르고 나서야 목린을 놓아주었다. 목린은 욱신거리는 손목을 문지르며 오라비를 걱정스레 올려다보았다. 그는 각오를 다지듯 피로가 쌓인 얼굴을 한 손으로 거칠게 쓸고 있었다.

"대체 무슨 일인데 그러세요?"

날이 갈수록 오라버니는 그녀와 멀어져 갔다. 그의 지친 얼굴의 기반에 응축된 저 분노는 대체 어디서 기인한 걸까. 과연 그녀에게 감히 그것을 물어볼 자격이 있을까.

목린은 남의 일에 깊숙이 파고드는 말을 먼저 꺼내기 늘 어려워했다. 아무리 가까운 사람이라도 그랬다. 혹시라도 실례가 되지 않을까 싶어 미리 거리를 두었다. 피가 섞인 이라고 크게 다르진 않았다.

"이 오라버니가 힘을 기르마."

"네?"

"힘을 기르겠어. 얼마나 걸릴지는 모르겠지만 그러니 기다리고 있으렴. 언젠가 꼭 구하러 가마."

"그게 무슨 소리예요, 오라버니? 무슨 이상한 일을 꾸미시는 건 아니죠? 그러지 마세요. 그리고 구하다뇨. 저는 끌려가는 게 아니라 혼인하러 가는 거예요."

"아니, 그리 오래 걸리지 않을지도 모르겠구나. 그쪽에서 너를 먼저 버리는 것도 가능성 없는 일은 아니니."

목린은 당황해서 말을 잃었다.

"주언영의 눈엔 네가 처음에 특별해 보였겠지. 그쪽 사람들과 우리는 생김새가 퍽 다르지 않느냐. 원래 사내들은 가지지 못해 본 것에 집착하는 경향이 크단다."

무서워하지 않는 목린을 보고 있으니 목현은 점점 더 초조해졌다.

"막무가내로, 멋대로 몰아붙인 놈이니 너를 향한 마음도 그렇게 멋대로 식겠지. 그런 가벼운 놈이다."

"오라버니!"

목현은 목린의 두 어깨를 억세게 쥐고 제게 억지로 집중하게 했다. 그의 지친 눈에 핏줄이 거미줄처럼 정교하게 앉아 있었다.

"막상 혼인을 하고 널 계속 취하다 보면 너를 향한 주언영의 관심은 서서히 식을 것이다. 그러니 그때 돌아와서……."

목현은 입을 갑자기 다물었다.

그의 누이가 울고 있었다. 머리에 물을 끼얹은 양 정신이 돌아왔다.

"목린아."

목현은 목린의 눈에 맺힌 눈물을 닦아 주려 손을 뻗었다. 하지만 그마저도 옆에서 들려오는 목소리에 몸이 굳어서 멈췄다.

"어디까지 가나 조용히 들어보려 했는데, 안 되겠습니다."

언제부터였을까. 언영이 큼지막한 몸을 나무에 기댄 상태에서 팔짱을 끼고 있었다. 그의 서늘한 목소리가 남매의 귓가를 파고들었다. 목린은 뒷걸음질 치며 자연스럽게 목현에게 거리를 두었다.

"언영 님!"

"주언영."

목현은 자신의 매부가 될 자의 이름을 짓씹듯 내뱉었다.

언영은 나무에 기대고 있던 긴 몸을 바로 세우며 다가왔다. 긴 다리가 천천히 움직였다.

"하나뿐인 누이에게 지아비의 마음이 식을 테니 기다리라니, 못 하는 말이 없으십니다."

"……."

“저를 부부 사이의 기본적인 도리조차 지키지 않는 놈으로 보셨다는 점에서 울분을 삭이기 힘듭니다.”

다른 건 그냥 아무것도 모르는 척, 우둔한 척 미소 지으며 넘어갈 수 있었지만, 이번 일만은 안 됐다. 언영이 눈에서 노여움을 뿌리며 씹어뱉었다.

“감히 저의 4년을 그딴 식으로 보지 마십시오.”

목현과 언영은 서로를 죽일 듯이 노려보았다. 마치 시간이 멈춘 것처럼 두 사람 모두 눈꺼풀을 닫지 않았다.

“형님, 인간이 야망을 갖게 되는 이유는 여러 가지가 있습니다. 소인에겐 감히 형님의 사정을 물어볼 자격이 없겠지요.”

잠시 뒤 언영의 목소리가 음산하게 울렸다.

“하나 이상한 눈 갖고 정신 똑바로 차린 놈을 본 기억이 없습니다. 형님께서도 조금 위험하십니다.”

“……목린아. 누군가는 아버지를 대신하여 섬에 남아야겠지.”

목현은 여전히 언영을 쏘아보며 입술을 움직였다. 목린은 혼란스러운 표정으로 제 형제를 빤히 바라볼 뿐이었다.

“같이 가지 못해서 미안하구나.”

“오라버니…….”

“늦겠어.”

언영이 그리 말하며 목린의 손을 쥐고 잡아끌었다. 목현은 언영의 행동을 막지 않았다. 목린도 언영을 뿌리치지는 않았지만, 이대로 목현을 두고 떠날 수는 없었다. 속절없이 끌려가면서도 틈틈이 뒤돌아 목현을 살폈다. 그 자리에 우두커니 서 있는 목현은 그녀가 알던 친근한 오라버니와는 어느새 너무도 다른 사람이 되어 있었다.

언제부터 이렇게 변했는지 모르겠고, 언영은 무엇을, 어떻게 다 파악하고 있는지도 알 수 없었다.

"언영 님."

목현이 이제 시야에서 완전히 사라졌다.

숲을 빠져나가면서 언영은 한 번도 목린을 돌아보지 않았다. 그의 걸음걸이가 평소보다 빨랐다. 목린은 뻣뻣하게 굳어 있는 언영의 옆모습을 보고 숨을 들이켰다.

"언영 님. 저, 괜찮으세요?"

"지금이라도 말해."

언영이 참아왔던 것을 부어내듯 걸음을 멈추었다. 그리고 등을 돌려 목린을 똑바로 내려다보았다. 목린도 숨을 죽이고 얼굴을 높이 들었다.

바람이 그들 사이를 타고 빠르게 지나갔다.

언영의 또렷한 눈에 안타까움이 사무쳤다.

"여기까지 온 과정에 네가 싫어한 게 조금이라도 있다면, 여기서 말해. 내가 멋대로 몰아붙인 거 있으면 말해. 지금 당장이라도 네가 원한다면 그냥 나 혼자 떠날 테니까."

멀거니 듣고 있던 목린은 그의 말이 뜬금없다고 생각했다. 그가 입을 연다면 곧바로 오라버니 얘기가 나오리라 짐작하던 차다. 그러나 언영의 뒤에 줄지어 서 있는 푸른 나무가 흔들리는 것을 멍하니 바라보다가, 그러다 깨달았다.

'막무가내로, 멋대로 몰아붙인 놈이니 너를 향한 마음도 그렇게 멋대로 식겠지.'

언영은 바로 전에 오라버니가 했던 말에 괴로워하다가 끝내 터진 것이었다.

"내가 착각하고 있던 게 있다면 전부 말해 줘."

그가 괴로운 표정으로 뱉었다.

목린은 그 점이 신기하다고 생각했다. 정작 그녀는 목현의 그 말을 지워 버린 지 오래였다.

처음부터 그 말이 딱히 신경 쓰이지 않았다. 마치 적어도 그 문제에 관해선, 오라버니보단 언영을 더 신뢰하기라도 한 것처럼.

목린은 몇 번 용기 내 입술을 달싹거렸다. 언영의 눈이 그 모습에서 눈을 못 떼고 있는 것을 보니 더 말하기 어려웠다. 하지만 끝내 작은 목소리로 질문했다. 그녀의 정수리는 언영의 어깨에도 닿지 않았다.

"그래서 떠나고 나면…… 돌아오지 않으실 거예요?"

언영은 당황한 기색을 숨기지 못했다. 내심 그런 거 없다고 목린이 바로 대답하길 기대했던 탓이다. 그 외의 다른 질문을 던진다는 건 아무래도, 목린의 속내에 켕기는 게 있다는 쪽으로 해석하는 게 더 옳으니까.

"네가 싫다고 하면 안 와."

잽싸게 표정을 갈무리고 언영이 침착하게 말했다. 하지만 목린이 아무 대답 없이 빤히 올려보기만 하자 결국 눈을 옆으로 흘기며 자신 없게 덧붙였다.

"……거짓말이고 몇 번 몰래 구경 오긴 할 것 같아. 하지만 눈에 띄진 않을게."

목린은 계속 말이 없었다. 언영은 점점 더 당혹스러워했다.

그리고 당혹은 슬픔으로, 슬픔은 체념으로 서서히 바뀌었다.

어색한 침묵이 다소 오랜 시간 언영을 짓눌렀을 때, 그리고 결국 그가 참지 못할 정도로 그 무게가 불어났을 때.

언영은 넓은 등을 어색하게 돌렸다.

"그러면…… 나는 이만 갈게. 우리가 가져온 패물은 그냥 갖고 있어. 굳이 혼례 때문이 아니어도, 초족에게 좋은 걸 나눠 주는 것 정도는 그저 교류를 목적으로 할 수 있는 거니까."

말은 그렇게 했지만 발을 바닥에서 떼질 못하겠는지 여러 번 머뭇거렸다. 그래도 마침내 끈질긴 시간이 지난 끝에 겨우 한 걸음 멀어졌을까.

목린이 얼른 몸을 뻗어 언영의 새끼손가락을 잡았다.

고작 그 작은 행동 하나에 언영의 거대한 몸이 끌려가듯 돌아갔다. 목린이 고개를 꺾듯 위로 올리고, 두 사람의 맑은 눈이 허공에서 만났다.

"……그런 거 없어요."

목린이 말했다.

"몰아붙이신 거…… 없어요."

"사실이야?"

"네."

거짓말이다.

"그러면 후회하지 않겠어, 나랑 혼인하는 거?"

새끼손가락이 잡힌 언영의 손이 조금씩 움직이더니 이내 반대로 목린의 손을 뜨겁게 감쌌다. 그의 상냥한 체온을 느끼며 목린은 작게 속삭였다.

"……모르겠어요."

목린은 그녀의 대답에 언영의 표정이 살짝 무너지는 것을 보았다. 그가 자연스럽게 힘을 놓았고 목린의 손이 해방되었다.

하나 그 또한 지금 모르고 있을 것이다.

"그러니까…… 후회하지 않게 아주 많이 사랑해 주세요."

그녀가 이렇게 먼저 나서서 부탁을 할 수 있게 되었다는 게, 얼마나 많은 변화에 의해서 벌어진 일인지. 이 또한 그가 그녀를 크게 바꿨기에 나올 수 있는 행동이라는 것을. 그렇다면 아마 앞으로도, 충분히 그녀를 더욱 바꿀 수 있으리라는 것을.

목린은 손이 자유로워지자 언영에게 안아 달라는 듯 팔을 뻗었다.

당연히 언영은 거절하지 않았다.

그가 목린을 품에 뜨겁게 안아 들었다.

한편 사람들은 목린과 언영을 기다리고 있었다. 어느새 수많은 선물 운반을 다 끝내고, 귀혈족 무사들이 배 주변에 둘러싸여 언영을 눈으로 찾고 있었다. 식사 시간이 다가오고 있었기 때문에 배가 고픈 그들은 모두 현재 다소 예민한 상황이었다. 초족 사람들은 갈수록 험악해지는 귀혈족의 안색을 관찰하며 눈치를 봤다.

"저쪽에 있다!"

무사 하나가 하늘을 가리키며 걸걸하게 외쳤다. 마침 근처에 서서 목린의 보따리를 쓰다듬고 있던 익문의 고개도 함께 돌아갔다.

단월도의 큰 면적을 차지하는 낮은 산에는 집이 모여 있는 마을을 전부 내다볼 수 있는, 툭 튀어나온 아슬아슬한 절벽이 하나 있었다. 그리고 현재 그곳의 가장 끝에 언영이 두 발을 딛고 서 있었다.

그는 목린의 겨드랑이 아래에 손을 끼워 넣고 그녀를 절벽 밖으로 들어 올렸다. 마치 그녀를 과시하면서도 찬양하는 듯한 자세였다. 목린의 발이 아무것도 밟히지 않는 공중에서 대롱거렸다.

"목린아!"

섬 전체에 언영의 들뜬 외침이 귀를 찌를 정도로 울렸다.

언영은 귀혈족에겐 가장 명예로운 방법으로 목린에게 청혼했다.

"내 아이를 낳아 줘!"

내 아이를 낳아 줘- 아이를 낳아 줘- 낳아 줘- 낳아 줘-

언영의 고백이 메아리쳤다.

아래에서 귀혈족 사람들이 하늘에 무기를 던지며 환호했다. 바닷물이 떨릴 정도로 우렁찬 함성이었다. 초족 사람들 중 허약한 노인 몇몇이 그대로 비틀거리며 자리에 주저앉았다.

목린의 혼례식에 참석하기 위해 따라가는 이들은 아버지 익문과 그녀의 소중한 친우 다섯 명이 전부였다. 위험한 여행길이니만큼 최소한의 사람들을 데려가야 했다. 단월도에서 귀혈족의 마을까지는 이렇게 거대한 배로 나흘 정도가 걸렸고, 이틀째가 되자 목린과 그녀의 친구들은 서서히 바깥세상이 궁금해지기 시작했다.

그들의 처소는 배의 지하에 있었고, 바다를 이리도 오래 건너는 것은 이번이 처음이었다. 어쩌면 다시는 오지 못할 기회이기도 했다. 아무리 무서운 귀혈족이 배 안을 꽉꽉 채우고 있다고 한들 호기심이 자못 고개를 드는 것은 어쩔 수 없었다.

"얘들아, 우리 꼭 붙어서 다니자."

"모두 손 잘 잡고 있어!"

결국 모두 똘똘 뭉쳐 복도에 나왔다.

귀혈족이 감당할 수 없을 정도로 거대하고 언영이 그중에서도 더 큰 것일 뿐, 사실 목린은 친구들 무리에서 가장 장신이었다. 그래서 목린이 가장 전방에서 양팔을 옆으로 뻗고, 친구들을 보호하는 자세로 앞서 걸어갔다. 그 뒤에선 다섯 명의 조그만 여인이 서로에게 틈 없이 달라붙었다.

지나가는 귀혈족이 모두 그들을 째려봤다.(째려보지 않았다) 하던 일을 멈춘 그들의 눈이 전부 같은 방향으로 향했다.(안 그래도 키도 작은 사람들이 모여서 다니니 더욱 귀여워서 그랬다) 목린 일행에게는 목숨을 건 불안한 모험이었다.

여차여차하여 배의 갑판으로 향하는 계단에까지 오는 데 성공했다. 틈으로 푸른 하늘이 보였다. 여섯 명의 여인들은 최후의 심호흡을 하고 발걸음을 옮겼다.

상쾌한 바람이 그들을 환영했다. 기가 죽었던 그들도 내심 올라오길 잘했다 결정 내릴 정도로 청청하고 아름다운 하늘이었다. 목린이 신이 나서 친구들을 향해 몸을 틀던 그 순간이었다.

이런 여유도 아주 찰나에 불과했다.

"저기 봐!"

"아!"

몇 해 전에 목린이 언영과 함께 맞닥뜨린 식인 물고기는 지금 발견한 것에 비하면 올챙이였다. 목린을 주먹 하나로 비틀 수 있을 정도로 징그럽고 거대한 바다 괴물이 솟구쳐 올라왔다. 새하얀 그것은 꼬리만 한 번 휘둘러도 배를 뒤집을 수 있을 정도로 크기가 압도적이었다. 세 개나 되는 충혈된 눈알을 징그럽게 깜박이고 있었다.

"하하하하하!"

"하하하하하!"

귀혈족 사람들이 쾌활한 웃음과 함께 그 자리에서 튀어 올랐다. 이어서 괴물의 팔, 다리, 얼굴에 엉겨 붙어 그것의 피부를 무기로 찢어발기기 시작했다.

"하하하하하!"

"하하하하하!"

마침내 그것이 괴성을 내지르며 균형을 잃었다. 둔탁한 소리와 함께 몸통이 선박 위에 쿵 눌러앉았다. 귀혈족은 기쁨의 함성을 내지르며, 운반하기 쉽도록 도끼를 쥐고 그것의 팔다리를 자르기 시작했다.

"에구머니나!"

온순한 초족 사람들의 눈에는 바다 괴물이나 그것을 웃으면서 죽이는 귀혈족이나 별반 다르지 않았다.

가장 뒤에 있던 친구는 그대로 엉덩방아를 찧었다. 가장 눈물이 많은 친구는 바로 울음보를 터뜨리며 목린의 품에 안겨 들었다. 목린은 그녀의 머리를 쓰다듬어 주며 모두에게 의견을 물었다.

"애들아, 우리 그냥 아까 있었던 지하로 내려갈까……?"

다행히 논쟁은 벌어지지 않았다. 모두 한마음으로 입을 모았다.

"그, 그래."

"그러는 게 좋겠어. 다시는 올라오지 말자."

여섯 여인은 다시 부리나케 계단을 내려와 다시 지하로 갔다. 뻥 뚫린 하늘이 보이지 않자 그제야 안도했다. 하지만 조금 전 그들을 사로잡은 충격의 여흔은 아직 표정에 고스란히 남아 있었다.

"그럼 이제 어디로 갈까?"

"어, 내 방으로 갈래……?"

목린이 아무거나 생각나는 것을 제안했다. 결국엔 아까 있었던 그 자리로 돌아가자는 말이었지만, 자리에 있던 그 누구도 이견을 달지 않았다. 모두 만장일치로 마음이 같았다.

"그래!"

"그래! 어서 가자! 얼른!"

잠시 뒤 여인들은 목린의 처소에 둥글게 모여 앉았다. 귀혈족은 초족 사람들에게 부러 좋은 방을 대접해 주었는데 그중에서도 목린의 방이 가장 깨끗하고 넓었다.

목린은 처소에 가져온 소박한 보따리를 풀었다. 사람들이 이별 선물로 직접 만들어 준 소박한 장신구가 많았다. 특히나 여인들 모두 덕복이 만들어 준 귀걸이를 손에 쥐어 보며 감탄해 마지않았다. 과장된 반응을 보이는 것이 아니라 실제로 덕복은 손으로 하는 모든 일에 능통했다.

"예쁘다……."

"덕복 오라버니는 예전부터 손재주가 좋았어."

"맞아, 맞아."

"심성도 착하시고."

"얼굴도 나름 괜찮으시지 않아?"

"의원 아저씨랑 족장님이랑 친하시니까 원래대로였다면 목린이는 덕복 오라버니랑 연이 맺어졌을 텐데……."

한 여인이 눈치 없이 중얼거렸다가 옆에 앉은 친우에게 가볍게 찰싹 손바닥을 맞았다. 목린은 모든 과정을 못 보고 못 들은 척했다.

"쉿! 넌 눈치 없게 그런 얘긴 여기서 왜 하니?"

"이미 다 지나간 거 얘기해서 뭐 해?"

"그냥 안타까워서 그렇지……."

맞은 게 억울했는지 그 여인의 표정에 울상이 가득했다.

"그래도 그렇지. 주언영 그 사람도 함께 살기 나쁜 자는 아닐걸."

조용해졌다.

"……."

이틀 전 섬을 뒤흔들었던 '내 아이를 낳아 줘'가 아직도 그들의 귀에 생생히 울렸다.

그날 낭떠러지에서 이성이 완전히 나가 버린 목린은 울먹이면서 고개를 미친 듯이 끄덕였다. 그가 한 말이 뭐였든 상관없었다. 빨리 다시 땅에 내려놔 달라고 팔을 뻗었다. 언영은 그런 그녀의 머리를 안으면서, 아직 이렇게 감동하지 말라고, 우리의 혼인 생활은 이제 시작이라고 뜨겁게 속삭였다. 이 일 때문에 익문은 배에서 종일 앓아누웠다. 결국엔 멀미로 번져서 밤에도 끙끙거리다가, 현재는 대낮에 숙면을 취하는 중이었다.

그날을 회상하면서 목린은 치맛자락을 매만지며 딴청을 부렸고, 가장 성격이 밝은 여인이 애써 활발하게 입을 떼며 침묵을 깼다.

“덕, 덕복 오라버니가 너무 말도 안 되게 친절하신 거지! 그래! 주언영 그 사람 정도면 그렇게 나쁜 사람은 아닐 거야!”

“맞아, 맞아!”

모두가 어색하게 대화를 이으려고 시도했다. 하지만 한번 입에 올라온 덕복 얘기는 더욱 크기를 키웠다.

“내 생각에 덕복 오라버니께서 목린이를 어릴 때부터 마음에 담아 두신 것 같았어. 그래서 특히 더 목린이를 아끼셨지.”

“나만 그렇게 생각한 게 아니었구나.”

“그래. 목린아, 기억나? 우리 요만했을 때. 너 넘어져서 나랑 같이 의원님 댁에 갔는데 그때 덕복 오라버니께서 너 다친 거 보고 엄청 안절부절못하셨잖아.”

다시 조용해졌다. 그 누구도 이다음에 무슨 말을 해야 할지 알 수 없었다. 아니, 하고 싶은 말은 있었다. 단지 쉽사리 꺼낼 수 없음이다. 그리고 모두 알고 있었다. 상대방도 같은 생각을 하고 있다는 사실을.

결국 목린의 옆에 앉은 가장 눈물이 많은 친구가 목린을 끌어안으며 훌쩍거렸다. 그것을 시작으로 모두가 속에 응어리져 있던 안타까움을 순식간에 토해냈다.

“불쌍한 목린이, 흑흑흑!”

“저런 사람들이랑 어떻게 살아?”

“저건 사람이 아니야. 괴물이지!”

모두 목린의 치맛자락을 잡고 꺼이꺼이 울었다. 누가 보면 죽으러 가는 친구를 붙잡는 줄 알 정도로 분위기가 어두웠다. 목린도 차마 그녀를 위해 진정으로 울어 주는 친구들에게 쉬이 뭐라고 입을 열 수 없었다.

"목린아!"

그때 갑자기 문이 활짝 열렸다. 목린의 친구들이 짧은 비명을 지르며 우당탕 뒤로 넘어졌다. 목린은 헐레벌떡 자리에서 일어나 아무렇지도 않은 척했다.

"언영 님, 오셨어요!"

"목린아, 내가 배 구경시켜 줄게!"

곳곳에서 언영을 필요로 했으며, 그는 주기적으로 배의 현 상황을 보고받거나, 직접 살피러 다녔다. 하여 의외로 배에서 언영과 목린이 함께한 시간은 얼마나 없었다. 지금도 언영은 힘을 쓰다가 급하게 달려왔는지 넓은 가슴을 살짝 들썩거리고 있었다.

"저, 그러면 제 친구들은……."

"친구들?"

사방에 엎어져 오열 중인 목린의 친구들의 존재를 언영은 뒤늦게 알아차렸다. 그는 성큼성큼 세 발짝 만에 목린의 코앞에 오더니, 그녀의 손을 움켜쥐고 열정적으로 말했다.

"네가 너무 눈부셔서 그 주변이 전혀 눈에 들어오지 않았어."

그리고 곧바로 목린의 세상이 뒤집혔다. 언영이 그녀를 어깨 위에 둘러업은 탓이다. 그가 신나게 웃으며 복도로 나가는 모습을 방에 남은 목린의 친구들이 망연자실하게 쳐다보았다.

언영은 즐겁게 배에 관해 설명해 주었지만 정작 목린이 귀담아들을 수 있는 것은 얼마 없었다. 언영은 목린이 아주 기본적인 배의 사실에 대해서도 무지하다는 사실을 알고 있었지만, 평생 그런 사람과 이런 식으로 이야기를 나누어 본 적이 없었다. 하여 그의 설명에는 당연히 목린이 알아들을 거로 생각하고 넘어가는 부분이 잦았다. 그는 쾌활했지만, 그녀에게 의도적이지 않게 불친절했다.

또한 목린은 배가 어떻게 만들어지고, 어떻게 움직이는지, 이런 기본적인 그 원리 그 자체에 호기심이 쌓였지만 언영은 그 부분에 대해선 일절 설명하지 않았다. 그는 주로 귀혈족이 어떻게 이런 배를 만들었으며, 이러한 배가 다른 부족과 어떤 차이점을 보이는 데 초점을 맞추었다. 목린에게 잘 보이고 싶어 귀여운 허풍도 함께 떨었다. 하나 목린이 애초에 그 다른 부족을 잘 알지 못하므로 그가 과시하는 장점들은 그녀에게 크게 와닿지 않았다.

목린은 설명받는 내내 의도치 않게 뚱한 표정을 지었다. 과거 언영에게 자주 보여 줬던 그 표정이 공포이든, 두려움이든, 아니면 언영이 착각하는 대로 수줍음이든, 최소한 이 세 감정은 상대에게 몰입하고 있다는 증거였다. 하지만 무심한 낯빛은 약간 다른 이야기이다. 언영의 말을 어떻게든 주의 깊게 들으려고 해도, 눈앞에 보이는 색다른 풍경에 자연스레 관심이 쏠렸다.

"……."

언영은 말없이 그 모습을 살폈다.

그날은 언영이 목린과 처음으로 서먹하게 작별한 날이었다, 다시 목린을 처소 앞에 데려다주는 언영의 얼굴은 약간 안 좋은, 심란한 감정 위에 가면을 덧씌운 것과도 같았다. 그리고 목린은 그런 사소한 점을 알아차릴 만큼 언영에 대해서 예리하지 않았다.

"그러면 언영 님, 안녕히 주무세요."

"그래. 목린이도 잘 자. 푹 쉬어!"

그리고 마침내 시간이 흘러, 배가 육지에 도착했다.

* * *

항구에는 많은 귀혈족 사람들이 모여 있었다. 언영이 차기 족장이기도 했고, 무엇보다 처음으로 초족 사람이 이 바닥에 땅을 딛는 역사적인 날이었다. 귀혈족 사람들은 이 새로운 손님들을 맞이하는 데 열과 성을 다했다.

"왜 이렇게 사람이 많아……?"

"백 명도 넘는 것 같아."

"백 명이 뭐야, 오백 명도 넘겠다!"

물론 목린의 친구들에겐 환영이 아닌 다른 의미로 다가왔다. 그들은 마치 잡혀 오는 기분을 느끼며 서로의 팔을 붙잡고 의지했다.

"하하하하하하하!"

가장 앞에서 박장대소를 터뜨리고 있는 이는 언영의 모친이자 귀혈족의 족장인 월진이었다. 그녀가 두 팔을 하늘로 뻗었다.

"목린아! 우리 아가! 하하하하하하하!"

"어머니, 저희 왔습니다!"

언영이 제 옆에 서 있던 목린의 무릎 뒤에 손을 넣고 그녀를 안아 들었다. 목린이 허둥지둥 언영의 목에 팔을 둘렀다.

"그래, 우리 목린이 한 번 안아 보자!"

언영은 배가 완전히 멈추기도 전에 목린과 함께 하늘로 튀어 올랐다. 사방에서 더 큰 함성이 뿜어져 나왔다. 그는 땅으로 완벽하게 뛰어내린 후 다다다다 모친을 향해 뛰어갔다. 언영과 월진은 마치 아기를 다루듯 손으로 목린을 주고받았다. 언영이 두 손을 내밀어 얌전히 가슴께에 주먹을 꼭 쥐고 있는 목린을 건넸다.

"여기 있습니다."

"우리 목린이, 곱기도 하지."

"그, 그동안 평안하시었……. 꺄악!"

월진은 서너 번 정도 목린을 안고 가볍게 흔들었다. 그리고서 바닥에 내려놓는가 싶더니, 목린의 두 손을 함께 맞잡고 빙글빙글 돌기 시작했다.

"목린아, 네가 내 가족이 된다니 참으로 기쁘구나! 하하하하!"

월진은 제자리에서 돌았고, 그녀에게 손만 붙잡힌 목린의 몸통이 돌면서 허공에 붕 떠올랐다. 목린의 전신은 뒤집어 눕혀진 상태에서 쉥쉥거리는 소리를 내며 회전했고, 귀혈족 사람들은 그런 그녀의 몸에 부딪히지 않기 위해 뒷걸음질 쳐 자리를 양보한 상태에서 손을 들고 열광했다.

"하하하하!"

월진이 여전히 몸을 돌리며 쾌활하게 웃었다.

"하하하하!"

지켜보던 월진의 남편이자 언영의 부친도 따라서 웃었다.

"하하하하!"

지켜보고 있던 수많은 귀혈족 사람 또한 그 웃음에 크기를 더했다.

월진이 움직임을 멈추고 놔주자마자 목린은 그 자리에서 무너졌다. 바닥에 철퍼덕 주저앉아 이마를 문지르며 숨을 고르는데 그녀의 시야에 다정한 손이 뻗어졌다.

"많이 어지러우냐?"

언영의 부친인 윤근이었다.

"내 아내가 좀 흥이 많단다."

"……언영 님이 어머님을 많이 닮으셨군요."

윤근 또한 몇 번 단월도에 언영과 월진을 따라서 온 적이 있어서 목린과 초면이 아니었다. 월진이 윤근보다 아주 약간 더 키가 컸고 몸이 옆으로 불었지만, 목린에겐 윤근 또한 여전히 외적인 측면에서 버거운 상대가 아닐 수 없었다.

"네 몸이 생각보다 매우 약하구나."

목린은 이 정도면 누구든 몸이 무너지는 게 정상 아니겠냐고 반박하고픈 마음이 굴뚝같았다.

"마을의 어린이들과 함께 훈련을 받지 않겠니?"

"훈련……이요?"

"그래. 이 정도 어지러움은 금방 해결할 수 있어. 우선 하루에 팔굽혀펴기 오백 번 정도면……."

"오백 번이요……?"

"언영이도 여섯 살 때 했던 거네."

목린은 느리게 눈을 끔벅였다.

"익문!"

한편 월진은 목린의 아버지를 향해 반가워 달려갔다.

"오랜만이네, 익문!"

"그간…… 강녕하셨습니까."

익문은 바로 굴욕적으로 머리를 조아렸다. 울음을 삼키며 부탁했다.

"아무쪼록 우리 목린이를 잘 부탁드립니다. 평생 섬 밖을 나가본 적이 없는 아이입니다. 모든 게 낯설고 두려울 테니, 부디……. 목린이가 실수를 해도, 착한 아이이니 넓은 아량으로 이해해 주시길 바랍니다……."

"하하, 그럼. 그럼!"

월진이 다정하게 익문의 어깨를 내려칠 때마다 그의 허리가 힘을 이기지 못하고 아래로 꺾였다.

"목린아, 언젠가 내 누이들을 보여 주겠다고 했지! 차례대로 화영이, 혜영이, 선영이야."

사라졌던 언영이 인파를 뚫고 다시 등장했다. 그는 혼자가 아니었다. 뒤따라오는 이들은 세 명의 어린 소녀였다. 꼬리처럼 한 줄로 쪼르르 붙어서 나타났다.

"목린 님!"

"목린 님!"

"목린 님! 안녕하세요!"

바다는 위험한 곳이라서 여태까지 언영의 세 누이들이 단월도를 찾아온 적은 한 번도 없었다.

목린은 배에 올라탄 이래로 처음으로 안도했다. 다행히 귀혈족에도 어린아이들이 있었다. 그것이 당연함을 알면서도 직접 눈으로 담기 전에는 믿기 힘들었다.

세 명의 어린아이들은 키가 조금씩 달랐지만 그래도 모두 목린의 허리나 가슴 근처에 머물렀다. 머리는 모두 풀고 있거나 한 가닥으로 묶은 상태였고, 검은 갑옷을 착용하기는 하였으나 아무래도 본연의 덩치가 너무 작은 탓에 목린에게조차 위협이 되지 못하였다.

목린은 살짝 무릎을 꿇고 소녀들과 눈을 맞추었다. 초롱초롱한 아이들의 눈을 마주하니 이곳에서의 삶이 약간은 나아 보였다. 모두 미묘하게 언영을 조금씩 닮은 것도 흥미로웠다.

"안녕, 만나서 반가워요. 잘 부탁……."

"이거 제가 정말 아끼는 건데 목린 님 드릴게요!"

가장 가운데에 있던 혜영이 환하게 웃으며 목린을 향해 해골 머리를 내밀었다.

"꺄악!"

"음? 흐흐흐흐하하하흐흐……."

목린은 날카로운 비명을 지르며 몸을 돌렸다. 저도 모르게 언영의 가슴팍에 얼굴을 묻고 끙끙거렸다. 언영은 화들짝 놀라 그 모습을 빤히 내려다보다가 이내 입을 가득 찢었다. 목린의 머리를 쓰다듬으며 행복한 웃음을 터뜨렸다.

모든 것은 일사천리로 진행되었다.

바로 다음 날에 혼례식이 있는 터라, 목린과 익문이 언영의 가족과 함께 나눈 저녁 식사는 다소 단조롭게 진행되었다. 물론 단조롭다고 해도 대만찬이 아니라는 얘기지, 여러 명이 모두 둘러앉은 탁자 위에는 풍부한 음식이 가득했다. 목린은 한 번도 보지 못했던 음식을 향해 젓가락을 뻗어 보려 하다가도, 맞은편에서 기대 어린 표정으로 그녀를 뚫어져라 보고 있는 언영과 그의 세 누이들을 보고 머뭇거리길 반복했다.

"귀한 여식을 데려가는 것이니 우리 쪽에서 방문하는 게 옳았는데. 미안하네, 익문. 아들의 고집이 워낙 완강해서. 대신 그만큼 완벽한 혼례를 준비하였으니 걱정 말게나. 하하하!"

월진이 호탕하게 서두를 열자, 익문은 식사를 멈추고 두 손을 아래에 모으며 말했다.

"저로선 오히려 이런 대접을 받을 수 있어 영광입니다. 제가 바라는 것이라곤 그저, 우리 목린이가 건강하고 아프지 않게 사는 것뿐입니다……."

"하하! 걱정하지 말래도! 익문 자네는 겁이 너무 많아! 누가 들으면 우리가 납치혼이라도 하는 줄 알겠네! 목린이와 언영이는 천생연분이 아닌가! 서로 예쁘게 사랑하고 있고."

"……."

"이를 계기로 초족과 우리 귀혈족은 서로에게 한 발짝 더 다가가게 된 것이네. 이만한 축복이 어디 있겠나!"

다음 날 아침, 목린은 혼례복을 갖춰 입고 화장을 마친 채로 앉아 있었다.

밝은 적색의 옷 위에서 화려한 금빛 자수가 복잡하면서도 아름다운 무늬를 과시하고 있었는데, 겨우 오늘 하루를 위해서 이 옷을 만드는 데 얼마나 오랜 시간과 각고의 노력이 들었을지 목린은 짐작도 할 수 없었다.

이토록 맑고 고운 색감을 본 적이 없었던 것을 차치하고, 숨이 뚫리는 듯한 가벼운 느낌과 부드러운 감촉은 한 번 입으면 영원히 잊지 못할 것이었다. 게다가 현재 머리를 가득 차지하고 있는 장신구까지 거론하면 끝도 없었다. 틀어 올린 머리가 좀 무겁기는 했지만, 면경을 보니 다 잊어버렸다.

유리 속에 수줍게 앉아 있는 월궁항아는 목린에게 너무도 가깝고도 먼 미인이었다. 목린이 눈을 깜박이자 천하일색의 여인 또한 큼지막한 눈으로 똑같은 행동을 취했다. 눈을 뗄 수 없을 정도로 유혹적인 빛깔의 입술을 손가락으로 살짝 더듬거려 보는데 상대방이 그대로 따라 했다.

“목린아, 오늘 정말 예쁘다.”

“내가 살면서 본 여인들 중에 가장 아름다워.”

“목린이 미간만 닮아도 소원이 없겠다.”

그러나 이렇게 칭찬을 연거푸 쏟아붓는 친구들의 얼굴에는 한결같이 어둠의 그림자가 누워 있었다.

“고마워, 얘들아.”

목린이 면경에서 시선을 거두고 부드럽게 웃어 주었다. 하지만 그와 동시에 그들이 억지로 내보이던 밝은 모습이 동시에 죽어버렸다.

“흑, 흐흑……. 이렇게 예쁜데 어쩌다가…….”

“우리 다시 만날 수 있겠지?”

“얘들아. 나는 정말 괜찮아. 그만 울어.”

목린이 애써 차분하게 답했지만 아무도 믿지 않았다. 그들이 눈가에 묻은 눈물을 옷으로 눌러 찍으며 웅얼거렸다.

"그 사람이 실수로 널 쳐서 죽여 버리면 어떡해."

"널 못 보고 깔고 앉아 뭉개 버리기라도 하면?"

"괜찮아. 여태까지 그런 일 없었는걸. 앞으로도 없을 거야."

하지만 그렇게 말하며 친우들의 어깨를 다독여 주는 목린도 불안하기는 마찬가지였다. 진짜 마음이 있어 하는 혼례도 걱정될 텐데 하물며 그 반대의 경우는 말할 것도 없었다. 목린은 겉으로는 감정을 은폐하며 스스로에게 계속 위안의 한마디를 던졌다.

'괜찮아. 이게 끝나고 맛있는 걸 먹으면 기분이 나아질 거야.'

배를 타고 이곳 마을로 오는 과정에서 함께 식사를 할 때 벌어진 일이었다. 언영은 목린의 옆에 앉아서 함께 먹었다. 수많은 반찬 중에서도 요상하게 계속 장어만 먹고 있는 언영을 목린은 이해할 수 없었다. 며칠에 걸쳐 이 상황이 반복되자 목린은 결국 식사 도중 용기를 내어 조곤조곤 물었다.

'언영 님, 다른 맛있는 것도 많아요. 왜 계속 장어만 드세요?'

언영은 돌발적인 질문에 즉각 답을 하지 못하고 눈을 피하며 헛기침을 했다. 간신히 숨을 고르고 어색하게 답하는 그의 얼굴이 불같이 타올랐다.

'그야…… 당연히.'

그의 눈동자가 분주하게 방황하다가 결국 목린과 눈을 마주쳤다. 답을 열심히 기다리듯 반짝거리는 목린의 얼굴을 본 언영은 허둥지둥 다시 시선을 피했다.

'한 달 내내 너 행복하게 해 주려고……!'

언영은 말을 마치지 못하고 우렁차게 자리에서 벌떡 일어났다. 시뻘건 얼굴을 아래로 푹 숙이며 부리나케 도망쳐나갔다. 목린은 왜 언영의 동료들이 웃는지 이해할 수 없었다.

또 지난번에 언영이 배 내부를 구경시켜 줬을 때였다. 웬 사내들 서너 명이 '형님!' 또는 '주언영!' 하고 외치며 쿵쿵쿵쿵 언영을 향해 달려왔다. 목린은 뽀르르 달려가 언영의 뒤에 숨었다. 하지만 이미 사내들이 목린을 멀리서 발견하고 다가온 터라 소용없는 행동이었다. 그들이 한결같이 벙실벙실 웃으며 목린을 향해 얼굴을 불쑥 내밀었다.

'언영 형님에게 말씀은 자주 들었습니다. 저도 종종 섬에 방문하곤 했는데 멀리서 뵙기도 했고요.'

'아, 네…….'

'그리고, 엄청 뜻밖이었습니다. 초족은 굉장히 수줍음이 많던데.'

'예?'

사내들의 미소가 더욱 진해졌다.

'초야를 한 달 동안 진행하고 싶다 강건하게 견지하셨다고 들었습니다. 굉장하십니다!'

'아, 그것은, 저는 그저 지나가는 길에 말했을 뿐인데 언영 님께서 귀 기울여 들어주셨어요. 그 점에 대해서 늘 고맙게 생각하고 있습니다.'

목린이 언영을 힐끔 올려다보며 말했다. 언영은 갑자기 헛기침을 심하게 여러 번 토해내며 시선을 피했다. 그 모습을 구경하는 사내들의 얼굴에서 장난기가 떠나질 않았다.

'목린 님, 기대하셔도 좋습니다! 저는 형님과 코흘리개 시절부터 벌거벗고 강가에서 놀던 사이입니다. 그러니 자신 있게 말할 수 있습니다. 형님은 크기로 따지면 귀혈족의 지존이라 할 수 있겠습니다.'

'크기요?'

'마필(馬匹, 말)도 형님의 것 옆에 두면 초라해집니다. 과장 좀 보태어 오늘 저희가 죽인 바다 괴물이 그나마 견줄 만한 상대입니다.'

'네……. 그, 그래요?'

목린은 어색하게 끄덕였다. 무슨 말이 오가고 있는지 명확히 이해할 수 없었다. 그렇다고 다시 물어보기엔 이들이 모두 너무 무섭게 생겼다. 식사량을 얘기하고 있다고 넘겨짚을 뿐이었다.

'부끄러워하잖아!'

언영이 목린의 멍한 표정을 보며 다급하게 외쳤다.

'설레 하시는 표정인데요.'

'너야말로 너무 감싸시는 것 아니냐. 보기와 달리 적극적인 분이심이 분명한데.'

한 명이 언영의 새빨개진 목과 귀를 바라보며 은근한 눈길과 함께 놀렸다.

'부끄러워하는 건 너잖아.'

'시끄러워, 입 닥쳐!'

언영은 두 손으로 후방에서 목린의 귀를 막았다. 그걸로도 모자라 얼른 여기를 뜨고 싶었는지 그 상태에서 목린을 번쩍 들고 성큼성큼 걸음을 뗐다. 목린의 목 아래가 가볍게 달랑거렸다. 아무도 없는 복도까지 후욱후욱거리며 도망쳐온 언영은 그제야 목린을 조심스럽게 바닥에 내려놓았다.

'후우…….'

언영은 목린과 눈을 마주치지 못했다. 갑자기 아무 잘못도 없는 벽을 죽일 듯이 노려보았다. 그러곤 충격적이게도, 손을 벽에 짚고 계속 세게 그 위에 이마를 박길 반복했다.

쾅! 쾅! 쾅!

목린은 대경실색하며 언영에게 팔을 뻗고 허둥거렸다.

'언영 님! 언영 님!'

'아악! 아악!'

쾅! 쾅! 쾅!

'언영 님, 왜 그러세요! 나중에 혹 생겨요!'

'부끄러워! 부끄러워!'

쾅! 쾅! 쾅! 그의 덩치가 어마어마해서일까, 정말 당장이라도 벽에 구멍이 날 것 같았다. 굉음을 뚫고 목린이 급하게 외쳤다.

'그런 건 부끄러운 게 아니에요. 자랑스러운 거예요!'

많이 먹을 수 있다는 건 그만큼 음식을 친절히 만들어 준 사람들의 노고에 보답하는 행동이리라.

'저도 그런 언영 님이 자랑스러워요……!'

언영은 허리춤에 달린 호리병 하나를 뜯어내듯이 뽑아 벌컥벌컥 들이켰다. 눈 깜박할 새에 손바닥만 한 것에 든 물을 빠르게 목 뒤로 넘기더니, 목린을 묵묵히 끌어당겨 안았다. 그 상태로 꽤 오랫동안 가만히 있었다. 그런 점을 창피하게 여기셨구나. 목린에겐 언영의 새로운 면모를 알 수 있었던 꽤 특별한 순간이었다.

아무튼 그 당시 사내들의 반응을 완전히 이해하지는 못하였으나, 대체 장어가 무슨 관련이 있는지는 모르겠으나. 한 가지 분명히 건져낼 수 있었던 건 한 달이라는 계획이 틀어지진 않았다는 사실이다.

아무리 끔찍한 일이 벌어진다고 해도 그 정도의 기간 동안 맛난 것만 먹다 보면 기분은 풀어질 테다. 그리고 목린을 위해 벌써 귀혈족이 그 정도의 배려를 보여 주었다는 사실에서 희망을 발견할 수 있었다.

'인육이 되어 먹히는 건…… 아무리 언영 님이 내게 관심이 식더라도 피할 수 있을지도 몰라.'

적어도 사람으로서의 대접은 받는 것 같다.

'우리 부족의 미래를 위해!'

그렇게 조그만 주먹을 말아 쥐며 긍정적으로 생각을 돌리던 중이었다.

옆에 서 있던 친구들이 난데없이 목린의 등 뒤에 벌어진 일을 보고 숨을 멈췄다. 목린도 화들짝 놀라며 고개를 돌렸다. 귀에 달린 화려한 금귀고리가 딸랑거렸다.

"언영 님."

언영은 혼례복을 갖춰 입고 있었다. 색이 고급스러운 느낌이 두드러지는 맑은 청색인 것을 제외한다면 목린의 것과 자수의 모양도 같고, 전체적인 모습을 봤을 때 목린의 옷과 완벽한 비슷한 색깔로 맞춤이었다. 함께 나란히 서 있기 위해서 태어난 의복처럼 보였다.

목린이 그가 단단한 갑옷을 걸치지 않은 것을 본 게 오늘로 두 번째였다.

언영은 타고난 기골이 특출났다. 하여 갑옷을 입지 않은 지금도 넓고 장대한 몸은 지금도 충분히 위협적이었다. 옆으로 널따랗게 벌어진 어깨는 멀리서도 알아볼 수 있을 정도로 독보적이었다. 미(美)를 과시하는 혼례복으로도 저런 위압적인 무게를 타인에게 전달할 수 있다는 점이 타인에겐 되레 더한 두려움으로 다가올 터였다.

게다가 그는 지금 웃고 있지 않았다. 가만히 있을 때의 그의 날렵한 이목구비는 이전에 벌였던 모든 행보를 순간 망각할 수 있을 정도로 수려하면서도, 냉기가 뚝뚝 흘렀다.

언영의 눈이 목린을 담았다.

"……."

그의 턱이 아래로 툭 빠질 것처럼 벌어졌다. 목린은 옷매무새를 만지며 자리에서 일어섰다.

"저, 이제 나가면 되는 건가요?"

"……."

언영은 답하지 않았다. 크게 벌어진 입은 닫힐 생각이 없었고, 그렇게 미동 없이 혼자 시간이 멈춘 세계에 갇혀 있었다. 얼굴에 그 흔한 웃음기 하나도 보이지 않았다. 목린은 똘망똘망한 눈을 깜박거렸다.

"언영 님?"

"……."

"목린아, 우리는 먼저 가서 자리 잡고 있을게."

"으응."

목린의 친구들이 언영을 스치고 빠져나갔다. 언영은 그들이 보이지 않는 것 같았다. 요지부동의 자세로 서 있는 그의 눈동자는 목린의 얼굴에 내리꽂혀 떨어질 줄을 몰랐다.

목린은 허둥지둥 등을 돌렸다.

"저, 언영 님. 머리만 다시 한번 확인하고 같이 나가요."

"……."

목린은 마지막으로 자리에 앉아 단장을 마무리했다. 면경의 구석진 곳에는 여전히 그 자리에 붙박인 언영이 고스란히 보였다. 그는 한결같은 표정으로 그녀의 뒤통수를 홀린 듯이 바라보더니, 서서히 손을 뻗기 시작했다. 얼빠진 얼굴을 보니 팔 또한 의식적으로 움직이는 건 아닌 것 같았다.

그의 손가락이 목린을 갈구하며 점점 더 거리를 좁혔고, 면경으로 이 상황을 당혹스럽게 지켜보던 목린은 결국 볼을 붉히며 등을 돌렸다.

목린과 눈이 마주친 언영의 올라갔던 팔이 다시 재빨리 내려갔다.

"……."

하지만 정신 나간 표정은 한결같았다. 목린은 두 손을 꼼지락거리며 목을 치켜들고 다소곳하게 물었다.

"언영 님, 그냥 걸어 나가면 되는 건가요?"

"……."

목린도 바보는 아니었다. 언영이 왜 그녀에게서 눈을 떼지 못하는지 정도는 알고 있었다. 어색한 침묵이 길어지고 두 사람 다 얼굴색이 울긋불긋했다. 이대로 더 있다간 이 방에서 무슨 일이 일어날 것만 같았다. 목린은 부랴부랴 조그만 몸을 움직였다.

"우, 우리 어서 나가요!"

목린이 먼저 앞서 뽀르르 걸어갔다.

언영이 그 자리에서 정신을 못 차리고 있을까 걱정했는데, 다행히 그는 멀어지는 목린을 보고 바로 걸음을 뗐다. 다리가 긴 그는 순식간에 목린을 따라잡았다. 대신 그는 정면을 바라보지 않았다. 고개를 틀고 목린의 정수리만 내려다봤다. 앞으로 뭐가 날아와도 모를 것 같이. 목린은 애써 모른 척하고 계속 발을 디뎠다.

언영이 지난번에 말하길, 초족과 귀혈족의 혼례식에 큰 차이는 없되, 그저 귀혈족이 조금 더 시끄러울 뿐이라 했다.

그의 말은 틀리지 않았으나, 당시 그는 조금 더 그 차이점을 강조했어야만 했다.

목린과 언영이 야외로 나오자 수백 명의 귀혈족 사람들이 두 손을 들고 괴성을 내질렀다. 목린은 그들이 웃고 있는 건지 화난 건지 표정만으로 확언할 수 없었다. 남녀노소 전부 붉은 얼굴로 콧김을 내뿜으며 열광하는 이들은 방금 막 전쟁에서 압승을 거두고 온 집단과 다름없었다.

"와아아아아!"

귀가 곧 터질 것 같다고 해도 과언이 아니었다. 목린과 언영이 걸어 나갈 길을 제외하곤 모든 곳이 갑옷을 입은 거대한 이들로 빽빽하게 채워져 있었다. 그 사이의 길을 걸어 나가는 목린의 다리가 후들후들 떨렸다. 우연히 왼쪽으로 고개를 돌렸다가 그쪽에 줄지어 선 이들과 정통으로 눈을 마주쳤다.

"우어어어어!"

"백목린!"

그들이 광란적으로 내질렀다. 목린은 숨을 들이켜고 어깨를 벌벌 떨었다.

앞으로 계속 가서 보니, 더 자리가 여유로운 뒤쪽에 빠져서 덩실덩실 춤을 추는 이들도 있었고, 신나서 하늘에 활을 쏴 대는 연인도 존재했다. 언영의 어린 세 누이는 거대한 나무 위에 올라타 공중제비를 돌고, 언영의 모친이자 마을의 족장 월진은 남편 윤근과 함께 두 손을 잡고 방방 뛰고 있었다. 그리고 그 무리 안에서 겁먹고 어깨를 움츠리고 있는 친구들과 아버지가 보였다. 그들은 귀혈족의 다소 적극적이다 못해 어지러운 행각을 입을 못 다문 채 구경하고 있었다.

"와아아!"

"으아아악!"

신이 난 어떤 귀혈족 사람이 목린의 친구 한 명과 어깨동무를 했다. 이어서 그 옆의 사람도, 또 그 옆의 사람도, 나란히 서서 어깨를 맞대고 왔다 갔다 했다. 기다란 파도가 펼쳐졌다.

"주언영! 백목린! 주언영! 백목린!"

"주…… 주어…… 주언…… 백…… 모, 목……."

목린의 친구가 울음을 터뜨리며 그들을 억지로 따라 했다. 목린은 그 모습이 안타까워 오래 바라보지 못했다. 얼른 고개를 돌려 이번엔 언영을 쳐다봤다.

"……."

언영은 아까와 같은 그 낯빛이었다. 사방에서 짹짹거리는데도 목린을 빼곤 아무것도 그의 관심을 사로잡지 못했다. 지금 그의 앞엔 목린 빼고는 아무것도 없었다. 차마 그 강렬한 얼굴을 쭉 마주할 수 없어 목린은 민망함을 감추고 얼른 다시 정면을 마주했다.

억겁과 같은 시간이 흐르고 마침내 언영과 목린은 사람 한 명 누울 수 있는 거리를 두고 서로를 마주 보았다. 그 가운데를 화병, 여러 가지 과일, 촛대 등이 놓인 초례상이 지키고 서 있었으나, 그 높이가 높진 않아 오늘 부부의 연을 맺는 그들은 충분히 서로의 얼굴을 계속 눈에 담을 수 있었다.

물론 혼례식 내내 상대의 얼굴을 꾸준히 들여다볼 수 있을 정도로 당돌한 신부는 손에 꼽았고, 목린은 그 안에 속하지 않았다. 평범하고 수줍음 많은 새색시들이 그러듯이 머리를 아래로 푹 수그렸다. 하지만 언영의 뜨거운 시선을 꾸준히 느낄 수 있었다. 조용히 말하기보단 늘 손을 들고 제 의견을 당당하게 전달할 것 같은 귀혈족마저도 슬슬 언영의 정신 나간 표정을 보고 주변에서 수군거리기 시작했다. 시간이 갈수록 점점 극대화되는 술렁거림이었다.

'어, 잠깐만.'

처음엔 당혹스러웠던 목린은 이제 슬슬 불안해지기 시작했다.

'나를 보고 수군거리는 거면 어쩌지?'

어쩌면 저렇게 쳐다보는 것이 귀혈족의 혼례식 관습일지도 몰랐다. 그녀가 너무 예뻐서 쳐다봤다는 건 처음부터 착각이었을지도. 아니, 그렇게 처음부터 확신했던 자신이 바보였으리라. 목린의 얼굴이 창피함으로 화끈거렸다. 결국 목린은 눈치를 보며 조금씩 고개를 들었다.

불안해서 똥그래진 목린의 눈과 언영의 강렬한 동공이 서서히 함께 만났다. 그리고 목린은 상대가 크게 숨을 들이마시는 모습을 목격했다. 그의 넓은 가슴이 떨리는 게 보였다.

언영은 허리에 차고 있는 호리병 중에 하나를 쥐고 급하게 안에 든 것을 입에 쏟아붓기 시작했다. 과연 저런 행위가 혼례식 중간에 허용되는 건지 의문스러웠지만, 누가 막을 새도 없이 재빨랐다. 그리고 호리병을 마시는 동안에도 목린을 계속 쳐다봤다. 목린의 혼란스러움은 점점 더 가중되기만 했다.

언영은 이번에 배를 타고 그녀를 데리고 올 때부터 저 호리병들을 허리에 차고 있었다. 귀혈족이 사용하는 독이나 무기가 아닐까 싶어 그냥 물어보지 않고 넘어갔는데 뭔지 한 번이라도 물어볼걸. 이제 와 약간 후회되었다.

“저기.”

목린의 측면에서 혼례식 진행을 돕던 중년의 여인이 나지막하게 목린의 귀에 속삭였다.

“고개를 숙이셔야 합니다.”

“앗, 네!”

부끄러움 탓에 목린의 얼굴이 벌겋게 익었다. 그 상태에서 또 언영과 눈이 마주쳤다. 입술을 오므리고 어쩔 줄 몰라 버벅거리는 목린을 본 언영의 동공에서 이전과는 비교도 못 할 불길이 타올랐다. 흉통이 큰 그의 장신이 모조리 보이지 않는 힘에 사로잡혔다.

그는 고개를 숙이기는커녕 또 다른 호리병을 허겁지겁 꺼내 들었다. 하나도 아니고 두 개를 쥐고 연달아 꿀꺽꿀꺽 마셨다. 그의 굵은 목울대가 울렁거렸다.

악단이 언영과 목린을 위해 성대한 연주를 하는 동안 언영은 허리에 달고 있던 호리병 열 개를 전부 비웠다. 바닥을 보고 있는 목린의 귀엔 노랫소리보다 언영이 삼키는 소리가 더욱 자극적으로 다가왔다.

마지막으로 맞절을 했다. 맞절하는 동안에도 언영은 고개를 숙이지 않았다. 목린의 움직임만 샅샅이 살피느라 그가 몸을 굽히는 모습은 다소 우스꽝스러웠다. 주변에서 킥킥거리는 웃음이 들리는데도 언영은 아랑곳하지 않았다. 외려 절을 하는 동안에 목린을 더 가까이 보려고 몸통을 앞으로 쭉 내밀었다. 목린의 얼굴만 대신 물들었다. 상기된 동글동글한 볼을 숨기기 위해 더욱 아래로 몸을 숙였다.

힘이 들어간 그의 손가락이 어렴풋이 보였다.

조금 두근거렸다.

그리고 그 낯선 감정에 뒤늦게 당황했을 때, 수많은 환호가 목린의 머릿속을 바로 하얗게 만들었다.

"와아아아아아!"

아까 입장할 때보다 갑절은 더 우렁찬 귀혈족의 함성이 혼례식의 막을 내렸다. 월진은 익문에게 울면서 달려가 그를 끌어안았고, 익문은 어색하게 월진의 등을 다독여 주었다. 귀혈족 사람들은 목린의 조그만 친구들을 안아 들며 기뻐했다. 입에서 불을 내뿜는 사람도 있었다.

“후…….”

목린은 어질어질한 감정을 애써 뒤로 넘기며 자리에서 천천히 몸을 일으켰다.

그리고 언제 다가왔을까, 바로 앞에 언영의 발이 보였다. 그의 듬직한 체구가 목린의 시야를 독차지했다. 목린은 예쁘게 칠한 입술을 감쳐물었다. 이대로 고개를 들긴 살짝 부끄러웠다.

언영을 알게 된 지도 어느덧 네 해가 지나가고 있었다. 목린도 어느 정도는 그의 행동을 추측할 수 있었다. 여기서 그녀의 허리를 번쩍 들어 올리고 하하하하! 웃으며 얼굴 이곳저곳에 쪽쪽쪽 뽀뽀를 찍어 대리란 확신이 있었다. 이러한 저돌적인 행동에 적응했지만, 그렇다고 좋아한다고까지 말할 수는 없다. 하나 그렇다고 거절할 수 있는 처지인가. 그건 또 아니라서 뻣뻣한 자세로 그가 그녀를 안아 들길 기다렸다.

그리고 그때, 언영이 무릎을 꿇었다. 한쪽 무릎을 꿇고 앉아 가만히 목린을 올려다보았다.

“언영 님…….”

언제나 목린을 들어 올려 제게 눈을 맞추게 하던 언영이 처음으로 먼저 몸을 숙여 왔다. 목린의 눈이 크게 벌어졌다. 아까부터 내내 졸졸 쫓아다니던 구애의 시선이 이제 아래에서 그녀를 우러러보고 있었다. 다 큰 청년인 언영에게서 어린 소년에게서나 발견될 수줍음과, 앞으로의 상황에 대한 심각한 각오와 다짐이 함께 공존했다.

그러자 생각과 걱정이 많은 목린도 조심스럽게 기대할 수밖에 없게 되었다.

언영이 큰 의미를 담고 보인 행동은 아닌 것 같지만, 그래도, 앞으로의 그들의 생활을 미리 보여 주는 행동이기를. 낯선 환경 속에서 외롭고 힘들 그녀를 위해서 지금처럼, 예전과 달리 그가 먼저 그녀에게 맞춰 다가오기를.

우리가 함께 쌓는 추억이, 아름다운 건 바라지도 않으니, 후에 돌이켜봤을 때 괜찮았다고. 나쁘지 않았다고, 그렇게 편안하게 회상할 수 있는 삶이기만을 바랐다. 그 정도면 충분했다. 그러니까…….

"……."

언영이 한쪽 손을 뻗어 목린의 뺨을 조심스럽게 쓰다듬었다. 아주 귀하고 소중한 것을 어루만지듯이 소극적인 움직임이었다. 목린이 조금이라도 더 지금의 분위기에 심취했다면 이대로 넋을 놓고 그의 손길에 온몸을 기댔을 것이다.

그의 엄지가 목린의 입술에 다가갔다. 다홍빛의 아랫입술이 엄지가 힘을 주는 대로 부드럽게 눌렸다. 그 장면을 응시하는 언영의 동공에 목린을 향한 갈망이 힘껏 타올랐다.

목린이 먼저 눈을 감았다.

그가 다가오기 쉽게 아래로 몸을 더 숙였다.

잠시 뒤 그녀의 보드라운 입술 위로 떨리는 입술이 경건하게 포개져 왔다.

모든 귀혈족 사람들 또한 이번만큼은 숨을 죽이고 있었다.

뜨습고 다정한 그 정감에 목린은 저도 모르게 편하게 몸을 내맡겼다.

조금은 좋았다.

이후 언영과 목린은 각자 따로 가마에 태워져 이동했다. 목린이 마침내 땅에 다시 발을 디디고 주변을 돌아볼 수 있을 정도로 안정을 되찾았을 때, 그녀는 어떤 커다란 기와집의 방에 옮겨진 상황이었다.

"저기……?"

목린이 조심스럽게 목소리를 높여 봐도 문 너머는 침묵을 일관했다. 어디서나 시끄러운 언영의 목소리도 전혀 들리지 않았다.

제대로 아는 골목 하나 없는 마을에서 멋대로 밖에 나가기는 무서웠다. 결국 목린은 침착하게 소식이 들려오기를 내부에서 기다리기로 했다. 조심스럽게 주변을 둘러보았다.

뭐니 뭐니 해도 가장 눈에 띄는 건 역시 방 중앙을 떡하니 차지하고 있는 침상이었다. 단월도엔 지나친 사치를 원하는 게 아닌 이상 저 정도로 크고 넓은 곳에서 수면을 취할 이유가 없었다.

'여긴 언영 님의 방인 건가?'

아무래도 방 한구석을 차지하고 있는 무기나 널찍한 분위기를 보아하니 맞는 것 같았다. 목린은 여기저기를 두리번거리며 두 손을 맞대고 손가락을 꼬았다.

'그런데 내가 왜 언영 님의 방에 혼자 있는 거지?'

보호자가 늘 곁에 필요한 영유아가 아닌 이상, 개인의 사생활을 중시하는 단월도에서는 부부와 자식 사이를 막론하고 모두 각방을 썼다. 상대의 승낙 없이 남의 공간에 들어오는 건 매우 무례한 행동이라 할 수 있었다.

뜻하지 않게 불손을 저지른 목린의 낯빛이 창백해졌다. 얼른 허둥지둥 나무 판문이 있는 방향으로 발을 뗐다가, 역시 바깥은 무서워 결국 관두었다. 그리고 주뼛주뼛 다시 등을 돌리고 넓은 방을 마주 보았다. 마치 누군가가 몰래 염탐 중이진 않을까 고민하는 양 그녀의 눈동자가 겁에 질린 채 양쪽을 돌아다녔다.

그래. 이유가 있으니까 가마를 들어 준 사람들이 그녀를 여기로 안내했을 것이다. 언영도 곧 돌아올 테고, 가만히만 있으면 무례하다고 여기진 않을 것이다. 목린은 그렇게 자신에게 계속 말을 걸었다. 그리고 호기심을 이기지 못한 발은 조심스레 주변을 향해 뻗어 나갔다. 아무것도 건드리지 않고 구경만 할 것이다.

"……."

가장 거대한 것이 침상이었을 뿐, 평범한 초족 여인에겐 낯선 것이 이 공간 안에 매우 수두룩했다. 그나마 지난 몇 해 동안 귀혈족 쪽에서 꾸준히 진기한 패물을 보내 주어 조금은 익숙해졌다. 우측 선반에 나란히 진열된 사람 상체만 한 호랑이나 말 조각상은, 아마 오늘 처음 봤으면 졸도했을 것 같이 위협적이었다.

'뭐? 호랑이를 본 적이 없어? 말도?'

'……?'

몇 해 전 언영은 단월도에 방문했다가 목린에게 충격받은 표정과 함께 물었다. 목린은 어색하게 고개를 끄덕였다. 그게 뭔 대수라는 표정에 언영의 입이 떡 벌어졌다. 그리고 얼마 뒤 언영은 다시 방문했을 때 열 마리 정도 되는 상태 좋은 말과 함께 등장했다. 섬사람들에게 주는 선물이었다.

'하하, 혼인해서 우리 마을로 오면 내가 진짜 잘 가르쳐 줄게!'

말하고 눈도 마주치기 무서워하는 목린의 어깨를 안으며 언영이 당시에 쾌활하게 약속했었다.

목린은 계속 주변을 둘러보았다.

침상의 옆과 위에는 선반이 가까이 붙어 있었는데, 두 가구의 색이 비슷하면서도 미묘하게 다른 것을 보아하니 임시로 갖다 놓은 것 같았다. 선반에는 수십 개의 잔이 가지런하게 줄지어 서 있었고, 그 안에 든 무색의 액 또한 소름 끼칠 정도로 양이 비슷했다.

'혹시 언영 님이 아까 계속 마시던 그건가?'

목린은 살짝 고개를 숙여 킁킁 향을 맡아 보았다. 아무 냄새도 없었다. 의문스러웠지만 더는 혼자 알아 낼 방법이 없고, 그 외에도 구경거리가 많았기 때문에 끝내 뒤로 물러서 관심을 다른 곳으로 돌렸다.

한편 같은 시각, 바깥에서 불안하게 서성이고 있는 장신의 사내가 있었다. 같은 자리를 빙글빙글 도는 언영의 얼굴에 근심이 만연했다.

'목린이는 경험이 많아. 웬만하면 만족하지 못할 거야.'

그는 해맑게 웃으며 혼인하면 한 달 동안 방에서 나오기 싫다던 목린이를 떠올렸다. 목린이가 그토록 적극적인 표정을 보이고 신나서 재잘거린 건 그때가 처음이자 마지막이었다. 그것은 자신감을 가진 자와 쾌락을 아는 자만의 여유였다. 사내놈들과 같이 싸우고 주먹질만 하고 다니느라 여자 가슴 한 번 제대로 보거나 만져 본 적 없는 언영에겐 먼 세상의 이야기였다.

'진정하자. 진정해. 목린이도 자랑스럽다고 해 줬어.'

그의 크기가 자랑스럽다고 해 준 목린을 보고 그 자리에서 일을 저지를 뻔했다. 목린이는 정말이지 하늘에서 내려온 마음씨 착한 선녀가 틀림없었다. 그렇지 않고서야 어떻게 그 정도로 얼굴도 말하는 것도 예쁠 수 있단 말인가.

그러니 그도 그만큼 목린에게 보답해야 했다. 언영은 부족한 그를 사랑해 주고(이 부분에 대해선 의혹이 남아 있지만 일단은 넘어가도록 하자) 그를 위해 고향까지 자발적으로 떠난(이 부분도 일단은 보류하도록 하겠다) 목린을 위해 최고의 헌신을 갖다 바치고 싶었다.

서로에게 몸을 맞대고 일찍 친근하게 구는 것에 거부감이 없는 모습에서 알 수 있듯이, 귀혈족의 성문화 또한 매우 발달했다. 그래서 언영 또한 어디서 얻어들은 건 많았다. 어떻게 해야 여자들을 만족시켜 줄 수 있는지 이론은 충분히 습득한 상태였다.

하지만 목린이를 데리고 함께할 상상을 하니 언영은 부끄러워서 절로 몸이 비비 꼬이는 것 같았다. 괜히 훅훅거리며 벽을 짚고 팔굽혀펴기를 백 번 시행했다. 잠시 뒤 이마에 살짝 맺힌 땀을 닦아내며 다시 정신을 차렸다.

어차피 치러야 할 일이다. 그 또한 오늘을 미치도록 고대해 오긴 마찬가지였다. 살면서 제일 간절하게 기다린 밤이었다. 덕분에 아랫도리가 얼마나 자주 뜨거워졌던가.

긴장된 탓에 턱에 힘이 불끈 들어간 상태로 문을 열어젖혔다. 다소 요란한 소리에 벽을 구경 중이던 목린의 등이 절로 돌아갔다. 발그스름한 그녀의 얼굴이 귀여웠다.

"언영 님. 아니……."

'괜찮아. 괜찮아.'

언영은 뺨이 약간 빨개진 목린을 보며 속으로 주문을 외우듯 중얼거렸다. 물론 지금의 목린 또한 눈알이 빠질 것 같이 예쁜 건 분명하나, 아까 홀린 듯이 구경했던 그 모습과 다르지 않다. 아까도 손 안 뻗고 용케 버텼으니 지금도 참을 수 있었다. 주먹을 꽉 쥐며 그리 생각했다.

하나 그때 목린이 고개를 저으며 말을 고쳤다.

"서, 서방님."

언영은 속으로 행복의 비명을 내질렀다. 다리 사이가 바로 묵직해지며 불룩 튀어나왔다. 하나 순진한 목린은 그 모습을 제대로 보지 못했다.

"오셨, 오셨어요?"

언영은 빠른 걸음으로 잽싸게 걸어가 선반에 올려져 있던 물잔 하나를 벌컥벌컥 해치웠다. 그리고 목린이 그게 무엇이냐 묻기도 전에 텅 빈 잔을 탕 내려놓고 목린의 지척에 성큼성큼 다다랐다. 그 상태에서 팔을 뻗어 목린의 아담한 몸에 그대로 둘렀다.

"어머나!"

팔까지 꽉 압박되어 꽁꽁 갇힌 상태에서 목린의 몸이 들려지고, 마침내 입술이 뜨겁게 부딪혔다. 목린의 발이 땅을 찾듯이 살짝 꼬물거렸다. 언영은 목린의 도톰한 입술을 빨다가, 이어서 아랫입술을 살짝 깨물고 벌어진 틈으로 절박하게 침범했다. 목린은 눈을 말없이 감으며 그의 갈구를 얌전히 받아들였다.

그 상태에서 길고 탄탄한 언영의 다리 또한 움직였다. 목린을 가뿐히 든 채 침상으로 성큼성큼 향했다. 혹시라도 충격이 가지 않게 한 손으로 목린의 머리를 똑바로 받히고 함께 아래로 풀썩 쓰러졌다.

"아앗!"

목린이 놀라서 눈을 크게 뜨고 숨을 들이켰다. 언영이 그 귀여운 모습을 보고 희열에 떨었다. 다소 끈적끈적하게 이어지던 접문을 끊고, 쪽쪽 귀여운 소리를 내며 목린의 사랑스러운 코, 입, 뺨 부근에 쉬지 않고 입술을 꾹꾹 눌러댔다. 받치고 있는 목린의 가는 목덜미를 손끝으로 소중하게 쓰다듬었음은 물론이었다. 목린은 잔잔하게 떨리는 그의 품에 가둬져 눈을 끔뻑거렸다.

한참을 부드럽게 목린에게 제 흔적을 새기던 언영은 잠시 뒤 떨리는 목소리와 함께 입술을 뗐다. 허리를 살짝 띄워 목린과 적당한 거리를 두었다. 그녀를 압박하고 있던 팔도 풀었다.

"목린아."

언영은 제 옷을 먼저 훌러덩 반 정도 벗었다. 사그락거리는 소리와 함께 언영의 널따란 어깨와 또렷한 빗장뼈, 꽉 잡혀 부푼 가슴 근육이 바깥에 해방되었다.

삽시간에 목린의 안면 전체에 경악이 스며들었다. 그의 커다란 근육질 가슴을 헉하고 바라보다가 얼른 두 손으로 눈을 가렸다. 그리고 언영이 그 상태에서 서서히 내려와 몸이 맞닿으려 하자 목린은 더욱 어쩔 줄을 몰랐다.

"서방님, 밥, 밥은……."

목린이 위태로운 목소리로 더듬거렸다. 언영은 입을 맞추느라 바빴다.

"으응. 응."

그는 목린의 얼굴과 목에 입술을 비비느라 정신이 없었다. 목린은 힐끔 아래를 내려다보았다. 언영의 두껍고 단단한 흉곽이 뚜렷한 골을 만들고 있었다. 목린은 겁에 질려 머리가 어지러울 지경이었다. 분명 밥을 먹기로 했는데……. 눈물이 살짝 터져 나왔다.

"흐흑, 밥……."

"응, 그래. 그래."

언영은 목린의 손과 단단히 깍지를 꼈다. 그의 상처 많은 손등에 굵직한 핏줄이 단단히 튀어나왔다. 목린은 다리를 살짝 비틀며 간신히 말을 이었다.

"흐윽, 밥은, 언제……."

목린의 입술과 목에 얼굴을 깊이 묻고 쪽쪽거리던 언영도 이젠 더는 그녀의 울음소리를 놓칠 수 없었다.

당황스럽기 그지없었다. 목린이가 고대하던 것에 맞춰 주는 중이었다. 지금 눈물이 나온다면 원인은 하나였다. 상황이 기대에 미치지 못하고 있으리라. 목린이가 만났던 사내들에 비하면 그의 실력이 형편없음이 틀림없었다. 아직 제대로 한 것도 없는데 벌써 비교되다니. 언영의 머릿속이 질투와 절망과 미안함으로 혼잡해졌다.

"목린아. 목린아, 미안해. 응?"

언영은 고개를 들고 목린의 눈에 맺힌 이슬을 보며 귓가에 다정하고 초조하게 속삭였다. 목린은 울먹이며 고개를 저었다.

"바아아아압……."

"응? 봐? 그래, 보고 있어. 우리 목린이 너무 예쁘다."

언영은 눈물이 떨어지는 목린의 눈에 끊임없이 입술을 쪼아댔다. 다정함이 넘쳐흐르는 그의 행동에도 목린의 울음은 금방 그치지 않았다. 언영은 당혹스러워하며, 오늘로서 그의 부인이 된 여인의 옆선을 떨리는 왼손으로 천천히 쓰다듬었다.

여체의 부드러운 곡선이 잘 느껴졌다. 달래 주려고 했던 행동인데 어째 이상한 결과를 낳았다. 언영의 얼굴로 더욱 열이 몰리고 손에 힘이 들어가 근육이 날뛰었다. 이래선 안 된다는 생각에 저도 모르게 꽉 쥐고 있던 옷에서 손을 뗀 그때였다.

"어……."

지지직하는 소리와 함께 그대로 옷 옆면이 뜯겨 나갔다. 한 땀 한 땀 귀하게 만든 혼례복의 최후는 그렇게도 짧았다.

잠깐 끔찍한 정적이 지나갔다. 언영은 제 손에 남은 옷 쪼가리를 망연한 눈으로 내려다보았다. 목린은 그 자리에 시간이 멈춘 양 누워 있다가 이내 아까보다 더 큰 울음을 터뜨렸다.

"으, 흐윽, 흐윽……."

"목린아! 미안해. 정말 미안해. 뚝. 괜찮아. 내가 똑같은 옷 다시 구해다 줄게. 괜찮아. 울지 마. 응?"

언영이 목린을 안으면서 재빨리 자리에서 일어나 앉았다. 아기를 어르듯이 목린을 안고 둥기둥기 달랬다. 등을 계속 토닥여 주고 동그란 정수리를 쓰다듬었다. 목린은 언영의 목에 팔을 두르고 흐느꼈다. 언영이 새 신부의 귓가에 전혀 통하지 않을 말을 다정하게 중얼거렸다.

"우리 목린이, 이 옷 엄청나게 좋아했구나……."

하지만 입이랑 손으로 금이야 옥이야 챙겨 주고는 있으면서도, 언영의 눈은 욕망을 못 이기고 자꾸만 찢어진 틈으로 보이는 목린의 뽀얀 옆구리를 훑었다. 미안해서 보지 않으려고 해도 눈이 딱 봐도 부드러운 속살에서 떨어지질 못했다. 숨이 거칠어졌다. 목린의 등을 쓸어주던 손을 뻗어 선반의 물 잔 중 하나를 잡고 꿀꺽꿀꺽 해치웠다.

"옷 바로 구해다 줄 테니까, 응? 목린아, 그만 울자."

언영은 이어서 목린의 머리에 달린 무거운 장식들을 일일이 빼주었다. 눈물로 초롱초롱한 목린의 귀여운 눈길을 애써 무시하며, 혹시라도 머리카락이 엉키지 않을까 염려하며 정성스럽게 움직였다.

마지막까지 모두 빠짐없이 빼내니 힘이 들어간 채 올라갔던 머리카락이 등 뒤로 사르르 퍼뜨려졌다. 옆으로, 뒤로, 아니면 양쪽으로 꼼꼼히 땋은 모습만 많이 봐 왔다. 처음으로 보게 된 거의 엉덩이까지 내려앉은 고운 물결은 당황스러울 정도로 아리따웠다. 게다가 향기로운 것은 말할 것도 없었다. 언영은 넓은 어깨를 굳히며 넋을 놓고 그 모습을 지켜보다가 결국 목린을 끌어안으며 다급하게 입술을 내리꽂았다. 이제 참는 건 한계였다.

목린의 입 안을 정열적으로 돌아다니며 황홀함을 만끽했다. 넓은 근육질의 어깨로 목린을 점점 압박해 갔다. 질척한 소리가 났다. 목린은 눈을 질끈 감으며 어색하게 언영의 옷깃을 잡아 뜯었다.

목린의 안면에 짙은 한숨을 토해내는 언영의 얼굴이 시뻘게졌다. 붉은 기운은 목덜미와 귀에도 넓게 번졌다. 그는 눈을 감고 목 아래서부터 끓어오르는 소리를 냈다. 목린을 숨 막히게 끌어안았다. 비록 천이 중간에 막고 있어도 뇌리가 쾌락으로 들썩거렸다. 두 몸이 질척하게 비벼졌다. 그가 초점 잃은 눈과 함께 기쁨에 젖어 신음했다.

"너무 좋아……."

한편 목린은 정신을 간신히 붙잡고 있었다. 어린아이는 아니니 대충 무슨 일이 일어나려는 진 파악하고 있었다. 섬의 후손을 잇기 위해서 어쩔 수 없이 해야 하긴 하지만, 부적절한 쾌락에서 헤엄치는 행위는 타락했다고 여겼다. 따라서 상대의 몸을 볼 수 없는 어두운 방에서 매우 간소화되게 행해야 하는 일이었다. 이런 식으로 하는 건 배운 적이 없었다.

언영은 목린의 목덜미에 코와 입을 깊숙이 묻고 있었다. 목린은 조용히 훌쩍이며 더듬었다.

"안……."

"아, 목린아."

목린이 당황하며 몸을 옆이나 뒤로 빼는 듯 씰룩거리면 언영이 다시 또 금방 몸을 바짝 붙였다. 휘두를 수도 있을 것 같이 굵고 무거운 게 자꾸 그녀의 허벅지를 때렸다.

언영의 손이 서서히 목린의 가슴이 있는 곳으로 향했다. 그의 손이 네 개로 보일 정도로 부들부들 떨렸다. 그가 헐떡거리며 목린의 옷고름을 손가락으로 쥐는 데에 간신히 성공했다. 남은 한 손으로는 얼른 다른 물 잔을 허겁지겁 들이켰다. 목린은 겁에 질린 눈으로 상황을 숨죽여 지켜보다가 끝내 연약한 옷고름이 뜯겨지자 짧고 작은 비명을 지르며 몸을 살짝 틀었다. 그 과정에서 목린의 뽀얀 한쪽 가슴이 바깥으로 살짝 드러났다.

턱이 빠질 것같이 언영의 입이 크게 벌어졌다. 믿기지 않는다는 표정인 그의 눈동자는 수줍게 나온 목린의 통통한 젖꼭지에서 떨어지지 못했다. 그가 정신을 못 차리는 동안 목린은 뒤늦게 팔로 자신의 몸을 감싸 안으며 자신의 가슴을 가리려고 했다.

"보지 마세요……!"

언영의 손이 더 빨랐다. 그는 목린의 나머지 옷도 찢겨내듯 옆으로 벗겨내 나머지 한쪽 가슴도 드러나게 했다. 큼지막한 두 손이 조심스럽게 양쪽 가슴으로 내려앉았다. 목린은 숨 쉬는 것을 멈췄다.

"예쁘다……."

그가 황홀한 표정으로 중얼거렸다. 윤기 나는 속살이 언영의 눈앞에서 적나라하게 반짝거렸다. 그의 입술 사이에서 떨리는 숨이 연이어 새어 나왔다. 몇 번 긴장하여 침을 삼키는가 싶더니 이내 언영은 입술을 벌려 목린의 오동통한 가슴 한쪽을 입에 쏘옥 머금었다. 목린이 숨을 들이켜며 허리를 튕겼다.

언영의 뜨거운 숨이 유륜을 감싸고, 그의 혀끝이 목린의 젖꼭지 위에서 움직였다. 입술이 말랑한 살을 물고 계속 움직였다. 빨리는 소리가 적나라하게 터져 나왔다. 그의 등이 흥분으로 마구 떨렸다.

목린이 창백한 얼굴로 몸을 비틀면 언영이 끈질기게 달라붙어 따라와 엉겨 붙으며 세게 쭙쭙 빨아들였다. 계속 도망가려고 하는 목린의 몸을 결국엔 언영이 두 손으로 세게 붙잡아 안았다. 그의 이가 살짝 가슴을 깨물었을 때 목린은 크게 히끅거렸다.

언영은 한참 뒤에 침으로 젖은 입술을 뗐다. 자신의 타액으로 젖은 목린의 가슴을 한참 내려다보다가 이내 그 안에 얼굴을 묻고 헐떡거렸다. 속살 냄새를 들이마시며 그의 넓은 어깨가 기쁨으로 마구 들썩거렸다. 그의 눈빛이 흐릿했다.

"……왜 그래, 목린아."

그러나 그것도 잠시. 목린이 여전히 울고 있다는 사실을 뒤늦게 인지하자마자 언영은 표정을 바꿨다.

"목린아. 목린아! 왜 그래? 괜찮아?"

단순히 글썽이는 게 아니라 흐느끼는 얼굴이었다. 눈은 붉게 충혈되고 얼굴은 벌겋게 익어 있었다. 누워 있느라 눈물이 옆으로 흘러 귀까지 줄줄 내려갔다. 이 정도로 울고 있었는데도 욕정에 빠져 알아채지 못했다는 사실에 엄청난 죄책감이 엄습했다. 물을 끼얹은 것처럼 언영의 이성이 되돌아왔다. 그는 낮은 목소리로 진지하게 물었다.

"내가 별로였어?"

목린은 떨면서 고개를 간신히 저었다.

"아, 아, 아니에요, 그렇지 않아요. 하지만 저는…… 밥……."

"목린이는 말도 정말 착하게 해."

언영은 목린을 세게 끌어안았다. 숨이 막혀서 목린은 말을 멈췄다. 그의 맨가슴과 자신의 가슴이 겹쳤다는 사실에 머릿속이 하얘졌다. 그 와중에 그의 목소리가 들렸다.

"별로였구나."

"아니, 그, 그게 아니라……."

"여기까지 하고 그만하자."

눈물 탓에 시뻘게진 눈을 크게 뜨고 목린은 언영을 빤히 쳐다보았다. 그는 가벼움이라곤 한 톨도 찾아볼 수 없는 표정과 눈빛으로 말을 이었다.

"네가 싫어하는 건 하지 않을게. 난 괜찮아."

언영은 손으로 목린의 눈물을 닦아 주고 머리카락을 넘겨 주었다.

"많이 미안해."

"……."

"여기 함께 있어 주는 것만으로도 고마워."

"……."

"이제 안 할게. 제발 울지 마."

빈말이 아니었다. 아까 전 뜨거웠던 숨소리와 눈빛은 어디 가고, 다소 침착한 얼굴로 언영은 목린의 몸을 계속 안아 계속 토닥거려 주었다. 열기는 아직 식지 않았으나 싫어서 울고 있는 목린을 품을 정도로 발정 난 짐승은 아니었다. 아니, 목린의 이런 모습을 보니 저절로 머리가 차게 식었다.

꽤 오랜 시간 동안 둘은 그렇게 서로를 끌어안고 가만히 있었다.

언영은 목린의 눈 밑에 여전히 맺혀 있는 약간의 눈물을 검지로 조심스럽게 닦아 주었다. 그 과정에서 눈이 마주쳤다. 목린이 살짝 쉰 목소리로 속삭이듯 질문을 던졌다.

"그러면 평생 안 할 거예요?"

언영의 손가락이 어색하게 멈췄다.

"……응. 네가 싫다면."

망설이는 시간은 아주 잠깐이었다. 결심하듯 언영이 입술을 뗐다.

"어쩔 수 없잖아."

목린은 언영을 가만히 올려다보았다. 눈을 감는 법을 잊은 양 크고 깊은 눈동자가 끊임없이 언영을 마주했다. 뜨겁게 날아오는 시선을 본 언영은 계속 침착하게 굴다가 갑자기 허둥거렸다. 그의 귀가 붉었다. 뜨거워지는 얼굴을 가리려는 것처럼 언영은 몸을 일으키려고 했다.

"그러면 나는, 저, 그, 옆방에서 잘 테니까……."

목린은 멀어지려는 언영의 굵은 팔뚝을 살짝 잡았다. 언영이 뻣뻣하게 굳었다. 어쩔 줄 몰라 하는 그를 보며 목린이 용기를 내 내뱉었다.

"저는, 괘…… 괜찮아요."

어차피 해야 할 일이었다.

언영의 턱이 아래로 쩍 벌어졌다. 그리고 그 입 안으로 물 다섯 잔이 연이어 들어갔다. 목린이 그것이 무어냐 물어보려고 하는데 다시 자리에 누운 그가 그녀의 몸을 묵직하게 덮었다.

"목린이는 어떻게…… 피부도 이렇게, 하아, 부드럽고."

언영이 제 얼굴을 목린의 뺨에 비비며 어쩔 줄을 몰랐다. 목린은 언영의 어깨를 힘주어 잡았다.

"예쁘지 않은 데가 없고……."

언영의 손이 목린의 엉덩이 근처를 더듬거렸다.

"서방님……!"

"미안해, 내가 잘하지 못해서."

귀혈족은 잠자리에서, 특히 가장 황홀한 날일 초야 때 제 여자를 절정으로 보내지 못하는 남자를 가장 우매하게 보았다. 마음에 담은 여인을 위해 그 정도의 정성도 보여 주지 못하는 치들이라 비웃었던 과거가 무색하게도, 언영은 자신 또한 그 안에 끼게 될 것을 상상하니 식은땀이 저절로 났다.

"평생 보듬어 주고 아껴 줄게. 언제나 지켜 줄게."

목린의 얼굴에 입술을 꾹꾹 눌러대며 말했다. 기다란 손가락이 목린의 말랑거리는 엉덩잇살을 파헤쳐 들어갔다. 엉덩이를 꾹꾹 주물거리면서 언영은 상대의 표정을 계속 살폈다. 결국 목린이 참지 못하며 속삭였다.

"쳐다보지는 마세요! 아……."

목린이 허덕거리며 울었다. 머리카락 몇 가닥이 눈물 탓에 얼굴에 젖어 달라붙었다.

"왜, 너무 예뻐……."

"예쁘지 않아요! 으응!"

언영은 닿는 곳이라면 아무 데나 목린의 얼굴에 쪽쪽거렸다. 오뚝한 콧방울을 뽁 빨아들이다가 촉촉한 눈물을 살금살금 핥으며 쪼아대고, 귀여운 신음이 터져 나오는 입술을 제 것과 겹쳐 문질렀다. 아래에 있는 그의 손은 점점 목린의 치마를 위로 끌어올렸다.

"서방님, 느낌이 이상해요. 저는, 저는……."

"품에 안기 딱 좋아. 안고 자면 잠이 잘 올 것 같아."

제 위에 누워있는 조그만 여인을 가득 감싸며 그렇게 기쁘게 탄식했다.

"이런 거, 나쁜 거……."

"나쁜 거 아니야, 목린아. 우리 둘이, 이렇게 열렬히 서로를 사랑한다는 뜻이잖아."

언영은 목린의 머리를 쓰다듬으며 뜨겁게 말했다. 잔뜩 흥분한 터라 말 중간중간에 뜨거운 숨이 터져 나왔다.

"울지 마, 목린아. 내가 잘해 줄게. 노력할게."

"흐윽……."

녹을 것 같은 말랑거림에 언영은 떨리는 한숨을 내쉬며 목린의 아랫입술을 물고 진득하게 쭉 빨았다. 그의 목소리가 감탄에 젖었다.

"목린이는…… 가슴도 정말 예쁘고……."

"그런 말……."

목린은 손등으로 눈물을 지워 내며 속삭였다.

"그런 말은 원래 하면 안……. 아!"

언영이 귓불을 빨기 시작하고 목린은 허리를 꼬았다.

"아, 응! 서방님!"

언영의 호흡이 초조했다. 귀에 바람을 불어넣고 말랑거리는 귓불을 몇 번 입술로 물다가 서서히 아래로 내려갔다. 목덜미를 쓰다듬고 빗장뼈를 지분대다가 결국 목린의 젖꼭지를 다시 입에 쏙 담았다.

"서방님!"

입술로 머금고 혀로 빠르게 핥았다. 집중적으로 갈구했다. 입으로 적나라한 빠는 소리를 내며 얼굴을 더 아래로 들이밀었다. 그걸로도 부족해 허덕이며, 목린의 등 뒤에 손을 넣고 제 곁으로 끌어당겨 안았다. 손이 떨려서 목린의 마른 상체도 같이 흔들렸다. 서툴지만 끈질기게 애무하고, 끊임없이 쪽쪽거리고 나서야 겨우 놓아주었다.

그는 나머지 다른 한쪽 가슴으로 얼굴을 가까이했다. 등을 안지 않은 손은 잔뜩 빨고 난 뒤 축축해진 젖꼭지를 비틀며 짰다.

"하아, 정말…… 미칠 것 같아."

말랑한 목린의 가슴살에 이마를 기대며 언영이 탄식했다. 그 모습을 내려다보는 목린의 기분이 오묘해졌다. 딱히 나쁜 기분은 아니었다.

젖가슴 양쪽을 촉촉하게 만들어준 뒤에 언영은 목린의 배로 온전히 몸을 틀었다. 가슴으로부터 자연스럽게 아래로 내려가 허리와 배꼽 주변에도 입술을 파묻고 살 내음을 맡았다. 한마디로 그가 건들지 않는 곳이 없었다. 이 행위에 푹 빠졌는지 발랄하던 입이 꾹 다물리고 귀와 목 또한 터질 것 같이 붉어진 언영이었다.

처음으로 갖는 여인의 몸이 이리도 달았다. 그녀의 살 냄새에 온몸을 맡기고 전율했다.

언영은 목린의 치마와 속곳도 마저 내렸다. 그리고 그 앞으로 머리를 숙였다.

"잠깐만요!"

목린은 두 손을 아래로 뻗어 그곳을 가리려 했다.

"여긴 보지 마세요, 제발!"

"왜? 우리 목린이는 여기도 분명 끝내주게 예쁠 것 같은데."

목린은 고개를 빠르게 도리도리 저었다. 울먹이며 말했다.

"여긴 너무 부끄러워요……."

"알았어. 목린이가 싫어하면 안 할게."

"많이 싫어요. 이상한 물도 나오고……."

"이상한 물이 나와?"

목린이 살짝 고개를 끄덕였다. 언영이 눈을 질끈 감았다. 전신이 쾌감에 장악당해 이성을 이렇게 가다듬어야 했다. 그는 굳은 표정으로 몸을 일으켰다. 이어서 끝내 걸치고 있던 의복을 마저 벗어 던졌다. 하나도 빠짐없이.

"아!"

언영의 오롯한 나신을 본 목린의 감상은 한 문장으로 축약될 수 있었다.

"무, 무, 무서워요……."

초족이 아무리 끊임없이 후손을 낳아도 저렇게 떡 벌어져 발달한 늑골을 가진 이는 탄생하지 않을 성싶었다. 저런 선골(仙骨)은 귀혈족 내부에서도 찾기 힘들었다. 당당한 풍채는 방을 삽시간에 압도했다. 커다란 가슴과 오로지 근육으로 단단히 뭉친 복근이 험난한 길처럼 울퉁불퉁했다.

꼿꼿이 뻗은 성기는 저걸 어떻게 달고 다니나 싶을 정도로 무거워 보였다. 거대한 몸과도 부조화를 이루는 것처럼 혼자만 그렇게 비정상적으로 묵직했다.

언영은 선반에 있는 약을 또 한 번 마시느라 목린의 중얼거림을 놓치고 말았다.

목린은 엉덩이를 살금살금 뒤로 뺐다. 구석에 몰린 초식동물처럼 몸을 움츠렸다. 언영의 두 무릎이 모두 침상 위로 올라오는데, 근육으로 딴딴한 허벅지 사이로 덜렁거리는 굵은 살 기둥밖에 보이지 않았다. 결국 목린은 몸통을 아예 뒤집고 엉거주춤 도망가려고 했다.

"목린아."

언영이 팔로 입가를 한번 빠르게 닦으며 훌쩍 다가왔다.

"꺄악!"

언영의 심장이 미친 듯이 빠르게 뛰었다. 그는 얼른 등을 숙여 한쪽 팔을 뻗고 목린의 허리를 뒤에서 낚아챘다. 그가 불안정한 숨결 사이로 거칠게 토해냈다.

"나도 그 자세로 해 보고 싶었어."

그녀가 일부러 그런 거라고 착각한 언영의 목소리에 스며든 감동이 고스란히 전해졌다. 언영의 다부진 복근과 가슴이 목린의 등과 틈 없이 맞닿았다. 굵직한 기둥이 의도치 않게 목린의 엉덩이를 벅벅 비볐다. 목린의 턱이 달달 떨렸다.

"이대로, 이대로 넣을까, 목린아?"

언영이 헐떡거리며 물었다. 한 손으로 제 성기를 쥐고 가까이 갖다 댔다. 하나 이 모든 게 처음인지라 정확히 어디에 입구가 있는지 모르는 언영이 방황했다. 귀두가 이곳저곳에 질척이자 목린이 더 겁에 질렸다.

"미안해, 내가 너무 못하지? 잠시만……."

언영이 초조하게 중얼거렸다.

무엇보다도 언영이 더 허둥대는 이유는 바로 눈앞에 들어오는 목린의 뽀송뽀송한 엉덩이였다. 저기에 시선이 팔려서 아무 생각도 할 수 없었다. 결국 삽입은 뒤로 미루었다. 대신 그의 머리는 아래로 숙여졌다.

언영은 몸을 빼고 아래로 숙여 토실토실한 목린의 엉덩이를 입에 담고 빨기 시작했다. 잇자국이 나지 않을 정도로 살짝 깨물어 보며 쩝쩝거렸다. 코를 위에 뭉개며 살 냄새를 잔뜩 음미했다. 너무 좋아서 사방팔방에 뽀뽀했다.

목린이 경악하며 몸을 내뺐다. 하나 언영의 눈엔 귀여운 앙탈 정도로 보여서 단순한 교태라 착각하고 그는 더욱 열심히 살을 빨아 주었다. 목린이 발길질까지 할 정도가 되어서야 문제임을 깨닫고 물러섰다.

목린은 언영이 그녀를 놔주자마자 얼른 앞으로 기어갔다. 그리고 엎드려 누워 몸을 웅크리고 홀로 훌쩍거렸다. 언영은 안절부절못하다가 목린을 부드럽게 불렀다.

"목린아."

목린은 대답하는 대신 몸을 더 웅크렸다. 오열이 더욱 커졌다. 언영이 그 위로 제 거대한 상체를 덮었다.

"목린아, 괜찮아. 응? 울지 마. 왜 그래, 부끄러워서 그래?"

언영이 목린의 어깨를 잡았고 목린은 더 깊숙이 얼굴을 묻었다. 언영은 목린의 가냘픈 몸을 다정하게 문지르며 속삭였다.

"부끄러운 거 아니야. 이리 와."

"아래는 보지 말라고 했는데……."

"미안해. 너무 미안해."

목린을 뒤에서 끌어안으며 머리카락을 귀 뒤에 넘겨 주고 볼에 계속 입을 맞췄다. 다행히 목린은 살짝 굳어 버리긴 했지만 아까처럼 발로 차면서 저항하지는 않고 가만히 있었다.

"괜찮아, 괜찮아."

언영은 한참을 입을 맞추고 옆구리를 토닥거려 주며 달랬다. 그녀의 정수리에 끊임없이 입 맞추며 물었다.

"목린아, 그렇게 울면 다음 날에 눈 퉁퉁 부어. 물론 내 눈엔 그래도 예쁘겠지만 괜찮겠어?"

여전히 얼굴을 아래에 숨기고 있던 목린의 울음소리가 그 말에 조금 사그라들었다.

"목린아. 우리 아기 만들자, 아기."

언영은 목린의 몸을 돌려 그의 팔을 벤 채 옆으로 눕게 했다. 언영의 등에 목린이 완전히 가려졌다. 여전히 그녀를 뒤에서 안은 상태에서 그녀의 뺨을 문질러 보고 입도 맞추며 살살 구슬렸다. 그는 눈물범벅이 된 목린의 얼굴이 귀여워 미칠 것 같았다.

귀두 끝이 목린의 엉덩이에 문질러지고 목린에게 둘린 언영의 팔이 쾌감으로 떨렸다. 이어 드디어 구멍 근처에 닿았다 싶었을 때 경험이 없는 언영이 그 감촉에 참지 못하고 얼굴을 붉히며 아주 약간 파정했다. 목린의 안으로 들어가는 입구와 주변으로 파바박 쏟아졌다. 목린이 그 자리에서 굳었고 언영은 낮은 신음을 내며 목린의 머리카락에 얼굴을 묻었다. 정말 너무 좋았다.

여전히 다소 거뜬히 선 성기를 목린의 허벅지 사이에 넣고 비볐다. 흉측하리만큼 거대해서, 목린이 아래를 바라보면 허벅지 사이에 끼어 왕복 중인 기둥이 고스란히 보였다. 목린은 침상을 잡아 뜯었다. 쑥쑥 넣고 흔들 때와 유사한 자세로 언영이 하체를 움직이자 목린의 아래가 애액과 정액으로 질척해져 엉망이 되었다. 목린은 스멀스멀 올라오는 이상한 느낌을 무시했다.

그때 언영이 충격적인 말을 한 마디 던졌다.

"우리 목린이 닮아서 귀엽고 말랑말랑한 아기. 응? 열다섯 명 낳으려면 빨리해야지."

목린은 제 귀를 의심했다.

"열다섯이요……?"

목린이 믿기지 않는단 표정으로 고개를 살짝 틀며 물었다. 언영이 천진난만하게 눈웃음쳤다. 하얀 이를 드러내며 웃었다.

"응!"

목린은 정신이 아득해졌다.

입을 다물지 못하는 목린을 향해 언영이 다시 머리를 숙였다.

"잠깐, 잠, 서방님, 잠깐……."

입만 열려고 하면 바로 언영이 혀를 밀어 넣어서 말을 이을 수 가 없었다. 이제 그의 입맞춤은 노골적으로 너와 함께 아이를 만 들고 싶다는 욕망을 보여 주었다. 목린은 언영의 팔을 쥐고 허덕 거렸고 그 모습을 사랑스럽다는 양 언영이 내려다보면서야 목린 이 말문을 틀 수 있었다.

"그렇게 많이 낳아, 낳아야 해요……?"

"우리 열일곱 명이 함께 얼마나 행복할지 상상해 봐."

언영은 목린과 이마를 맞댄 채 키득거렸다. 물론 목린은 전혀 상상이 가지 않았다.

"목린이 너와 그런 화목한 대가족을 꾸리고 행복하게 오래오래 사는 것이 내 최고의 꿈이야."

생각만 해도 행복한지 언영은 입꼬리를 내리지 못하며 목린의 얼굴에 제 얼굴을 비볐다. 목린은 살짝 버둥거리며 입을 열었다.

"그래도 서방님, 열다섯은 너무 많아요. 조금만…… 낮춰 주세요. 아니, 많이 낮춰 주시면 안 될까요?"

"응? 왜?"

언영은 도무지 이해하지 못하겠다는 표정으로 목린의 나신을 쓰다듬으며 물었다. 목린은 울음을 삼키며 최대한 차분하게 말했다.

"서방님께서 어디든지 데려다주신다고 하셨는데, 열다섯 명이면…… 저 힘들어서 집 밖에 나오기도 힘들어요. 그, 그러니까……."

"보니까 주변에선 잘만 나서서 싸우던데?"

주변이라 함은 목린과는 너무도 다른 귀혈족이었다.

특히 세 누이를 연달아 낳은, 부족 최고의 대장부 어머니를 일

켰었다. 언영에겐 초족 같은 사람들은 어떤지 알 방법이 없었다.

"우리 목린이도 할 수 있어!"

언영이 쾌활하게 외쳤다. 목린은 빠르게 고개를 저었다.

"아니에요. 모, 모, 못할 것 같아요."

"괜찮아. 목린이 할 수 있어. 안 해 봐서, 부끄럼이 많아서 그렇게 생각하는 거야. 넌 누구보다 강하고 멋진 사람이야."

언영은 뻣뻣이 굳은 목린의 허리를 쓰다듬으며 다시 입맞춤을 잇기 위해 머리를 숙였다. 코가 거의 맞닿고 입술이 입술을 먹으려 할 때 목린이 다소 강하게 저항했다. 목을 세게 비틀고 입술을 빼앗기지 않기 위해 강렬히 고개를 돌렸다.

"서방님, 이번엔 제 말 좀 제발 들어 주세요……."

"항상 잘 듣고 있어!"

언영이 실실 웃으면서 목린의 가슴을 주물렀다.

"저, 저 정말 열다섯 명은 안 될 것 같아요……."

"왜?"

"그거야 당연히!"

매사 차분하다는 말을 듣는 목린마저도 이제 차오르는 울분을 견딜 수 없었다. 목소리가 올라가기 시작했다. 가슴을 애무해 주는 언영의 손을 쥐고 외쳤다.

"아이 가지는 건 장난이 아니잖아요. 게다가, 이러는 것도 처음인데 첫날부터 갑자기 아이를 갖자고 하시면 저보고 어떻게 받아들이라는……!"

언영이 돌연 한 대 맞은 표정을 하고 목린의 어깨를 쥔 탓에 그대로 뒷말은 먹혀들어 갔다. 그가 목린의 앞에 어두운 표정으로 바짝 다가왔다.

"처음이야?"

"네?"

입술 끝이 올라가지 않은 언영의 표정은 정말 무서웠다. 순간 처음 만났던 그날처럼 목린은 움츠러들었다.

그때 언영이 더 크게 내질렀다.

"처음이야?!"

목린의 어깨가 들썩거렸다. 눈물이 찔끔 나왔다.

"다른 남자랑 정말 이런 적 없어?!"

언영이 추궁하듯 외쳤다. 목린도 이젠 정말 한계였다. 돌아오는 그의 질문은 더더욱 어이가 없었던 탓이다.

"그건 당연하잖아요! 아!"

목린은 눈을 휘둥그레 뜨고 얼른 두 손으로 제 입을 틀어막았다.

"죄송해요! 목소리를 높일 생각은……."

"흐흐흐흐흐하하하하하하!"

언영의 입이 양옆으로 찢어졌다.

"하하하하하하! 하하하하하하!"

분명 웃고 있는 표정인데 안면 근육이 모두 활발하게 움직여서 무서워 보였다.

"하하하하하하하!"

목린은 어깨를 움츠리고 눈을 피했다. 그러나 여전히 언영의 웃음이 시끄럽게 고막을 때렸다.

"하하하하하하!"

이어서 언영은 자리에서 일어나더니 선반 한쪽에 있는 남은 물잔을 모조리 휩쓸기 시작했다. 눈에 보이는 거라면, 안에 약이 담겨 있다면 모조리 잡아 제 입에 밀어 넣었다. 두 잔을 함께 잡아 함께 들이켜기도 했다. 위치를 잘못 잡아 목을 타고 몸통으로 흘러내리는 것들은 언영의 근육을 번들번들하게 빛냈다. 누가 봐도 제정신이 아닌 모양새를 목린이 걱정스레 올려다보았다.

"서방님, 저번부터 계속 뭔가를 마시고 계시는데 이상한 건 아니지요?"

목린은 근처에 있는 이불을 쥐고 몸 앞부분을 가리며 무릎으로 일어섰다. 선반에 있는 모든 물 잔을 꿀꺽꿀꺽 나신의 상태에서 비우고 있는 그를 두려운 눈으로 관찰했다.

언영은 과하게 뜨거운 눈으로 목린을 쳐다보더니, 마지막으로 마신 물 잔을 저 멀리 던져 버렸다. 그리고 목린이 제 몸을 가린 이불을 힘주어 뺏어 들었다. 목린이 당황할 새도 없이 언영은 그것을 정성스럽게 목린의 엉덩이 뒤쪽에 둘러 주었다.

목린은 다시 침상 위에 소중하게 눕혀졌다. 그녀가 깨질세라 천천히 정성을 들여 옮겨 주는 언영의 커다란 손이 뜨겁게 떨렸다.

"목린아……."

언영은 목린의 다리 사이에 자리를 잡았다.

목린은 눈을 어디에 두어야 할지 몰라 우왕좌왕했다. 열렬한 애정을 토해내는 그의 눈은 부담스러웠고, 근육으로 단단한 그의 가슴은 심지어 그녀의 것보다 더 커 보였다. 그의 뚜렷한 복근도 무서웠고 무엇보다 다리 사이 기둥에는 눈을 둘 엄두도 내지 못했다.
“아이 정말 열다섯 명 낳아야 해요?”
“그 얘긴…… 좀 나중에, 나중에 하자.”
언영이 한 손으로 목린의 가슴을 어루만지며 애정 어린 목소리로 답했다. 훈련으로 까슬까슬해진 그의 엄지가 목린의 젖꼭지를 부드럽게 누르고 돌렸다.
“안 들어갈 것 같아요…….”
언영의 두꺼운 귀두가 목린의 허벅지 사이에 뭔가를 펴바르듯 다소 거칠게 문질러졌다. 언영이 기분 좋은지 동물 같은 낮은 신음을 내뱉었다. 목린은 고개를 저었다.
“그리고 여기 너무 밝아요……. 아!”
언영이 음핵 위를 축축해진 귀두 끝으로 둔탁하게 비볐다.
“신음 참지 마, 목린아.”
언영이 다정하게 속살거렸다. 목린은 거칠게 목을 휘저었다.
“안 돼요.”
“더 듣고 싶어. 목린이가 뭘 좋아하는지 알고 싶어.”
“안 되는데……. 으으으응.”
“귀여워. 너무 귀여워.”
목린이 자극에 굴복하고 전율하자 언영은 정신없이 그녀의 이마에 입을 맞추었다. 제대로 삽입을 위해 자리를 잡으니 목린과 입을 맞출 수 있을 정도로 머리가 내려가지 않았다.
언영은 목린의 몸을 두 팔로 와락 끌어안고 그녀의 이마와 정수리에 계속 사랑을 속삭였다. 목린은 그의 아래에 완전히 파묻혔다. 목린의 안에 들어가기 위해 서툴게 자리 잡는 언영의 근육 진 둔부가 꿈틀거렸다. 커다란 성기는 멋대로 껄떡거려 그 자신조차도 조절하기 어려워했다.

조심스럽게 끼워 넣자마자 꽉 조여들었다.

목린이 비명을 지르고 언영은 당황하며 목린의 몸을 덜덜 떨리는 팔로 둥기둥기 흔들었다.

"미안해, 미안해. 미안해……."

"아, 아아!"

"미안해, 정말 미안해."

목린의 속살이 쫀득하게 빈틈없이 그의 남성에 달라붙었다. 언영은 이를 악물며 엉덩이를 뒤로 뺐다. 목린의 눈가에 맺힌 눈물을 입으로 닦아 주고 싶었지만 거기까지 닿지 않았다. 목린의 동그란 머리는 그의 넓은 가슴팍에 파묻혔다.

언영은 목린의 뒤통수를 안고 다시 서툴게 밀어 넣었다. 어떻게 힘을 조절해야 할지 모르고 너무 머릿속이 불타올라서 그런지 생각했던 것보다 훨씬 거칠게 쑥 들어갔다. 아까 전보다 깊은 삽입이 오자 목린은 울면서 언영의 등을 애매하게 끌어안았다. 몸이 완전히 조각나는 것 같았다. 그의 성기 끝이 가장 깊은 곳에 문대질 때 엄청난 자극과 고통이 휘몰아쳤다. 마치 체내 깊숙이 잠식해 있던 새로운 것을 깨우는 듯했다.

"아, 목린아. 목린아……."

언영은 본능에 따라 팍팍 허리를 흔들었다. 두꺼운 허벅지가 근육으로 팽팽해졌다. 앞뒤로 움직일 때마다 믿을 수 없이 기다란 기둥이 쑤걱거렸다. 목린의 가슴과 제 몸이 비벼지는 황홀함에 그는 정신이 아득했다. 행위에 미쳐 신음을 토해냈다.

목린은 언영의 어깨에 얼굴을 묻고 울었다.

"서방님, 몸이, 찢어질 것 같아요."

"하아, 미안해."

언영은 목린과 입술을 비비고 눈물을 빨아 주려 했지만 마음대로 되지 않았다. 허리를 아무리 굽혀 보아도 목린의 안에 들어간 상황에선 불가능했다.

결국, 언영은 목린의 몸통을 통째로 안고 들어 올리기로 했다. 그는 무릎을 굽히고 앉았다. 그 상태에서 위로 하체를 쿵쿵 튕겨 올렸다.

"이제 됐다."

언영은 목린의 귀여운 뺨과 입술을 핥으며 탄식했다.

"아윽……."

공중에 띄워져 언영에게 대롱대롱 매달린 목린의 종아리가 위아래로 들썩였다. 풀어 헤쳐진 머리 또한 엉덩이골 주변에서 찰랑거렸다. 언영은 그녀의 얼굴에서 입술을 떼지 않았다.

"신음, 하아, 참지 마, 목린아. 아아……."

어느새 땀으로 젖어 끈적해진 목린의 토실한 엉덩이를 주무르며 그가 말했다.

"서방님, 서방님……. 저기요……."

감정의 극대화 속에서 목린은 간신히 이성을 부여잡고 속삭였다. 그녀의 커다란 눈동자가 흐리멍덩했다. 언영은 꾸준히 허리를 팍팍 쳐올리며 다정하게 물었다.

"으응?"

"밥……. 끝나고 먹어요?"

"응, 그래. 응. 응."

언영은 허리를 더욱 빨리 움직였다. 목린은 허리가 끊어질 것 같은 고통을 억누르며 간신히 속삭였다.

"뭐 먹는데요?"

언영은 목린의 몸을 쓰다듬는 데 정신이 팔렸다. 목린은 다소 끈질기게 물었다.

"반찬이, 뭐예요?"

"허억, 반찬은……."

언영은 말을 끊고 목린을 다시 침상에 풀썩 내려놓았다. 이어 목린의 두 허벅지를 잡아 제 쪽에 당겼고, 덕분에 목린의 엉덩이와 마른 복부가 붕 떠올랐다. 그 상태에서 언영이 앞뒤로 빠르게 움직였다. 목린의 배가 위아래로 들썩이고 빠르게 흔들리는 언영의 머리카락 주변으로 땀이 튀겼다. 그의 입이 후욱거리는 거친 호흡을 빠르게 반복했다. 두 몸이 맞닿을 때마다 툭툭거리는 소리가 났다.

목린은 질문을 더 이을 수 없었다. 몸이 갈라지고 있었다. 입에서는 평생 내보지 않은 고음의 교성이 의지를 배반하며 튀어나왔다. 머리가 찌릿찌릿하고 정신이 아득해졌다. 두 사람 중 누구도 말을 하지 않았다. 언영은 출렁거리는 목린의 가슴을 넋 놓고 내려다보았다.

잠시 뒤 언영이 몸통을 목린과 가까이 숙였다.

"목린아……."

아무리 입에 약을 들이부어도 소용없었다.

목린의 깊숙한 내부에 처음 그의 씨를 듬뿍 쏟아내는 그 순간, 땀에 젖어 아래 깔린 목린의 모습을 눈에 담은 순간 그의 쾌락 또한 팽창했다. 결국 그의 코에서 흘러나온 피가 목린의 머리 바로 옆으로 후드득 끊임없이 쏟아져 하얀 침상을 검붉게 물들였다.

목린은 경악했다.

인상을 잔뜩 찌푸린, 무섭게 생긴 귀혈족 남자가 그녀를 팔 사이에 가두고 피를 펑펑 쏟아내고 있었다. 천 년에 한 번 나올까 말까한 악귀처럼 생겼다.

아까 언영과 한 몸이 되어 그와 몸을 쿵덕쿵덕 섞었을 때는 온몸의 혈관이 폭발하는 것 같았다면, 이번엔 모든 힘이 밖으로 날아가는 기분을 절감했다.

목린은 어깨를 펴고 토끼처럼 눈을 크게 뜬 채 전신을 부르르 떨었다. 그리고 곧바로 얼어붙었다. 순식간에 고개를 옆으로 픽 떨구고 눈을 감았다.

"……목린아?"

언영은 초조하게 목린을 불렀다. 목린은 답이 없었다. 언영의 심장이 쿵 내려앉았다.

"목린아, 밥 줄게! 일어나! 목린아!"

언영은 그녀의 몸통을 끌어안았다. 그의 품에 안겼으나 힘이 들어가지 않는 팔이 흐느적거렸다. 눈을 뜰 생각이 없는 목린의 차분한 낯빛을 내려다보며 언영이 충격받은 표정으로 울부짖었다.

"목린아!"

* * *

마치 누군가가 뼈를 꾹꾹 눌러 댄 것만 같았다.

'배고파…….'

눈꺼풀을 닫은 채로 목린은 제 배를 손으로 문질렀다. 그리고 눈을 떴다.

벽에 기대앉아 꾸벅꾸벅 졸고 있는 언영이 보였다. 몸이 틀어져 있는 방향을 보면 잠들기 전까지 쭉 목린을 지켜본 듯했다. 목린은 두 눈을 깜박였다. 무슨 상황인지 천천히 과거의 기억을 더듬어 알아내 보려 했다. 한데 그와 동시에 언영의 눈도 번쩍 떠졌다.

"목린아!"

언영이 울부짖었다. 너무 목소리가 커서 목린은 될 수만 있다면 손으로 귀를 막았을 것이다. 그 대신 작은 몸을 조금씩 뒤로 내뺐다. 하나 그마저도 언영이 단번에 불쑥 다가와 부담스럽게 얼굴을 들이미니 소용없었다.

"잠깐 앉아 있으려 했는데 잠들어 버렸어. 내가 얼마나 걱정했는지 몰라!"

언영이 쩌렁쩌렁 외쳤다. 목린의 몸을 끌어안고 계속 흔들었다.

"네가 혼절해서 옷을 급하게 입힌 후 업고 밖에 나갔어! 한밤중에 의원님 댁에 소리 지르며 달려 나갔어! 네가 죽는 줄 알고 정말 걱정했어!"

"어, 어떡해……."

목린의 눈에 이슬이 고였다. 언영이 얼마나 한밤중에 난장판을 피웠을지는 안 봐도 뻔했다. 의원은 물론이고 동네방네 모든 사람을 깨웠을 것이다. 그저 목린의 이름을 외치기만 했다면 그나마 나았을 테지만……. 혹시라도 쓰러지기 전에 벌어진 문란한 일에 대해서도 거리낌 없이 내질렀다면, 그것만큼의 봉변도 없을 것이다.

울먹거리는 목린의 얼굴을 확인한 언영의 눈이 크게 벌어졌다. 호들갑을 떨며 목린의 머리를 제 가슴팍에 당겨 안았다.

"울지 마, 목린아!"

"윽!"

푹신하고 거대한 언영의 가슴에 얼굴이 틈도 없이 맞닿았다. 숨을 쉬기 위해 목린이 얼굴을 떼려고 하면 언영이 외려 그녀의 뒤통수를 더 눌러 댔다. 그가 경건하게 외치고 있었다.

"감동하지 않아도 돼! 네 남편으로서 당연한 도리였어. 너를 위해서라면 나는 뭐든지 할 수 있어!"

"서방님 가슴이……!"

"목린이는 정말 너무 마음씨가 여리고 착해!"

목린의 얼굴이 한참을 더 문질러지고 나서야 떼어졌다. 오뚝 올라온 코는 어느새 하도 비벼져 붉게 변해 있었다. 언영이 그 위에 입술을 올려놓고 쪽쪽거렸다.

"네가 일찍 일어나서 다행이다. 밥 차려 놨으니까 곧 가져올게."

그렇게 언영은 폭풍처럼 잽싸게 사라졌다. 목린이 말을 걸 틈도 없었다. 정신이 완전히 맑게 돌아온 것은 바로 이때였다.

언영이 자리를 떠나고 나니 목린에게도 주변을 살펴볼 시간이 생겼다. 밖에서 들어오는 햇살을 보아하니 확실히 밤은 아니었다. 갖추어 입은 옷으로 슬쩍 눈길을 내려보니, 처음 보는 편한 복장이었다.

옷을 입혀 줬다고 했다. 그리고 찝찝함이 남아 있지 않은 것을 보아하니 의식이 없던 그녀의 몸을 그가 잘 닦아 준 것이 분명했다. 목린은 두 손으로 얼굴을 가렸다. 밤에 있었던 일이 야금야금 머릿속을 장악했다. 많던 호롱 덕분에 밝은 방에서 그녀의 몸통을 어루만지던 언영의 손과 입술의 감촉이 생생하게 되살아났다.

"목린아, 밥 먹자!"

언영이 밥상을 들고 신나게 입장했다. 한눈에 봐도 으리으리한 상 위의 음식들이 위태롭게 흔들거렸다.

단순히 언영이 직접 만든 음식만 있는 것이 아니었다. 두 사람의 혼인을 기념하여 많은 이웃들이 맛난 반찬을 기꺼이 보내 주었다. 한 달이라는 초야를 잘 버티라는 마음에 정력에 좋다는 음식들을 듬뿍 싸 주었다. 상의 기둥이 부러지겠다 농담을 던질 수 있을 정도로 반찬이 가득했다.

목린은 다소 우울한 얼굴로 젓가락을 들었다. 눈을 뗄 수 없을 정도로 환상적인 맛이 넓게 펴져 있었지만, 지금의 비통함이 쉬이 사라질 리 없었다.

"……맛있어요!"

사라졌다.

"정말 맛있어요."

젓가락이 알록달록 처음 보는 음식을 향해 겁도 없이 뻗어졌다.

그도 그럴 것이, 모든 것이 다 맛있었다. 부드럽게 씹히는 밥 위에 아무 반찬이나 올려놓고 입안에 가득 넣으면 낙원이 바로 이곳이었다.

"……."

언영은 목린의 맞은편에 앉아 부인의 먹는 모습을 헤벌쭉 웃으며 구경했다.

"저, 서방님도 얼른 드세요."

식사에 푹 빠져 있던 목린이 뒤늦게 미안한 표정으로 말했다. 언영은 수저만 간신히 들었을 뿐 제대로 먹지도 않았다.

"아니야. 목린이 먼저 많이 먹어."

"하지만 서방님께서 준비해 오셨는데……."

"난 이미 있던 음식을 차린 것뿐이야. 그리고 목린이 먹는 것만 봐도 나는 배불러."

언영은 대수롭지 않게 낯간지러운 말을 던졌고 목린은 몰려오는 부끄러움을 감추려 고개를 픽 숙였다. 언영이 싱글벙글 웃었다. 공기 중에 돌연 떠도는 분위기가 퍽 예사롭지 않았다.

"목린아."

언영은 잠깐 내려놓아 진 목린의 왼손을 잡고 진지하게 입술을 뗐다. 목린은 오른손에 쥔 젓가락을 입에 넣고 빨며 눈을 동그랗게 떴다. 언영의 손가락이 부드러운 목린의 손등을 쓸었다.

"오늘이 우리가 부부로서 맞이하는 첫 아침이야. 어젯밤, 함께 사랑을 속삭이며 하나가 되었잖아."

"네에……."

"남부럽지 않게 행복하게 살자. 우리라면 함께 완벽하게……."

그때 난데없이 밖에서 웅성거리는 목소리가 들이닥쳤다. 언영의 미간이 좁아졌다.

"한 달간 초야인 거 다 아는데 누가 겁도 없이 들어왔을까."

다시 열심히 움직이던 목린의 젓가락이 주춤거렸다. 그녀는 눈을 못 마주치며 물었다.

"저…… 혹시 서방님, 초야라는 게, 먹는 게 아니고……. 설마……."

그때 돌연 밖에서 울부짖는 소리가 힘차게 울렸다.

"목린이 만날 수 있게 해 주세요! 부탁드려요!"

언영의 미간이 좁아졌다.

"너와 같이 온 친우들 아냐?"

목린은 서둘러 자리에서 어정쩡하게 일어서며 답했다.

"네, 맞아요. 잠깐만 여기서 기다려 주세요."

친구들의 울음 섞인 목소리가 영 예사롭지 않았다. 목린은 종종걸음을 치며 밖으로 나섰다. 몸이 뻐근했다.

공기의 냄새가 지금이 화사한 아침임을 알렸다. 새벽의 흐릿함도 사라진 걸 보면 꽤 늦은 아침임이 분명하다. 항상 잠에서 깨어 맞이하던 고향이 아니다 보니 모든 풍경이 어색했다. 하지만 지금은 그런 걸 신경 쓸 때가 아니었다.

"목린아……."

"왜 그래? 아버지나 너희들에게 무슨 일이 생겼어?"

목린은 마당을 지나친 후 대문을 열고, 다섯 명의 여인들 앞으로 쪼르르 달려가 황급하게 물었다. 일정에 의하면 오늘 오후에 익문과 목린의 친우들은 섬으로 돌아갈 계획이었다. 혼례식 내내 초족 사람들의 표정은 영 좋지 않았다. 혹시라도 우울한 마음에 기반하여 안 좋은 일이라도 저질렀을까 싶어 초조해진 목린의 언성이 살짝 높아졌다. 무엇보다도 여기 계시지 않은 아버지가 걱정이었다.

"왜 그래? 어서 말해 줘."

"우리, 봤어."

"봤어……."

한밤중에 목린의 친구들은 서로를 끌어안고 넓은 처소에 누워 있었다. 두 발로도 못 걷던 아기 시절부터 늘 함께 붙어 다니던 소중한 인연이 완전히 다른 세상으로 떠난다는 게, 낮에 있었던 혼례식에서 제대로 실감 났다. 달이 하늘에 자리를 잡은 지 오래되었는데도 쉽게 꿈나라에 빠지는 여인이 없었다.

그때 갑자기 밖에서 찢어지는 고함이 들렸다.

'의원님!'

몇 해 동안 언영의 '목린아!'를 들어온 터라 그 목소리의 주인을 모를 수가 없었다. 여인들은 허둥지둥 몸을 일으키고 문을 아주 살짝만 열어보았다.

'의원님! 목린이가!'

어두워서 자세히 볼 수는 없었지만 커다란 형체가 품에 뭔가를 안고 달려 나가고 있었다. 불안해진 목린의 친구들은 밤새 한숨도 자지 못했다. 안 그래도 목린이 말했던 것처럼 밤에 성대한 잔치가 없어서 불안했던 차다. 목린은 저번 주까지만 해도 '그래도 언영 님께선 맛있는 거 많이 주신다고 하셨어.'라고 수줍게 웃기까지 했다. 하지만 축제는커녕, 혼례식이 끝나자마자 언영과 목린은 가마를 타고 어떤 기와집으로 떠났다.

게다가 목린의 친구 중 하나는 귀혈족 사람들이 오후에 나눈 대화를 우연히 엿들었다.

'신부 쪽에서 한 달 동안 집에서 나가지 말자고 했다더군.'

'허어, 생긴 것과 다르게 화끈하시구먼! 대단하신 분이야.'

'둘이 들어갔다가 셋이 나오게 생겼다니까!'

'어쩐지 족장님이 요즘 기분이 무척 좋아 보이시더라고. 손주를 기대 중이시겠구먼.'

모든 게 혼란스러웠다.

다섯 명의 여인들은 그래서 해가 뜨자마자 우당탕 밖으로 나섰다. 무서웠지만 이곳에 앞으로 살 게 될 목린이의 삶에 비하면야 아무것도 아니었기에 용기 있게 나설 수 있었다. 가마가 움직였던 길을 따라 그대로 따라갔다. 그러자 거대한 기와집이 하나 보였다.

들어가야 하나 말아야 하나 고민하며 초조하게 서 있는데, 마침 문이 열리고 사람이 나왔다. 주언영이었다. 여인들은 얼른 몸을 숨겼다.

그리고 그때, 힐끔 언영의 움직임만 눈으로 뒤따르던 그들의 안색을 삽시간에 파리해지게 만드는 일이 펼쳐졌다.

'피…….'

언영은 침상에 까는 요를 팔 가득 담고 밖에 나왔다. 새하얀 천을 듬뿍 적신 건 누가 봐도 (코)피였다. 단순히 몇 방울 떨어진 게 아니었다. 흠뻑 붉게 물들어 기괴하게 변해 있었다. 저 정도로 많은 혈흔은 자연적으로 나올 수 있는 것이 아니었다.

"목린이 어떡해……."

그래도 목린이를 엄청나게 사랑하는 게 보였기에, 아무리 극악무도하고 더러운 놈들일지라도 아끼는 아내에겐 예를 갖출 것이라 믿었다. 4년간 보여 준 한결같은 모습에 어느 순간 방심하고야 만 것이다.

"엄청 많이 흘렸던데……."

모두 각자 목린의 손을 붙잡고 펑펑 울었다. 목린은 영문을 몰라 주변을 두리번거렸다. 누구 한 명 붙잡고 물어보려고 해도 제정신인 애가 없었다. 새벽부터 눈물 콧물 다 뽑으며 목린에게 엉겨 붙었다. 그렇게 한참을 있다가 한 친우의 "피……. 피……." 하는 웅얼거림을 듣고 그제야 상황을 조금 이해했다.

"내 피 아니야. 서방님이 흘리신 피야."

"뭐?"

모두가 동시에 흠칫 놀라며 뒤로 물러났다. 목린은 팔을 뻗으며 설명했다.

"그리고 그렇게 걱정하지 마. 서방님께선 나쁜 사람은 아니셔. 나보다 가슴이 더 크셔서 처음 보고 엄청 무섭긴 했지만 괜찮아."

물론 어제 너무 무서워서 떨고 기절까지 했던 사실을 부인할 수는 없었다. 하지만 문화 차이로 인한 오해가 생겼던 게 분명했고, 그렇다면 단순히 그 사건으로 언영을 나쁜 사람이라고 단정 지어 말할 수는 없다고 목린은 생각했다.

무엇보다도 언영을 지금 이해하고 납득할 수 있는 가장 큰 이유는 그가 준 밥이었다. 목린은 음식에 매우 약했다.

목린의 친우들은 차분히 설명하는 그녀를 입을 허어 벌리고 쳐다보았다.

목린이 언영에게 공격을 가했다는 건 더한 경악을 선사했다.

친우들이 받은 충격을 이해하지 못한 목린은 잠시 멀뚱거리다가, 이어 갑자기 번뜩 생각난 말을 이었다.

"저, 아버지께는 말씀드리지 말아 줘. 안 그래도 심란해하실 텐데, 걱정을 더 얹어 드리고 싶지는 않아."

"……알았어."

"부탁할게."

어느새 그친 눈물을 닦아내며 이구동성으로 여인들이 답했다. 모두 얼떨떨한 표정을 가리지 못했다. 순한 목린이가 밤에 그런 아내로 변할 줄은 몰랐다.

식사를 마치고 목린과 언영은 나갈 준비를 했다. 한 달간의 초야가 기다리고 있었지만 초족 사람들이 집으로 돌아가는 건 배웅해야 했다. 목린은 어제 있었던 일로 인해 몸이 조금 불편했고, 걸음걸이를 보고 눈치챈 언영이 그녀를 번쩍 안아 들었다. 한 손으로 그녀의 엉덩이를 잡고 목린이 그녀의 목에 팔을 감게 했다. 처음에는 목린에게 이런 자세로 이동하는 것이 민망하기 그지없었다. 하지만 거리에서 따라붙는 덩치 큰 사람들의 시선을 느낄 때마다 언영의 어깨에 머리를 묻으면 되니 생각만큼 나쁘지 않았다.

'초야'에 오해가 있었던 점은 분명했다. 그러나 인제 와서 잘못 알았다, 준비가 되지 않았다고 말했다가 언영의 심기를 거슬리게 할까 봐 목린은 겁이 났다. 어제 그가 기뻐서 어쩔 줄 모르던 모습만 봐도 이날을 얼마나 고대해 왔는지 알 수 있었다. 어떡하지. 목린은 울상을 지으며 언영의 어깨에 더 얼굴을 가렸다. 언영은 헤벌쭉 웃으며 목린을 더 꽉 끌어안았다.

목린의 아버지 익문과 그녀의 친우들은 항구에 서서 떠날 준비를 하고 있었다. 친우들은 다가오는 부부를 보자마자 숨을 멈추며 저들끼리 시선을 교환했다. 다행히 익문은 어젯밤에 있던 소란을 모르고 있었다. 그의 처소는 마을 변두리에 있던 가장 좋은 곳이었기 때문이다.

익문은 귀혈족 사람들 남녀노소가 항구에서 건네주는 다양한 선물을 떨떠름한 표정으로 받았다. 그러든 말든 새로운 사람과 사귀는 일을 좋아하는 귀혈족은 마냥 기분이 좋은 듯했다.

"아버지, 기회가 되면 찾아갈게요……!"

"목린이랑 행복하게 잘 살겠습니다, 장인! 감사합니다!"

마침내 작별의 시간이 다가왔다. 익문은 언영의 품에 안긴 목린을 향해 황망한 표정으로 고개를 끄덕였다. 초족이 올라탄 배가 바다를 가로지르기 시작했다. 배에 있는 사람들과 육지에 있는 사람들 모두 서로가 보일 때까지 계속 손을 들고 흔들었다. 목린의 친구들은 아침에 들은 놀라운 소식 때문에 여전히 반쯤 정신이 나가 있었다.

아버지가 작은 점으로 보이기 시작할 무렵 목린의 뺨을 타고 눈물이 한 줄기 흘러내렸다.

"괜찮아."

언영이 옆에서 그 위에 입을 맞추었다.

"이제 돌아가자."

목린은 훌쩍거리며 느리게 고개를 끄덕였다.

언영은 계속 목린의 등을 토닥여 주며 그들이 함께 살 게 된 기와집으로 향했다. 아니나 다를까, 두 사람을 발견한 이들은 환호를 지르며 행복한 초야를 축하해 주었다. 부러움의 눈길도 많았다. 목린은 더욱 민망해져 언영의 품에서 고개를 들지 않았다.

기와집이 시야에 들어오기 시작하고 다른 이유로 목린의 마음이 무거워졌다. 어떻게 한 달을 보낼지, 진실을 언영에게 말해 줘야 하는지, 만약 또 기절하게 되는 건 아닌지 다양한 걱정이 마음 가득 스며들었다.

"저, 어제는 많이 놀랐지."

갑자기 위에서 언영이 다정하게 말했다. 목린이 화들짝 놀라 올려다보니 언영이 난처한 표정으로 목린을 응시하고 있었다. 기와집 대문을 열고 들어가면서 하는 말이 다소 진지했다.

"기절까지 할 정도로 너한테 무리일 줄은 몰랐어. 네가 먼저 하자고 하기 전엔 하지 않을게. 어젠 정말 미안했어."

목린은 눈을 크게 떴다. 언영은 어느새 걸음을 멈추고 그녀의 대답을 조용히 기다리고 있었다.

"……정말 괜찮아요?"

잠시 뒤 목린이 아주 작게 속삭였다.

목린에겐 당연히 고마운 말이 아닐 수 없었다. 하지만 목린은 단순히 자신의 안위만 우선시하면서 행동할 수 있는 처지가 아니었다.

"서방님……. 원하시던 건데……."

"당연하지. 나는 네 의사가 훨씬 중요하니까."

언영이 싱긋 웃으며 목린을 다정하게 내려다보았다. 그런 언영에게 뭐라 답해 줘야 할지 몰라 목린은 어색하게 그의 어깨를 만졌다. 괜찮다고, 어서 오늘도 하자고 할 수도 없었다. 그렇다 해서 좋은 생각이라고, 밤일은 훨씬 나중으로 미루자고 흔쾌히 응할 정도로 눈치가 없지도 않았다.

"……집 구경시켜 줄까?"

"네."

어색한 정적을 뚫고 들어온 제안에 목린은 바로 고개를 끄덕였다. 언영도 난감하긴 마찬가지였는지 재빨리 목린을 안은 채로 뛰어나갔다.

의외로 집 구경은 다소 오랜 시간을 소요했다. 목린이 생각했던 것보다 훨씬 집은 넓었고, 언영은 방 하나하나를 가리키며 얼마나 많은 사소한 부분을 신경 썼는지 신나게 떠들었다. 없는 게 없었다. 목린이 좋아할 텃밭과 조그마한 연못도 존재했다. 무슨 용도로 쓰일지는 모르겠지만 부엌의 바로 옆에는 짓다 만 마구간도 자리를 차지하고 있었다.

한 바퀴를 다 돌고 나서야 목린이 마침내 조심스럽게 한마디를 던졌다.

"예쁜 집인데…… 두 사람이 살기에는 많이 넓은 것 같아요."

목린은 언영의 목에 두른 팔의 자세를 어색하게 살짝 고쳤다. 구조를 다 외우는 데도 며칠이 걸릴 것 같았다. 언영이 활기차게 끄덕이며 목린을 다시 제대로 바로잡아 안았다. 엉덩이를 다시 든든히 안자 목린의 몸이 위아래로 들썩거렸다. 목린은 눈을 동그랗게 뜨며 언영을 더 꽉 붙들었다.

“응! 우리 아이들이 함께 살 집이니까. 그래도 열다섯 명에겐 좁아서 아마 한 여섯 명 낳았을 때 더 큰 새 집으로 옮기지 않을까?”

“…….”

“여기가 우리 아이들로 시끌시끌할 모습을 상상해 봐. 얼른 하루라도 빨리 낳아야…….”

두 사람의 시선이 어색하게 부딪혔다. 언영은 고개를 홱 젖혀 애꿎은 하늘을 노려보았다.

“물론 며칠 늦어져도 상관없어! 며칠이든, 몇 주든, 몇 달도 괜찮아. 몇 년은…….”

언영이 잠시 당혹스러운 표정으로 더듬거렸다. 목소리가 점점 작아졌다.

“몇 년은, 어, 그것도…… 괜찮아…….”

“…….”

“저, 혹시 집이 넓어서 청소하는 게 걱정이라면 그거야말로 가장 쓸모없는 고민이야. 여기선 어린애들이 청소를 돕는 일로 푼돈을 벌거든.”

슬슬 하늘이 황혼에 물들어 가고 있었다.

정신없던 하루는 너무도 빨리 지나갔다. 늦은 오후와 저녁, 애매한 시간의 중간을 건너는 중인 하늘의 빛깔이 오묘했다. 두 사람은 잠시 모든 것을 잊고 풍치를 만끽했다. 마을의 중심에 있는 높다란 귀룡산이 경치의 아름다움을 받쳐 주었다. 위로 높이 뻗어 나가는 새의 움직임에 희망찬 감정이 깃들어 있었다.

앞으로 얼마나 더 오래 이곳에서 서방님과 함께 저녁을 맞이하게 될까. 목린은 갑자기 몰아쳐 온 방대한 미래에 관한 생각에 몸이 간지러웠다. 그때 언영이 나직하게 물었다.

"씻을래?"

목린은 언영 쪽으로 멀뚱히 고개를 돌렸다. 눈이 마주치고 언영은 다급하게 변명을 늘어놓았다. 그의 귀가 새빨갰다.

"아니, 이상한 의미가 아니라, 나는, 오늘 나갔다 왔으니까 피로도 풀 겸, 그저……."

목린은 뻣뻣하게 고개를 끄덕였다.

"그럼 당장 준비해 줄게! 다 씻고 나오면 같이 식사하자!"

언영은 곧바로 도망치듯 목린을 내려놓고 얼른 자리를 떴다.

모든 일은 다 언영이 하고 목린은 몸만 움직이면 됐다. 목린이 미안해서 어쩔 줄 몰라 하고 어떻게든 도우려고 하는 모습을 보였지만, 언영은 무시하고 목린에게 계속 밥을 먹였다. 특히 어제 기절시킨 게 미안하여 더 그랬다.

밥상을 치우며 언영이 고개를 푹 숙이고 말했다. 아무렇지도 않은 척 말하고 있지만, 사실은 긴장감에 목이 조였다. 붉어진 얼굴을 목린에게 들킬까 부끄러웠다.

"저, 목린아. 혹시라도 마음의 준비가 되면 부끄러워하지 말고 말해. 내가 어젯밤보다 훨씬 부드럽게 해 줄게. 어젠 처음이라 내가 너무 흥분해서 그랬어."

목린은 대답이 없었다. 언영은 몰래 이를 악물었다. 내뱉자마자 후회했다. 누가 들어도 오해하기 딱 좋은 말이었다. 여인과의 교접에 미친 사내처럼 들리지 않겠는가. 얼른 급하게 덧붙였다.

"아니, 그렇다고 내가 하고 싶다는 건 아니고, 물론 하고 싶은 건 맞는데, 무엇보다 먼저 제안한 건 너였으니까. 그렇다고 네가 그런 쪽으로만 밝힌다는 뜻은 아니고, 물론 밝히는 게 나쁜 것은 아니지만, 그러니까……."

그때 끼긱 문이 열리는 소리가 들려서 언영이 급하게 얼굴을 들었다. 목린이 너무 화가 나서 밖으로 나가는 줄 알고 당황했다. 하지만 눈에 들어온 목린은 되레 방으로 들어오는 중이었다.

"어? 나갔다 왔어?"

"네. 밤하늘이 예뻐서요."

"……그래."

목린은 고개를 갸웃했다. 잠깐 없었던 사이 방의 분위기가 기묘해졌다.

"저기, 할 말 있으세요?"

"아, 아니야."

언영은 너무 당황한 나머지 머리 위로 밥상을 치켜들며 서둘러 달려 나갔다. 목린은 치맛자락을 잡고 황급히 쫄래쫄래 따라갔다.

"서방님! 그렇게 옮기면 위험해요!"

* * *

이제는 피할 수 없는 수면 시간이 다가왔다. 자기 전 해야 할 일을 모두 끝마쳤다. 언영은 일부러 일을 만들어 내며 이 순간을 뒤로 미루었지만 그것도 한계가 있었다. 목린은 언영과 함께 어제 같이 있었던 똑같은 방에 어색하게 서 있었다.

“저, 서방님.”

“으으, 응?”

“오늘도 동침하는 거예요?”

평생 혼자 자 왔던 목린은 누군가와 함께 밤을 공유할 엄두가 나지 않았다. 단순히 누워서 잠만 자는 밤이라도 버거웠다. 특별히 언영이 싫어서가 아니었다. 하지만 그 말을 들은 언영은 다른 의미로 받아들였다. 오늘 내내 맑던 언영의 얼굴이 천천히 무너지기 시작했다.

“아, 같이 자기…… 불편할 정도로 어제 힘들었어? 나는 그것도 모르고…….”

“아, 아니에요! 괜찮아요! 어서 자요!”

목린은 언영의 새끼손가락을 잡고 서둘러 침상 쪽으로 끌어당겼다. 다행히 언영은 다시 표정을 되찾고 목린의 뒤를 그대로 쫓아갔다.

언영이 먼저 자리에 눕고 목린이 그 옆에 서먹함을 애써 무시하며 자리 잡았다. 언영은 목린의 머리 아래에 팔베개를 해 주고 몸통을 목린 쪽으로 돌렸다. 지나친 가까움에 목린의 숨이 턱 막혔다.

하지만 애써 밝은 표정을 띠고 다정하게 인사했다. 어제만큼 방이 밝지 않아서 다행이라고 속으로 안심하는 중이었다.

"서방님, 자, 잘 자요."

"그래. 목린이도 잘 자."

언영이 팔베개를 해 주지 않은 손으로 목린의 팔목을 토닥거리며 말했다. 그리고 이내 등을 틀어 옆에 있던 호롱불을 완전히 껐다. 시꺼먼 어둠이 방을 먹었다.

작위적인 침묵은 목린의 심장을 갉아먹었다.

'불편해.'

눈을 감고 있었지만 목린은 쉬이 잠에 빠질 수 없었다. 평생을 혼자 잤는데 갑자기 덩치가 산만 한 사내의 품에서 평소처럼 수면을 취해 야한다는 것이 말처럼 쉽지 않았다. 언영이 놀랄까 봐 얼음처럼 굳은 자세로 침착하게 있지만 사실 속이 초조하게 뒤틀렸다.

그녀의 머리를 단단히 받쳐 주는 팔도, 몸 위에 올라와 있는 커다란 손도 적응이 되지 않았다. 무엇보다 가장 무시하기 힘든 것은 살아 있음을 알리는 사내의 뜨거운 숨소리였다. 솔직히 말하면 다른 곳에서 자도 되겠냐고 청하고 싶은 마음이 목 끝까지 올라왔다.

"목린아, 자?"

잠시 뒤 언영이 낮게 속삭였다.

목린은 부러 눈을 꾹 감고 자는 척을 했다. 깨어 있는 것을 들켜 봤자 어색한 분위기에서 새롭게 할 수 있는 일은 없었다. 이보다 더 끔찍해지면 끔찍해졌지, 나아지지도 않을 일을 굳이 사서 하지 않았다.

"목린아."

언영이 여러 번 더 이름을 불렀으나 목린은 일관된 태도를 유지했다. 혹시라도 들킬까 염려하느라 식은땀이 삐질삐질 흘러나왔다.

언영은 목린의 감긴 눈과 둥그런 이마를 다소 오랜 시간 빤히 주시했다. 그리고 목린의 목 아래에 놓인 제 팔을 슬그머니 빼냈다. 부인에게 달라붙은 커다랗고 듬직한 몸을 조금씩 눈치를 보며 떼어냈다. 목린이 잠들었다는 확신이 들었는지 자리에서 엉거주춤 일어섰다. 커다란 육신을 다소 어색한 발걸음으로 슬금슬금 옮겼다. 그는 마지막까지 목린이 누워 있는 곳을 힐끔 보면서 방을 나섰다. 문이 닫히는 소리가 아주 작게 났다.

"……."

혼자가 되자마자 목린의 커다란 눈이 뜨였다. 호기심이 가득한 눈동자가 주변을 두리번거렸다.

……금방 돌아오리라 생각했는데 시간이 지나도 언영의 존재감이 느껴지지 않았다. 처음엔 마음이 좀 편했던 목린도 이젠 소식 없는 남편 때문에 많이 불편해졌다. 차라리 그때 깨어 있다고 알려줘야 했을까. 허공을 쳐다보는 목린의 눈에 걱정이 내려앉았다.

'어쩌면 서방님께서도 나와 함께 있는 게 불편하셨을지도 몰라.'

그래서 다른 방에서 눈을 붙이고, 이른 새벽에 다시 들어와 마치 계속 여기 누워 있었던 양 행동하는 것이다. 그런 그에게 아쉬움을 느끼는 건 아니었다. 목린 또한 지금이 어색하긴 매한가지였으니 말이다.

'하지만 그 방이 여기만큼 편할지 모르겠네.'

아까 둘러봤을 때 확인했는데 침상이 있는 곳은 여기뿐이었다. 다른 데에도 덮고 잘 이불이 있는지 기억이 나지 않았다. 겨울이 완전히 떠나고 추위와는 이별하게 되었지만, 그렇다고 해서 밤이 마냥 따뜻하다고 착각하기엔 오산이었다.

이 마을에 오면서 목린 쪽에서도 다양한 패물을 준비하긴 했으나 그간 언영이 그녀의 고향을 위해 해 준 것에 비하면야 턱도 없었다. 마음 편히 받아먹고만 있으니 가시방석에 앉은 기분이었다. 나중에 혹시라도 언영의 마음이 식고 초족을 습격하려 할지도 모르니까, 미리 죄를 덜기 위해 평소에 그를 위해서도 뭐라도 해야 했다.

목린은 자리에서 일어나 구석에 있던 여분의 이불을 꺼냈다. 등을 뒤로 굽히고 낑낑거리며 그것을 품에 안았다. 그 상태에서 엉거주춤 밖으로 나왔다.

"언영 님! 서방님!"

시원한 밤공기가 목린을 화사하게 반겼다. 선선한 바람이 풀어헤쳐진 목린의 머리를 가지고 놀았다. 하지만 언영은 시야에 들어오지 않았다. 넓은 마당은 적막했다. 목린은 아래 놓여 있는 제 신을 신고 터벅터벅 길을 나섰다. 이런 집을 밤에 혼자 거닐고 있자니 조금 무서웠다. 하지만 용기를 내어 목소리를 높였다.

"서방님! 이거 덮고 주무세요……!"

목린의 발걸음이 더욱 깊숙한 곳으로 들어갔다.

종종거리며 서방님이 어디 계실까 불안하게 두리번거리는데, 마침 발견한 문 아래에 언영의 신이 놓여 있었다. 목린의 얼굴이 밝아졌다. 걸음을 더 빠르게 했다.

목린 또한 신을 벗고 들어가려는데 안에서 언영의 목소리가 들려왔다. 억눌린 무언가를 토해내는 듯한 음성이었다.

"목린아……."

"네, 서방님!"

어떻게 서방님은 아직 문을 열지도 않았는데 알고 계실까. 참 신기하다고 목린은 생각했다.

"목린아, 아……. 하아……."

하지만 바로 밝게 대답을 드렸는데도 언영은 계속 다소 불안정한 목소리로 목린을 불렀다.

'어디 편찮으신가?'

목린은 발을 동동 굴렀다. 그러고 보니 어제 후드득 쏟아낸 코피의 양도 그냥 무시하고 지나갈 수 있는 게 아니었다. 정말로 어디가 좋지 않다면 언영이 알아서 의원을 만날 거라 생각하고 넘어가고 싶지만, 늘 긍정적인 그가 증상을 가벼이 무시할까 봐 걱정이었다.

그렇다면, 어쩌면 지금 여기서 저렇게 앓는 건 목린에게 아픈 모습을 보이기 싫어서일지도 몰랐다. 그렇게 생각하니 순진한 목린의 눈시울이 붉어졌다.

"하, 목린아……."

"서방님, 혼자만 그렇게 앓지 마세요……. 제가 있잖아요."

목린은 느리게 문을 열면서 들어갔다. 먼저 예고도 없이 들어가는 게 무례한 행동임을 알고 있었다. 그러나 목소리를 기반으로 추론하건대 지금의 언영에게는 직접 일어서 문을 열어 줄 힘도 없는 것 같았다. 이렇게 아프면 말을 할 것이지. 안타까움이 물씬 파도쳤다.

어둠은 상황을 파악하는 데 큰 어려움을 주었다. 눈을 찡그리며 애써 내부의 상황을 확인해 보니, 언영은 자리에 앉아 있었다. 거대한 어깨를 앞으로 굽힌 상태에서 무릎을 꿇고 있었다. 얼마나 아픈 건지 그는 아직도 목린이 들어온 줄도 몰랐다. 머리를 아래로 숙이고 끙끙 앓았다. 어두워서 제대로 보이지 않지만 무언가를 쥐고 손을 빠르게 움직이고 있었다.

"목린아……."

"서방님."

목린은 조용히 다가와 언영의 옆에 앉았다. 그의 어깨에 들고 온 따뜻한 이불을 살며시 덮어 주었다.

그제야 언영은 목린의 존재를 깨달았다. 그가 숨을 멈추며 그 자리에서 완전히 얼어 버렸다. 그것을 다른 의미로 해석한 목린의 눈가에 어느새 눈물이 촉촉하게 고였다.

"서방님, 괜찮아요. 제게 숨기지 않으셔도 돼요. 저는 서방님의 아내잖아요."

목린은 어둠을 휘저으며 손을 뻗어 언영을 찾았다.

"아프지 마세요, 서방님……."

지금은 멈췄지만 아까 불안할 정도로 빠르게 움직이던 언영의 손을 맞잡아 주기 위함이다.

"어……?"

언영의 손을 잡겠다고 내밀었는데, 이상한 게 잡혔다. 언영의 어깨 또한 충격으로 들썩거렸다. 이상한 침묵이 내려앉았다.

목린은 커다란 눈을 깜박였다.

'먹을 건가?'

하지만 확신이 생기지 않아 그것을 쥔 손에 더 힘을 주었다.

언영은 신음을 내며 그 자리에서 목린에게 즉각 달려들었다. 어리둥절하던 사이 목린의 몸이 바닥에 눕혀졌다.

"서방……!"

언영이 입술을 뜨겁게 겹친 탓에 뒤따라오던 말은 먹혀들어 갔다.

언영의 손이 벌벌 떨면서 목린의 몸 이곳저곳을 쓰다듬고 문질렀다. 허겁지겁 매만지는 서툰 솜씨는 어제보다 별반 나아지지 않았다. 그가 엄지로 젖꼭지 부근을 찍어 누르자 목린은 반사적으로 팔딱 튀어 올랐지만, 건장한 남성의 육신이 완전히 찍어 눌렀다. 언영은 목린의 몸에 반응이 오는 곳을 집중적으로 문질렀다. 목린은 할딱거리며 언영의 팔을 세게 붙잡았다.

"목린아, 내가 눈치가 없어서…… 미안해."

언영이 목린의 얼굴 위에 신음을 토해내며 사과했다.

하고 싶다는 얘기가 없어서 정말로 꺼리는 줄 알았다. 하여 혼자 욕정을 삭이고 있었는데, 목린이 직접 다가와 유혹할 줄은 몰랐다. 목린이 이렇게까지 할 정도로 몰라준 사실이 미안했다. 그리고 이토록 적극적으로 마음을 표현하는 그녀가 고마웠다. 적극적인 귀혈족이라고 해서 늘 자신만만한 건 아니었기 때문이다. 그 또한 부끄러울 때, 수줍을 때가 가끔 있었다.

"이번엔 제대로 잘할게."

목린의 치마를 허리까지 급하게 끌어 올렸다. 드러난 다리를 쓰다듬고 서둘러 안에 입은 속곳을 벗겼다. 입술로 목린의 목과 얼굴을 계속 찍어 댔다.

어두워서 거의 아무것도 보이지 않았다. 덕분에 서로의 거친 숨소리가 더 크게 와 닿았다. 언영은 이미 바깥에 나와 있던 두꺼운 귀두를 움켜쥐고 서툴게 목린의 구멍을 찾았다. 어제 한 번 이미 큰 거사를 치렀으나 여전히 더듬더듬 길을 헤맸다.

"서방님!"

"아아, 목린아……."

서로의 생식기가 맞닿았을 뿐인데도 언영은 전율에 젖어 몸을 부르르 떨었다. 솔직한 신음을 거리낌 없이 내며 목린의 몸에 제 몸을 비볐다. 천이 비벼지는 적나라한 소리가 어둠을 꿰뚫었다. 목린의 얼굴마저 절로 붉어질 정도로 야릇했다.

언영은 입구를 찾았지만 빽빽하고 좁은 그곳은 넓게 해 달라

아우성을 내지르며 물을 뚝뚝 흘리는 귀두를 거부했다. 언영은 우왕좌왕하다가 얼른 목린의 몸을 녹여 낼 목표를 갖고 음순을 손가락으로 벌렸다. 그리고 안에 있는 음핵을 빠르게 벅벅 문질렀다. 목린의 가는 허리가 들썩거렸다. 다리가 자유분방하게 사방으로 움직였다. 언영이 그중 하나를 쥐고 제 어깨 위에 걸쳤다. 파르르 떨리는 목린의 발목에 쪽쪽 입을 맞추었다.

"서방님, 흐읏!"

"목린아, 목린아……."

이어서 언영은 머리를 숙여 목린의 허벅지 사이에 얼굴을 파묻었다.

"어두워서 아무것도 안 보여, 목린아. 괜찮아."

목린이 흐느끼며 호소했다.

"보지 마세요……."

"어떻게 목린이는 여기도 예쁘지?"

"안 보인다면서……."

그는 얼굴을 서서히 그곳에 가까이했다.

"안 돼요! 그거 마시면 안 돼요! 안 돼, 서방님! 안 돼!"

언영의 입술이 음부에 닿았다. 그는 주변에 묻은 물 또한 혀를 바깥에 내밀고 굴리며 핥았다. 목린은 고개를 저으며 울먹였다. 언영은 혀를 구멍에 밀어 넣어 아직 나오지 못한 것마저 샅샅이 찾아다녔다. 오래 물을 마시지 못한 사람처럼 허우적거렸다.

"목린아."

언영은 목린의 아릇한 안에 코를 파묻고 나른하게 말했다. 목린은 답 없이 천장을 보며 떨리는 숨소리만 냈다.

"너무…… 좋아."

언영은 그 자세에서 손을 뻗어 목린의 가슴을 쥐었다. 단단히 올라온 작은 양쪽 젖꼭지를 꼬집자 목린의 입에서 바로 반응이 나왔다.

"끄으……."

"소리 참지 마, 목린아."

"으으, 하아……."

"계속 듣고 싶어."

"서방, 아, 서방님."

끙끙대며 이름을 부르는 호소에 동한 언영은 곧이어 두 번째로 목린의 안으로 들어갔다. 어제보다는 나았으나 여전히 찢는 듯한 고통이 목린의 머리를 강타했다.

"서방님, 아파요!"

"미안해, 미안."

"아아!"

나머지도 마저 넣기 위해 언영은 목린의 허벅지를 각각의 손으로 안고 당겼다. 힘없는 나뭇가지 끌려가듯이 목린의 몸이 단번에 쑤욱 내려가고 언영은 목린의 안에 터질 듯이 꽉 들어찼다. 목린이 짧은 비명을 내질렀다.

"아아아아아……."

속을 꽉꽉 채우는 묵직함이 생생히 느껴지는 탓에 새어 나온 목린의 목소리도, 몸통도 같이 벌벌 떨렸다. 그녀는 울먹이면서 언영의 목에 팔을 둘렀다. 언영은 계속 목린의 등을 토닥이며 사과했다.

"미안해, 목린아. 너만 보면 자제가 안 돼서……. 너무 예뻐서……."

커다란 살 기둥에 맞춰 내부가 쩌억 벌어지고, 그는 그녀의 허리를 쥐며 흔들었다. 그의 거친 숨소리에 맞춰 목린의 안이 찔꺽거리며 벌어지고 오므려졌다. 암흑 탓에 어렴풋이 보이는 목린의 윤곽을 언영이 홀린 듯 쳐다보았다. 흥분한 그의 허리가 점점 더 빠르게 움직였다.

"아윽, 아! 아아! 읏! 아!"

목린의 가슴이 출렁거리는 모습이 어둠 속에서도 빛났다. 언영은 헐떡거리며 허리를 굽혀 그것을 세게 움켜쥐었다. 목린이 더 긴 신음을 내지르며 몸을 완전히 활처럼 휘게 했다. 허리를 잡고 퍽퍽 들어오는 언영의 힘은 이 상황에서 조금도 줄어들지 않았다.

하체를 회전시키는 언영의 동작은 확실히 어제보다 훨씬 더 안정적이었다. 한 손으로 목린의 뒷머리를 안고 다른 한 손으로는 몸을 감싸며 일정한 박자에 맞춰 단단한 허벅지를 쿵쿵 움직였다. 그러면서 중간중간 너무 좋은지 헐떡거리며 몸을 부르르 움직였다.

언영은 목린의 정수리와 이마에 꾸욱꾸욱 입을 맞추며 계속 움직였다.

"목린아, 하아, 목린아……. 좋아해. 많이 좋아해."

"아, 아읏! 아앙!"

"우리, 예쁜 아이들 많이 낳고, 오래오래 화목하게……."

그렇게 혼자 중얼거리던 언영이 갑자기 돌같이 몸을 굳혔다. 이상한 침묵이 찾아왔다. 질척이던 방사가 어색하게 끊겼다.

그때 잠깐이나마 목린의 직감이 예리하게 움직였다.

"……코피예요?"

"아니야. 아니야! 아니야. 아니야."

목린이 눈을 위로 빼꼼 들고 묻자 언영은 필사적으로 부정했다.

언영은 팔로 목린의 머리통을 안아 제 가슴팍에 바짝 갖다 붙였다. 혹시 모르니 시야를 완전히 가리고자 하는 이유에서였다. 그 상태에서 하반신을 유연하게 휘며 퍽퍽퍽 들이박았다. 가녀린 몸통을 절반으로 갈라내 뒤흔드는 엄청난 몸짓에 목린의 입에서 연이어 신음이 갈라져 나왔다. 무시무시한 자극에 맥을 못 추렸다. 코피는 머릿속에서 날아간 지 오래였다.

"아! 아! 아! 서방님! 아아!"

아래에 찌부러진 목린이 자극에 몸부림치며 난리를 부릴 때 언영이 동시에 그녀의 안에 듬뿍 흔적을 남겼다.

"하아, 하아……."

모든 걸 털어낸 언영은 숨을 고르기 위해 뒤로 물러섰고, 목린은 곧장 옆으로 굴렀다. 그의 품에서 탈출한 목린은 엎드려 누우며 헐떡거렸다. 언영은 그 시간을 틈타 뒤에서 몰래 코에서 일어난 출혈을 처리했다.

"목린아, 미안해. 이젠 정말, 천천히 다정하게 해 줄게."

이젠 괜찮겠다 싶었을 때 언영은 다시 목린에게 다가갔다. 부드럽기 그지없는 그녀의 나신을 쓰다듬고 주무르며 달콤하게 속삭였다. 그의 애정이 다분한 손길은, 사방이 어제처럼 밝지 않기 때문일까 딱히 부담스럽고 두렵진 않았다.

다음 순간, 언영이 목린의 빗장뼈에 곧장 얼굴을 파묻었다.

* * *

눈을 떴을 때 목린은 혼자였다. 서방님은 어디 계실까 생각하며 허리를 일으키는데, 찌릿찌릿한 고통 탓에 바로 머릿속이 새하얘졌다. 그와 동시에 밤에 있었던 일이 뇌리를 스치고 지나갔다.

언영은 그 이후로도 두 번 정도 더 그녀의 안에 사정했다. 어떻게 끝을 맺었는지는 기억나지 않았다. 이미 첫 번째 사정 때부터 지칠 대로 지친 그녀는 끌려가다시피 몸을 섞었다. 그저 언영이 잡고 움직이는 대로 따라갔다. 암흑 속에서 그가 그녀에게 바치는 입술과 손길에 감정의 파도를 떠맡겼다.

그에게 그녀의 몸을 보인다는 부담감이 없으니 더 감정에 충실할 수 있었다. 아직도 다리 사이를 꿰뚫는 고통은 버거웠지만, 애정이 넘치는 애무를 오래 받으면 언젠가부터 잠깐이지만, 입에서 작은 신음이 절로 녹여져 나왔다.

마지막으로 그가 그녀를 뒤에서 안고 가슴을 주무르며 들어왔을 때, 목린은 이미 기절하기 직전이었다. 언영이 희열에 차올라 내뱉는 신음도 제대로 안 들렸다. 아마 기억이 맞는다면 그 이후 거의 바로 잠에 빠졌을 것이다. 걸어온 기억이 없으니, 언영이 직접 그녀를 안아 들고 이동한 건 분명하다. 그렇다면 이제 떠오르는 질문은 바로 그의 행방인데…….

정신이 맑아진 목린의 눈이 크게 뜨였다.

'그런데 서방님, 코피 흘리신 거 아니었나?'

어제는 너무 정신이 없어서 그만 넘어가고 말았는데, 분명 언영이 중간에 이상한 행동을 보인 때가 있었다.

아무리 생각해도 평범한 움직임이 아니었다. 아니, 오해인가? 솔직히 제대로 기억나지 않았다. 몸이 불타는 것처럼 뜨거워 정상적인 사고의 흐름을 가질 수 없었다.

목린은 몸을 일으켰다. 허벅지가 너무 아팠다. 다리를 제대로 모으지 못하고 벌린 채로 어기적어기적 걸어갔다.

"서방님!"

대낮에 태양이 하늘에 활짝 피어올랐다. 언영의 존재는 시야에 들어오는 그 어디서도 확인할 수 없었다.

"서방님, 어디 계세요!"

디딤돌을 밟고 내려와 마당을 서성였다. 저번에 보았던 짓다 만 마구간에 가 보려다가, 어젯밤 그 일이 벌어졌던 방 아래에 여전히 놓여 있는 언영의 신을 발견했다. 목린은 절뚝거리면서도 최대한 빠르게 그쪽으로 향했다.

"서방님!"

안에서 우당탕하는 소리가 들렸다. 당황한 목린이 벌컥 문을 열었다.

"목린아!"

언영은 엉거주춤 바닥에 앉아 있었다. 거대한 몸집 뒤로 무언가를 열심히 숨기고 있는 듯 움직임이 다소 뻣뻣했다. 그가 어색하게 웃으며 물었다.

"일어났어? 몸은 좀 어때?"

언영은 갑옷이 아닌 편하고 얇은 옷을 입고 있었다. 그런데도 덩치가 산만 했다.

"저는 괜찮아요……. 서방님은 여기서 뭐 하고 계세요?"

"아, 나는 그러니까, 그……."

목린이 방에 쪼르르 걸어 들어와 언영의 등 뒤를 살폈다. 당황한 언영이 어떻게든 몸을 움직여 가리려고 했지만 쉽지 않았다. 결국 제 입으로 먼저 토로했다.

"바닥을 닦고 있었어. 어제 흔적은 깨끗이 지우는 게 좋으니까."

거짓말은 아니었다. 알고 보니 그의 등 뒤에는 양동이며 각종 청소 도구가 놓여 있었다.

목린은 염려가 담긴 목소리로 물었다.

"혹시…… 코피를 닦고 계셨던 건 아니지요?"

"아니야, 아니야, 아니야! 피는 무슨! 하하하!"

언영이 손까지 휘저어 가며 말했다.

"혹시 어디 미편하신 거라면, 하루라도 빨리 의원님을 뵈어야 해요."

"하하하! 아니라니까! 목린이는 너무 착해서 탈이야! 하하하! 어서 나가자! 마침 다 끝났어! 하하하!"

언영이 자리에서 바로 벌떡 일어섰다. 호탕하게 웃으며 두 걸음 내디뎠을까, 바로 왼편으로 기우뚱했다.

"서방님!"

목린이 언영의 팔을 바로 붙잡았다. 언영은 아무렇지도 않은 척

다시 곧게 허리를 펴고 활발하게 말했다.

"나는 괜찮아!"

"출혈이…… 너무 많으셨던 거 아니에요……?"

"아, 아니라니까? 하하하!"

마당을 함께 거닐며 목린은 끊임없이 의혹을 제기했으나 언영이 칼로 베어내듯 바로 그것들을 모두 부정했다. 이 상황에서 목린이 할 수 있는 건 아무것도 없었다. 정말 언영의 말이 맞을 수도 있으니 끝까지 제 의견을 고집하기도 좀 그랬다. 결국 눈으로 본 증거는 없으니 말이다.

"서방님, 이거 많이 드세요……."

그래서 목린은 언영과 마주 보고 식사를 하며 그의 밥 위에 몸에 좋은 반찬을 가지런히 올려놓아 주었다. 아무래도 좋은 음식을 먹으면 피를 덜 흘리지 않겠느냐는 생각에 기반하여 보인 행동이었다. 또한 서방님께서 좋은 걸 많이 드셔야 목린의 기분도 좋고 말이다. 하지만 밥을 우걱우걱 씹다가 목린의 행동에 감동하여 눈물을 글썽이는 언영을 맞닥뜨리는 것도 참으로 난감한 일이었다.

"서방님, 울지 마세요!"

"모인아(목린아)……."

언영은 오히려 목린을 더 걱정했다. 허리와 허벅지가 아파 제대로 움직이지 못하는 목린을 미안해 죽을 것 같은 표정으로 보며 그녀의 곁을 떠나지 못했다. 그녀에게 아직은 이런 행위가 부담스럽다는 것도 잘 숙지하고 있었다.

이어서 언영은 목린에게 아픈 데를 눌러 주겠다고 했다. 목린이 엎드려 눕고 그가 그 위에서 허벅지를 만져주었다. 하지만 그는 얼마 지나지 않아 그 호리병 같은 걸 벌컥벌컥 마시더니, 혼자 어디 잠깐 가 있을 테니 절대로 그를 찾지 말라고 하며 몸을 일으켰다.

두어 시진 후 돌아온 언영은 짓다 만 마구간을 손보겠다며 나섰다. 목린은 그 일을 제대로 도와줄 수는 없었지만 필요한 물건이 있으면 언영의 손에다가 바로 쥐여 주는 역할을 했다. 그 과정에서 목린은 마구간의 용도를 물었다.

"응? 당연히 우리 말을 데려와야지."

"우리 말이요?"

"아, 아직 륭이를 못 봤구나? 네가 여기 온 날 너무 시간이 없어서 보여 주질 못했네. 내 말이야. 그리고 조금만 기다려. 네 말도 선물해 줄게."

"아, 안 주셔도 괜찮은데……."

무서우면 무서웠지, 말에 대해 긍정적인 감정 한번 느껴 보지 못한 목린은 차마 싫다는 말은 못 하고 그렇게 얼버무렸다.

얼마 시간이 지나 목린은 몸을 씻으러 떠났다. 언영 또한 오늘까지 마치고자 한 지붕을 완성하면 이대로 쉴 생각이었다.

"하아."

목린이 시야에서 사라지자마자 언영은 이마에 손을 짚으며 갈등했다.

오늘 밤은 과연 어떻게 넘어가야 하는가. 목린이와 한방에서 같이 멀쩡히 잠만 잔다는 건 아무리 생각해도 불가능한 일이었다. 어제는 그저 아무것도 보이지 않는 곳이었기에 목린이 덜 부담을 느껴서 허락한 것뿐이었다. 아까 허벅지만 좀 만졌는데도 바로 참을 수 없어 몰래 빼고 왔으니 말 다 했다. 따로 자자고 하면 목린이가 쓸데없는 고민을 하며 그를 걱정할 것 같았다. 목린이는 아직 밝은 곳에서 몸을 섞을 마음의 준비가 다 되지 않았다.

그렇다고 이번에도 또 어두운 곳에서 코피를 쏟아 가며 했다간 과연 그가 살아남을 수 있을지 의문이었다. 아니다, 그래도 어두운 곳에서 약을 잘 챙겨 먹는다면…….

목린이와 어떻게 자연스러운 사랑을 나눌 것인가 고민하는 언영의 손은 마구간 지붕의 균형을 잡으며 빠르게 움직였다.

"어, 잠깐."

그러고 보니 욕통에서 홀로 파정한 뒤 깔끔하게 뒤처리를 했던가. 쓸데없는 걱정일지도 모르지만, 그 당시 워낙 이성이 나가서 제대로 확신을 내릴 수 없었다. 그의 등골이 서늘해졌다.

* * *

한편 목린 또한 생각에 빠져 있었다.

'이게 그렇게 좋으실까…….'

욕통에 앉아 쉬고 있던 목린은 반쯤 물에 잠긴 자신의 가슴을 내려다보았다.

어둠 속에서도 언영은 목린의 가슴에 정신없이 달려들었다. 게걸스레 물고 빤 자국이 이곳저곳에 선명했다. 물에 젖어 촉촉해진 피부와 겹쳐 더욱더 야릇한 분위기를 자아냈다.

목린도 자신의 가슴이 싫다는 것은 아니었다. 아무도 없을 때 혼자 주물러 보면 마음이 평온해지고 괜찮았다. 하지만.

'그래도 서방님 가슴이 더 크신 것 같던데…….'

눈으로 봐도 확실히 그랬고…… 손에 가득 쥐고 주물러 보면 더더욱 확실할 것 같았다. 목린은 서방님이 정말 깊게 잠들면 한 번 도전해 보고픈 마음이 생겼다.

'내가 서방님이라면 서방님 가슴 만지는 게 더 재밌을 것 같은데…….'

목린은 가슴이 그렇게 좋으면, 왜 그렇게 큰 가슴을 두고 그녀의 것에 집착하는지 잘 이해할 수 없었다. 목린이 보기에 언영의 가슴은 부담스럽고 징그러운 면모가 없잖아 있었지만, 그래도 그는 그것이 좋으니 유지하는 게 아니겠는가. 결국 깊이 생각할수록 더 꼬이는 것 같아, 목린은 다 털어내듯 욕통에서 몸을 일으켰다.

좌아아 하는 소리와 함께 목린의 나신이 드러났다. 부드러운 곡선을 그리는 미려한 몸이 물에 젖어 보석처럼 반짝거렸다. 젖은 머리카락이 뽀송뽀송한 엉덩이에 착 달라붙었다. 얇은 허리 위에 달린 말랑한 가슴을 목린의 손이 다시 한번 쥐었다. 멀뚱히 내려다보며 이렇게 하면 그렇게 좋을까 생각했다. 물방울 하나가 젖꼭지에 아슬아슬하게 매달려 음란해 보였다.

한참을 주물러 보던 목린은 그때 이상한 낌새를 느꼈다.

"……?"

누군가가 바라보고 있는 듯한 기분에 얼른 입구 쪽으로 고개를 들었다. 그리고 아니나 다를까, 입을 쩌억 벌리고 우두커니 서 있는 언영과 눈이 제대로 마주쳤다.

경악한 목린은 얼른 팔로 가슴을 가리며 바로 자리에 첨벙 주저앉았다. 물이 사방으로 튀어도 개의치 않았다. 그녀의 곤혹스러운 얼굴은 붉게 변하다 못해 터질 것 같았다. 그리고 이곳으로 달려오는 언영을 보고 비명을 질렀다.

언영은 허리춤에 매달았던 호리병을 꿀꺽꿀꺽 바로 비우고 저 멀리 내던졌다. 그리고 목린이 몸을 숨긴 욕통 안으로 헐떡이며 짐승같이 들어왔다. 아까 목린이 앉았을 때와는 비교할 수 없을 정도로 물이 주룩주룩 흘러넘쳤다.

언영의 현재 모습은 며칠을 굶은 육식동물을 방불케 했다. 이글거리는 눈을 번득이며 입으로 무서운 숨소리를 냈다. 그의 팔 사이에 갇힌 목린은 겁에 질려 더 몸을 웅크리며 몸을 떨었다.

언영이 부들거리는 손으로 잡은 나무욕통이 움켜쥐었던 그 모양대로 으드득 부러졌다. 목린은 믿기지 않는다는 듯 그것을 쳐다보았다. 반면 언영의 눈은 목린의 나체에만 고정되었다.

언영은 부서진 욕통 조각 또한 그냥 아무 데나 던지고, 가슴을 가리고 있는 목린의 팔목을 양손으로 쥐었다. 목린은 그대로 언영의 힘을 따라 팔을 바깥쪽으로 벌려야만 했다. 밝은 대낮에 가슴이 완전히 사내의 앞에 모습을 보였다.

"서방님! 너무 밝아요! 아!"

언영의 두 손이 목린의 가슴을 가득 쥐고 우악스럽게 주물렀다. 목린이 허리를 연속해서 휘는 바람에 물이 계속 넘실거렸다.

언영은 말을 하는 법을 모르는 야생동물처럼 굴었다. 허억거리며 목린의 가슴을 한 움큼 쥐어짰다. 그의 옷 또한 다 젖어서 안이 비쳤다. 어깨를 들썩이며 호흡하는 그는 욕통의 대부분을 차지했고, 쪼그라든 목린은 시선을 어디에 둘지 몰라 안절부절못했다.

언영의 입에서 애타는 신음이 끓어올랐다. 만지는 것으로는 부족해서 팔로 그녀의 허리를 당겨 안았다. 목린의 엉덩이가 붕 떠올랐다. 언영은 물로 젖은 그녀의 가슴을 급하게 입에 집어넣고 혀를 굴렸다. 손으로는 부드러운 등을 계속 어루만지며 감탄했다. 젖꼭지 끝이 혀로 문질러질 때마다 목린은 짧은 신음을 터뜨리며 언영의 젖은 어깨를 붙잡았다.

언영은 애매하게 벌어진 목린의 다리를 잡아끌어 그의 허리에 두르도록 했다. 그리고 이미 젖어서 굵은 허벅지에 달라붙은 하의를 벗었다. 굵다란 성기가 곧장 튕겨 나왔다. 언영은 허덕이며 목린의 허리를 더 꽉 안고 자리를 맞추었다. 서툴렀던 어제와는 다르게 바로 위치를 찾아 입구를 벌리고 꾸덕꾸덕 들어갔다. 목린은 옷이 쩍 달라붙은 그의 가슴팍에 손을 얹으며 숨넘어가는 목소리로 속삭였다.

"서방님……!"

"아!"

언영이 머리를 아래를 숙이고 신음을 내며 정신없이 허리를 튕겼다.

욕통은 두 남녀가 교접하기에 좋은 공간은 아니었다. 퍽퍽 차올라지면서 목린의 몸은 가장 구석으로 쏠렸다. 그녀는 언영의 목에 팔을 두르며 거의 죽지 않기 위해 매달렸다. 신음이 나오려는 입

안에 언영이 혀를 밀어 넣었다. 두 사람은 정신없이 서로에게 엉겨 붙었다.

목린이 등지고 있던 욕통 부분이 결국 작살났다. 밖으로 물이 콸콸 쏟아져 나갔다. 당황한 목린이 숨을 멈췄다. 언영은 지금 상황이 전혀 눈에 들어오지 않는지 꾸준히 짐승처럼 허리를 쿵쿵 튕겼다. 축축하게 젖은 목린의 길이 언영의 것에 맞춰 쩍쩍 소리를 내며 벌어졌다. 물에 젖은 두 사람의 몸도 같이 단단히 합쳐진 음부만큼이나 습윤하고 흥건하지는 않았다.

향기로운 목린의 나신을 끌어안은 언영의 팔이 터질 것 같이 부풀어 올랐다. 그의 근육질 엉덩이가 발작을 일으키듯 열심히 움직였다.

"하아!"

경탄에 젖은 헐떡거림과 함께 언영은 목린의 내부에 뜨거운 것을 풀어냈다.

목린의 팔과 다리가 모두 축 늘어졌다. 언영이 그녀를 들고 어딘가로 옮기는 동안에 한 마디도 할 수 없었다. 눈을 뜨기도 힘들었다. 그런 목린의 얼굴에 언영이 가는 길에도 쉬지 않고 입술을 퍼부었다.

축축한 바닥이 아니라 깔끔한 곳에 목린의 등이 닿았다. 눈꺼풀을 닫고 있던 목린은 안도감과 함께 쏟아지는 편안함을 느꼈다. 젖은 몸이 조금 거슬렸지만 이대로 잠에 빠지면 참 좋을 것 같았다.

그런데 그녀의 배를 가운데에 두고 언영의 튼튼한 허벅지가 자리 잡았다. 목린은 화들짝 놀라 눈을 떴다. 언영이 목린의 위에 올라타 있었다. 젖어서 달라붙던 옷은 모조리 찢어 버린 온전한 근육질의 나신이었다. 몸 전체에 두꺼운 굴곡이 가득했다.

언영의 손이 그의 큼지막한 손으로도 쥐기 버거운 그의 다리 사이 살기둥을 쥐고 있었다. 상처가 많은 손가락이 위 아래로 쓸고 문질렀다.

"……."

그의 눈동자가 누워있는 목린의 얼굴과 벌거벗은 젖가슴 위를 빠르게 돌아다녔다. 그러자 손에 감겨 있는 양물 또한 바로 힘을 되찾고 빳빳이 몸을 세웠다.

표정 없이 그런 음란한 행위를 하고 있는 거대한 언영의 모습은, 목린의 마음 한구석을 철썩 들어 올렸다가 내려놨다. 동시에 정액과 함께 섞인 애액이 울컥 그녀의 다리 사이로 터져 나왔다.

언영은 휙 빠르게 몸통을 숙였다. 성기를 잡지 않은 손으로 목린의 목 뒤에 손을 넣은 다음 격렬하게 그녀에게 입을 맞추었다. 곧바로 혀가 섞였다.

이것이 겨우 시작이었다.

약속한 대로 한 달간 두 사람 모두 집 밖으로 나가지 않았다.

* * *

"좋은 아침!"

해가 뜨자마자 오랜 훈련에 몸이 적응된 언영이 반사적으로 일어났다. 그는 쾌활한 목소리로 아침을 알렸다. 그의 널따란 어깨와 가슴팍에는 목린이 남긴 잇자국이 연이어 박혀 있었다.

언영은 다시 몸통을 숙이며 옆에 누운 목린을 끌어안았다. 뒤집어 누운 목린의 위에 가볍게 달라붙어 목과 귓불을 자연스럽게 핥았다. 잠시 뒤 목린이 얼굴을 좌우로 흔들며 깨어났다. 간지러워서 피하려는 목린의 가녀린 허리를 언영이 큼지막한 손으로 부드럽게 쓸었다.

"목린아, 오늘은 같이 마을을 돌지 않을래?"

그녀의 귓가에 달콤하게 속삭였다.

"제가……."

목린은 바닥에 얼굴을 파묻고 웅얼거렸다. 아직도 잠에서 깨지 못했는지 음성이 다소 몽환적이었다.

"제가 살아 있어요, 서방님……."

믿기지 않는다는 듯 속삭였다.

"죽지 않았어요……."

"무슨 소리야? 우리 목린이가 왜 죽어? 나랑 할머니 할아버지 될 때까지 행복하게 살아야지, 으하하하하!"

"아아!"

언영은 앉은 자세에서 두 팔로 목린을 번쩍 들어 올려 흔들었다. 얼떨결에 그의 머리 위로 번쩍 솟아오른 목린은 겁에 질려 팔다리를 헤엄을 치듯 팔다리를 흔들었다. 잠이 순식간에 달아났다.

이어서 언영은 목린을 품에 꽉 안고 얼굴에 뽀뽀를 퍼부었다. 커다란 손은 어여쁜 새색시의 허벅지를 벌렸다. 어젯밤 색사의 흔적이 그 사이에서 허옇게 줄줄 흘러나오고 있었다. 목린은 부끄러워서 고개를 들지 못하고 움찔거렸다.

언영이 이어 허리를 쓰다듬어 주며 그녀의 귓가에 입술을 바짝 붙이고 다정하게 속살거렸다.

"오늘 같이 마을을 돌자. 내가 사람들도 소개해 주고, 맛난 것도 많이 먹여 줄게."

목린이 대답을 못하고 우물거리고 있을 때였다. 돌연 바깥에서 무언가가 무너지는 소음이 두 사람의 뜨거운 숨소리 사이를 파고 들어 왔다.

발기한 양물을 목린에게 은근하게 비비고 있던 언영은 정신이 퍼뜩 돌아온 듯 낮게 중얼거렸다.

"누군가의 집이 무너졌나 보군."

"네?"

"잠결에 몸을 뒤척이다가 주먹으로 벽을 격파해서 집이 무너지는 일이 벌어지거든. 너무 그렇게 보지 마! 자주 있는 일인 걸. 나가서 도와줘야겠어."

목린은 언영이 옷을 다 차려입을 때까지도 충격에서 헤어 나오지 못하였다. 언영이 급하게 나가면서 무언가를 외칠 즈음에야 더듬더듬 응답했다.

"내가 필요하면 밖에 나와서 아무한테나 부탁해. 내가 당장 달려올게!"

"네, 네."

정말로 한 달을 이러고 살았다.

'고향 사람들의 얼굴을 이제 어떻게 보지? 귀혈족 사람들은 얼마나 나를 천박하다 생각할까.'

가까이 다가와서 얼굴을 들이미는 언영과 그의 거목과도 같은 몸집, 몸을 잔뜩 감싸고 있는 울퉁불퉁한 근육은 여전히 조금은 무서웠다. 셀 수 없이 많이 맨살을 함께 맞대고야 말았지만, 눈에 담기 부담스러웠다.

하지만 그의 서툴지만 부드럽고 진심 어린 손길은 언제부턴가 목린의 몸을 따뜻하게, 천천히 달구어냈다. 돌덩이 같은 그의 몸에 파묻혀 얼굴로 쏟아져 내리는 그의 입맞춤을 받아들이면 언젠가부터 몸이 녹아내렸다. 그 이후부턴 다른 곳을 쓰다듬는 그의 손길도 받아들일 수 있었다.

몸 깊은 곳에 언영이 푹 들어오면 허리가 휘고 기분이 붕 떠올랐다. 그렇게 되면 더욱 안달 난 표정으로 달라붙어 그녀를 달래주는 그의 행동이 좋았다. 처음에는 할 줄 몰라서 무식하게 힘으로만 계속 몰아붙이며 끙끙거리기 바빴던 언영은 막바지에 가서 요령을 알았다. 필요할 때는 근육 진 둔부를 흔들며 휘몰아치고 가끔은 습윤하게 뭉그적거릴 줄을 알았다.

서로를 알고 지냈던 지난 4년 동안보다도 더 많은 입맞춤을 얼굴에 잔뜩 받았다. 언영은 잠에 빠질 때도 목린을 팔에 가두고 입술을 쪽쪽 달콤하게 빨아 대다가 서서히 눈을 감았다. 낯선 이의 품에서 어떻게 편히 잘 수 있을까 했던 고민은 쓸데없는 것이 되었다. 거대한 언영을 쉬지 않고 받아들이다 보면 몸이 지쳐서 저절로 눈이 감기고 팔다리에 힘이 풀렸다.

왜 초족이 옛날부터 이런 행동을 금했는지 알 수 있었다. 그것에 한번 빠지면 헤어 나올 수 없었다.

한참을 그 자리에 공상에 빠져 누워 있던 목린도 결국 너무 늦지 않게, 우울한 표정으로 자리에서 일어섰다. 아무래도 이대로 뻔뻔히 지내다간 천벌을 받을 게 뻔했다. 한 달간의 행동에 대한 사죄라도 해야 마음이 놓일 것 같았다. 아직은 바깥으로 나가 새로운 사람들을 마주하기 무서웠지만 별다른 도리가 없었다. 하루라도 빨리하는 게 좋았다.

밥을 먹고 정리하고, 씻고, 매끄러운 나무로 만든 궤의 빗장을 열어 보았다. 그간 한 번도 챙겨 입지 않은 외출용 복장들이 정리되어 있었다. 모두 귀혈족의 의복으로, 목린에게는 직접 걸치긴 너무나도 어색한 것들이 즐비했다.

갖가지 의복마다 섬세함이 돋보이고 목린의 몸에 착 맞는 것을 보면 언영 쪽에서 매우 신경 썼음이 틀림없었다. 하지만 손으로 잠깐 들어만 보아도 묵직한 무게가 실감이 나는 그 갑옷을 몸에 걸치고픈 의향은 없었다.

결국 목린은 고향에서 가지고 온 소박한 보따리를 꺼내 들었다. 몇 안 되는 초족 의상 중에 하나를 몸에 걸쳤다. 허벅지까지 닿는 옅은 분홍색의 유(저고리)와 그보다 저 짙은 빛깔의 예쁜 주름치마였다. 쿵쿵거리는 심장을 의식하며, 목린은 대문을 열고 골목에 나왔다. 그렇게 본격적인 귀혈족과의 삶에 발을 디뎠다.

* * *

마을 공터에 수많은 젊은이들이 자리를 잡고 있었다. 주변에 놓인 바위나 나뭇등걸에 엉덩이를 걸치고 앉은 이들도 있었고 아예 바닥에 퍼질러 눕는 것을 택한 이들도 상당했다. 그 어떤 것도 허용되는 자유로운 분위기였다. 어쨌거나 그들의 관심을 모조리 얻고 있는 자는 가운데에서 열띤 목소리로 설명 중인 한 청년이었다.

"나도 처음엔 믿기 힘들었어. 주언영 그 단순무식한 녀석이 여자를 마음에 담다니 말이야. 본인 말로는 처음 만났을 때 서로에게 첫눈에 반했다는데, 뭐 믿을 수가 있어야지."

뒤로 질끈 묶은 머리가 목 언저리까지 내려오는 그는 언영과 가장 친한 벗이었다. 허현오는 사방에서 날아오는 관심을 즐겼다.

"그리고 무엇보다 그 여자가 궁금했어. 도대체 어떤 모습이 언영이를 사로잡았는지."

한 달 만에 언영이 거리로 나왔다. 당연히 마을 모든 이들의 관심을 한 번에 받았다. 새색시는 어디 갔냐고, 힘들어서 못 나오는 거냐고 사람들이 짓궂게 물었으며, 그 말을 들은 언영의 귀가 시뻘게지는 꼴은 볼만했다.

"그리고 그분께서 초야를 한 달간 치르고 싶다고 해서 언영이가 한 달 치 업무를 미리 밤을 새워서 나흘 만에 끝내는 모습을 보고 확신했지. 아! 주언영을 휘어잡으려면 그 정도의 패기는 있어야 하는구나!"

평소에 차기 족장으로서 언영은 마을의 순찰을 돕거나, 어머니의 업무를 분배받아 수행하는 바쁜 나날을 보냈다.

귀혈족 사람들은 진지하게 동의했다. 솔직히 덩치가 왜소하고 수줍음이 무척 많다는 이유로 초족에게 약간의 선입견을 품었었다. 하나 이제 새로운 가족이 된 목린은 여기 있는 그 누구보다도 적극적인 이가 틀림없었다.

귀혈족 사람들이 최고로 삼는 인간상이 아닐 수 없었다. 모두 누구보다도 빨리 목린과 우정을 쌓고 싶었다. 새로운 벗을 만들 생각에 그들의 콧구멍이 벌렁거렸다.

"게다가 전에 언영 형님이 죽을 뻔한 걸 구해 준 적도 있다면서요."

"그렇지, 그렇지."

과거 목린이 식인 물고기를 죽인 날이 수면에 떠올랐다. 측면에서 입술을 뗀 사람을 향해 현오가 손가락을 튕기며 적극적으로 고개를 끄덕였다.

"그렇게 안 보이셨는데, 무예를 갈고닦으셨음이 틀림없다."

구석에 팔짱을 끼고 있었던 중년의 남성 또한 진지하게 말하자 모두 심각한 표정으로 주억거렸다. 목린을 향한 감동과 존경으로 마음이 가득 차올랐다.

보통 인물이라면 제 실력을 뽐내고 싶은 욕심이 만발할 터인데, 목린은 의복도 그렇고 평소 모습도 그렇고, 무난하기 짝이 없다. 겸손한 것이다. 두툼하게 키운 몸을 자랑하고 과시하기 좋아하는 귀혈족 사람들에게 자신들의 행동에 대해 반성할 기회를 주었다.

"역시 족장의 피가 흐르는 자를 사로잡는 사람은 뭔가 다르군."

"그러니까 목린 님한테 예를 갖춰라. 특히 너희들!"

현오는 공터에 모인 이들 중에서도 가장 수다스러운 어린 청년들에게 삿대질을 했다.

"사람을 겉모습으로 판단하지 말고. 언영이를 사로잡았다는 데서 이미 그분은 지존이시다! 정말 멋있는 분이야."

"예!"

그들이 씩씩하게 대답했다.

"저기, 실례합니다."

그런데 그때, 호랑이도 제 말을 하면 온다더니 공터에 새로 나타난 이는 다름 아닌 목린이었다. 그녀의 사뿐사뿐한 걸음걸이가 모두의 눈을 사로잡았다.

목린이 입은 예쁜 빛깔의 천은 대개 칙칙하고 어두운색인 귀혈족의 갑옷과 확연히 상이해서, 그녀의 존재는 그저 서 있기만 해도 눈에 띄었다. 공터에 있던 모든 이들의 눈이 같은 곳으로 돌아갔다.

마치 목린과 귀혈족 무리 사이에 보이지 않는 벽이 존재하는 것만 같았다.

현오는 얼른 양쪽으로 팔을 넓게 뻗었다. 괜히 시끄럽게 굴지 말고 목린의 말에 귀 기울여 주자는 신호였다. 그러자 모두 눈치껏 입을 다물었다.

오로지 현오의 허벅지에 앉아 있던 꼬마만이 반가움에 소리를 지르기 위해 목을 뒤로 꺾고 숨을 들이마셨다. 현오는 재빨리 늦기 전에 그 꼬마에게 아프지 않을 정도로 꿀밤을 먹였다.

소름 끼치도록 조용해졌다.

목린은 적나라한 흥분이 감도는 귀혈족 수십 명의 시선을 한꺼번에 받았다. 다리가 치마 속에서 후들거렸다. 귀혈족 사람들 모두 코에 불을 뿜어도 이상할 것 같지 않은 표정을 짓고 있었다. 경멸에 가까워 보이는 저 얼굴을(아니다) 평생 마주해야 한다니 소름이 돋았다.

언영이 생각만큼 나쁜 사람이 아니라는 사실에 과거 잠시 안도했었다. 하지만 이곳에 뿌리 잡고 살기 위해서는 언영 말고 다른 귀혈족과의 교류 또한 불가피했다. 그것은 전혀 심적으로 준비되지 않은, 부담스러운 일이었다.

목린이 떨리는 목소리로 물었다.

"……신당이 어딨는지 알 수 있을까요?"

죄송하다고, 타락한 것을 용서해 달라고 어디 빌고 싶은데 마땅한 장소를 알지 못했다. 누구한테 물어봐야 하나 고민하며 주변을 쫑쫑거리며 발견한 곳이 이 공터였다. 조금만 더 살펴보고 혼자 있는 사람한테 가 조용히 물어볼걸. 목린의 얼굴이 침울해졌다.

질문이 끝나고도 침묵은 그 자리에 계속 고집을 부리고 앉았다. 갑옷 덕에 안 그래도 훈련으로 넓어진 어깨가 더 부각되는 험악한 인상의 사람들이 뜨거운 눈빛을 거두지 않았다.

잠시 뒤, 그나마 현오가 먼저 엄지로 마을의 중심을 차지하는 산을 천천히, 아주 천천히, 정말 천천히 가리키기 시작했다.

"저쪽 귀룡산 입구 근처에……."

그리고 그것을 빌미로 모두의 입에서 폭발적으로 목소리가 튀어나왔다. 더는 참지 못한 이들이 흥분을 억누르지 못하고 몸을 던졌다.

"제가 같이 가 드릴게요!"

"아니요, 제가!"

"아닙니다. 제가 함께 가겠습니다!"

"내가 갈 거야!"

험상궂게 생긴 사람들이 한꺼번에 자리에서 일어났다. 어떻게든 목린의 눈에 띄기 위해서 자신들이 들고 있는 무기를 높이 휘둘렀다. 순식간에 아수라장이 되었다. 목린의 안색이 파리해졌다.

"아니에요! 혼자 갈 거예요! 가, 가, 가, 감사합니다!"

목린이 팔을 휘저으며 빠르게 말했다. 그리고 등을 돌리고 부랴부랴 자리를 떠났다. 뒤도 돌아보지 않고 쌩 도망치는 그녀를 귀혈족 사람들은 붙잡을 수 없었다. 목린과 하루라도 빨리 친해지고 싶은데, 겸손하고 멋있는 그녀에겐 자신이 볼품없어 보일까 싶어 다가가기 망설여졌다. 결국 흉악한 무기를 높게 치켜들었던 그들의 표정이 단체로 슬퍼졌다.

* * *

혼자서 어떻게 길을 찾나 걱정이 많았는데 다행히 산 입구에 다다르니 금방 신당을 발견할 수 있었다. 목린은 종종걸음으로 달려갔다. 내부가 비어 있음에 크게 안도했다. 여기까지 오는 길에도 사람들의 끈질긴 시선을 받아 왔던 차다. 신당에서마저 누군가와 대화를 나눠야 한다는 생각만 하면 숨이 턱 막혔다.

놀라운 크기의 팽나무 아래에 원뿔형으로 놓인 커다란 돌무더기가 있었다. 그리고 그 옆에는 두 사람 정도가 들어갈 수 있는 조그마한 신당 건물이 있었다. 나무로 만든 위패가 가지런히 배치되고 그 위에는 벽에 그림이 걸려있다. 목린은 그 고즈넉한 내부에서 천천히 무릎을 꿇었다.

"죄송해요……. 서방님이랑 너무 즐겼어요……. 다음부터는 더 자제하도록 할게요."

고개를 푹 수그린 목린의 눈에서 이내 닭똥 같은 눈물이 뚝뚝 떨어졌다. 얼른 손목으로 쓱쓱 닦아내며 훌쩍거렸다.

"고향에서 배운 것보다 조금만, 정말 조금만 서방님이랑 더 할게요. 죄송해요……."

그리고 시무룩한 표정으로 다시 눈을 떴다. 부디 진심이 전해졌기를 바랐다.

그런데 언제부터였을까, 바로 앞에 앉아 그녀를 줄곧 올려다보고 있던 어린아이와 정통으로 눈이 마주친 건 바로 그때였다.

"왜 울어요?"

목린은 그대로 뒤로 넘어질 뻔했다. 팔을 휘휘 돌리며 겨우 중심을 잡았다.

"아, 안녕하세요……!"

날뛰던 심장 위에 손을 얹고 간신히 진정했다. 떨리는 날숨을 내쉬며 주변을 두리번거렸다. 이렇게 가까이 다가왔는데 조금의 기척도 느끼지 못했다. 어느샌가 언영의 어린 세 누이가 그녀의 주변에 기웃거리고 있었던 것이다.

"목린 님!"

"목린 님!"

"목린 님!"

세 소녀가 목린의 몸에 친근하게 달라붙었다. 무거운 갑옷을 입은 탓에, 어린애치고는 무게가 나갔다. 그러나 목린은 가볍게 미소 지으며 아이들을 반겼다. 그래도 덩치 큰 어른들보다야 어린이가 훨씬 마음 놓였다.

아이들은 거의 이방인이나 다름없는 목린에게 친근하게 물었다.

"목린 님 왜 울어요?"

"오라버니가 슬프게 해요?"

"아니에요! 그렇지 않아요. 서방님께선 무척 좋은 분이세요."

목린이 얼른 고개를 저으며 해명하자 첫째인 화영이 들고 있던 주머니를 뒤적거리더니 해괴망측한 것을 꺼냈다.

"이것보다 좋아요?"

징그러운 뼈로 만든 목걸이였다. 화영은 그것을 목린의 코앞에 들이댔다.

"목린 님 주려고 한 달 내내 같이 만들었어요!"

"만들었어요!"

막내 선영이 두 손을 번쩍 들며 대화에 끼어들었다.

"고맙…… 습니다. 너무, 예뻐요."

목에 걸어 주려고 하는 시도를, 머리가 헝클어질 것 같다는 핑계를 대며 거절했다. 손으로 간신히 그것을 쥐어 잡았다. 아이들에겐 정말 미안하지만 그걸 목에 차면 즉각 정신을 잃을 것만 같아, 얼른 화제를 돌렸다.

"한데 아가씨들께서 여긴 어쩌다 오신 거예요?"

"목린 님 찾다가 신당 쪽으로 가셨다는 얘기를 들었거든요!"

"어머니랑 아버지께서 목린 님을 찾고 계셔요!"

"두 분이요?"

망설일 필요 없었다. 목린은 곧장 몸을 일으켰다. 서방님의 부모님이라니, 가장 대하기 어려운 두 사람이 찾는다는데 늦게 가서 좋아질 일 하나 없었다.

"그러면 어서 가는 게 좋겠어요. 길을 안내해 주실 수 있으신가요?"

"그럼요!"

세 소녀 중 첫째와 둘째는 각각 목린의 오른손과 왼손을 차지했고, 막내는 목린의 치마를 뒤에서 쥐고 쪼르르 좇아왔다.

형제자매라고는 오라버니 하나뿐이었던 목린에게 갑자기 나타난 어리고 귀여운 여자아이 셋은 아무리 그녀에게 이상한 선물을 준다고 하더라도, 아무리 귀혈족이라도 반가운 존재였다. 또한 귀혈족의 마을에는 맡기 좋은 싱그러운 숲 냄새가 났다. 단월도와는 달리 초가집이 아닌 기와집이 많은 모습도 신기했다. 이곳 사람들은 무서웠지만 풍경을 즐기는 데는 하등 문제가 없었다. 상황이 지금 같지 않았다면 더 흔쾌히 기뻐할 수 있었을 것이다.

"두 분이 왜 저를 찾고 계실까요? 부디 안 좋은 소식은 아니길 바라요……."

걱정이 얼굴에 두리뭉실하게 피어오른 목린과는 달리, 언영의 세 누이는 팔짝팔짝 기뻐서 튀어 오르느라 바빴다. 목린하고 잡은 손을 양옆으로 흔들었다.

"목린 님 너무 좋아요!"

"좋아요!"

"목린 님 저희랑 친구 해요!"

"친구 좋아요. 세 분과 친구 할 수 있다니 영광이에요."

목린이 미소 지으며 말하자 세 아이의 얼굴에 일제히 함박웃음이 피어올랐다. 그 모습에서 언영이 겹쳐 보여서 목린은 저도 모르게 입꼬리를 더욱 올렸다.

"저야말로 영광이에요!"

"목린 님 너무 예뻐요!"

"제가 오라버니였어도 첫눈에 반했을 것 같아요!"

"가족이 모두 정말 쾌활하고 긍정적이신 것 같아요."

"목린 님!"

가장 뒤에서 쫄래쫄래 걸어오던 막내 선영이 귀엽게 외치자 모두 걸음을 멈췄다. 목린은 친절히 아이와 눈을 맞추기 위해 몸을 굽히고 앉았다.

"왜 부르셨어요?"

"목린 님을 위해 서간도 적었어요! 요즘 글쓰기를 배우고 있어요!"

선영은 콧물을 벅벅 닦으며 해맑게 말했다. 귀혈족이라고는 도무지 생각할 수 없는 천진난만한 모습이라 목린은 제 심장이 사르르 녹는 것을 느꼈다. 가슴에 손을 얹고 들뜬 목소리로 물었다.

"저를 위해서요?"

"목린 님이랑 가족이 되어서 얼마나 기쁜지 제 감정을 담았어요."

"어머나, 고마워요."

선영이 곱게 접힌 종이를 건넸다. 목린은 두근두근한 심정과 함께 그것을 그 자리에서 펼쳤다. 하지만 펼치자마자 보이는 검붉은 색의 향연에 그녀는 머리가 어질어질했다.

"제가 처음 잡은 짐승의 피로 적었어요!"

선영이 뿌듯하게 말했다. 목린은 고개를 열심히 끄덕이며 약간 어색하게 웃었다.

"고, 고마워요. 선영 님 올해 나이가 몇이라고 했죠?"

"다섯 살이요!"

"네……. 편지 내용이 너무 좋아요. 저 감동하였어요."

비록 다시 펴 볼 엄두가 나지는 않는 서간이었으나 삐뚤빼뚤하게 피로 쓰인 '목린 님 사랑해요'라는 문장에는 어린아이의 정성이 돋보였다. 목린이 미소를 지어 보이자 세 아이가 크게 기뻐하며 목린을 더욱 끌어안았다.

화영, 혜영, 선영이 목린을 데리고 간 곳은 마을의 커다란 마구간이었다. 가뜩이나 말을 무서워하는 목린이 더욱 움츠러들게 했다. 차마 어린애들에게 티도 내지 못하며 끙끙거리는데, 마침 마구간 앞에서 대기 중이던 월진과 윤근이 그녀를 발견했다.

"목린아!"

두 사람이 먼저 목린을 향해 우다다다 달려오기 시작했다.

가만히 서서 달려오는 시부모를 반길 수도 없는 노릇이었다. 결국 목린 또한 치맛자락을 잡고 두 분을 향해 속도를 높여야 했다. 종종 달려가며 숨 가쁘게 외쳤다. 지나가던 사람들이 그녀를 쳐다보는 게 느껴져 얼굴이 화끈거렸다.

"안녕하세요, 아버님, 어……."

월진이 목린을 꽉 안아 드느라 인사가 묻혔다. 월진은 그 상태로 목린을 잡고 마구간을 향해 다시 돌아갔다. 월진의 딱딱한 갑옷에 얼굴이 부딪친 목린의 코가 빨개졌다. 목린은 아픈 것을 티도 못 내고, 월진의 품에서 혼자 시무룩한 표정으로 고통을 삭였다.

"우리가 너에게 주는 선물이란다."

목린의 발이 땅에 닿고, 미처 목린이 그 말을 이해하기도 전에 월진이 그녀의 어깨를 돌려세웠다.

목전에 놓인 것을 발견한 목린의 동그란 눈이 쉼 없이 커졌다.

아까는 월진과 윤근에게 정신이 팔려서 제대로 보지 못했는데, 어떻게 그럴 수 있었는지 놀라웠다. 왜냐하면 목린이 여태까지 살면서 본 가장 아름다운 말이 얌전히 서 있기 때문이었다.

기실 단월도에는 말이 없었고, 살면서 본 말이라곤 언영이 섬에 선물해 준 애들이 전부였지만 목린은 확신할 수 있었다. 이보다 아름다운 애는 그 어딜 뒤져봐도 찾기 힘들 터다.

말의 털은 흰색이라고 하기엔 너무도 반짝였다. 자신이 풍기는 그 고고함을 잘 알고 있다는 듯, 검은 눈동자는 기묘한 오만함을 굳이 숨기지 않았다. 길고 풍성한 속눈썹 아래에서 존재를 돋보이는 새까만 눈은 빨려 들어갈 것처럼 매혹적이었다.

웅장한 신화를 갖고 태어난 공주님 같았다. 앞에 서 있는 자신이 보잘것없이 느껴질 정도로.

목린은 말을 병적으로 무서워하고 피하는 편이었다. 하지만 이 말은 예외였다. 은색의 털은 말을 목린마저도 한번 만져 보고 싶을 정도로 휘황찬란하게 반들거렸다. 게다가 표정은 또 어떠한가. 길고 검은 눈에 담긴 왠지 모를 도도함과 새침함이 밉상이긴커녕 사랑스러웠다. 그녀도 모르는 새 홀린 듯 구경하고 있었다. 이런 아이가 제 것이라니 믿기지 않았다.

언영의 누이들도 같은 생각을 했는지 즐겁게 웃으며 방방 뛰기 시작했다. 화영이 양손을 하늘에 뻗고 신나게 외쳤다.

"우와! 너무 예뻐요! 목린 님이 이 말하고, 륭이랑 오라버니하고 넷이서 함께 있으면 한 폭의 그림일 것 같아요!"

"륭이요?"

목린은 그 이름이 왠지 익숙했다.

"오라버니의 흑마요!"

언영은 단월도에 방문할 때 구태여 제 말을 데리고 오지 않고 걸어 다녔다. 하여 이름만 들었지 어떻게 생겼는지는 감이 오지 않았다.

"오늘 종일 타고 다니시던데 못 보셨어요?"

"네. 아침 이후로 서방님을 뵌 적이 없어서요."

그리 답하면서도 목린은 은빛의 말에게서 눈을 떼지 못했다. 말도 제 주인을 알아보는 양 목린을 뚫어져라 보고 있었다.

"오랜만에 친우들하고 같이 마을 순찰을 하고 계시던데요!"

"아!"

세 누이 중에 두 번째로 나이가 많은 혜영이 갑자기 저쪽 너머를 가리켰다.

"저기 있어요! 저 언덕 위에!"

노을이 지고 있었다. 태양은 마지막으로 작별 인사를 하는 동안 인상 깊은 황혼의 빛을 전파했다. 단언컨대 언덕 꼭대기에서 마을 전경을 내려다보는 언영과 그의 말이 빛의 총애를 가장 독차지했다.

언영 말고도 세 명의 사람이 더 있었지만, 가장 전방에서 허리를 우뚝 펴고 말 위에 앉아 있는 그의 분위기를 압도할 수 있는 이는 전무했다.

한 치의 밝은 기운도 용납하지 않는 그의 냉엄한 얼굴이 마을을 내려다보고 있었다. 아니, 분위기 탓에 마을이 그를 우러러보는 중인 인상을 남겼다.

타오르는 노을이 언영의 몸에 진득하니 눌러앉아 건장한 육체와 각진 턱, 뚜렷하고 날카로운 이목구비를 강조했다. 멀리서 보여도 또렷한 눈매와 털이 빽빽하고 모양이 잘 빠진 눈썹이 아름다운 비율로 그의 안면을 차지했다. 선선한 바람이 그의 짧은 머리카락을 매만지고 놀았다.

무겁고 두꺼워서 이질감만 느껴지던 그의 부담스러운 육체가 처음으로 아름다워 보였다. 그가 타고 있는 새까만 윤기 나는 말 또한 압도적인 분위기를 풍겼다.

"……."

목린은 잠시 넋을 놓고 그 모습을 바라보았다. 한 폭의 그림과 같은 장경에 입이 다물어지지 않았다.

윤근과 월진은 듬직하게 자란 아들을 뿌듯이 지켜보다가 정신이 반쯤 나가 버린 목린을 발견하곤 씨익 웃었다.

언영은 계속 하늘을 바라보면서 입술을 달싹였다. 여기서는 들리지 않지만 제 후방에 같은 자세로 있는 세 명의 친우들과 대화를 나누는 듯했다. 곧이어 할 말이 떨어졌는지 입이 굳게 다물렸다. 그의 커다란 손이 다정하게 살짝 툭툭 말의 옆얼굴을 쳤고, 룽

이라고 불린 흑마는 알아서 반대 방향으로 몸을 돌렸다. 언덕을 내려갈 채비였다. 그 과정에서 언영은 무심코 아래를 보았고, 그러자마자 바로 목린과 눈이 마주쳤다.

목린은 화들짝 놀라며 얼굴을 벌겋게 붉혔다. 죄를 저지른 것처럼 부끄럽고 당황스러웠다.

언영의 눈이 휘둥그레 벌어졌다. 아름답던 냉철함이 와르르 무너졌다. 덕분에 쿵쿵 요란하게 움직이던 목린의 심장도 안정을 되찾았다.

"목린아!"

언영은 다급하게 말의 고삐를 당겼다. 말이 화들짝 놀라는 게 목린에게서도 보였다.

"목린아! 하하하하! 목린아!"

뒤에 있던 자신의 세 친구도 버리고 언영은 목린을 향해 무작정 돌격했다.

아내를 보고 흥분한 언영의 눈엔 뵈는 게 없었다. 고삐를 성급하게 튕기며 허덕거렸다. 어떻게든 빨리 달려가고 싶어서, 본인이 달리는 것도 아닌데 입을 쩍 벌리고 안간힘을 썼다. 가만히 앉아 있을 수도 없는지 엉덩이를 들썩이다가 종래엔 그냥 아예 엉덩이를 띄우고 저돌적으로 상체를 앞으로 숙였다.

륭은 매섭게 변한 주인에게 적응할 수 없는지 뛰어오면서도 짜증을 내듯이 울었다. 가파른 언덕을 내려오는 길이라 우당탕 시끌벅적하게 내려오는 말의 발이 보기 아슬아슬하게 꼬이고 있었다. 게다가 점점 속도가 붙고 있음은 물론이다.

목린의 얼굴이 새하얗게 질렸다. 이걸 어찌하나 발을 동동 구르며 주변을 보는데, 전전긍긍하는 건 그녀뿐이다. 윤근, 월진, 언영의 세 누이 모두 언영을 벅차오르는 얼굴로 구경하고 있었다.

"목린아아아아아! 하하하하하!"

평지를 밟기 시작한 말은 속도를 줄이지 않았다. 언영의 눈과 말의 눈에서 다른 의미로 불이 타오르고 있었다. 그 둘의 목적은 오로지 하나였다.

"꺄아아악!"

이러지도 저러지도 못하는 목린은 몸을 떨면서 두 손으로 얼굴을 가렸다. 마지막으로 보고 싶은 아버지와 오라버니, 친구들의 얼굴이 눈앞에 스쳐 지나갔다.

……

킁킁.

그렇게 긴박하게 뛰어오면서도, 결국 안정적으로 목린의 코앞에 멈춰 선 륭은 머리를 숙여 목린의 손등 냄새를 맡았다.

목린은 용기를 내어 손가락만 살짝 벌려 보기로 마음먹었다. 각각의 손 중지와 약지 사이만 틈을 내어 시야를 천천히 확보했다.

"목린아!"

그 사이로 언영의 눈이 부담스럽게 불쑥 나타났다.

목린이 짧은 비명을 지르며 얼굴에서 손을 뗐고, 그와 동시에 언영이 목린의 겨드랑이 아래에 손을 끼워 넣었다. 제 머리보다도 목린을 높게 두둥실 들어 올렸다.

"보고 싶었어!"

"서방님, 주변에 가족이 다 계시는데……!"

"오늘 종일 보고 싶어서 미치는 줄 알았어, 내 색시! 내 여자! 내 목린이!"

언영은 목린과 눈높이를 맞추고 입술을 지분댔다. 목린의 힘없던 반대는 그대로 먹혀들어 갔다. 그녀의 걱정과는 다르게 언영의 가족은 두 사람을 마냥 흐뭇하게 구경하더니 옆으로 슬그머니 자리를 비켜 주었다.

붉게 부어오를 때가 되어서야 언영은 쪼쪼거리던 입술을 놔주었다. 입술이 얼얼해서 목린이 아무 말도 못 하는 동안, 언영은 묘한 표정으로 목린의 복장을 내려다보았다. 그의 목소리에 알게 모르게 기운이 빠져있었다.

"내가 준비한 옷 안 입었네……."

"네?"

"아니야. 오늘도 예쁘다고."

언영은 얼른 표정을 바꿨다. 실실 웃으며 목린을 땅에 내려놓고 신비로운 은색의 말을 향해 다가섰다. 안면에 가득 자리 잡은 뿌듯함이 그가 이 순간을 얼마나 고대했는지 보여 주고 있었다.

"얘를 벌써 만났구나!"

"네, 너무 예뻐요."

이번에는 정말 진심이었다.

"마을 마구간에서 계속 기르던 녀석인데, 보자마자 너한테 줘야겠다고 생각했지. 그래서 아직 이름도 없어. 목린이 네 마음대로 지어 줘도 돼. 야, 륭. 앞으로 친하게 지내라."

륭은 언영에게 화가 났는지 시선을 피하며 툴툴거리고 있었다. 부러 언영에게서 거리를 두며 마음이 토라졌다는 사실을 행동으로 표출했다. 목린은 그 모습을 흥미롭게 바라보았다. 늘 말이라면 무조건 무섭게 여기고, 일단 겁부터 먹으며 거리를 두기 바빴다. 이런 귀여운 면모가 있을 줄은 몰랐다.

외면하는 척하면서도 목린의 시선을 느끼긴 하는지, 륭은 계속 그녀 쪽으로 고개를 돌리려다 말길 반복했다. 단언컨대 륭의 입장에서도 목린이 신기한 존재이긴 할 터였다. 륭의 머뭇거림을 눈치챈 목린은 더욱 뚫어져라 그를 쳐다보았다. 결국, 말은 졌다는 듯 목린을 향해 휙 머리를 돌렸다.

그리고 륭의 입이 떠억 벌어졌다. 당장이라도 눈알이 튀어나올 것 같았다.

"야, 왜 그래?"

언영은 적잖이 당황했다.

히히히히히힝-! 륭이 앞발을 하늘로 치켜들며 신나게 울었다. 몸통을 양쪽으로 들썩거렸다. 어찌나 신났는지 혀가 밖으로 튀어나왔다. 다시 땅에 내려온 앞발로는 바닥을 연속으로 때려대며 관심을 갈구했다. 처음엔 언영만큼 혼란스러워하던 목린은 머지않아 륭이 발견한 자가 그녀가 아님을 깨달았다.

륭의 맑은 눈이 꽂혀 있는 대상은 바로 목린의 측면에 얌전히 서 있던 은빛의 말이었다.

"……."

오히려 그 상대는 슬쩍 무심한 눈길을 보내고 아예 몸을 틀어

버렸지만 말이다.

은색의 말이 도도한 발걸음으로 먹이를 향해 떠나 버리자 륭의 움직임도 멎었다. 며칠은 굶은 것처럼 보이는 륭의 망연자실한 표정을 언영은 걱정스럽게 쳐다보았다. 급하게 멋대로 언덕을 내려오기는 했지만 속으로 좀 미안하긴 했는지 얼른 사과 또한 덧붙였다.

"야! 괜찮아? 아까는 미안해, 응?"

아끼는 말이 특이한 행동을 보여 주니 언영은 점점 초조해졌다. 상심한 듯 보이는 륭에게 바짝 다가가 얼굴을 다정하게 쓰다듬었다.

목린은 저편에서 목초를 무심한 표정으로 씹고 있는 그녀의 말과, 슬픈 얼굴의 륭을 번갈아 쳐다보았다. 여러 번 왔다리갔다리 하며 구경하다가 끝내 확신이 서서 미소를 지었다.

"언영 님 말이 제 말을 좋아하는 것 같아요."

"뭐?"

언영이 황당해하며 목린을 돌아봤다. 하지만 정말 자세히 보니, 륭의 시선이 꽂힌 방향이나 특이한 태도에 담긴 의미가 지나치게 뻔했다.

언영은 장난스레 코웃음을 치며 륭에게 잔소리를 날렸다.

"너도 이제 여덟 살이라 이거냐?"

륭은 그것을 알아들은 양 툴툴거렸다. 언영의 표정이 더 험악해졌다. 하지만 그 모습이 무섭긴커녕 되레 짓궂어 보여서, 목린은 저도 모르게 푸흐흐 입을 가리고 웃었다. 소리를 들은 언영의 얼굴이 재빨리 돌아갔다.

"……."

그는 목린의 은은한 미소를 넋이 나간 듯 내려다보았다. 때마침 식사를 마친 은빛 말이 서서히 그녀의 앞으로 다시 돌아왔다. 도도하면서 신비로운 눈빛은 목린을 호기심 어린 눈으로 보고 있었다. 목린은 조심스레 손을 뻗었다.

"륭이가 고작 여덟 살일지는 몰라도, 사람 나이로 치면 언영 님께서 저희 섬에 오셨을 때보다 훨씬 성숙할 것 같은데요."

"목린아……."

손에 부드럽게 감기는 말의 털은 목린의 혼을 순간 완전히 빼앗았다. 그래서 언영이 갑자기 바짝 달라붙어 그녀를 가까이서 내려다보고 있음을 깨달았을 때는, 기절할 정도로 놀랐다.

"네가 내게 이렇게 소리 내서 웃어 준 거, 오늘이 처음이야."

언영의 뜨거운 두 손이 목린의 얼굴을 감쌌다. 그 안에 소중하게 감싸인 귀여운 이목구비가 움찔 놀랐다. 언영의 타오르는 불과 같은 눈빛에 웃음기는 없었다. 가끔 그가 이런 표정을 지을 때가 있었다. 이럴 때마다 목린은 어찌해야 할지 몰라 입술을 얌전히 감쳐물었다.

언영의 허리가 굽혀졌다. 아까 전 그 장난스러운 입맞춤이 아닌, 정말 진지한 애정의 표현을 하기 위함이다. 목린의 얼굴이 더 단단히 잡히고 턱이 위로 들어 올려졌다. 또렷하면서도 매섭게 잘 빠진 언영의 눈이 서서히 감기고, 그가 안정적인 입맞춤을 위해 고개를 살짝 옆으로 틀었다.

긴장한 목린도 커다란 눈으로 언영을 초롱초롱하게 올려다보다가, 끝내 눈꺼풀을 닫으려 했다.

“맞아라!”

하지만 난데없이 둔탁한 소리와 같이 언영의 얼굴이 시야에서 사라지는 데까지는, 시간이 별로 걸리지 않았다.

“어? 정말로 맞았네.”

눈 깜빡할 사이에 언영은 바닥에 나뒹굴고 있었다. 그는 옆으로 누워 한쪽 볼을 감싸며 끄응 신음을 내뱉었다. 얼굴을 찡그리며 입에 담긴 피를 바닥에 퉤 하고 내뱉었다.

목린은 아연실색한 표정으로 몸을 굳히고 그를 내려다보았다.

“초면에 실례합니다.”

한편 언영을 때린 당사자는 측면에서 그런 그녀를 향해 정중히 인사했다. 목린은 창백한 얼굴로 그를 흘겨보았다. 왠지 익숙하다 했더니 아까 공터의 중앙에 있었던 그 사내였다. 뒤로 머리를 질끈 묶은 그의 입에서 믿을 수 없는 말이 터져 나왔다.

“언영이 친구 허현오라고 합니다. 이 녀석이 목린 님께서 앞에 계시면 정신을 못 차려서 날아오는 주먹도 못 볼 거라 내기를 걸었거든요.”

그렇게 뻔뻔히 말한 현오는 옆에 서 있는 여인에게 손바닥을 내밀었다. 조금 전까지 언영과 함께 언덕 위에서 마을을 내려다보고 있던 바로 그 세 사람 중 둘이 이 남녀였다.

“야, 봤지? 내놔.”

“흥.”

여인이 석연치 않은 표정으로 허리춤에 차고 있던 주머니를 풀더니 안에 들어 있던 작은 은 덩어리를 현오에게 거칠게 던졌다. 사내는 씨익 웃으며 그것을 신난 표정으로 낚아챘다. 목린은 입을 다물 수 없었다. 사내가 해명이랍시고 던진 말은 되레 그녀에게 돌이킬 수 없는 충격을 선사할 뿐이었다.

"왜 그런 내기를……! 서방님!"

목린은 허둥지둥 몸을 숙여 언영의 어깨를 쥐고 일으켜 앉혔다. 내기를 거론하지 않던 나머지 한 명의 사내가 말없이 그녀를 도와주었으나 큰 위로가 되지는 않았다. 핏기가 사라진 목린의 얼굴은 금세 되돌아오지 않았다. 눈을 크게 뜨고 물었다. 눈물이 나오기 직전이었다.

"많이 아프세요?"

"목린아……."

언영은 눈이 풀려 있었다. 다만 그것이 아파서라던가, 목린이 생각하는 그 이유 탓은 아니었다.

"고작 이 정도로…… 나를 걱정해 주는 거야……?"

치고 때리는 장난이 흔한 귀혈족에게 갑작스레 나타난 사내의 행동은 무례한 것이 아니었다. 어차피 언영이 그를 때린 경험도 여럿 있었다. 지금 이 주먹은 간지럼 태우기였다.

"고작이라뇨, 맞는 소리가 그렇게 컸는데!"

다시 떠올리기만 해도 목린은 손이 떨렸다. 도대체 왜 그 누구도 이 상황에 분노하지 않는지 이해할 수 없었다. 심지어 언영의 가족 또한 가만히 방관 중이었다.

"목린아……."

언영은 목린의 겨드랑이 아래에 손을 넣고 함께 일어섰다. 시선이 같을 정도로 목린의 몸이 위로 떠올랐다. 언영은 작열하는 눈으로 목린을 주시하다가 이내 그녀를 제품에 바짝 당겨 안았다.

"목린아, 너 나를 정말 사랑하는구나……!"

몸이 꽉 압박되면서 목린은 헉하는 짧은소리를 내뱉었다. 언영은 목린의 목에 얼굴을 파묻고 눈을 감았다. 눈물이 살짝 고였다. 벅차오르는 감정을 애써 정돈하는 중이었다. 지나가던 주변인들이 숨죽이고 부부의 모습을 지켜보았다.

먼저 극적인 움직임을 보이기 시작한 건 언영을 때린 그 사내였다. 현오가 먼저 기다렸다는 듯 느리게 손뼉을 쳤다. 그는 울음을 참듯 입술을 앙다물었다. 그것이 신호가 되어 주변에 있던 모든 이들이 그를 따라 했다. 그에게 은 덩어리를 던져 준 여인도, 언영의 모친과 부친도, 언영의 세 누이도 마찬가지였다. 호기심에 그들을 구경하러 붙은 행인들도 똑같았다. 소리를 지르고 두 팔을 들어 올렸다. 어느덧 감동의 기운이 물결쳤다.

"우리 마을에 진정하게 사랑을 할 줄 아는 분이 오셨구려."

어떤 할아버지가 하늘에 두 팔을 뻗고 외쳤다. 나이를 배신한 근육 진 팔뚝이 울퉁불퉁했다.

당황한 목린은 쭈뼛거렸다. 주변이라도 살피려고 고개를 틀려 하자 언영의 큼지막한 손이 그녀의 뒷머리를 안아 버렸다. 목린의 오뚝한 코가 언영의 어깨에 꾹 짓눌렸다.

언영은 울음을 참는 목소리로 말했다.

"응. 말하지 않아도 알아. 네가 나를 많이 사랑하는 거. 부끄러우면 말하지 않아도 돼. 이미 잘 알고 있어."

"……?"

월진과 윤근은 볼을 타고 흘러내리는 눈물을 손등으로 거칠게 비벼 닦았다. 어린 세 누이도 서로의 손을 잡고 훌쩍거렸다.

은을 던져 준 여인 또한 눈물을 찔끔 흘리고, 조금 머쓱해졌는지 현오의 어깨를 주먹으로 퍽 때렸다. 그의 몸이 휘청거릴 정도로 흔들렸다. 그는 어깨를 문지르며 힐끔 그녀를 노려보더니, 이번엔 제 주머니를 열어 아까 받았던 은을 다시 돌려주었다.

예쁜 노을이 목린과 언영의 머리 위에 두 사람을 응원하듯 풍성하게 펼쳐졌다.

7장

"잘 모르는 사람들이 간과하는 게 있어. 승마는 기술만 배우면 끝이라고 생각해. 하지만 아니야."

아무것도 하지 않고 말에 앉아만 있어도 긴장되었다. 하나 다치지 않을 것이란 확신이 있었다. 옆에서 따라 걷는 언영이 그녀와 그녀의 말을 든든히 잡아 주고 있었기 때문이다.

평평한 땅을 천천히 가로지르는 중이었다. 봄의 중간 지점에 다다른 하늘은 청정했다. 한쪽에서는 농사꾼들이 옹기종기 모여 부추를 심고 있었다. 다른 한쪽에서는 사람들이 두 줄로 늘어서서 반듯한 자세로 뛰고 있었다. 평화로운 낮이었다.

목린은 최대한 다른 곳에 시선을 두지 않으며 오로지 제게 놓인 임무, 말을 타는 일에만 집중하려 애썼다. 잠깐 고개를 돌리면 꼭 잘 모르는 사람하고 어색하게 눈을 마주치게 되었다.

며칠 전 현오에게 얼굴을 맞은 언영을 일으켜 준 행동이 마을에 일파만파 퍼졌다. 목린은 그게 무슨 대수냐 생각했지만 귀혈족은 그리 여기지 않는 것 같았다. 어디서든 벅차오르는 눈빛이 목린의 주변에 따라붙었다. 지금도 저쪽에서 달리며 훈련 중인 이 중 몇몇이 이쪽을 힐끗힐끗 보고 있을 게 뻔했다. 목린에겐 이 모든 상황이 부담스럽기 그지없었다. 귀혈족이 아직도 많이 무서웠다.

그래도 목린은 얼른 고개를 휘휘 저었다. 지금 이런 걸 생각할 때가 아니었다. 고삐를 꽉 쥐고 옆에서 들리는 언영의 설명에 귀를 기울였다.

"말도 살아 있는 애야. 감정을 느낄 수 있고 생각이 있고, 지능도 높아. 말을 탄다는 건 결국엔 새로운 사람과 만나는 것과 똑같아. 나한테 네가 배울 수 있는 건 대화하는 기술이 전부고, 실제로 말과 친해지는 역할은 오로지 네 몫이야. 대화하는 법을 안다고 바로 사람과 친해질 수 있는 건 아니듯이."

언영이 목린과 정면의 길을 번갈아 눈에 담으며 옆에서 쾌활하게 설명하고 있었다. 말이 걸어가면서 그 위에 앉은 목린의 몸이 아주 가볍게 위아래로 들썩거렸다. 아침에는 그것만으로도 죽겠구나 속으로 신음을 내뱉으며 앓았는데, 얼마 지났다고 금방 적응이 되었다.

"그리고, 오랜 시간 알고 지냈다고 해도 꾸준히 신경 써야 하는 게 바로 관계잖아. 이것도야. 말을 탄다는 건 그 말과 친해지는 과정이야."

목린은 눈을 아래로 내리깔며 천천히 끄덕였다. 친해지는 과정. 그 두 어절을 속으로 끊임없이 되풀이했다.

"꽤 어렵네요……."

"하지만 정말 잘하고 있어! 얘도 너를 많이 좋아하나 봐. 성격도 순하고."

목린은 희미하게 미소 지었다.

말이 처음에는 하도 무심한 표정을 짓길래, 어려운 상대인 줄로만 알았다. 하지만 미세한 변화가 잇따랐다. 목린이 다가가면 다른 이들이 올 때보다 더 눈을 크게 뜨고, 목린이 말을 걸면 얌전히 마주 보고 경청해 주었다. 목린이 탄성을 내며 은빛의 체모를 쓰다듬어 주면 조용히 눈을 감으며 그 손길을 즐길 줄 알았다.

지금도 느릿느릿 지루하게 걷고 있는데, 불평 하나 없는 동료였다. 이렇게 별 탈 없이 연습을 즐기고 있는 상황도 이 사랑스러운 말의 조용한 공헌이 있었기 때문이라 목린은 믿어 의심치 않았다.

"이름은 정해 줬어?"

언영은 뿌듯하게 은색 말을 쳐다보며 물었다. 목린에게 이 아이를 골라 준 게 그렇게 자랑스러운지 싱글벙글하였다. 몇 년 전부터 목린이 줘야 한다고, 마을 마구간에 있던 애를 데려가지 말아라 주민들 앞에서 못 박아 두었다고 한다.

목린은 고개를 저었다.

"아니요. 아직이요."

친해지는 과정. 그렇다면 더욱 아무렇게나 지을 수는 없는 노릇이었다.

"오래 고민해서 정말 예쁜 이름으로 지어 주고 싶어요. 륭이란 이름만큼요."

"이름만큼 예쁜 짓만 하면 다행일 텐데 말이지."

언영이 슬그머니 옆을 노려보며 말했다.

사실은 셋이서만 함께 있는 것이 아니었다. 같은 속도로 측면에서 언영의 애마(愛馬) 륭 또한 그들에게 붙어 따라오고 있었다.

술에 취한 말이 있다면 저런 모습이리라 목린은 생각했다. 입을 크게 벌리고 있는 륭은 오로지 옆을, 정확히는 목린의 말의 얼굴을 뚫어져라 쳐다보며 걷고 있었다. 꿈틀거리는 혀가 바깥으로 튀어나오고, 그 아래로 침을 뚝뚝 흘리고 있었다. 상황을 몰랐다면 어디 크게 아팠다고 오인했을 터이다.

언영은 팔짱을 끼고 륭을 한심하다는 듯 쳐다보았다.

"좋냐?"

륭이 두 콧구멍을 벌렁거리며 끄덕거렸다. 콧김이 뿌우뿌우 터져 나왔다.

한편 옆에서 날아오는 강렬한 시선에도 은색의 말은 흔들림 한 번 없었다. 이쯤 되면 그냥 불쌍해서라도 한번 쳐다봐 줄 법도 한데, 도도한 그녀는 작은 관심조차 용납하지 않았다. 아예 륭을 없는 녀석 취급하며 표정 없이 정면만을 똑바로 응시했다. 목린이 몸통을 살살 쓰다듬어 주었다.

언영은 눈에 연민을 담아 제 오랜 친구를 쳐다봤다. 나오는 언사는 까칠해도 륭의 몸통을 정답게 매만지는 손길은 애정이 넘쳤다.

"칠칠치 못하긴."

"……솔직히 둘이 정말 똑같은데."

"응? 뭐라고?"

제대로 듣지 못한 언영이 되묻자 혼잣말을 중얼거렸던 목린의 낯빛이 어두워졌다.

"아무것도 아니에요! 아!"

갑자기 정면에서 바람이 세게 들이닥쳤다.

아침부터 활발히 움직였던 터라 옆으로 땋아 내린 목린의 머리는 거의 풀려 있었다. 바람의 손길에 순종적으로 따르던 머리카락은 어느새 사방으로 화려하게 퍼뜨려졌다.

"읏……."

이대로 앞을 바라보기엔 너무 눈이 따가워 목린은 살며시 눈꺼풀을 닫았다.

계속 몸이 긴장하고 있었더니 꽤 더웠던 차다. 그래서일까, 바람의 재롱이 기분 좋은 토닥임으로 느껴지기 시작했다. 좁혀져 있던 목린의 미간이 반듯하게 펴지고 사랑스러운 미소가 입가를 차지했다. 새뽀얀 볼이 귀엽게 여물었다. 힘이 바짝 들어가 움츠러졌던 어깨를, 마치 날개를 사방에 펼치듯이 자랑스럽게 폈다. 바람을 몸소 즐겼다.

그녀의 아래에 있던 말 또한 당황하지 않고 차분히 눈을 감았다. 은빛의 털이 나풀거리게 놔두었다. 마치 빛이 살아 꿈틀거리는 듯한 착시를 자아냈다.

갑작스러웠던 바람이 다시 다른 곳으로 발차한 건 약간의 시간이 지난 후였다. 목린은 약간 몽롱한 얼굴로 눈을 다시 서서히 떴다. 짧은 시간이었지만 꿈같았다. 뒤에서 아름답게 춤을 추던 머리카락은 언제 그랬냐는 듯, 순간의 일탈을 부정하며 그녀의 등 뒤에 다소곳하게 자리를 잡았다.

"……?"

다시 자세를 잡고 언영을 쳐다본 목린은 지레 겁을 먹고 뒤로 물러났다.

언영은 정신 나간 낯으로 목린을 물끄러미 올려다보고 있었다. 턱이 아래로 뚝 떨어진, 누가 드러난 앞니를 모두 뽑아가도 모를 정도로 어벙해 보이는 표정이었다. 옆에 있는 륭의 얼굴도 별반 다르지 않았다.

여전히 목린에게서 눈을 못 떼며 언영이 손으로 더듬더듬 허리춤의 호리병을 뽑아 마셨다. 하지만 정신이 완전히 다른 데 팔려서 턱 아래로 주룩주룩 쏟아냈다. 그리고 두 모금 정도 남았을 때 그는 팔만 움직여 륭의 입에도 좀 먹여 주었다.

목린은 무슨 일이 생겼나 어리둥절 주변을 살폈고 그녀의 말은 다 알고 있다는 듯 아래에서 푸르르 코웃음을 쳤다.

아무리 사방을 관찰해도 특이한 기색은 발견되지 않았다. 아리송한 기분을 남긴 목린이 다시 정면을 바라보는데, 갑자기 언영이 그녀에게 바투 다가와 달라붙었다. 간절한 눈길을 담아 그의 아내를 올려다보았다.

"목린아, 오늘은 여기까지 하면 안 될까?"

"아, 많이 바쁘세요?"

조금만 더 타고 싶었다. 생각했던 것만큼 어려운 과정이 아니었음을 깨닫게 된 지 그리 오래되지 않았다. 그리고 무엇보다 언영에게 일정이 없다는 사실을 알고 있었다. 언영과 친한 그 허현오라는 사람이 오늘 언영 대신 일을 떠맡게 됐다며 툴툴거리는 모습을 봤기 때문이다.

물론 진심으로 성을 낸 것은 아니고, 그는 목린과 언영에게 대신 둘이서 좋은 시간 보내라고 음흉하게 웃으며 덧붙였다. 언영을 때린 전적이 있는지라 목린의 눈엔 결코 곱게 보이진 않았지만 말이다.

아무튼 이후 할 일이 딱히 없는 언영이 이런 대낮에 벌써 관두자 하는 데에는 이유가 있으리라. 남을 가르치는 일이 지루할지도 몰랐다. 하긴, 언영은 실력이 보통이 아닌 것 같던데 이리 굼벵이처럼 움직이는 그녀가 반가울 리 없었다. 생각보다 좋은 성과를 낸다고 속으로 뿌듯했던 게 무색하게 목린은 다시 주눅 들었다.

"아니, 아니. 그건 아니고. 어서. 응?"

언영은 초조한 목소리로 팔을 뻗었다. 안절부절못하는 그의 품에 안기며 목린은 말에서 천천히 내렸다. 그의 목에 팔을 감고 내려온 후, 발을 땅에 디디려고 했다.

하지만 언영이 품에서 목린을 놔주질 않았다. 여전히 발이 공중에 둥둥 뜬 채로, 목린이 눈을 동그랗게 뜨고 언영을 바라봤다. 언영은 목린을 꽉 붙들어 안은 상태에서 조마조마한 표정으로 주변을 두리번거렸다. 목린이 알아들을 수 없는 말을 뇌까렸다.

"주변에 할 만한 곳……. 없겠지."

"네?"

몇 번을 더 근처를 흘기던 언영은 끝내 무언가를 포기했다. 그리고 조급하게 륭의 위에 올라탔다. 그의 팔에 안긴 목린도 아슬아슬하게 함께했다. 목린은 언영의 팔을 더 꽉 안으며 매달렸다.

"당장 집으로 가자."

"네? 잠깐만요! 제 말은요?"

"여기 놔두면 누군가가 알아서 마을 마구간에 옮겨 줄 거야. 아니면 알아서 우릴 따라오겠지. 야, 가자!"

누가 쫓아오기라도 하는 양 언영이 다급하게 고삐를 쥐었다. 하지만 느긋하기 그지없는 륭의 몸짓은 그와 완벽히 대비되었다. 정확히 말하자면 륭은 좋아하는 상대를 여기 두고 떠난다는 것에 불만이 거셌다. 덩치에 맞지 않게 귀엽게 머리를 젓고 있었다. 언영이 이를 악물고 제안했다.

"식사 시간에 재랑 둘이서만 나란히 건초 먹게 해 줄게."

생기를 찾은 륭의 눈에서 야망이 번쩍거렸다. 흑마는 곧바로 전광석화와도 같이 달음박질했다.

* * *

언영과 목린의 집 앞에 당도한 륭은 자랑스럽게 울었다. 이만큼의 빠르기라면 육지의 모든 부족을 통틀어도 으뜸갈 정도였다.

물론 그렇기 때문에 위에 올라탄 목린은 쓰러지기 일보 직전이었다. 엄청난 속도에 머리가 윙윙거렸다.

"고마워. 마을 마구간에 가 있어."

언영이 먼저 바닥에 땅을 딛고, 그 뒤에 몸에 힘이 다 빠져 흐느적거리는 목린을 내려주었다. 한쪽 팔로는 목린을 감싸 안고 다른 손으로 륭을 다정하게 툭툭 쳤다. 그들의 집에 위치한 마구간은 아직도 건축의 마무리 단계에 있었다.

"보상은 제대로 해 줄게."

륭이 신나게 머리를 흔들었다. 그리고 다시 그의 사랑인 은마(銀馬)를 찾으러 떠나는지 발이 보이지 않을 정도로 빠르게 달려갔다.

어느새 두 사람만이 골목 앞에 남았다. 목린은 어질어질한 정신을 가다듬고 언영을 바라보았다.

"저, 서방님. 대체 무슨 일……."

언영이 머리를 푹 숙이고 목린의 입술을 거칠게 빨아들였다. 물고, 빨고, 핥고 난리가 났다. 어떻게든 땅에 붙어 있으려는 목린과, 반대로 얼른 그녀를 안고 방 안으로 데려가려는 언영 사이에서 작은 실랑이가 벌어졌다. 목린의 발끝이 애처롭게 바닥을 긁었다.

"서방님……! 아직 대낮……."

목린이 고개를 저으며 피하면 다시 언영이 목린의 턱을 잡아쥐고 제 쪽으로 돌렸다. 정확히 아홉 번 입술 위에 쪽쪽 제 거라고 흔적을 펴 바른 뒤 깊이 혀를 집어넣고 눌러 찍었다. 두 팔에 목린을 숨 막히도록 안고 입을 맞춘 상태에서, 파닥파닥 몸을 움직이는 그녀를 집 안으로 뒤뚱뒤뚱 데려갔다.

겨우 벗어날 틈이 잠깐 생겼을 때 목린이 작게 말했다.

"현오 님이……!"

언영의 짙은 눈썹이 꿈틀거렸다. 목린의 입에서 다른 남자의 이름이 나오자, 약간 거리를 두고 떨어졌다. 여전히 붙잡히긴 했으나 목린에게 숨 쉴 틈은 주어졌다. 목린은 얼굴을 수줍게 붉히며 입술을 빼끔거렸다. 누가 지나갈지 모르는 이런 골목에서 입술을 진하게 지분대고 있었다는 사실이 부끄러워 속눈썹이 귀엽게 떨렸다.

"현오 님이 지금 서방님 대신 바쁘게 일하고 계실 텐데 이런 일로 시간을 때우시면……."

"난 또 뭐라고……. 알 바 아냐."

뜻밖의 이름이 거론되길래 무슨 일인가 호기심을 가졌던 언영이 짧게 웃었다. 논할 가치도 없다는 듯 다시 달라붙어 목린의 입술을 장악했다.

"아!"

열심히 목린의 입술 위에 쪽쪽거리며 언영은 몸으로 대문을 열었다. 압박된 목린의 팔이 귀엽게 파닥이던 바로 그때였다.

"저, 실례합니다."

목린은 화들짝 놀라며 언영을 밀어냈다. 물론 그가 움직여 주지는 않았기 때문에 대신 목린이 최대한으로 등을 뺐다.

막 집으로 들어가려고 하던 차에 한 젊은 귀혈족 여인이 부부의 옆에 모습을 드러냈다. 언영보다 작고 목린보다 큰 그녀의 얼굴에는 긴박함이 가득했다.

"부탁인데 고민 좀 들어주세요."

언영은 마지못해 목린에게서 천천히 떨어졌다.

"무슨 일이십니까?"

아무리 목린과 종일 달라붙고 싶다고 해도, 직접 집 앞까지 찾아온 절박한 손님을 내치진 않았다. 이런 일이 있었을 때는 늘 상황이 좋지 않았던 터라 언영은 표정을 얼른 고치고, 다소 심각한 낯빛으로 여인에게 다가갔다. 목린은 반대쪽으로 등을 돌렸다. 쥐구멍에라도 숨고 싶었다. 두 손으로 뺨을 찹찹찹 때리며 달아오른 얼굴을 애써 가라앉혔다.

그러던 와중에 믿기지 않은 말을 듣게 되었다.

"아니, 저는…… 목린 님을 뵈러 왔어요. 여기서, 아주 잠깐이면 되어요."

* * *

"반나절 말을 타고 이동하면 현족이 사는 마을이 있어요."

두 사람만 남도록 언영은 먼저 집에 들어갔다. 처음엔 그도 함께 남아서 이야기를 듣고자 했지만, 들키고 싶지 않다는 여인의 완곡한 주장에 결국 물러섰다. 목린은 불안한 마음을 거두지 못하고 대문 앞에서 여인과 단둘이 마주했다. 왜 하필 여인이 그녀를 택했는지 오리무중이었다.

머리를 위로 질끈 묶은 훤칠한 키의 그 여인은, 비록 목린과 생김새가 아주 다르지만 피부를 보아하니 그녀 또래가 확실했다. 하나 단순히 비슷한 나이라고 담화를 부탁하는 경우는, 적어도 이 마을에선 있을 수 없는 일이었다. 목린이 대충 길가를 훑어만 봐도 젊은 여인들이 충분히 널렸기 때문이다. 도대체 어떤 상황이 여인을 이곳까지 이끌었는지 알 수 없었다.

목린이 계속 머리를 굴리는 동안, 여인의 입술이 천천히 벌어졌다. 고민이 많았는지 그녀의 이마에 식은땀이 흐르는 중이었다.

"거기에 제가 마음에 담은 남자가 살고 있어요."

목린의 눈이 살짝 커졌다.

"오로지 제 짝사랑이지만, 그간 노력해 온 덕에 그분도 제게 약간의 관심이 있는 것 같아요. 조금만 더 하면 될 것 같은데, 어떻게 그자의 마음을 사로잡아야 할까요? 목린 님이라면 아실 것 같습니다! 얼마 전에 있었던 목린 님에 대한 얘기를 익히 들었어요!"

여인의 절박함이 목소리와 행동에서 고스란히 전해졌다. 몸통을 앞으로 내밀고 두 손을 맞잡는 자세는 간절하기까지 했다.

"아……."

목린은 이제 좀 알 것 같았다.

그동안 귀혈족에 약간은, 아주 약간은 익숙해져서 잊고 살았지만, 결국엔 그들은 무서운 무기를 손에서 놓지 않는 이들이었다. 그런 무시무시한 군사를 이끌고 초족의 섬에 들이닥쳤던 것처럼, 다른 이들의 거처 또한 꾸준히 침략해 왔을 것이다. 초족은 단순히 운이 좋았을 뿐이었다.

어쩌면 그 '현족'이라는 이들은 초족과 비슷한 상황에 부닥쳐 있거나, 아니면 보다 더욱 참혹한 피해를 보는 중일지도 몰랐다. 여러 가지로 복잡할 터이다.

여인의 가족은 뭐 하러 그런 놈이랑 사느냐, 그냥 노예로 써먹으라고 불평을 늘어놓을 수도 있고. 끝내 일가친척을 설득한다고 한들, 정작 마음에 담은 그 사내가 자존심과 증오 탓에 완전히 마음을 닫고 여인을 거절할 수도 있었다.

여기까지 생각하고 나니 왜 여인이 그 많고 많은 사람 중에 왜 굳이 그녀를 찾았는지, 목린은 이해했다. 그 남자와 비슷한 처지에 놓인 사람이 주변에 그녀뿐인 것이다.

솔직히 말하자면 과연 이 여인을 마음 편히 도와줘도 되는가 걱정이 속에 서렸다. 사내 입장에서 얼마나 이 여인의 구애가 버겁고 부담스러울지 누구보다 잘 이해할 수 있었기 때문이다. 하지만 상대도 약간의 관심이 있다고 한 것으로 보아, 그렇게까지 극단적인 파멸과도 같은 사이는 아닌 것 같아 목린은 조심스레 대화를 이어 나가기로 마음먹었다.

아담한 주먹을 꽉 쥐고 신중하게 물었다.

"그동안…… 어떤 식으로 마음을 표현하셨나요?"

"들어주시는 거군요! 정말 고맙습니다! 소문은 익히 들었습니다!"

여인은 목린의 안색이 워낙 좋지 않았던 터라 긍정적인 답을 기대하지 않고 있었다. 신이 나서 대답했다.

"그동안은 여기서부터 그 마을까지 무거운 쌀을 직접 들고 움직이는 모습을 보여 주며 힘을 과시했어요."

목린은 창백한 얼굴로 고개를 저었다. 손까지 내저으며 격렬하게 반대했다.

"안 돼요!"

"네?"

"그분은 오히려 힘으로 통제하려 한다고 생각할 거예요! 죽임을 당할까 봐 무서워할지도 몰라요!"

목린은 본인의 경험을 기반으로 삼아 말했다.

"그렇게 극단적으로요? 대체 왜……?"

여인은 도무지 받아들일 수 없다는 투였다. 목린은 서둘러 말을 이었다.

"다른 방법을 써 보세요! 이를테면……."

뭐가 좋을까. 목린은 주변을 둘러보았다. 그러다가 목린과 언영의 집을 둘러싸고 있는 돌담 아래에 꽃핀 민들레에 눈길이 갔다.

목린은 쭈그리고 앉아 그것을 뽁 하고 잡아당겼다. 다시 자리에서 일어나 여인의 눈앞에 보여 주었다. 상황을 이해하지 못하는 상대의 의아한 표정을 보며 밝게 말을 이었다.

"이런 꽃을 가지고 가락지나 화관을 만들어 주면 분명 좋아할 거예요."

하지만 여인은 목린의 제안이 달갑지 않은 듯했다. 어색하게 웃으며 어깨를 으쓱거렸다.

"그런 걸요? 나쁘진 않겠지만 그래도, 쌀 드는 게 훨씬 쉽고 인상적이고 멋있을 것 같은데요."

"그렇지 않아요! 쌀은 절대 들지 마세요!"

"알았어요. 꼭 시도해 볼게요! 감사합니다, 목린 님."

그렇게 끝날 것이라고 목린은 생각했다. 별일 아니었다는 안도의 한숨을 내쉬며 집 안으로 들어갔다.

새로운 변화는 사흘 뒤에 벌어졌다.

"목린 님! 고맙습니다! 그이랑 바로 부부의 연을 맺게 되었어요!"

"앗!"

목린이 집을 둘러싼 돌담 앞에 쭈그리고 앉아 주변에 핀 꽃들을 구경하고 있을 때였다. 저번에 왔던 그 여인이 다시 나타나더니 친밀하게 목린을 품에 안았다. 어안이 벙벙해진 목린의 어깨를 스스럼없이 친밀하게 부여잡고, 여인이 열렬히 토해냈다.

"목린 님 말씀이 옳았어요! 한 번도 보지 못한 제 색다른 모습이 눈에 들어왔다고 했어요! 이 은혜 잊지 않을게요! 모두에게 널리 알릴 거예요!"

그냥 예의상 덧붙인 말이라고 생각했다. 하나 며칠 있다가 진행된 두 사람의 혼례식에서 일은 벌어졌다.

언영과 목린은 어느 정도 자리가 널찍한 뒤쪽에서 두 남녀가 가약을 맺는 모습을 구경했다. 앞에서 하늘로 무기를 던지고 환호를 하고 노래를 부르는 이들을 보며 목린은 기분이 이상해졌다. 한 달 전까지만 해도 본인이 저 자리에 섰다는 사실이 꿈만 같았다. 언영은 목린의 옆에 바짝 붙어 연신 그녀의 어깨를 쓰다듬어 주고 있었다.

"받으세요!"

한편 언영의 막냇누이 선영은 두 사람 주변을 빨빨거리며 어른들에게 종이를 나눠주고 있었다. 글을 쓰는 데 자신감이 생긴 선영은 요즘 짧은 문장을 써서 마을 사람들에게 선물하는 것을 취미로 삼았다.

저번 주에 잡은 꿩의 혈흔으로 적었다는 무시무시한 빛깔의 '혼인 축하해요'는, 목린의 눈엔 결코 좋은 의도로 보이지 않았으나, 그건 여기서 그녀 혼자뿐의 생각인 것 같았다. 여기 있는 사람들 모두 선영이 만들어 낸 결과물을 보고 감탄을 금치 못하며 직접 허리를 굽혀 선영의 머리를 쓰다듬어 주었다. 감동의 눈물을 주룩주룩 흘리는 이들도 종종 발견되었다.

"어어!"

신나게 달려 다니던 선영은 아직 나눠주지 못한 들고 있던 종이 뭉치를 떨어뜨렸다. 그것만으로도 안타까운데, 하필이면 발이 먼저 뻗어 나가는 큰 실수 또한 잇따랐다.

"오라버니이……."

"왜 그래, 우리 선영이. 응?"

아까만 해도 까르르 웃던 누이가 울먹거리며 다가오자, 언영은 무릎을 굽히고 선영과 눈높이를 맞추며 팔을 뻗었다. 선영은 발에 찍혀 더러워진 종이를 보여 주었다. 언영은 얼른 누이를 안아 머리를 토닥거려 주었다.

서간이 무섭게 생겼다 느끼는 것과는 별개로 선영의 노력이 물거품이 된 상황은 안타까운 일이었다. 목린 또한 선영을 위로해 주려 허리를 굽힌 그때였다.

"이 모든 게 단월도에서 오신 목린 님 덕분입니다!"

갑자기 저 앞쪽에 있던 신부가 목린이 서 있는 방향을 가리키며 쩌렁쩌렁 내지른 것이다.

모두의 얼굴이 목린을 향했다. 목린이 안 보이는 자리에 있는 사람들도 나무에 올라타거나, 옆 사람에게 잠시 몸을 틀어 달라 부탁하는 방법 등으로 그녀를 눈에 애써 담았다.

수백 명이 모여 있던 자리에 적막이 찾아왔다.

"……."

목린은 어설프게 숙인 허리를 서서히 다시 들었다. 그 모습을 따라 귀혈족 사람들의 눈동자도 위로 올라갔다.

"……."

목린과 귀혈족이 어색하게 서로를 주시했다.

아직 목린은 언영네 가족을 제외한 그 누구와도 이렇다 할 친목을 쌓지 않았다. 귀혈족이 무서워 대부분의 시간을 집에서 붙박여 살았다. 언영이 대가족을 염두하고 고른 기와집이라 쓸데없이 넓어서 그렇게만 살아도 답답한 느낌이 들지 않았다. 안에서 꽃 가락지를 만들거나, 청소를 하거나, 식물을 구경하며 시간을 때웠다.

언영이 들뜬 표정으로 같이 마을을 돌자고 제안하면 몸이 좀 안 좋다고 거절을 하거나, 나가게 된다 한들 언영의 옆에 달라붙어 눈동자만 도르르 굴리며 주변을 구경했다. 종종 사방에서 귀혈족이 열렬한 눈빛으로 그녀를 보고 있음이 느껴질 때마다 목린은 어떻게든 몸을 움츠리며 회피했고, 그만큼 부끄러워하는 목린을 구태여 붙잡을 정도로 귀혈족은 무례하지 않았다. 다만 언제나 그녀와 대화 나눌 기회를 놓쳐 아쉬워했다.

지금도 마찬가지였다. 평소라면 이럴 때 당장 환호하여 상대를 추켜세웠을 귀혈족이 갑자기 잠잠했다. 어제 공터에서 조심스레 오고 간 논쟁이 하나 있었다. 새로 오신 초족의 목린 님께서 혹시 우리를 싫어하시는 게 아니냐는 것이다.

한편 아무것도 모르는 목린은 살기를 품은(아니다) 귀혈족의 형형한 안광을 홀로 받아쳐 내야 했다.

"응?"

여기서 유일하게 목린을 바라보지 않는 이는 언영과 그의 품에 안긴 선영뿐이었다. 누이를 달래느라 바빠 신부의 목소리를 듣지 못한 언영은 뒤늦게 고개를 들었다.

정신을 차리고 보니 전부 그의 부인을 쳐다보고 있었다. 뭐가 어떻게 돌아가는 건진 모르겠지만 목린이 모두의 관심을 받으니 언영은 기꺼웠다. 신이 나서 언영은 목린의 겨드랑이에 팔을 끼워 넣고 그녀를 번쩍 올리며 자랑했다.

"하하하하!"

언영이 웃자 모두가 따라서 웃었다.

"하하하하하!"

즐거움이 사방에 파도쳤다.

"하…… 하하."

목린도 마지못해 입술 끝을 억지로 올렸다. 그녀의 미소를 본 귀혈족 사람들의 눈이 보물을 발견한 양 초롱초롱 빛났다.

그리고 그날 이후부터였다.

"목린 님!"

목린의 어색한 미소는 귀혈족에게 '허락'으로 받아들여졌다. 그날부로 서서히 목린에게 먼저 말을 거는 이들이 늘어나기 시작했다.

대개는 지난번 신부의 말을 듣고 찾아온, 사랑에 절박한 이들이었다. 처음엔 눈도 못 마주치고 더듬거리며 말을 하던 목린의 목소리는 갈수록 또박또박해졌다. 그녀가 무슨 말을 하든 긍정적으로 따스하게 받아 주는 귀혈족의 태도 또한 큰 도움이 되었다. 물론 여전히 치마 속에 숨겨진 다리가 후들거리고, 손이 덜덜거렸지만 애써 점점 태연한 척을 할 수 있었다.

천천히, 아주 천천히 변화가 생기기 시작했다.

* * *

호롱불이 방을 은은하게 밝혀 주고 있었다. 그 안에서 언영과 목린이 마주 보고 앉았다. 언영이 조금 전에 미리 들이켠 호리병이 바닥에 놓여 있었다.

언영은 허리를 곧게 펴고 바른 자세로 목린을 내려다보았다. 굳게 다물린 입술이 그의 진지한 심정을 여실히 보여 주었다. 목린은 두 손을 꼼지락거리며 바닥에서 눈을 떼지 않고 있었다.

목린의 얼굴쯤은 쉽게 덮을 수 있을 정도로 커다란 언영의 손이 앞으로 뻗어 나왔다. 옆으로 땋아 내린 목린의 머리카락을 등 뒤로 조심스레 넘겨주었다. 그의 손끝이 떨리고 있었다.

머리카락을 옮겨 준 손은 떠나지 않았다. 그대로 목린의 어깨를 쥐었다가 빗장뼈를 훑고, 천천히 내려가 가슴을 살살 어루만졌다.

손가락 끝이 유륜이 있는 부분을 지그시 누르자 목린의 얼굴이 붉게 익었다.

언영은 무르익는 목린의 표정을 면밀히 살피며 더 손가락을 움직였다. 천 안에 감춰진 귀여운 젖꼭지 중심을 손톱으로 조금씩 긁었다.

"읏……. 서방님……."

목린을 주먹을 꼬옥 쥐었다.

"서방님, 간지러워요……."

목린은 언영의 손 위에 제 손을 덮고 힘을 주었다.

"자꾸 거기만 만지시면 부끄러워요……."

"우리 사이에 뭐 어때. 이리 와, 목린아."

언영은 벙글벙글 웃으며 목린의 몸을 한쪽 팔로 안으며 제 품 안에 가뒀다. 가슴을 소중하게 애무하는 큼직한 손은 멈추지 않았다. 고개 숙인 목린의 얼굴이 언영의 넓은 어깨에 묻혔다.

"그러면 다른 데도 만져 줄까? 어디가 좋을까?"

"그런 말으으은…… 하지 말고……."

목린은 언영의 목에 얼굴을 비비며 웅얼거렸다. 바깥에 나온 귀가 붉게 달아올라 있었다. 언영은 목린의 아래턱을 쥐고 그녀가 자신을 올려다보게 방향을 돌렸다. 겁먹은 토끼처럼 말똥거리는 그녀의 사랑스러운 얼굴을 한 번 봐 주고 입술을 다정하게 겹쳤다.

부드럽게 섞여 오는 언영의 혀를 맞이하며 목린도 살며시 눈을 닫았다. 풍성한 속눈썹이 잠깐 날갯짓을 하듯 떨렸다.

그러나 외부에서 날아온 외침에 달아오른 분위기가 일순 주춤

거리기 시작했다.

"목린 님!"

목린의 눈이 동글동글 커졌다.

"괜찮아. 쉿."

목린이 다른 데에 한눈 팔리지 않도록 언영이 이마를 맞대고 빠르게 속삭였다. 부러 엄지와 검지를 이용해 젖꼭지를 더욱 예민하게 꼬집고 눌렀다. 목린이 숨을 들이켜며 어쩔 줄 몰라 했다. 언영은 달래듯 그녀의 이마와 볼에 열정적으로 입을 맞추고, 서서히 범위를 넓혀 목린의 가슴 전체를 그러쥐고 힘을 주어 주물럭거렸다.

하지만 또 그때였다.

"목린 님!"

"……그만! 그만! 그만! 그만!"

참다못한 언영은 몸을 뒤로 빼고 머리를 싸매며 고통스럽게 몸부림쳤다. 반면 목린은 약간 망가진 옷매무새를 다잡으며 서둘러 외쳤다.

"곧 나가요!"

"히히히히힝!"

어제 마구간이 완성되었다. 륭 또한 밖에서 신나게 울음을 내며 제 존재를 알렸다.

언영은 이리저리 위로 뻗친 머리카락을 놔주고, 지친 표정의 얼굴을 손으로 벅벅 비볐다.

"목린이 네가 착해서 다 받아 주니까 지금도 무례하게 찾아오는 거야. 가끔은 쳐내도 돼."

"거절하기엔 다들 너무 무섭게 생기셔서……."

목린이 작게 웅얼거렸다.

"응? 뭐라고?"

"아니에요!"

목린은 치맛자락을 잡고 서둘러 일어섰다.

"그러면 오늘 온 분까지만 받아 드릴게요. 서방님 잠시만 기다려 주세요!"

망연자실한 표정의 언영을 뒤로하고 목린이 내달렸다.

솔직히 말해 목린 또한 늦은 밤의 객이 반가운 것은 아니었다. 하지만 찾아온 부부 중에 수염이 부숭부숭한 아저씨가 고향에 계시는 아버지를 상기시켰고, 늦은 밤 방문한 것이 사실 설기떡을 선물로 주기 위함임을 알게 되었을 때 모든 짜증이 사르르 녹았다. 음식을 본 목린의 얼굴에 금세 활기가 불어났다. 부엌에 있는 창고로 보관하러 가는 길에도 참지 못하고 야금야금 조금씩 뜯어 먹었다.

"안녕, 얘들아."

다시 방으로 돌아가는 길에 륭과 그녀의 은마가 있는 마구간을 찾았다. 바닥에 놓인 짚을 더 가지런히 정리해 주며 인사를 나누었다.

"늦었으니까 자야지, 좋은 꿈 꿔."

사방이 어둑해진 시간에도 륭의 번득이는 눈은 식을 줄을 몰랐다. 좋아하게 된 암컷과 단둘이 같은 마구간을 공유하게 된 이후로부터 늘 저 모양이었다. 콧구멍을 벌름거리며 옆에 서 있는 미인을 뚫어져라 쳐다보는 중이었다.

"……."

그녀는 그런 룡을 없는 취급 하며 눈을 도도한 표정으로 내리깔다가, 목린이 등장하자 조금 표정을 바꾸었다. 눈을 조금 더 또렷하게 뜨고 앞발을 약간 움직였다. 얌전한 그녀가 보이는 가장 적극적인 애정 표현임을 이제 목린은 알고 있었다.

오묘한 어둠 속에서도 그녀의 말이 풍기는 우아함은 죽지 않았다. 목린은 천천히 앞으로 다가가 얼굴을 쓰다듬어 주었다. 손끝에 미안함이 배어 있었다.

"네 이름은 곧 지어줄게. 의미 있는 단어로 정하고 싶은데, 바로 와 닿는 게 없어. 미안해."

그냥 들어도 예쁜 말, 입에 담기만 해도 마음이 찡해지는 그런 단어를 찾고 싶었다. 누구보다도 신중하게 이름을 골라 주고 싶었다. 약간 미안하긴 하지만 그만큼 기다린 보람을 안겨 주고 싶기도 했다.

진심이 전해졌는지 말은 초롱초롱한 눈으로 깊이 있게 목린을 마주 보았다. 목린은 아쉬운 듯 그녀의 빛나는 털을 몇 번 더 매만져 주고 자리를 떠났다.

다시 원래 있었던 방으로 몸을 옮겼다. 나가기 직전까지 상황을 좋게 받아들이지 않았던 언영은 그녀가 문 앞까지 왔는데도 조용했다. 사실 목린은 그가 바로 뛰쳐나오다 못해 그녀를 어깨에 안아들고 옮길 거라 예상했던 터라, 더욱 상황을 기이하게 받아들였다.

그리고 문을 열었을 때 그가 보이지 않자 당황했다.

"서방님?"

문 앞에 서서 내부를 들여다보니 모든 게 그대로인데 언영만이 보이지 않았다. 목린은 발을 내딛기 전에 다시 고개를 돌려 바깥 쪽을 쳐다보았지만, 어둑한 밤하늘 아래 사람의 기척은 느껴지지 않았다. 아리송한 표정의 목린이 천천히 안으로 걸음을 뗐다.

그와 거의 동시에, 보이지 않게 벽에 붙어 있던 언영이 잽싸게 목린을 덮쳤다.

목린이 짧은 비명을 지를 때 언영이 목린의 치마 안으로 들어갔다. 무릎을 굽혀 목린의 엉덩이와 눈높이를 맞추었다. 그리고 목린이 안에 입은 속곳을 모두 아래로 끌어 내렸다. 목린이 경악하여 내질렀다.

"서방님!"

언영은 너무 좋아서 실실 웃으며 그녀의 살결에 코를 비비적거렸다. 몰랑몰랑한 엉덩잇살을 두 손으로 쥐고 쩌억 벌려 사랑스러운 음부를 드러냈다. 혀를 최대한으로 쭉 내밀고 끝으로 그 위를 스윽 핥아내자 목린이 상반신을 꺾었다.

"아아!"

언영은 계속 혀를 날름거리며 목린의 다리 사이를 샅샅이 핥았다. 목린은 옆에 보이는 벽에 손을 짚고 의지 삼아 몸을 기댔다.

언영의 두 손은 그녀의 다리를 뒤에서 안았다. 보들보들 뽀얀 허벅지를 위아래로 쓱쓱 쓰다듬었다. 맨살이 손에 촉촉하게 닿았다. 그러다가 순식간에 손가락 끝으로 두툼한 살을 벌려 음핵을 만지작거렸다.

"서방님! 잠시만!"

언영의 혀 놀림이 빨라질수록, 그의 손가락이 더 대담하게 움직일수록, 목린의 무릎에 힘이 풀려 점점 다리가 굽혀졌다. 그녀의 우물에서 감로가 새어 나오기 시작하고 언영은 신이 나 그것을 혀로 핥아 마셨다.

물이 한 방울씩 뚝뚝 떨어져 바닥까지 적시자 목린은 부끄러워서 견딜 수 없었다. 그녀의 엉덩이 사이에 코를 박고 혀를 할짝거리고 있는 언영을 무시하고 몸을 홱 틀었다. 언영이 놀라며 뒤로 물러섰다.

목린은 말려 올라간 치마를 다시 꼼꼼히 내리며 훤히 드러난 맨다리를 가렸다. 예쁜 자태를 그리는 목린의 두 하얀 다리를 언영이 꿀이 떨어지는 눈으로 바라보았다. 치마 속으로 사라지자 아쉬움에 혀로 입술을 핥았다.

"미안해, 목린아."

"부끄럽게……."

"목린이 너무 예뻐서 그랬어. 여기 와서 앉아 봐."

언영은 다리를 엇갈리게 해 앉은 정좌 자세를 갖추고 무릎을 손으로 탁탁 쳤다.

"응? 어서."

목린은 말을 따르지 않고 어색하게 섰다. 복숭아같이 둥근 얼굴이 언영을 초조하게 했다. 결국 그가 먼저 참지 못하고 팔을 뻗어 목린을 품으로 끌어당겼다.

목린은 짧게 소리를 지르더니 언영의 가슴에 등을 맞대며 엉덩방아 찧듯 주저앉았다. 다리가 어색하게 옆으로 벌어졌다. 당황하며 허둥지둥 정갈한 자세로 오므리려고 하는데 언영의 손이 훨씬 빨랐다. 그가 옆으로 넓게 퍼진 치마를 쑥쑥 당겨 목린의 매끈한 다리를 허벅지 중간까지 훤히 드러나게 했다.

“목린아. 나는 네가 치마를 입을 때면 뒤집어 까고 싶은 생각밖에 안 들어.”

언영이 목린의 귓가에 입술을 대고 나긋나긋하게 속살거렸다. 두 손으로는 그녀의 뽀얀 다리를 여유롭게 쓱쓱 쓰다듬었다. 목린이 어깨를 오므리며 간신히 내뱉었다.

“그런데 저는 치마…… 치마밖에 안 입는걸요.”

“맞아. 매일 그런 생각밖에 안 한다는 뜻이야.”

목린의 눈이 세차게 흔들렸다. 언영은 뒤에서 그녀의 옷고름을 풀고 유를 옆으로 벗겨 냈다. 동그랗고 예쁜 가슴이 모습을 보이자마자 숨을 들이켜며 그것을 움켜쥐었다.

언영은 목린의 옆얼굴에 정신없이 입 맞추며 가슴을 부드럽게 애무했다. 자신의 가슴이 희롱당하는 모습을 내려다보며 목린이 살짝 입술을 깨물었다. 언영의 검지가 붉은 젖꼭지를 꾹 누르자 짧게 헐떡거리며 엉덩이를 씰룩였다. 직접적으로 양물에 뭉그적거리며 닿는 자극에 언영이 탁한 숨을 내쉬었다.

“예뻐. 예뻐.”

언영이 목린의 오른쪽 뺨에 입술을 꾹 세게 짓눌렀다. 양손으로는 그녀의 젖꼭지를 꼬집듯이 누르고 비볐다. 목린의 입에서 수줍은 신음이 못 참고 나왔다. 두 다리를 비틀고 오므리며 열기에 휩싸였다.

“서방님, 놔주세요……!”

간질거리는 느낌을 참을 수 없어 목린이 몸을 꼬았지만 언영은 그녀를 더욱 단단히 가두었다. 얼른 바지를 벗어 딱딱하게 발기된 물건을 살짝 드러내고, 아래에서 위로 팍 후벼 파며 들어갔다. 목린이 신음을 내며 목을 뒤로 꺾었다.

"아, 아, 아, 아, 아앙!"

언영은 앉은 자세임에도 아랑곳하지 않고 무자비한 힘을 이용해 위로 쳐올렸다. 허리에 휘감긴 언영의 팔을 의지 삼아 붙든 목린의 가녀린 몸이 쉬지 않고 들썩거렸다. 언영은 출렁이는 목린의 한쪽 가슴을 움켜쥐고 뺨에 뜨거운 숨을 내뿜었다.

"목린아, 너도 나와, 같이, 움직이면 좋겠어."

"네, 네?"

"너도 함께, 즐거워하는 게 내 눈에, 보였으면 좋겠어."

언영이 거칠게 끓어오르는 목소리로 속삭였다. 목린은 머리가 터질 것 같았다.

"함께요?"

"그래……. 내가 이렇게 올려 치면."

"아응!"

언영이 뿌리 끝까지 박아 넣자 목린의 입이 크게 벌어졌다. 언영은 그런 목린의 땀으로 젖은 옆얼굴을 입술로 정신없이 더듬었다.

"너도 함께 움직이는 거야."

"그런 부끄러운 걸, 어떻게……."

"부끄러운 거 아니야. 서로 사랑하는 거야."

목린이 아무것도 못 하고 얼버무릴 때 언영이 다시 한번 뒤로 뺐다가 퍽 쳐올렸다. 맨살이 부딪쳐 찰박거리는 소리가 났다. 목린이 가녀린 허리를 떨었다.

언영은 인내심을 가지고 느리게 왕복했다. 목린은 서툴게 언영이 해 보자는 대로 따라 움직이기 시작했다. 처음 한두 번은 살짝 어긋났다. 하지만 그 이후로는 몸이 본능을 따라 움직였다. 서서히 두 사람의 움직임이 제 짝을 찾은 듯 맞아떨어지기 시작하고 언영은 목린을 꽉 끌어안고 떨었다.

"옳지, 옳지."

그가 기쁨에 젖어 중얼거렸다. 그리고 아까처럼 빠르게 팍팍 목린의 동굴을 쑤셨다. 그에 맞춰 상대의 움직임도 더 격해질 수밖에 없었다. 이제 목린은 부끄러움도 잊고 언영의 뜨거운 육체에 몸을 맞춰 열심히 엉덩이를 움직였다.

"아아, 목린아……."

언영이 마침내 목린을 구겨질 듯이 안으며 안에 씨를 뿌렸다. 목린은 다리를 쩍 벌린 민망한 자세로 그를 받았다. 저쪽에 세워진 면경 안에 그녀가 얼마나 추한 자세를 하고 있는지가 보였지만 팔다리에 힘이 풀려 움직이고 싶지 않았다.

그렇게 호흡을 가다듬고 있는데 언영이 다시 거칠게 입을 맞추고 목린을 바닥에 눕혔다. 사내의 힘은 식을 줄을 몰랐다. 그의 속에 들끓는 애정을 충분히 털어내기까지 두 사람 중 그 누구도 쉬이 잠들지 못하였다.

8장

"목린 님. 이번 주에 부족 간의 친목 대회가 있는 건 알고 계시나요?"

장터에서 나물을 사 가던 목린은 대여섯 명의 귀혈족 무리와 마주쳤다. 거리에 서서 대화를 나누던 남녀 중 하나가 목린을 보고 반색하며 물었다. 그들은 마침 대회 얘기를 하고 있던 듯했다.

많은 사람들이 이제 목린에게 적극적으로 말을 걸고 있었다. 목린은 어깨를 으쓱이며 희미하게 웃었다.

"네. 서방님께 얼핏 들었어요. 이번에는 특히나 우리 마을 차례라서, 유독 일이 바쁘다고 하시더라고요."

"목린 님도 오신다면 처음으로 오는 초족이 되겠네요!"

"그, 그렇네요……."

목린은 머쓱하게 응했다.

친목 대회라는 것에 대해서 몇 번 들어 본 적이 있었다. 월진이나 언영이 초족도 대회에 놀러 오라고 했던 경험이 몇 번 있었기 때문이다. 봄과 가을에 각각 한 번씩 열린다던 그 대회는 육지에 있는 여러 부족이 성대하게 모여 벌이는 행사라고 언영이 말해 주었다.

하지만 특정한 실력을 겨루는 '대회'라는 점에서 초족의 불안감을 샀고, 무엇보다 폭력적이며 위압적인 육지 사람들이 평화롭게 친목을 나눌 것 같지 않았다. 하여 익문을 비롯한 초족 사람들은 늘 핑계를 대며 참여를 거부해왔다.

하필 이번에 대회 장소가 귀혈족 마을이라 언영은 대회장과 관련된 많은 업무를 도맡는 중이었다.

한 사내가 목린에게 신나게 물었다.

"지난가을에는 희운족 사람들이 안타깝게도 산사태 때문에 여기로 오는 길이 막혀 참여를 못 했기 때문에, 이번엔 많이들 찾아오겠다고 하더랍니다. 그들에게 기억에 남는 선물을 주고 싶은데, 뭐가 좋을까요? 마침 목린 님도 오셨으니 묻고 싶습니다. 언제나 이런 문제에 대해 재치 있는 답을 주시지 않습니까. 하하."

"으음……."

목린은 입술을 오므리며 고민했다.

이런 말을 하게 될 줄은 몰랐지만, 목린은 귀혈족이 그녀에게 질문해 오는 순간을 나름 즐겼다. 그들이 엄청 무섭게 생겼다는 것과는 별개로, 정말로 그녀를 괴롭히려고 다가오는 이들은 없었다. 놀랍게도, 질문을 기회로 그녀와 친해지고 싶어 하는 인상을 받았다. 그녀와 친해지기 위해 애써 질문을 만들려고 고민한 모습도 종종 느껴졌다. 물론 목린은 그것이 착각일 뿐이라 여겼다.

또한 귀혈족이 물어오는 말은 생각보다 의외로 평범했다. 결국 똑같이 사람이 어울리는 곳이라 그런지, 약간 관점이 다르기만 할 뿐이지 하는 고민은 초족의 것과 거의 유사했다. 이점을 신기하게 여기며 목린은 성심성의껏 생각을 공유했다. 애초에 단월도에 살 때도 친구들 사이에서 차분히 중재하는 역할을 주로 맡았기 때문에 이는 크게 어려운 행동이 아니었다.

목린이 신중하게 입을 열었다.

"제 생각에는…… 그분들이 좋아할 걸 잘 고려하셔야 할 것 같아요. 아무래도 우리는 그쪽 사람들이 아니니까……."

"아, 그건 아닙니다."

사내가 싱긋 웃었다. 그리고 놀라운 말을 입에 담았다.

"제가 사실은 희운족 사람이거든요."

* * *

집에 돌아온 목린은 벽에 기대어 앉아 복잡한 머리를 식히려 애썼다.

전말을 들어 보니, 사내는 정말 거짓말을 하지 않았다. 그는 희운족의 마을에서 태어나고 유년 시절을 보냈으며, 지금의 아내를 만나서 그녀가 사는 귀혈족의 마을로 거처를 옮겼다고 한다. 마치 목린의 경우처럼.

놀라운 진실은 연이어 터졌다. 다른 부족의 마을에 터전을 잡고 살았던 이들이 제 출신을 잇달아 고백했다. 정말 다양한 부족이 오르내리기 시작했다. 백화족, 명족, 그리고 지난번에 혼례를 치른 여인이 말했던 화족까지.

그리고 그들은 마냥 즐거워 보였다. 자신과 적대 관계 혹은 갑을 관계로 연결된 자들의 마을에 엉덩이를 누르고 산다는 점에서 일말의 불편함도 느끼지 못하는 듯했다. 애초에 목린은 그들이 말해 주지 않았더라면 끝까지 진실을 알지 못했을 것이다.

하나 이제껏 특이하다고 잠깐 생각했을 뿐, 당시 그냥 넘어갔던 일이 다시 목린의 관심을 끌어당겼다. 자신을 희운족이라고 소개한 청년은 목린과 억양이 약간 비슷했다. 백화족 사람은 평생 보지 못했던 특이한 모양의 팔찌를 늘 끼고 다녔다. 오늘 알았는데 그건 그 부족의 상징이었다.

'……혹시 내가 알던 것과 다른가?'

옛날부터 바깥세상에는 무서운 것이 가득하다고 배워 왔다. 어른들이 그렇게 가르쳤다. 그리고 그 어른들도 웃어른들에게 배운 것이다. 서로를 정복하고 찢어발기며 사는 이들이라고. 그러니까 우리가 섬에 갇힌 것도 어찌 보면 행운일지 모른다고.

목린은 주변을 살폈다. 열어놓았던 궤의 가장 위쪽에, 언영의 막냇동생이 준 서간이 눈에 띄었다. 처음엔 징그럽기 그지없었던 게 계속 보니 적응되었다. 피가 주는 잔혹함보다 어린아이의 노력이 더 눈에 들어왔다.

섬에 남은 가족, 이웃, 친구들이 모두 얼마나 그녀를 걱정하고 있을지는 눈에 선했다. 그녀의 처지가 생각보다 그리 고달프지 않다면, 걱정을 덜 할 수 있게 얼른 섬사람들에게도 알려 줘야 옳았다. 거기까지 생각이 다다랐을 때 목린은 망설이지 않고 자리에서 일어섰다. 그리고 종이, 먹, 벼루, 붓을 구해 다시 돌아와 앉았다.

"음……."

목린은 붓을 들며 사색에 잠겼다.

일단 중요한 사실을 알리고자 함이기에 마을의 족장이자 가장 가까운 아버지께 전달하는 것이 현명해 보였다. 어차피 그가 섬사람들 모두에게 전달할 테니 말이다.

[아버지, 저 목린이에요.

봄이 한창이에요. 가끔 이마에 땀방울이 송골송골 맺히는 것을 보면 슬슬 여름을 준비해야 하는 것 아닐까 싶어요. 아버지와 오라버니하고 함께 둘러앉아 수박을 먹었던 시원한 여름밤이 벌써 그리워, 마음이 싱숭생숭하답니다.

하지만 아버지, 걱정 마셔요. 귀혈족 사람들은 우리가 생각한 것처럼 나쁜 사람들만은 아닌 것 같아요.

이웃 부족과도 원만하게 지내는 것 같고, 흥겨운 사람들이에요. 우리가 생각했던 모습과는 아주 달라요. 서방님이 제게 잘해 주시는 건 물론이고요.

어쩌면 우리가 꽤 많이 오해했던 게 아닐까 싶어요. 평생 듣지도 보지도 못한 그들의 태도와 행동을 많이 곡해했던 건 아닐지요.]

"……."

목린은 심란한 표정으로 붓을 다시 뗐다.

정말 오해였다면, 어찌해야 하는가.

서방님과 초야 동안에 부끄러운 짓을 너무도 많이 했다. 혼인을 없던 일로 치고 섬으로 돌아가기엔 너무 늦었다. 물론 오래 함께 했던 섬사람들이 다른 남자와 몸을 섞었다는 이유로 그녀를 핍박할 거라 생각진 않았다. 그렇다 한들 목린은 과거를 없던 일로 치부하고 살아갈 자신이 없었다.

그러면 정리해 보자. 서방님과는 이렇게 죽 살되, 걱정하고 있을 초족에게는 언젠가 진실을 알리는 편이 나았다. 과연 진실을 알게 된 아버지께서 어떻게 나설지 궁금했지만 우선 그 문제는 뒤편에 놓기로 했다. 솔직히 말하자면, 과연 그가 그녀의 말을 믿어 줄는지부터 확신할 수 없었다.

이다음 문제는 귀혈족이다. 귀혈족에게 사실을 말해야 할까? 귀혈족이 자초지종을 알게 된다는 것은 즉, 언영 또한 매한가지로 진실을 깨닫는단 뜻이다.

'목린아, 너 나를 정말 사랑하는구나……!'

목린은 그녀의 말 한 마디, 사소한 표정 하나하나에 울고 웃는 언영을 떠올렸다.

많이 이상하고, 특이하고, 또 여전히 가끔은 종종 무서울 때도 있지만 그녀를 사랑해 주는 서방님.

힘을 써 초족에게 보이지 않는 압박을 주고, 또 귀혈족도 그 사실을 알고 있는 줄 알았다고 하면 그는 어떤 반응을 보일까.

'엄청 마음 아파하실 것 같은데…….'

언영을 사랑하지 않는다고 그의 아픔을 바라는 것은 아니었다.

사실을 듣는다면 언영은 단순히 안타까워하다 못해 병들지도 몰랐다. 지난번에 어떻게 그녀에게 청혼해야 할지 몰라 가슴앓이하다 쓰러진 그가 목린의 뇌리에 스쳐 지나갔다. 이번엔 그 정도로 가벼이 넘어가지 않을 터다.

'일단…… 어떻게 알려드려야 할지 확신이 생길 때까진 조용히 있는 게 낫겠어.'

영원히 갈 비밀이라고는 생각하지 않았다.

일단 의도치 않았다고 해도 최근 몇 해 동안 귀혈족이 초족에게 괴로움을 준 것은 사실이었다. 그녀와 언영의 혼인에 만족하는 초족 사람은 하나도 없었다. 누구라도 진실을 깨닫는다면 들고 일어설 테다. 하지만 어느새 귀혈족에게 조금이나마 정이 든 목린은 그런 극단적인 상황까지는 절대 바라지 않았다.

그렇다고 단순히 시간을 벌자는 이유로 초족에게 진실을 뒤늦게 알리는 것도 괜찮은 대안은 아니었다. 지금, 이 순간도 아버지, 오라버니, 친우들의 마음은 안타까움으로 썩고 있을 테니 말이다.

목린은 머리가 깨질 것 같았다.

결국 한참을 고민 끝에, 목린은 새로운 종이를 꺼냈다. 우리가 오해하고 있었을지도 모른다는 내용은 말끔히 지워 내고, 그저 그녀가 족장 아들의 부인이라는 신분 덕에 호의호식을 누리고 있다고 신난 말투로 적어 냈다. 이 방법이 귀혈족에게 설명할 시간도 벌 수 있고, 섬사람들의 걱정도 좀 줄여 줄 수 있기를 바랄 뿐이었다.

[일단 지금은 이곳 생활에 집중하고 나중에 시간이 난다면, 가을쯤에 찾아뵙도록 할게요. 그때까지 건강하셔야 해요. 저는 걱정 마시고요.]

'그리고, 오라버니께도.'

목린의 손이 주춤거렸다.

이루 다 말할 수 없이 끔찍했던 오라버니와의 마지막은 목린이 애써 지워내고 싶어도 실패했던 기억의 편린이다.

사실 그날의 일은 갑작스레 벌어진 것이 아니었다. 그 당시엔 당황했지만, 이성을 되찾고 후에 과거를 되새겨 보니 전조가 있었다. 사람의 감정 변화는 복잡하기 그지없지만, 결국엔 언제나 타당한 연결 관계가 있기 마련이다.

목현은 언제부터일까, 늘 지쳐 보였다. 그리고 그런 그의 표정을 보고도 넘어갔던 건 그녀의 선택이었다. 이유는 여러 가지였다. 물어보지 않으면, 덜 걱정할 수 있다. 진실을 회피할 수 있기 때문이다. 또한, 사적인 감정의 벽을 넘어서 상대에게 개인적인 질문을 하는 건 꽤 껄끄러운 일이었다. 너무 무례한 행동은 아닐까 하는 상념이 머릿속에 눌러앉기 마련이고, 특히 목린은 그런 걸 잘할 줄 몰랐다. 아무리 피가 섞인 가족이라 해도 그랬다. 아니, 어쩌면 가족이기에 더 방관했을지도 모른다.

마지막으로, 오라버니에게는 마냥 귀여움만 받는, 굳이 고르자면 그의 걱정을 '받는' 여동생의 역할이 더 마음이 편하고 좋았다. 목린의 눈에 오라버니는 하늘과도 같은 강한 사람이었다. 그가 그녀의 도움을 필요로 할지도 모른다는 것이 잘 와닿지 않았다.

물론 남에겐 절대 가족을 이리 대하라는 충고를 던지지 않을 것이다. 하나 아는 것과 행하는 것은 완전히 다른 일이었다. 그리고 아직은 어리고, 서툴고, 사람과 제대로 맞닥뜨린 경험이 적은 목린에게 저 둘의 경계는 높다란 성벽과도 진배없었다.

그러나 이유가 뭐든지 간에 모두 썩 당당한 핑계는 아니었다.

본인이 생각만큼 성숙하지 못하다는 사실을 받아들이고도 기분이 좋을 사람은 없었다. 특히나 목린의 경우에는 늘 차분하다는 말을 들어왔던 이로서, 자신이 품고 있는 괴리와 맞닥뜨리기 힘겨워했다.

악몽 같았던 그 사건 탓에 오라버니와의 관계가 한 번에 파국에 다다랐다고 생각하진 않았다. 그날은 너무 빠르고 강렬하게 지나갔다. 조금 더 진지하게 서로에 대해 논해 볼 시간이 필요했다.

무엇보다 목린은 그녀가 눈물을 보였을 때 무너진 목현의 표정에 희망을 품고 있었다. 얼마나 파렴치한 행동을 벌였는지, 그의 눈을 보아하니 현실을 깨달은 것 같았다. 적어도 그 마지막 순간에는. 수년을 오라버니와 함께 살았다. 그 점 하나는 기필코 확신했다.

"뭐 해?"

"서방님! 언제 오셨어요?"

갑자기 언영이 뒤에서 불쑥 튀어나왔다. 목린은 가슴에 손을 얹으며 외쳤다. 얼른 몸통으로 서간 내용을 가렸다. 갑자기 거대한 체구가 다가오니 심장이 쿵쿵 뛰었다.

"저쪽에서부터 나 왔다고 계속 외쳤는데. 뭘 그리 열심히 하느라 못 들었어?"

언영의 표정엔 장난기 섞인 서운함과 호기심이 듬뿍 묻어나고 있었다. 서 있는 자세로 몸통을 숙이고 있는 그의 또렷하고 시원한 눈이 짓궂게 접혀 있었다. 환하게 웃은 입에서 보기 좋은 이가 드러났다.

목린은 두 손으로 붓을 꼬옥 잡고 답했다.

"가족에게 서간을 쓰고 있어요."

하하 웃으면서 열심히 하라고 했을 법한 언영의 태도는 예상과 조금 다르게 나왔다.

"그래……."

그는 무슨 생각에 잠겨 있는 듯 느리게 대답했다. 입꼬리 또한 애매하게 내려갔다. 목린은 대수롭지 않게 넘기고 물었다.

"이걸 섬에 무사히 전달할 수 있을까요?"

"물론. 필요하다면 새를 이용해서 당장이라도 보내게 해 줄게."

초족과의 첫 교류 이후로 귀혈족은 영리한 조류들에게 초족의 섬과 육지 사이를 넘나드는 훈련을 시켰다.

“정말 고맙습니다……!”

언영의 표정은 풀어지지 않았다. 뭔가 탐탁잖은 게 있는지 굳어 있는 표정은, 본래의 그와 어울리지 않았다. 언영은 다른 곳을 보며 혼자 깊은 생각에 잠겨 있었다. 목린은 그런 그를 빤히 올려다보았다. 아무리 기다려도 그의 낯빛이 변할 기미가 없자, 천천히 입술을 뗐다.

“저, 무슨 생각 하고 계시는지 알고 있어요.”

언영은 목린의 말을 듣고 그제야 현실로 돌아왔는지 살짝 놀란 표정이었다. 하나 뭐라 말을 얹진 않았다. 그의 널찍한 가슴이 차분히 위아래로 움직였다.

언영이 입을 열 기색이 보이지 않아 목린이 천천히 계속 덧붙였다. 두 사람의 눈이 허공에서 마주쳤다.

“그래도 오라버니는 제 가족이에요.”

역시나 목린의 예상이 맞았는지 그는 반박하지 않았다.

언영은 그 자리에 함께 있었던 유일한 인물이었다. 그녀가 가족 얘기를 입에 올렸을 때 가장 먼저 그의 뇌리를 스친 것도 분명 오라버니와의 마지막 시간이리라. 당연했다.

목린은 차분히 설명했다.

“오라버니께서 제게 좀 험한 말을 하긴 하셨지만, 그건 걱정에서 우러나온, 평소 생각보다 심하게 나온 말일 테고…… 원래는 좋은 분이에요.”

“나는…….”

언영이 치고 들어왔다.

"오라버니는 제 가족이에요. 제가 잘 알아요. 걱정하지 마세요. 그날은 정말 고마웠어요, 서방님."

"네가 형님을 모른다는 게 아니라…… 나는 네가 형님과 부딪히는 일 때문에 걱정돼서 그래. 아직은…… 좀 아닌 것 같은데, 시간을 두고 기다리는 건 어때?"

언영은 화를 내지도, 제 의견을 되알지게 몰아붙이지도 않았다. 다정한 목소리로 물었다.

하나 목린에게는 거슬렸다. 아무리 언영이 자상하고, 그녀에게 잘해 준다고 해도 아직까진 결국 아버지와 오라버니가 우선이었다. 그녀에겐 그 둘이 가장 소중했다. 게다가 언영은 늘 그 두 사람에게 번뇌와 고민만 안겨 주지 않았는가. 또한 그는 목린의 가족 사정은 전혀 알지도 못한다.

무엇보다 뭔가를 숨기고 있는 것 같은, 안달 난 그의 표정이 목린의 마음에 들지 않았다. 목현을 믿어도 된다는 그녀의 말을 겉으로만 들어주는 척하는 것 같아서 더 속이 상했다. 언영에겐 멋대로 목현을 판단할 자격이 없었다.

그래서일까, 좀 험한 말이 절로 튀어나왔다.

"제게는 제 가족이 언제나 늘 우선이었어요. 이번만큼은 물러서 주셨으면 좋겠어요."

언영의 이목구비가 눈에 띄게 굳었다.

목린은 그제야 제 실수를 깨달았다.

"아니, 저는……."

언영은 목린을 안심시키려는 듯 부드럽게 웃었다.
"아니야. 이해했어."
"죄송해요. 그런 식으로 말하려던 게 아니었어요. 서방님도 제게는 가족인데……."
목린이 얼른 자리에서 일어나려는 것을 언영이 몸을 숙여 어깨를 잡아 주며 막았다.
"그래도 평생을 함께 살아온 사람들하고 내가 어떻게 같을 수 있겠어."
"아니에요. 정말 죄송해요."
목린은 고개를 양옆으로 휘저었다. 언영은 아예 무릎을 꿇고 앉아 목린의 머리를 당겨 안았다.
"괜찮아. 바로 보내 줄 테니까 지금 쓰고 있던 거 마저 써. 다 잊고. 난 괜찮아, 응?"
"네, 고맙습니다."
목린은 고개를 떨구며 작게 답했다.
언영은 그녀가 사과하며 얹은 말을 믿고 있지 않는 것 같았다. 그의 얼굴에 지나다니는 묘한 씁쓸함이 말해 주고 있었다. 목린은 혼자서 속이 탔다. 뭔가 큰 실수를 저지른 기분이었다.

* * *

대회 당일이었다.
새벽부터 항구는 시끄러웠다. 항구 또는 귀룡산과 이어지는 골목으로부터 다른 부족 사람들이 연이어 들어왔다. 한 부족이 적어도 오십 명은 달고 등장하며, 부족의 수 또한 열을 훌쩍 넘어섰다. 또한 단순히 몸만 달랑 오는 게 아니라 선물이나 자랑할 것 또한 함께 몸에 지고 찾아왔으니, 여간 성대하고 정신없는 행사가 아닐 수 없었다.

언영은 항구로 들어오는 손님들을 담당하기로 한 터라 해가 뜨기 전부터 집을 나섰다. 목린은 비몽사몽한 상태에서 일찍 나가겠다는 언영의 인사에 대충 답을 했다. 나중에 눈을 비비며 몸을 일으켰을 때 언영이 누워 있던 옆자리는 서늘하게 식어 있었다.

무슨 일이 벌어질지 감도 오지 않았다. 몸을 정갈하게 씻은 뒤, 가진 초족 옷 중에 가장 예쁜 하늘색 유를 걸쳤다. 귀혈족 갑옷은 너무 무거워서 꿈도 못 꿀뿐더러 잘못 입고 나갔다간 균형도 못 잡아 주변에 폐만 끼칠 게 뻔했다.

나가기가 무서워 집 앞마당에서만 서성이며 시간을 잠시 허비하고, 부러 마구간에 있는 륭이와 그녀의 말과 함께 어울리며 딴청을 부렸다. 하지만 더 늦었다간 언영의 걱정을 사겠다 싶어 결국 대문을 열었다.

그렇게 많은 사람들이 모일 수 있는 곳이라 함은 딱 한 군데밖에 없었다. 마을의 우측에 있는 어마어마한 크기의 공터였다. 저번에 목린이 언영에게서 말을 처음 배운 곳도 그 장소였다. 평소에는 한쪽에서 아이들이 뛰놀고, 다른 곳에선 어른들이 훈련을 하고, 노인들이 누워서 쉬는 등 다양한 일이 벌어졌는데 그래도 공간이 남았다.

아직 도달하려면 거리가 좀 남았는데도 벌써 목적지에서 날아오는 소란스러움이 목린의 고막을 쾅쾅 때렸다. 덩달아 목린의 심장도 같이 울렁였다.

"아!"

사방이 왁자지껄했다. 어디를 봐도 사람이 있었다. 천 명은 거뜬히 쉽게 넘었다. 웃음소리가 연이어 터지고 모두 적극적으로 팔을 벌리며 오랜만에 만난 벗을 환영하고 있었다. 넓은 대지를 꽉 채우고 있는 사람들은 모두 갑옷을 갖춰 입었는데, 과거의 목린이라면 이들의 생김새를 전혀 비교하지 못했겠지만, 지금은 미묘한 차이점을 눈이 잡아냈다. 갑옷은 조금씩 다른 특색을 띠었고 부족인의 피부색 또한 모아 놓고 봤을 때 조금씩 달랐다.

공간의 측면에는 각 부족이 자리 잡아 앉을 자리가 계단 형태로 모두 설치되어 있었다. 분명 며칠 전까지만 해도 없었는데 귀혈족 사람들이 밤을 새 만들어 낸 듯했다. 그리고 한쪽에서는 이 대회를 총괄하는 이들이 이번 시합에 필요한 갖가지 도구를 꺼내며 개수가 맞는지 확인하고 있었다. 하지만 그들의 존재감은 시끄럽게 함께 인사를 나누는 다양한 사람들에 비하면 턱없이 미미했다.

고막을 떵떵 울리는 아우성 탓에 머리가 어지러워질 즈음, 갑자기 어디서 나타났을지 모를 언영의 손이 뒤에서 목린의 겨드랑이 안에 들어왔다.

"제 부인입니다!"

목린의 얼굴이 여기 있는 사람들을 모두 내려다볼 수 있을 정도로 쑥 올라갔다. 그녀는 당황하며 팔을 양옆으로 휘저었다.

언영이 해맑게 쩌렁쩌렁 외치자 주변에 있던 모두의 시선이 이쪽으로 향했다. 목린이 난생처음 보는 사람들의 눈이 호기심으로 말똥말똥했다. 수십 쌍의 눈동자를 한 번에 마주 보는 기분은 뭐라 말할 수 없을 것 같이 기묘했다.

한편, 오랜 벗과 수 년 만에 재회한 양 그들의 안면에는 반가움이 둥둥 떠다녔다. 누가 쫓아오기라도 하는 것처럼 언영과 목린의 앞에 달려들기 시작했다.

"말로만 듣던 그분?"

"반갑습니다!"

"늘 뵙고 싶었습니다!"

"이제야 만나게 되는군요! 듣던 대로 엄청난 미인이십니다!"

"안녕하세요. 안녕하세요. 아, 안녕하세요."

목린은 위에서 고개를 숙이며 어색하게 인사했다. 언제 유명인사가 되었는지 모르겠지만 모두 그녀와 눈이라도 한번 마주치고 싶어서 안달이었다. 수십 번 머리를 위아래로 까딱거렸다. 언영이 뒤에서 싱글벙글 웃었다.

다시 목린의 발이 땅에 닿고 그녀가 주변을 둘러볼 여유가 생긴 건 한참의 시간이 지나고 난 후였다. 가슴에 손을 얹고 크게 날숨을 내뱉는 동안에 낯선 이들이 언영에게 정겹게 접근했다.

"잘 지냈냐?"

"요즘 어떻게 지내?"

"부인 옆에 있다고 입 찢어지는 꼴 봐라."

사람들은 목린만 보러 온 것이 아니었다. 귀혈족의 검은 계통의 갑옷과는 다른 색을 걸친 이들이 끊임없이 언영에게 인사를 해 왔다. 그의 어깨를 툭 치거나 어깨에 팔을 두르는 등 다양한 방법으로 다가왔고 언영은 서글서글 인상 좋게 웃으며 모두를 받아주었다. 수많은 이들과 자연스럽게 섞여들었다. 그의 당당하면서도 친절한 미소가 자연스럽게 빛나고 있었다.

목린이 이곳으로 거처를 옮기고 나서 다시 보게 된 언영은 늘 그랬다. 단월도가 아닌 다른 곳에서, 사람들은 늘 그렇게 해맑은 그를 좋아해서 다가왔다. 언영 또한 그 사람들을 좋아했다. 물론 그의 지위나 능력은 남들의 흥미를 싹틔우기 충분했다. 하지만 지금 저들의 목적은 그런 류가 아니었다. 목린은 지금 다가오는 자들의 눈만 봐도 그것을 알아챌 수 있었다. 왜냐하면 소중한 인연을 재회하면서 들뜬 감정이 그 안에 만발하고 있었기 때문이다.

언영은 널리 잘 알려지고, 충분히 사랑을 받고 있는 사람이었다.

오늘따라 왠지 남달라 보이는 언영을 목린은 가만히 신기해하며 올려다보았다.

"……."

그러다가 문득 생각했다.

'여기 모인 사람들 입장에서는 초족이 이상하게 보이겠구나.'

외톨이는 초족이었다.

언영과 목린이 정혼자 관계였던 지난 세월 동안 월진이나 윤근이 초족을 보러 오면 왔지, 초족이 직접 육지에 방문한 경우는 없었다. 귀혈족이 한 번 놀러 오라고 제안한 일은 많았으나 여러 핑계를 대며 거절했다.

한 번이라도, 딱 한 번이라도 왔다면 혹시 모르지. 진실을 더 일찍 눈치챌 수도 있었을 텐데.

목린은 제 몸을 내려다보았다. 오늘 입은 초족 옷은 더욱더 그녀를 외부인으로 만들었다.

그녀의 씁쓸한 눈동자는 주변을 훑었다. 이곳저곳을 눈에 담았지만, 그중에서도 앉아 있을 수 있는 쉼터에 특히 더 눈이 갔다. 그 모습을 놓치지 않은 언영이 물어왔다. 목린은 흠칫 놀랐다.

"앉아 있고 싶어?"

목린은 언영을 물끄러미 올려보다가 천천히 고개를 끄덕였다.

"그러면…… 저쪽에 서 있는 은평이 옆에 가서 앉아 있어. 내가 인사 다 끝나고 바로 갈게."

언영은 검지로 쉼터 끄트머리에 있는 남자 하나를 가리키며 말했다. 사람들 틈에서 간신히 목린은 그자를 눈에 담았다. 누군지 단번에 알아보았다. 언영과 가장 친한 무리에 있는, 말이 없는 과묵한 남자였다. 언영이 현오에게 맞았을 때 그를 일으켜 세워 준 사람이기도 했다.

목린은 그가 마음에 들었다. 우선 은평은 언영을 때리지 않을 사람 같았으며(목린은 여전히 내기라는 핑계로 언영에게 주먹을 날린 현오에게 뻣뻣하게 굴었다) 무엇보다 귀혈족에게 공통으로 보이는 수다스럽고 외향적인 면모가 없다는 점이 흥미로웠다. 다시 말해 부담스럽지 않은 사람이었다. 한결 편해진 표정으로 고개를 끄덕였다.

"네."

"잠깐. 은평이가 누군지 알아? 이리 와. 내가 다시 들어줄게!"

"아니에요! 누군지 알아요! 다 보여요. 괜찮아요!"

"그래도 들어줄래! 하하하!"

"괜찮아요!"

겨드랑이를 잡힌 목린은 팔을 아기 참새처럼 파닥거리며 은평을 알아봤음을 한 다섯 번은 언영에게 반복하여 말했다. 그리고 종종걸음으로 인파를 뚫고 은평에게 떠났다.

"……."

언영은 목린이 은평의 앞에 당도할 때까지 끈질기게 눈으로 좇았다. 두 사람이 함께 대화하는 기미가 보이자 그제야 아쉬운 듯 고개를 틀었다.

"야."

혼자가 된 언영은 성큼성큼 인파를 뚫고 걸어갔다. 그리고 아까부터 이 주변을 일부러 어슬렁거리고 있는 젊은이의 어깨를 쥐고 돌렸다.

"전할 말 있어?"

언영과 마주 본 그 자는 언영보다 키가 조금 작은 천진난만한 인상의 사내였다. 머리는 언영보다도 짧게 바짝 깎았다. 녹색 계열의 갑옷을 입은 그는 순한 얼굴과 그렇지 않은 몸을 갖고 있었다.

"언영아!"

그가 언영을 올려다보며 밝게 웃었다. 이름을 부르는 목소리에 반가움이 가득 묻어났다. 이어서 그가 주변을 두리번거리며 물었다.

"부인은? 아까부터 네게 말 걸 기회를 노렸는데 부인께서 옆에 계셔서 계속 기회를 기다렸거든."

"알고 있어. 잘했어."

언영은 그렇게 말하며 사내의 목에 정답게 팔을 둘렀다.

이는 우정을 표현하는 방식이기도 했지만 또한, 은밀한 비밀을 나누기 위해 서로에게 밀착하는 행동이기도 했다.

언영은 평소보다 조금 낮은 목소리로 물었다.

"그러면 새로 발견된 건 뭐야?"

언영이 미궁의 바다를 조사하기로 마음먹은 것은 지금으로부터 약 두 해 전, 목린의 섬에 배를 선물했을 때부터였다.

당시에는 단순히 목린의 생일을 기념하여 바닥에 '목린아 사랑해'를 새긴 배를 선물하러 왔다고 가벼이 알렸다. 그것도 틀린 말은 아니었으나, 언영은 불어난 의혹을 쉬이 넘기지 않았다.

섬 근처로 몰려드는 어류 수의 갑작스러운 감소는, 비정상적인 개입이 생기지 않는 이상 불가능했다. 하여 언영은 초족 몰래 며칠 동안 단월도 주변의 바다를 탐사하며 이상한 점을 찾으러 돌아다니곤 했다. 괜한 걱정을 시키고 싶지 않아 초족에게는 비밀로 했다. 목린에게 보내는 서간에는 거짓된 그의 일과를 보내며 그녀를 안심시켰다.(물론 팔굽혀펴기 만 번을 한다는 말은 그의 의도와 달리 목린을 전혀 안심시키지 못했다.)

동료들까지 끌어모아 몇 주간의 작업 끝에 알아낸 사실은 아래와 같았다. 첫째, 단월도 근처의 어류 수는 날이 갈수록 줄어들고 있었다. 둘째, 그나마 남은 녀석들 또한 다양한 방향으로 헤엄쳐 떠나고 있었다. 오로지 한 곳만 제외하고.

바로, 북동쪽이었다.

답은 둘 중 하나였다. 무언가로부터 도망치고 있거나, 무언가를 향해 나아가고 있거나.

후자로 짐작하면 마음이 편해지고 좋겠지만, 초족 사람들 수백 명의 목숨이 달린 일이었다. 그리고 정말 무언가를 좇고 있다면 모두가 일관된 곳을 나아가야 옳을 터.

"그래서 수확은?"

육지, 그중에서도 귀혈족이 사는 마을은 단월도에서 북쪽에 있었다. 북동쪽의 무언가로부터 도망치고 있다고 추측할 경우 조사해야 할 곳 또한 단연 이웃하는 북동쪽. 하여 그는 그 지역에 사는 명족에게 더욱 나은 수색을 위하여 협력을 요구했다. 귀혈족의 선박 기술도 몸소 나누어 주었다.

그리고 그쪽 사람 중 가장 언영과 친밀도가 높은 이가 바로 이 사내였다. 육지의 모든 부족은 아이가 일곱 살 즈음이 되면 몇 달 동안 멀리 수양을 보냈다. 호민은 그 당시 외진 산에서 함께 지내던 믿음직한 벗이었다. 유들유들하고 착한 성격 덕분에 같이 살던 나머지 한 명과 언영이 늘 싸울 때 옆에서 중재자의 역할을 해 주곤 했다. 오랜 세월이 지났음에도 꾸준히 친분을 이어 나가고 있었다.

"……네 말이 맞았어, 언영아. 그래서 네 부인이 곁에 안 계실 때를 노리고 있었고. 바다에서 무슨 일이 벌어지고 있어. 그거 하난 확실해."

호민의 발언에 언영의 얼굴이 흠칫 굳었다.

늘 가능성을 품에 안고 수색을 시작했지만, 막상 타인으로부터 실존하는 위험의 존재를 알림받는 건 다른 얘기였다.

"……증거는?"

"네가 말한 방향을 뒤지다가, 우리의 함선만 한 거대한 녀석들이 무참히 뜯긴 채, 바다에 둥둥 떠다니고 있는 처참한 현장을 발견했어. 난 그 녀석들을 능가하는 또 다른 적이 있으리라곤 상상도 못했어."

언영의 눈엔 어느새 냉기만이 눌러앉았다.

호민은 턱을 쓸면서 말을 이었다.

"이번 일이 무조건 초족과 관련이 있다고 볼 수는 없겠지만, 일단 바다에 듣지도 보지도 못한 무시무시한 녀석이 사는 건 사실이야. 모두 잇자국이 난 채 뜯겨 있었는데……. 200년간 한 번도 그런 일이 없었거든."

애초에 200년 전 식인 물고기류의 등장 또한 북동쪽에서 시작되었다. 그래서 호민의 부족은 언영이 부탁하기 전에도 원래부터 자주 그쪽을 왕래하며 상황을 살피곤 했다.

호민은 어두운 언영의 표정을 흘깃 올려다보며 부러 더 발랄하게 말했다.

"하지만 아까 말한 대로, 초족과 관련은 없어 보여. 일단 어류들이 애초에 북동쪽에서 왔기 때문에, 고향으로 다시 가는 것을 피하고 있을 수도 있고……. 그 잔인했던 현장과 초족의 섬 사이엔 엄청난 거리가 있어. 심각한 문제라서 서두에 던지긴 했지만, 솔직히 나는 이 일이 초족과는 관련이 없다고 봐. 설사 있다고 하더라도, 두 지점 사이에 요원한 거리가 있으니 직접적인 영향을 끼치는 건 몇 달, 혹은 몇 년이 걸릴 테고. 또 이번 일이 단월도 주변의 어류가 줄어드는 상황을 설명하진 못해."

"……."

"내가 염두에 둔 문제는 달라, 언영아. 난 그 둘을 애초에 다른 사건이라고 보고 있거든. 내가 궁금한 건 다른 문제야. 초족이 연루된 사건의 피해 지역은 단월도뿐일까? 다른 지역은 문제가 없을까? 만일 있다면, 오히려 공통점을 발견해서 사건 해결이 수월해질 수도 있어."

"단월도 주변엔 다른 섬이 없어. 적어도 우리가 두 해 전에 찾아봤을 땐 없었어. 하지만 확인차 다시 둘러보는 것도…… 나쁘진 않겠지."

언영이 나지막이 말했다.

호민은 언영의 (드물게)심각한 얼굴을 빤히 쳐다보다가 눈치를 보며 물었다.

"저기, 우리가 하는 일을 초족에게 말하는 게 나을까?"

언영이 진지하게 고개를 저었다. 표정만큼은 육지 최고의 대장부였다.

"아니. 일단 어떻게든 우리끼리 해결하자."

어차피 약한 초족이 소식을 들어도 할 수 있는 일은 아무것도 없었다. 최악의 상황엔 진실을 알리고 초족 사람들을 다른 곳으로 대피시켜야 하겠지만, 아직 그때까진 여유가 남아 있었다. 북동쪽 어류들이 무엇에 당했는지는 알 수 없었지만, 사건의 발단인 그 녀석이 정확히 단월도로 온다는 보장도 전혀 없었으며, 설령 온다고 한들 호민의 말대로 꽤 오랜 시간이 걸릴 터였다.

호민이 고개를 주억거렸다.

"나도 동감하는 바야. 설령 초족이 있는 방향을 녀석이 목표로 향하고 한들 아직까진 매우 안전해. 오히려 위험한 건 우리 부족이지. 여름에 사람을 모아 현장을 더 탐사해 볼 생각이야. 일단 녀석의 정체가 뭔지는 알아야 마음이 놓일 것 같아. 밝혀내면 바로 네게 알려 줄게."

"필요하다면 우리 부족 사람들도 그쪽에 보내 줄게."

"그래 주면 나야 고맙지. 안 그래도 이미 다른 부족에게 도움을 부탁하려던 차였어. 부디 이번 일이 크게 번지지 않기를 바라."

"그래. 늘 고마워. 조심하고. 여름이라면 지금부터……."

언영이 손가락을 몇 번 접었다. 머리가 아픈지 미간을 세게 좁혔다. 호민이 침착하게 답해 주었다.

"한 달. 언영아."

"아, 그래. 한 달……."

언영이 눈을 느리게 끔벅거렸다.

"……언영이 넌 여전히 셈에 무척 약하구나."

"그런 건 중요하지 않아! 목린이는 그래도 나를 사랑해 주니까!

하하하하!"

언영은 부러 허리를 쫙 펴고 당당하게 미소 지었다. 호민이 옆에서 열심히 고개를 끄덕여 주었다.

"그래, 혼인 축하해. 엄청난 미인이시더라. 나도 아까 잠깐 인사해 봤는데, 심성도 고운 분 같았어."

"흐흐흐흐하……. 맞아."

언영은 손으로 목덜미를 긁으며 바보같이 히죽거렸다.

"목린이가 내 신부라니 아직도 믿기지 않아."

"왜 믿기지 않아! 언영이 너는……."

잘생겼다고 말해 주려다가, 차마 저 괴이한 표정은 평범하다고도 봐 주기 힘들어 호민은 얼른 말을 바꿨다.

"……성격이 좋잖아!"

목을 긁던 언영의 손이 느리게 굳었다. 올라갔던 입술 끝도 어색하게 내려갔다. 호민은 신음을 삼키며 당황했다.

"그거, 마치…… 해 줄 칭찬이 없어서 아무거나 말한 느낌인데."

함께 대화하는 이가 목린이 아니어서 그런지 언영은 이성을 제대로 붙들고 있는 중이었고, 하여 눈치도 아주 약간은 더 빨랐다. 호민이 서둘러 말했다.

"아니야! 진심이야. 언영이 넌 착하고 의리 있잖아. 언제나 나서서 도우려고 하고. 여기 있는 사람들 모두 최소한 한 번은 너한테 빚졌어. 게다가 성격도 유쾌해서 같이 있으면 즐겁고. 정도 많고. 모두 널 좋아해. 다른 부족에도 네가 족장 자리에 오를 날을 기대하는 사람이 많아."

"은도 그 자식이 들으면 코웃음 치겠는데."

"하하……. 은도는 원래 그런 애잖아. 오늘도 보니까 안 왔는걸."

호민은 주변을 둘러보며 말했다. 언영은 팔짱을 끼며 코웃음 쳤다.

"앞으로도 평생 이렇게 안 오면 더 바랄 게 없겠지."

"에이, 언영아……."

"반은 장난으로 한 말이야. 아무튼 다시 한번 정말 고마워."

"아니야! 나야말로."

* * *

마련된 자리에 앉아 있는 이들은 대개 거동이 불편한 나이 먹은 어르신들이었다. 은평만이 근처에 있는 유일한 청년이었다. 그는 나뭇등걸에 앉는 대신 커다란 배롱나무 기둥에 기대 햇빛을 피하고 있었다. 허리 아래까지 내려오는 그의 긴 머리가 바람에 흔들거렸다.

"안녕하세요. 은평 님."

"안녕하십니까."

목린이 먼저 고개를 숙이자 은평도 따라서 인사했다. 그는 무뚝뚝하지만 무례하지는 않았다.

목린은 그의 옆에 나란히 섰다. 이 자리에서 왁자지껄 모여 있는 사람들을 구경하고 있으니 완전히 다른 세상에 온 것 같았다.

"저는 아직도 이런 분위기가 많이 어색해요. 저희 섬은 늘 조용한 편이었거든요."

"그렇군요."

"네……."

은평은 이곳에 있는 대다수의 사람들과 달리 굳이 대화를 이으려 시도하지 않았다. 목린이 없는 양 바로 관심을 껐다. 하지만 그렇다고 해서 그녀의 존재를 거슬려 하는 것 같진 않았다. 그래서 목린은 용기를 내어 줄곧 속에 잠겨 있던 질문을 끄집어냈다.

"저기, 은평 님도 다른 부족 출신이신가요?"

은평의 눈동자가 그제야 목린에게 향했다.

"아닙니다. 여기서 태어났습니다."

"그래요? 그런데도 다른 귀혈족 분들이랑 아주 다르시네요."

"……."

은평은 무슨 생각에 잠겼는지 오묘한 표정으로 앞을 응시했다. 혹시 무슨 말실수라도 했나 싶어 눈치를 보며 어깨를 움츠린 목린은, 어쩌면 조금 전 그녀의 말이 상처를 주는 발언일지 모른단 사실을 깨달았다.

"죄송……."

"사실 제게 그런 말을 한 건 목린 님이 처음이십니다."

"네?"

목린은 눈을 느리게 끔벅였다.

"……신기하네요."

"……."

은평은 답하지 않았다.

목린은 그녀의 발을 내려다보며 생각에 잠겼다. 귀혈족 사람들이 부러 그가 의식하지 못하도록 입을 다물고 살았을지도 모른다. 그리고 잠시 뒤 사색에 잠겨 있던 은평이 입술을 떼고서야 그녀는 고개를 번쩍 들었다.

"하지만 목린 님이 어째서 그런 생각을 하셨는지는 잘 알 것 같습니다."

"역시 그렇죠?!"

"확실히 남들보다 격정적인 면모가 없잖아 있습니다."

목린의 커다란 눈이 휘둥그레졌다.

"격정……적이요?"

당혹스러운 표정으로 중얼거렸다.

확실히 문화 교류가 중단되었던 동안에는 언어의 변화가 상당했다. 언영으로부터 끊임없는 서간을 받았던 그 당시, 단순히 언영이 지독한 악필이라 글자를 잘못 보았거니 넘겨짚은 단어들이 사실은 멀쩡했고, 되레 그 의미가 변하거나 목린이 난생 듣지도 보지도 못했던 표현인 경우가 꽤 있었다. 하여 지금 상황이 이해가 가지 않는 것은 아니었다.

그렇다고 해도, 격정적이라는 말은 너무도 은평과 동떨어진 의미를 지닌지라 목린의 똥그란 얼굴에 혼란이 깊이 잠식했다.

은평은 설명을 덧붙이지 않았다. 그대로 나무에 더 등을 바짝 기대며 눈꺼풀을 닫았다.

평온함을 만끽하고 있는 이에게 조금 전 그 발언의 의미를 다시 말해 줄 수 있겠냐 묻는다면 실례가 아닐 수 없을 것 같았다. 결국 께름칙하게 켜켜이 쌓인 궁금증을 삼키며, 목린 또한 애써 관심을 다른 곳으로 돌리려 애썼다.

그러다가 마침 오른편에서 다가오고 있는 악단의 존재에게 시선을 빼앗겼다. 뿔나팔, 등에 메고 움직이는 북, 피리, 완함 등 다양한 악기를 손에 이고 다니는 이들이 풍부한 음색으로 관중들의 혼을 사로잡았다. 덩실덩실 가락에 맞춰 몸을 가볍게 흔드는 음악가들은 모두 목린에게 낯선 자들이었다. 음악에 능수능란한 부족이 하나 있다고 설핏 들은 적 있는데, 아마 그쪽 사람들이 아닌가 싶었다. 목린도 박자에 맞춰 고개를 사붓하게 위아래로 흔들었다.

"어?"

그때 나무에 기대고 있던 은평이 저벅저벅 앞으로 걸어 나가 어깨를 당당히 벌리고 악단을 마주 보았다.

은평의 허리가 유연하게 꺾이고 각각의 관절이 독립되어 흐느적거렸다. 모든 행각이 악단이 연주하는 곡과 살짝살짝 박자가 어긋났다. 그런데도 열정을 쏟아붓는 격정적인 은평의 얼굴엔 창피함 하나 없었다. 악단은 그의 현란한 안무를 응원했다. 어느새 은평을 가운데에 두고 둘러싸 혼신의 연주를 짜냈다. 광란이 쇄도했다.

목린은 손으로 입을 틀어막았다. 경악에 찬 그녀의 동공이 주변을 살폈다. 은평이 눈치채지 못하게 살금살금 옆걸음을 치며 도망갔다.

* * *

"할 수 있다!"

언영의 부친 윤근이 온몸의 힘을 쏟아 휘두르는 깃발이 바람에 신나게 펄럭거렸다. 깃발에는 근육질 사람들이 한가득 그려져 있었다.

대회는 순차적으로 진행되었다. 참가자는 삼백 명을 우뚝 넘었고, 이들 중에 상당한 수를 가려내기 위해 두세 명끼리 붙여 놓고 갖가지 다양한 작은 싸움을 치르게 했다.

싸움이라는 말에 목린이 위험하진 않을까, 혹시라도 잘못해서 큰 부상자가 속출하진 않을까 어깨를 움츠리며 우려했던 게 불과 며칠 전이었다. 하나 지금 젓가락질 빨리하기 시합, 끝말잇기 등을 실시간으로 눈에 담으며 목린은 다른 의미로 할 말을 잃었다.

계단형으로 된 좌석 중에 목린은 가장 앞줄에 앉아 있었다. 월진이 닭싸움으로 상대를 휘황찬란하게 무찌르는 모습을 멀거니 지켜보았다.

"어머니!"

월진이 한 번씩 승리를 거둘 때마다 언영이 양팔에 안은 첫째 동생과 둘째 동생의 머리를 벅벅 쓰다듬었다. 아이들 또한 언영의 몸통을 안으며 까르르 웃었다. 막냇동생은 목린의 무릎 위에 앉았다. 그녀 역시 승승장구하는 어머니를 보며 다리를 신나게 휘젓고 있었다.

대회의 난도는 갈수록 올라갔다. 점점 신체에 많은 것을 요구했다. 준준결승 정도까지 오자 이번엔 도끼 던지기 대회가 새로운 종목으로 떴다.

여기까지 올라온 현오가 던질 차례가 되었다. 목린은 여전히 그가 못 미더웠지만 살아남은 귀혈족 중에 몇 안 되는 사람이기 때문에 이번엔 정성을 다해 손뼉을 쳐 주었다.

현오는 건방진 미소와 함께 저 멀리서부터 관중의 환호를 받으며 달려 나가다가, 줄이 그어진 곳에 안정되게 멈춰서며 도끼를 저 멀리 휘 던졌다.

날아간 도끼는 경기장을 훌쩍 뛰어넘었다. 하늘을 반절로 가르듯 자신 있게 비행하던 도끼는 점보다 작게 보일 만큼 멀리 뻗어 나가더니, 쿵 하는 소리를 내며 어디론가 떨어졌다.

목린이 입을 못 다물고 있는데 계단형 좌석의 가장 꼭대기에 앉아 있던 사람이 우렁차게 외쳤다.

"다인아, 너희 집 지붕 깨졌다!"

목린은 언영의 팔을 붙잡았다. 자주 붙어 다니는 친한 벗의 거처가 훼손되었다는데 언영의 표정은 다소 태연하기만 했다. 오히려 목린의 태도를 그가 놀랍게 쳐다봤다.

"지붕이 깨졌대요. 어떡해요?"

그때 갑자기 후방에 앉아 있던 다인의 가족이 모두 몸을 일으키며 환호성을 내질렀다. 다인은 활기차게 아래로 내려가더니 방금 막 도끼를 던지고 오는 현오와 손뼉을 맞췄다. 곧이어 윤근이 갑자기 상체만 한 금 보따리를 구해 와선 다인의 품에 안겨 주었다. 다인이 고개를 젖히며 웃었고 모두가 부러움이 담긴 눈으로 그녀를 바라봤다. 목린은 조용히 무안해하며 언영의 팔을 잡았던 손을 뗐다.

도끼 던지기 대회의 목적은 거처를 깨부수는 것이었다. 집이 부서진 이들은 호화로운 선물을 받았다. 하여 가장 멀리까지 날아갔음에도 불구하고, 평범한 길가에 떨어진 월진의 도끼는 그녀에게 패배를 안겨 주었다.

승리욕이 강한 그녀는 실망감을 내비치다가도, 금세 허허 웃으며 털어 버렸다. 그리고 언영과 윤근 사이에 자리 잡고 앉아 남아 있는 우승 후보들을 구경했다.

"서방님께선 어디까지 올라가셨어요?"

목린은 막내 시누이를 소중하게 안으며 물었다. 또다시 어떤 기와집 지붕이 와장창 깨지는 소리가 들렸지만 이제 그 정도는 스스럼없이 넘길 수 있는 면역력이 생겼다. 언영은 목린을 내려다보며 다정하게 싱긋 웃었다.

"나는 한 번도 참가한 적 없어."

"정말요?"

"부족이 많다 보니 한 가정에 한 사람만 참여할 수 있게 제한되어 있고, 늘 승리욕이 강한 어머니께만 기회가 갔어. 나나 아버지 모두, 어머니 대신 참여하고 싶다 완강하게 고집을 부릴 정도로 원하지도 않거든. 또 내 누이들은 너무 어리고."

"오라버니! 저는 나중에 나가고 싶어요!"

"그래. 우리 화영이한테 우승은 식은 죽 먹기지!"

목린은 천천히 고개를 끄덕였다. 그러다 돌연 머릿속에 번뜩 떠오른 생각 덕분에 약간 활기차게 그녀의 입이 열렸다.

"한 가정에 한 사람만 가능하다면 그럼 이제 언영 님도 참가하실 수 있겠네요? 저희 둘이 따로 나왔으니까요."

"그렇지."

"서방님께서도 이번에 참가하셨으면 좋았을 텐데요."

언영은 슬그머니 눈을 피했다. 그의 귀가 빨갰다.

"우리 초야 때 참가 신청을 받아서 놓쳤어."

"아아아……."

목린도 마땅히 던질 대답을 찾지 못해 괜스레 옆을 고집스럽게 쳐다보았다.

대회는 한 청년의 승리로 끝이 났다. 그날 밤늦게까지 시끄러운 잔치가 벌어졌다. 불을 피우고 놀아서 사방이 밝았다. 목린은 종종 단월도까지 날아오던 매캐한 연기의 정체를 오늘 처음 깨닫게 되었다.

* * *

"이렇게…… 하면 고쳐질 것 같습니다. 됐습니다."

목현은 이를 악물며 힘을 주었다. 그러자 지팡이로 사용하던 나뭇가지가 딱 알맞게 동강 났다. 한 번 실수로 험하게 떨군 뒤 끝부분이 아슬아슬하게 부러져있던 차다. 완전히 떨어지지도 않고 애매하게 붙어 있던 부분 탓에 할머니는 몇 번 사용하면서 손을 긁혀 피를 보기도 했다.

"아이고, 고마워. 정말 고마워라. 이 은혜를 어쩔까."

"은혜라니요, 당연히 해야 하는 일이었습니다. 진작 알았더라면 더 빨리 해 드렸을 텐데요."

목현이 지팡이를 다시 할머니에게 돌려주며 말했다. 그리고 그녀가 안전하게 자세를 잡는 모습을 진지하게 서서 지켜보았다. 주변을 둘러보니 이곳은 경사 하나 없는 원만한 들판이다. 적어도 집까지 돌아가시는 데는 무리 없을 것 같아 그는 속으로 안도의 한숨을 삼켰다.

"저…… 아버지는, 족장님은 좀 어떠신가."

"점점 나아지고 있습니다. 걱정해 주셔서 고맙습니다."

"다행이네. 우리야말로 고맙지."

키가 아담한 할머니는 흐뭇한 미소를 지으며 목현을 올려다보았고, 쑥스러워진 그는 눈을 피하며 어색하게 웃었다. 그가 겸손떤다고 생각한 할머니의 입술이 더 높이 올라갔다.

할머니는 하고 싶은 말이 남았는지 자리를 떠나지 않았다. 주름진 두 손은 지팡이 위에 가지런히 포개져 있었는데, 그중 위에 놓인 검지를 까딱이며 언제 입술을 떼면 좋을지 시간을 가늠 중이었다.

목현이 먼저 물었다.

"하시고 싶은 말씀이라도 있으신지요."

노인은 목현과 시선을 맞추고 눈을 몇 번 끔벅거렸다. 이내 머쓱하게 웃으며 고개를 좌우로 저었다.

"아니, 그냥…… 요즘 안색이 안 좋아 보여서 사람들 다 걱정이 많아."

"제 안색이요? 저는 정말 괜찮습니다."

"괜찮긴. 족장님께서 이렇게 오래 자리를 비우신 일이 없었잖어. 게다가…… 목린이 일도 그렇고…….”

섬 주민들은 목린은 물론이고 익문에 대한 걱정도 컸다. 딸을 멀리 보내 버렸는데 어떻게 멀쩡한 정신으로 돌아다니겠냐는 의견이었다. 주변에서 그에게 잠깐 쉬다 와도 좋다는 충고를 던지는 이들도 적지 않았다.

그러나 익문은 보란 듯이, 귀혈족의 마을에서 돌아온 이후 더 열심히 일했다. 그것이 남에게 멀쩡히 보이려는 의도인지 아니면 부러 바쁘게 움직여 목린을 머릿속에서 지워 내려는 목적인지는 몰라도, 하늘이 희붐해지는 새벽부터 부엉이가 부는 밤까지 쉬지 않는 그의 모습을 지켜본 이들은 혀를 내둘렀다. 여쭈어본 적은 없지만 목현은 두 가지 추측이 모두 옳다고 내심 믿었다.

한데 너무도 바지런하게 일한 것이 화근이었다. 처음에 다리가 조금 부어오를 때만 해도, 익문은 그가 요즘 너무 열심히 걸어 다닌 탓이라 여겨 가벼이 넘어갔다. 하지만 우둥퉁 두꺼워지는 종아리와 함께 헛구역질이 올라오고 두통이 동반되었다. 그로부터 수일 뒤, 그가 지난번 숲에 들어가 작업을 하던 당시 독성을 띤 곤충에게 다리를 물렸다는 사실을 알게 되었다.

다른 사람들이라면 사흘 만에 풀풀 털고 일어났을 염증인데, 뒤늦은 치료와 노쇠한 몸 탓에 회복은 다소 더디게 되는 중이었다. 의원은 당분간 집에 누워 끄떡도 하지 말라는 엄중한 명을 내렸다. 그리하여 현재 목현이 그의 빈자리를 채운 지 상당한 시간이 흘렀다.

“잘하고 있어.”

"고맙습니다."

목현은 할머니의 칭찬에 예의 바른 미소로 답했다.

거처까지 모셔다드리겠다고 했지만, 할머니는 끝까지 목현의 도움을 끈질기게 거절했다. 마을에서 중요한 역할을 담당하는 바쁜 젊은이에게 그런 하찮은 일을 맡길 수 없다는 것이 이유였다. 결국 목현은 할머니가 사라지는 모습을 씁쓸한 눈으로 끝까지 좇았다.

잘하고 있다, 마을에서 중요한 역할을 맡고 있다 등등. 모두 목현이 감당할 수 없는 칭찬이었다. 먹자마자 토해내고 싶은 심정이라고 해야 할까. 몸에 맞지 않는 음식을 섭취한 기분이다. 제게는 너무도 과분한 언사였다.

목현은 바다를 바라보았다. 정확히 말하면, 저 끝 어딘가 있을 목린을 찾았다.

꿈에도 목린이 우는 모습이 나왔다. 그날의 그는 미쳤던 것이 틀림없었다.

……그렇다고 마음에도 없었던 소리를 했던 것이냐, 그건 또 아니다. 주언영이 줄곧 못마땅했으니까. 비틀린 상념이 끊임없이 꼬이고 꼬여 더럽고 추잡한 말을 무의식 속에서 자아냈다. 변명할 건더기가 없었다.

아버지의 역할을 물려받아야 하는 미래는 언제나 목현의 숨통을 죄는 두려움이었고, 그는 이런 고통을 남들과 공유하고 싶지 않았다. 힘이 없어 보이고 싶지 않았다. 그러니 피가 섞인 누이도 사정을 모르고 있다. 늘 선망을 담아 그를 우러러보던 누이의 눈빛을 지키고 싶었다. 지난번에 다 망친 것 같지만.

목린이에게 용기를 내어 사죄해야만 한다. 가중되는 혼란스러움 속에서 목현이 확신할 수 있는 단 한 가지였다.

"……?"

뻗어 나가는 대해를 지켜보던 목현의 눈이 가늘어졌다. 무언가가 오고 있다.

귀혈족에게서 날아오는 새였다.

"아버지!"

"아이고……."

너무 급한 나머지, 목현은 들어가겠다는 얘기도 하지 않고 덜컥 아버지의 처소에 발을 디뎠다.

익문의 앓는 소리가 목현의 마음을 후벼 팠다. 누워 있는 익문의 다리는 여전히 부기가 빠지지 않았다. 두 종아리의 굵기가 한눈으로 봐도 차이가 심했다. 그나마 다행인 건 기존의 색은 돌아왔다는 것이다. 끼니도 문제없이 잡수시고, 그에게 약간의 미열이 있지만 심하게 걱정할 필요는 없다고 옆집의 의원이 든든하게 말해 주었다.

"아버지. 목린이가 보낸 서간이 도착했습니다."

목현의 말에 익문이 언제 앓았냐는 듯 벌떡 자리에서 일어섰다. 벌벌 떨리는 손을 내밀고 흔들었다.

"어디! 어디 한 번 줘 보아라!"

목현이 직접 펼쳐서 건네주었다. 종이를 눈에 담자마자 익문의 눈에서 눈물 한 방울이 뚝 떨어졌다.

"우리 목린이 글씨체가 맞는구나, 맞아……. 그래, 주언영 그놈보다 천 배, 아니, 만 배는 더 잘 쓰지."

눈물을 흘리면 시야가 흐려지기 때문에, 익문은 눈을 최대한 부릅뜨고 서간을 읽어 내려갔다. 조용하지만 결코 편하지 못한 시간이 흘러갔다. 옆에 무릎을 꿇고 앉은 목현은 무슨 생각에 사로잡혀 있는지 바닥을 묘한 눈길로 쳐다보고 있었다. 익문이 서간을 접는 소리가 난 후에야 서서히 고개를 들었다.

끝까지 정독한 익문의 눈에서 폭포가 터지는 중이었다. 꼬부랑거리는 수염이 젖어 들어갔다.

"호의호식이라니……. 나를 위해 거짓말을 쓰는 목린이의 모습이 눈에 선하구나."

"……꼭 그렇게 부정적으로만 보실 필요는 없으십니다, 아버지. 사실일 수도 있습니다."

목현은 의미심장한 목소리로 말했다. 이상한 느낌을 감지한 익문이 순간 예전의 기력을 회복하고 목현을 휙 쏘아보았다. 아들의 심경에 무슨 변화가 생긴 건지 어떻게든 알아내겠다는 집요함이 돋보였다. 목현도 그것을 느꼈다. 차분한 눈으로 아버지를 위해 설명을 친절히 덧붙였다.

"주언영 그자가 우리 목린이한테 죽고 못 사는 것은 사실이지 않습니까. 목린이가 배척당하는 상황을 보고만 있지는 않을 겁니다. 그 뜻이었습니다."

"……글쎄다."

익문은 말은 그렇게 했지만 목현의 발언이 일리는 있다고 여겼는지 표정이 훨씬 누그러졌다. 목현은 아버지의 야윈 손을 쥐고 말했다.

"바깥에 귀혈족이 보낸 새가 기다리고 있습니다. 아마 답장을 쓰면 함께 갖고 갈 것 같습니다."

"그래. 바로 답을 쓰마. 지금 바로 쓰겠다!"

목현은 헐레벌떡 일어나는 익문의 어깨를 부드럽지만 완강히 눌러 내리며 무릎을 폈다.

"필요한 물건을 가져다드릴 터이니 여기 앉아 계십시오."

익문은 빠르게 끄덕이며 손을 이리저리 정신없이 움직였다.

"그래, 그래……. 아, 그리고 목현아, 섬사람들 모두 목린이를 걱정하고 있을 테니, 나가서 무사히 서간을 받았다고 말해 주고 오너라. 자세히 설명해 주진 말고 그냥 잘 지낸다고만 해도 충분할 테야."

"예, 바로 그리하겠습니다."

"미안하구나. 나도 이제 늙어서, 회복 속도가 예전 같지 않아. 얼른 일어나서 너를 도와줘야 하는데. 아직 못 가르친 게 많은데……."

"그렇지 않습니다. 아버지께선 모든 것을 시기에 맞추어 적절히 가르쳐 주셨습니다. 제게 최고의 스승이자 아버지이십니다."

익문의 표정이 의미심장해졌다. 아니라고, 그렇지 않다고 제차 고개를 저을 줄만 알았던 아버지의 태도가 석연치 않아 목현은 그를 빤히 쳐다보았다.

"아버지?"

"그래. 다 가르쳤지. 다 가르쳤어. 이제 나는…… 짐밖에 되지 않겠지."

"무슨 말씀입니까, 아버지!"

아버지의 발언에 목현은 다시 무릎을 굽히고 앉았다.

"짐이라니요. 어찌 그런 말씀을 하십니까……. 아버지 말씀이 옳습니다. 아직 배울 것이 많습니다."

"내가 여기 붙박이고 있다고 해서 모를 줄 아느냐. 요즘 주변에 네 칭찬이 자자하다는 소식을 익히 들어 알고 있다. 모습도 당당하고, 자신감이 보인다 하더구나."

"그거야 겉으로 꾸며낸 만용에 불과합니다. 웃어른들께서 많이 도와주기도 하셨고요. 그분들과 아버지가 없으시면 저는 아무것도 아닙니다. 평범하기 그지없는 사람입니다."

"나는 뭐 크게 다를 줄 아느냐."

익문이 껄껄 웃으며 말했으나 목현은 되레 더 속에서 울음을 삼켜야 했다.

"그리고 나는 네가 평범한 사람이기를 바랐다. 평범한 사람들을 보살피는 일을 한다면 누구보다도 그들을 잘 이해해야 하지 않겠니. 다른 이들도 너라고 생각하고 보듬고 가야 하니까 말이다."

"……."

"함께 나아가는 거란다, 목현아."

목현은 피로한 표정으로 아버지의 거처에서 나왔다.

그는 잠시 하늘에 시선을 두었다가, 눈을 내려 손에 들고 있던 다른 서간에 시선을 두었다.

아까 아버지에게 보여 준 목린으로부터 온 글이 아니었다. 익문의 앞에서 은밀하게 감춰 두었던, 다른 종이다.

다시 고개를 든 목현의 낯빛에 확신이 감돌았다.

9장

목린은 꽃 가락지를 만드는 데 열중이었다. 대문을 나오면 나오는 골목 앞에 쭈그리고 앉아 주섬주섬 예쁜 꽃잎을 뽑았다. 손가락이 야무지게도 움직였다. 단월도에서는 주로 이런 자잘한 걸 만들거나, 옷을 짓는 방법으로 소소한 일거리를 얻고는 했다.

안타깝게도 귀혈족의 갑옷에 대해서 목린은 완전히 문외한이었다. 밤에, 또는 갑옷 안에 입는 얇은 의복은 목린의 눈에도 나름 쉬워 보이긴 했다. 하나 언영에게 옷을 지어 선물할까 고민해 보니 금방 문제에 당착했다. 언영은 밤에 늘 실오라기 하나 걸치지 않은 채로 그녀를 안고 잠들었다. 갑옷 안에 입는 옷은 금방 해지고 더러워지기 십상이라 선물로 줄 예쁜 의복으로는 어울리지 않았다.

갑옷과 달리 꽃 가락지는 여전히 만들 일이 잦았다. 금방 시드는 터라 잠깐의 기쁨을 주는 그 조그만 물건이 의외로 귀혈족의 마음을 뒤흔들었다.

'정말 예쁩니다!'

수염이 북슬북슬한 까만 아저씨가 목린이 만든 진달래 팔찌를 보고 울먹거렸다.

그날 이후 목린은 틈날 때마다 작은 장신구를 만들어 아주 작은 값에 팔거나 지나가는 사람들에게 선물했다. 예전엔 마냥 무섭게만 느껴졌던 분들이 감사 인사를 던지며 행복해할 모습을 상상하니 목린의 얼굴에 미소가 피어올랐다.

'그러고 보니…… 서방님껜 아직 만들어드린 적이 없네.'

언영도 대충 그녀가 무엇을 하고 있는지는 알고 있었지만, 한 번도 만들어 달라 요청한 적이 없었다. 주면 싫어할까? 솔직히 말해 귀혈족의 관점에선 엄청 쓸모없는 물건이기는 했다. 그래도 설마 싫어하진 않으시겠지?

그렇게 고민하는 목린의 위로 어두운 그림자가 떠올랐다. 목린은 짧은 비명을 지르며 몸을 일으켰다.

"이거……."

목린보다 머리통이 두 개는 큰 중년의 남자가 지친 목소리로 품에 안고 있던 서간 여러 장을 내밀었다. 행색이나 팔에 안겨 있는 다른 서간을 보면 이것이 그의 업무임이 분명했다. 하지만 목린의 관심을 앗아 간 건 따로 있었다.

"괜찮으세요……?"

"지나가는 길에 애들 무리를 만나서 놀아 주다가…… 뭐 흔히 있는 일입니다."

목린은 머리가 산발이 된 남자를 안타깝게 올려다보았다. 이곳의 아이들은 초족 아이들과 매우 달랐다. 남자는 좀 얼빠진 표정이었으나 익숙한 일이라는 발언은 참이었는지, 이후 멀쩡히 걸어 나갔다. 그러고 나서야 목린도 서간을 내려다볼 여유가 생겼다.

단월도에서 온 글 뭉치들이었다.

목린은 부랴부랴 집으로 다시 들어갔다. 그리고 모두가 보일 수 있도록 바닥에 넓게 펼쳐 보았다. 서간은 여러 장이었다. 보낸 사람 또한 다양했다. 그녀의 친우들, 그녀를 좋게 바라봐 주던 이웃들, 아버지…….

특별한 내용이 숨겨져 있지는 않았다. 모두 귀혈족이 훔쳐볼까 봐, 그래서 목린이 위험에 처할까봐 심한 표현을 아끼고 있었다. 그래도 마음이 느껴졌다. 목린은 하나하나 꼼꼼히 읽어 보았다. 다 읽은 종이는 가슴에 안고 잠시간 그 자세로 가만히 있었다.

마지막 한 사람의 서간이 남았을 때까지 그렇게 했다.

오라버니 목현의 것이었다. 할 말이 많은지 다른 이들이 보낸 것보다 더 두꺼웠다.

목린은 겁에 질린 눈으로 그것을 내려다보았다.

"……."

천천히 손을 뻗었다. 끈을 푸는 손이 미세하게 떨렸다.

그리고 펼쳤다.

[목린아. 미안하고, 또 미안하다.

수백 번을 글로 사죄해도 내 진심이 닿지 못할까 두렵구나.

하여 서간을 전해 주러 온 새를 따라, 목숨을 걸고 배를 타 네 앞에 직접 가서, 무릎을 꿇을까 잠시 고민도 해 보았다. 하지만 지금 아버지의 일을 도맡아 하는 중이라 너무도 바쁘단다. 부디 이런 무능한 오라비를 용서하지 말렴.

나에게 처음으로 아버지의 명령이 떨어진 날은, 목린이 네가 네 살 때였단다. 네가 기억을 할지 모르겠다. 그날 네가 갑자기 사라져서, 쥐구멍이라도 뒤져 너를 찾아내라고 대노한 아버지께서 내게 외치셨다. 그때도 오롯이 나의 잘못이었거든. 네가 안전히 잘 있을 거라는 경솔한 생각을 품고 덕복이와 함께 낚시를 하러 갔다. 그때나 지금이나 나는 네게 폐만 끼치는구나.

아버지는 어떻게든 오래 나를 자유분방하게 키우고 싶어 하셨다. 족장의 의무는 죽을 때까지 어깨에 짊어져야 하는 숙명이고, 하여 사랑하는 자식에겐 어떻게든 늦게 물려주고 싶어 하셨지. 그래서 네가 사라진 날, 그날은 내가 처음으로 '책임'을 배운 날이었어.

그리고 책임은 모양만 조금씩 바꾸어 가며 나의 어깨를 늘 짓누르고 있구나.

나는 내가 특별한 사람이 아니라는 점이 너무도 부끄럽다. 내가 좋은 족장이 되지 못할지도 모른다는 부담감에, 사실 자주 악몽을 꾸고는 한다. 이건 아버지도 모르는 비밀이다.

평범하기 그지없는 어깨 탓에 이 짐을 혼자 버틸 수 없다는 게 아버지께, 마을 사람들에게 너무도 죄송스러워.

무엇보다도 이 점을 나보다 어리고 힘없는 누이에게 늘 숨길 정도로 부끄러워했다는 사실이 치욕스럽다. 어린 누이에게 잘 보이고 싶다는 욕심이 유치하기 짝이 없구나.

너와 내가 마지막으로 만난 그날은, 나의 고민이 가장 격정적이었던 날이란다. 너를 보내면서 아무것도 할 수 없는 내가 더럽게 느껴졌단다. 하지만 무엇보다도 더러웠던 건 나의 언행이었다. 나는 너와 매제에게 더할 나위 없는 모욕을 안겼어.

목린아. 이 글을 읽고 조금이라도 나를 이해하는 마음을 가졌다면 당장 떨쳐 내렴. 형편없는 핑계 따위는 내칠 수 있는 강한 마음을 가지렴. 절대로 나를 용서하지 말아 주렴.

그런데도 굳이 네게 내 형편없는 사연을 구질구질하게 읊어 주는 연유는, 네가 나처럼 되지 않길 바라는 마음에서이다. 네가 선망하는 그런 든든한 오라버니가 아님을 네가 알아야 하기 때문이다. 물론 그럴 일이 없을 테지만 혹시나 해서 말한다. 나와 같은 흔들림을 겪는다고 해도 너를 신뢰하고 버티렴. 네게는 나와 달리 그런 용기와 힘이 있다고 내가 굳게 믿는다.

다시 한번 미안하고 사랑한다, 목린아. 너의 내일이 네가 좋아하는 민들레처럼 아름답길 바란다. 부끄러운 오라비가.]

목린은 검지로 뺨을 타고 흐르는 눈물을 닦았다. 그리고 오라버니의 서간을 꼭 품에 안고 눈을 감았다.

'오라버니께선 그런 고민을 하고 계셨구나.'

전혀 몰랐다. 물론 오라버니가 아무 생각 없이 살고 있다고 믿진 않았다. 하지만 오라버니라면, 옛날부터 차곡차곡 준비하여 그 어떤 것도 두려워하지 않으리라 믿었다. 마침내 자리를 물려받을 때가 되어선 누구보다 덤덤할 줄로만 알았다. 감정적인 오라버니는 상상하기 힘들었다. 이런 괴로움 속에서 고통의 나날을 보내고 있다고 누가 알았으랴. 그녀는 늘 오라버니를 우러러보기만 했었다.

남매는 싸우지 않았고 사이가 좋았다. 하지만 그렇다고 해서 서로를 잘 아냐고 묻는다면, 그건 완전히 다른 문제였다. 두 사람도, 그리고 아버지도 속내를 잘 밝히는 사람들이 아니었다.

'오라버니께 힘이 되어 드리고 싶어.'

이 긴 서간을 적기 위해 얼마나 큰 용기가 필요했을까. 피곤하다면서, 바쁘다면서, 두렵다면서, 글은 차분하기 그지없는 달필이다. 누이가 못 알아볼까 봐 애써 천천히 썼을까. 글씨체마저도 무너지면 누이가 걱정할까 봐 이를 악물고 열심히 적었을까. 뭐였든지 간에 목린의 눈물샘을 자극했다.

바로 답장을 쓰기 위해 부랴부랴 필요한 물품을 꺼내 자리에 앉았다.

[오라버니, 저 목린이에요.

날씨가 좋아요. 곧 비가 온다고 들었는데 본격적인 여름이 시작되겠지요. 단월도의 여름 냄새가 그립긴 하지만, 찾아가는 건 잠시 뒤로 미뤄 둬야 할 것 같아요. 지금은 더 급한 일이 있어요. 새로운 삶의 터전에서 만나는 여름은 어떤 상대일지 궁금해요.

오라버니의 마지막 그 눈빛을 기억해요. 그것만으로도 충분히 감정은 전해졌다고 저는 생각합니다.

오히려 제게 먼저 이렇게 아픈 속내를 알려 주신 점에 대해서 정말 고맙게 여기고 있어요. 저라면 결코 그런 비슷한 용기를 내지 못했을 것이어요. 그 점만 봐도 오라버니가 저를 얼마나 생각하셨는지 확실히 와닿아요.

그래서 힘들어하시는 오라버니를 조금이라도 더 도와드리고 싶어요. 비록 오라버니께서 그동안 홀로 가지셨던 사색의 깊이의 반의반도 채 못 따라가는 얕은 지식이겠지만, 제가 생각하는 좋은 족장은]

"좋은 족장은……."

목린의 말끝이 흐려졌다.

* * *

"저쪽에 있는 기와 좀 던져 줘. 아니, 그거 말고. 왼쪽에. 맞아."

언영은 대회 때 지붕이 무너진 집을 고쳐 주고 있었다. 마지막으로 수리 중인 다인의 거처 위에서, 그는 아래에 서 있는 친구들에게 부탁했다.

목린은 말의 갈기를 땋아 주며 언영을 기다리고 있었다. 그가 지붕을 다 고치는 즉시 바로 승마 수업을 이어서 진행하기로 했다. 언영은 금방 끝난다고 했지만, 정확히 언제가 될지 그녀로선 전혀 알 수 없었다.

언영은 가장 가까이 붙어 다니는 이들 세 명, 바로 다인, 현오, 은평과 함께였다. 이제 목린도 그 세 명이 익숙해졌다.

다인은 기와를 한 손으로 잡고 팔을 뒤로 뻗었다. 그리고 온 힘을 다해 하늘로 내던졌다.

"앗!"

기와는 언영의 손에서 벗어났다. 더욱더 높이 공중으로 날아올랐다. 도망가듯이 빠르게 위로 뻗어 나갔다.

그리고 마침내, 꽤 오랜 시간이 지나 다른 집의 지붕으로 떨어졌다. 그러면서 하나의 기와가 다른 집의 여러 기와를 다시 무자비하게 박살 냈다.

"너⋯⋯ 당장 이리 와."

언영이 땅으로 펄쩍 뛰어 내려갔다. 그리고 망설이지 않고 허리춤에서 검을 스르릉 꺼냈다. 현오는 여기 싸움 났으니 얼른 보러 오라고 팔을 위에 휘두르며 관중들을 끌어모았다. 은평만이 저 멀리 날아가 버린 기와를 다시 주우러 조용히 달려 나갔다.

다인과 언영은 검을 꺼내 진심을 다해 싸웠다. 두 검이 엇갈려 만나며 나는 날카로운 소리가 목린이 있는 곳까지 닿아 그녀의 고막을 긁작댔다. 어느샌가 이런 귀혈족의 모습에 나름 적응해버린 목린은 두 남녀를 당혹스럽게 응시했던 것도 아주 잠깐뿐, 다시 눈을 다른 방향으로 돌렸다.

"아저씨! 받으세요!"

"또 새로운 걸 썼니?"

"네!"

언영의 막냇동생 선영의 열정은 식지 않았다. 되레 날이 갈수록 더 주변인들의 호응에 맞추어 자신감이 불어나는 건지, 늘 새로운 글귀를 적어다가 거리에서 지나가다 보이는 아무에게나 선물했다. 지금도 사방팔방을 돌아다니며 어젯밤 만든 작품을 나눠 주느라 바빴다. 지나가는 귀혈족 사람들 모두 그녀를 귀여워 죽겠다는 듯 내려다보았다. 목린 또한 마찬가지였다.

그녀가 흐뭇하게 웃으며 구경하고 있을 때, 돌연 옆에서 검은 그림자가 드리웠다.

"어머님!"

말에 편히 기대있던 목린은 월진을 보자마자 바로 허리를 곧게 폈다. 아무리 월진이 좋은 사람이라고 해도 관계상 대하기 편한 인물은 아니었다.

"언영이를 기다리고 있는 건가?"

"네……."

월진과 목린은 함께 정면을 바라보았다. 다인과 언영은 이제 지붕 위에서 싸우고 있었다. 멀쩡했던 기와마저도 발에 짓밟혀 다 부서지고 있었다. 월진은 아무 말도 하지 않았다.

"……."

"아까 전까지는 열심히 하고 계셨어요! 정말이에요!"

목린이 팔까지 흔들어 가며 열심히 언영을 옹호했다. 그리고 이상한 분위기의 침묵을 해결하기 위하여, 활기차게 길가를 뛰어다니고 있는 선영을 바라보며 화제를 돌렸다.

"저, 선, 선영 아가씨는 무척이나 똘똘하신 것 같아요. 다섯밖에 안된 나이에 벌써 저렇게 글을 쓰시다니 대단해요. 저희 섬 아이들은 저 정도까지 다다르려면 적어도 한두 해는 더 지나야 하는 게 보통이거든요."

"좋은 글 선생 덕분이지."

월진이 겸손하게 답했다. 뒷짐을 지고 생각에 잠겨 있던 그녀는 무언가 생각난 듯 퍼뜩 눈을 크게 뜨며 입술을 뗐다.

"맞다, 그러고 보니 글공부는 예전에 언영이가 제안했단다."

"네?"

"선영이 또래의 어린 애들에게 더 집중적으로 글공부를 시키자고. 저 당시 언영이는 칼 휘두르느라 바빴거든. 사실 너한테 서간을 쓰겠다고 다짐했을 때 처음 붓을 쥐었다 봐도 무방하지."

"아……."

"너한테 그럴싸하게 보이고 싶다고 며칠을 붓만 잡고 있었어. 우리는 해가 서쪽에서 뜨는 거 아니냐 웅성거렸단다."

도무지 읽을 수가 없어 이게 글자냐 지렁이냐 불평을 늘어놓던 아버지에 대한 기억이 목린의 머릿속에 새록새록 피어났다.

"그 당시 정말 고생을 많이 했는지, 바로 아이들에게 글을 가르치자고 마을회의 때 당당히 주장했어. 그리고 평소에도 당당하고 사려 깊은 모습을 많이 보여 주며 신임을 얻고 있단다."

그리고 그때 마지막으로 정상이었던 다인의 집 기와마저도 언영의 발에 밟혀 조각났다.

"……대부분의 시간에는."

그 모습을 지켜보던 월진이 미간을 좁히며 덧붙였다. 목린은 말을 쓰다듬으며 눈치를 보았다.

다행히 월진은 호통을 치거나 언영의 등을 때리러 가지는 않았다. 단지 가만히 서서 마을의 운치를 둘러볼 뿐이었다.

평화로웠다.

목린도 주변을 바라보았다. 햇빛이 싱그럽게 내리비치고, 사람들의 웃음소리가 정겹게 귓전을 때렸다. 빼곡하게 모인 높다란 산들은 안정감을 선사했고, 지나가는 많은 이들의 얼굴에 편안함이 안식을 취하고 있었다.

말을 고요히 쓰다듬던 그녀의 손길이 멎었다. 옆에 우뚝하게 선 월진을 가만히 올려다봤다.

'좋은 족장은…….'

목린은 월진이 좋은 족장임을 알고 있었다. 처음 이곳에 발을 디뎠을 때는 너무나도 혼란스럽고 무서워 빨리 깨닫지 못했었다. 이런 상쾌함을 계속 만끽하게 해 주는 건 좋은 지도자와 다른 사람들의 노력이 없다면 불가능했을 것이다.

"내게 할 말이라도 있니?"

"아니에요!"

화들짝 놀란 목린이 고개를 휘휘 저었다. 월진이라면 목현에게 도움을 줄 수 있겠다 싶었지만, 아직 목린은 월진에게 마음 놓고 그런 걸 묻긴 조금 껄끄러웠다.

"어머님께선 늘 밝아 보이신다고 생각하고 있었어요."

뒷짐을 지고 있던 월진이 목린을 휙 돌아보았다. 그리고 며느리와 눈을 맞추며 웃었다. 그 안에 언영이 보였다.

"그렇구나."

* * *

좋은 족장의 조건은 뭐든지 될 수 있었다.

타인을 잘 이끄는 사람, 남을 잘 배려하는 사람, 다른 이의 말을 잘 귀 기울여 듣는 사람, 자신보다 주민들을 더 위하는 사람…….

아무거나 넣을 수 있었다. 하지만 그렇기에 더 아무 말도 쓸 수 없었다. 설마 목현이 그런 기본적인 사실을 몰라서 서간에 고충을 남겼을 리는 없었다.

오라버니가 먼저 마음을 열었다. 자신의 약점을 드러내는 일. 그것은 아무리 상대가 아끼는 누이라도 쉬운 일이 아니었다. 자존심은 내려놓고 자신의 부족함을 인정하는 겸손한 태도, 그리고 제 부족함을 남 앞에서 시인하는 그 용기. 그런 진솔한 서간에 겉만 번지르르한 문장을 대충 엮어내 답할 수는 없었다.

하지만 목린은 마음에서 끓어오르는 답을 내어 줄 수 없었다. 애당초 해 본 적 없었던 고민이기 때문이다. 당연히 목현이 족장 자리를 물려받으리라 어릴 때부터 쭉 믿어 왔고, 또 그 생각대로 이루어지는 중이었다. 좋은 족장은 뭘 해야 하는지에 대한 고뇌 같은 건 어린 그녀에게 먼 세상 얘기였다.

'……그렇다고 모르겠다고 답을 할 수는 없잖아.'

목린은 더욱 방을 나가지 않고 서간에 쓸 내용에만 집중했다. 팔과 다리를 대자로 벌려 누운 채로 시간을 때운다는 걸 안다면 분명 아버지께서 철이 없다고 꾸중을 던지시겠지. 하지만 몇 번 목소리를 높이다가 결국엔 웃어 주실 테다. 늘 그러셨으니까.

"보고 싶어."

오라버니가, 아버지가, 친구들이 보고 싶었다.

하지만 정말 보러 가야겠다는 마음이 사무칠 정도는 아니었다. 아직 한 계절도 채 지나지 않았다. 언영은 언제라도 섬에 가고 싶다고 하면 데려다줄 것이다. 그러니까 급한 게 아니었다. 오히려 이곳 마을에 제대로 적응하는 일, 오라버니께 보낼 서간을 끝마치는 일이 훨씬 더 시급했다.

"목린아."

"서방님."

언영이 들어왔다. 단지 방에 한 사람만 더 늘었을 뿐인데 공간이 꽉 찬 느낌이었다.

"아니야. 일어나지 않아도 돼."

목린이 허리를 일으키려 하자마자 언영이 팔을 뻗어 막았다.

언영은 목린이 '보고 싶어'를 내뱉은 뒤 바로 들어왔다. 혼자 있는 줄 알았기에 목린은 꽤 크게 그 말을 내뱉었다. 언영이 들었을까? 하지만 별로 중요하지 않은 일 같아서 머릿속에서 지웠다.

자리에 서 있는 언영의 눈은 목린의 옆에 펼쳐져 있는 서간들로 향했다. 목현이 보낸 것과 목현에게 보낼 예정인 것, 두 장이었다.

목린은 어색하게 팔을 뻗어 그 내용을 가렸다.

이 서간은 목린에게 온 선물이었다. 게다가 목현은 언영을 좋아하지 않았다. 사적인 비밀을 다른 이도 아닌 언영에게 들키고 싶어 할 리 없었다. 그러니까 가리는 게 당연했다. 언영이 일부러 눈을 부라리고 남의 대화를 엿볼 이는 아님을 알고 있으면서도 그랬다. 오라버니를 위해서 이런 행동을 취하는 게 옳았으니까.

그런데도 목린이 서간을 감추니 분위기가 단번에 냉랭해졌다. 너무나 당연한 행위였음에도, 목린은 자신이 언영 앞에 벽을 세운 기분이었다.

"많이 우울해 보여, 목린아."

언영이 애매한 얼굴로 말했다. 단순히 무표정이라고 하기엔 눈빛이 이상했다.

"아니에요."

목린은 고개를 좌우로 저었다. 답장 때문에 고민이 많은 게 표정에 적나라하게 드러나는 모양이었다.

'잠깐만.'

그때 그녀의 심장이 불현듯 콩콩 뛰었다.

생각해 보니, 해답은 바로 앞에 있었다. 해답은 늘 그녀와 함께하고 밤에 같이 동침했다.

언영 또한 족장의 아들이고, 그가 누이에게 역할을 떠넘기지 않는 한 목현과 마찬가지로 부족을 대표하는 자리에 오를 예정이었다. 목현의 고민에 공감할 수 없어 답이 떠오르지 않는다면, 비슷한 처지인 사람을 찾으면 됐다. 그 사람이 바로 눈앞에서 제 거구를 드러내고 있었다.

목린은 천천히 입술을 달싹거렸다.

그리고 말했다.

"아무것도 아니에요."

그렇게 문장을 마치고 시선을 피하듯 눈동자를 옆으로 돌렸다. 바로 직전에 생각을 바꾸고 마음의 문을 닫았다.

누구에게나 당당하고 활기 찬 그의 태도, 주변 이들을 끌어당기는 호탕한 성격, 그리고 신임을 받고 있다는 월진의 지난 발언을 미루어 보았을 때…… 그가 목현과 아무리 비슷해 봤자 어느 정도로 비슷하겠는가.

'서방님께선 늘 밝고 당당하시니까, 그런 고민 해 보신 적 없겠지.'

부러웠다. 목린은 그녀가 만일 목현이었다면 이런 언영의 성격에 시샘이 났을지도 모른다고 생각했다. 오라버니께서도 이렇게 긍정적인 성격이셨다면, 혼자 마음 고생하지 않으셨을 텐데. 살짝 슬픈 표정으로 고개를 숙이는 목린의 얼굴에 안타까움과 씁쓸함이 감돌았다.

언영은 자리를 떠나지 않고 목린을 잠시 빤히 바라보았다.

* * *

상황은 더 이상해졌다.

"서방님!"

륭과 목린의 말에게 먹이를 주고 있던 언영은 후방에서 들려오는 외침에 바로 등을 돌렸다. 마구간을 향해 초족 치마를 펄럭이며 달려오는 목린의 얼굴에는 두려움이 꽉꽉 채워져 있었다.

목린은 이 긴박한 상황에서도 두 말에게 힐끔 눈인사를 던졌다. 그리고 바로 언영을 향해 헐레벌떡 물었다.

"서방님! 아버지랑 친구들이 보내 준 서간 보셨어요?"

"보셨냐니……. 네가 매일 곁에 끼고 있는 걸 봤냐고 묻는 거라면, 보긴 봤지. 그런데 왜?"

목린은 지난 며칠 동안 모든 사람들에게 답장을 써 주느라 부지런히 시간을 보내는 중이었다. 언영도 모를 수 없었다.

언영의 답을 들은 목린은 양팔을 넓게 벌리며 외쳤다.

"사라졌어요!"

언영은 흠칫 굳었다가, 륭을 쓰다듬던 손을 떼고 목린에게 천천히 걸어갔다.

"사라지다니……. 그게 발이 달린 것도 아니고, 사라질 수가 있어?"

"정말 사라졌어요!"

조금 전만 해도, 방에 틀어박혀 있기엔 답답했던 목린은 문을 열고 나와 마루에 누워 있었다. 오라버니께 쓸 글은 머리가 아파 잠시 보류하고, 나머지 친우들과 아버지께 보내는 회신을 열심히 쓰고 있었다. 그러던 과정에서 몸을 녹이는 산들바람에 취해 잠시 눈을 감고 꿈나라에 몸을 떠맡겼다.

그런데 눈을 떠 보니, 답장을 쓰기 위해 옆에 놓아 둔 단월도 사람들의 서간이 모두 말끔히 사라진 것이다. 혹시라도 바람에 날아갔나 싶어 주변을 두리번거려도 소용없었다.

목린이 언영을 데리고 사건 장소로 데리고 왔을 때도 똑같았다. 언영은 깔끔한 주변을 둘러보며 기가 찬 표정을 지었다.

"쥐가 갉아먹기라도 한 건가?"

"만약에 누군가 훔쳐 갔다고 치더라도, 그럴 리는 없다고 보지만……."

목린이 생각에 잠겨 중얼거렸다.

솔직히 말하면 도난할 기회는 충분했다. 목린은 누워서 새근새근 자고 있었으며, 언영은 마구간에서 륭과 놀아 주고 있었다. 길목과 집을 경계 짓는 돌담이 있다지만, 귀혈족 중에선 저 담을 못 넘는 사람을 찾는 것이 훨씬 어려울 테다. 그러나…….

"딱 봐도 서간보다는 그 옆에 있던 이 붓이 더 값어치가 있단 말이지. 굳이 붓을 놔두고 종이 쪼가리만 가져갔다는 건 말이 안 되잖아."

게다가 새 종이도 아닌, 다 쓴 종이였다.

언영의 말에 목린은 고개를 끄덕이며 긍정을 표했다.

"게다가 별 내용도 없었던걸요. 저한테야 소중하지만 다른 귀혈족 사람들에겐 아무것도 아닐 내용인데……."

그나마 다행인 건, 목현이 보내 준 글만은 목린이 따로 보관했다는 점이었다. 간단한 인사치레가 담긴 나머지 사람들의 글과는 달리 목현의 것은 지극히 사적이고 솔직했으므로. 그런 내용의 서간을 빼앗겼다면 목린의 마음은 매우 괴로웠을 터였다.

목린과 언영은 그날 종일 집 안을 뒤지며 서간의 행방을 꿋꿋이 좇았다. 하지만 그들의 노력이 묵살당한 것을 알았을 땐 이미 해가 지고 난 뒤였다.

언영은 목린의 어깨를 안으며 단월도 사람들에게 더 보내 달라고 하면 된다고, 그리 위로했다. 목린은 우울한 표정이었지만 힘을 내어 고개를 끄덕였다.

그렇게 의문의 꼬리만 남긴 채 밤이 지나갔다.

그리고 그다음 날 목린은 달거리를 시작했다.

저번 달에도 달거리를 거쳤다. 초야가 시작되고 약 삼 주가 지나서였다. 어떻게든 빠른 아기를 기대했던 언영은 표정으로 아쉬움을 감추지 못했었다. 차마 열다섯 명의 아기를 감당할 용기가 없음은 물론이며, 아직은 딱히 애를 바라지 않고 있던 목린은 내심 조용히 안도했다.

지난달의 그 일주일 동안은 내내 언영의 품에 안겨 있었다. 넣지는 않았지만 계속 집요하게 그녀의 몸을 주물럭거리고 쓰다듬는 모습을 보며 민망해진 목린은 차라리 삽입이 훨씬 낫다는 생각까지 했었다.

이번 달거리는 조금 달랐다. 언영은 사라진 서간과 오라버니에게 써야 하는 답장 탓에 심란한 목린의 기운을 읽었고, 그래서 굳이 간섭하려고 하지 않았다. 덕분에 목린은 혼자만의 시간을 오래 가질 수 있었다. 서간을 쓰는 과정에서 방해가 없으니 편하기야 편했다.

목린이 조금만 더 신경을 썼더라면, 언영이 평소에 이런 사람이 아니라는 것을 알았을 테다. 그는 부인이 심란해한다고 별말 없이 먼저 거리를 둘 성격이 아니었다. 안타깝게도 목린은 여기까지 생각이 닿지 않았다.

달거리가 완전히 끝날 때까지 목린은 딱 하나 빼고 나머지의 서간을 다 완성했다. 목현에게 보낼 종이만이 공허하게 비어 있었다. '좋은 족장은' 이후에는 아무 글자도 없이 깔끔하기만 했다. 그래서 일주일이 지났음에도 목린의 얼굴에서 그늘이 떠나질 못했다.

달거리가 멈춘 뒤 처음으로 맞이하는 동침이었다. 두 사람은 어둠 속에서 나란히 누워 있었고, 서로가 잠들지 않았음은 공기 중에 흐르는 묘한 기류를 통해 쉽게 알 수 있었다. 목린은 잠이 오지 않아 말똥말똥한 눈을 끔벅이며 천장만 올려다보았다. 두 손은 배 위에 가지런히 올려놓은 채였다.

잠시 뒤 언영이 말없이 그 위에 자신의 손을 포갰다.

"……."

목린은 입술을 감쳐물며 숨을 죽였다. 언영도 오늘 그녀의 달거리가 끝났음을 눈치채고 있었다.

언영의 기다란 손가락이 움직이더니 위에 올려져 있던 그녀의 손을 살짝 들어 어루만졌다. 그리고 단단히 피할 수 없게 깍지를 꼈다.

목린이 천천히 목을 돌려 언영 쪽을 눈에 담았다. 암흑이 무색하게 그녀의 단아한 눈이 청명하게 반짝이고 있었다.

그리고 언제부터였을까 이미 그녀를 뜨겁게 직시 중이었던 언영과 눈이 마주쳤다.

"……!"

시선이 맞닿자마자 언영은 목린을 자기 쪽으로 훽 잡아당겼다. 목린의 아담한 몸통이 옆으로 돌아가고 언영은 두 손으로 목린의 얼굴을 감싸며 바로 그녀의 입술을 쭉 빨아들였다.

언영이 끓어오르는 신음을 억누르며 목린의 내부에 깊숙이 침범했다. 목린은 언영의 팔을 잡고 소극적으로나마 함께 혀를 섞었다. 들뜬 언영이 더 몸을 가까이 붙였다.

언영의 손이 목린의 어깨, 등, 허리를 쓰다듬었다. 마침내 엉덩이에 닿았을 때는 언영의 입술이 목린의 목덜미를 지그시 깨물었다. 언영은 목린의 치마를 손으로 거칠게 당겨 올렸고 그럴수록 이에 가하는 힘도 커졌다. 치맛자락이 허리춤까지 끌려 올라갔을 땐 언영이 목린의 목덜미에 진한 흔적을 남기고 난 뒤였다.

"목린아."

언영은 목린의 치마 속 속곳을 내리며 속삭였다.

"내일은 땋지 않고 풀고 다녀야겠다."

언영의 어깨에 닿는 목린의 떨리는 숨이 대답을 대신했다.

목린의 엉덩이를 두 손에 쥐고 주무르느라, 언영은 이로 물어서 옷고름을 당겨서 풀어야 했다. 뽀얀 가슴이 드러나자마자 그 안으로 황급히 얼굴을 파묻고 혀로 핥았다. 얼굴을 좌우로 비벼 목린의 옷이 양옆으로 더 벌어지게 하고, 작고 통통한 젖꼭지가 모습을 보이니 그 위에 바로 입술을 묻고 쫍쫍 빨았다.

"읏!"

목린의 입에서 귀여운 신음이 절로 터졌다.

"아아……. 목린아."

언영이 고통스러운 표정으로 중얼거렸다.

"오랜만이라, 참기 힘들어."

언영은 참는 것을 지나치게 힘들어했다. 삽입까지의 시간은 오래 걸리지 않았다.

"아, 아앙! 아!"

언영이 팔을 옆에 내려놓고 퍽퍽 쳐올리면서, 품에 완전히 가두어진 목린의 두 다리만 간신히 바깥에 나와 흔들거렸다. 그녀의 신음 소리가 뜨거운 그의 몸에 함께 뭉개졌다.

"하아, 너무……."

허리를 튕기는 언영은 목린의 정수리 쪽에서 이를 악물고 신음을 끊임없이 토해냈다. 참지 못하겠다는 말은 참이었는지 들어오자마자 다소 무서운 기세로 그녀의 동굴을 가로질렀다. 살이 부딪치며 팍팍 음란한 소리가 터졌다. 안을 쩍쩍 벌려대며 들어오는 우람한 살 기둥 때문에 목린의 척추를 타고 뜨거운 감정이 일었다. 그녀의 입에서 날것에 가까운 신음이 하염없이 태어났다.

"앙, 아앙, 아, 앙, 아앙!"

목린의 신음이 이어질수록 언영은 눈에 띄게 흥분했다. 그 또한 탁한 숨소리를 내며 하반신을 더욱 요란하게 쿵쿵 올려 찍었다. 확실히 그는 평소보다 거칠고 초조해하는 중이었다.

목린은 얼굴을 최대한 위로 들었다. 눈과 코가 빼꼼 밖으로 나왔다. 목린이 아래에서 꼼지락거리는 걸 느낀 언영이 상체를 살짝 위로 들어 목린과 두 눈을 맞추었다.

그런데 갑자기 언영의 눈동자에 당혹감이 일렁였다. 아니, 죄책감? 곤혹스러움? 미안함? 그것의 의미에 대해 목린이 고민해 보기도 전에 언영이 신음을 쏟으며 파정했다.

"아아."

근육질 허벅지가 떨리고 목린의 다리 사이로 언영이 애정을 울컥울컥 들이부었다. 안이 잔뜩 질퍽해졌다. 언영이 성기를 빼내자 밖으로 그의 씨가 함께 콸콸 터져 나왔다. 언영은 조심스러운 손길로 그것을 모두 다시 목린의 질 안으로 밀어 넣으며 그녀의 입술을 물고 빨았다.

손가락 끝이 구멍을 비벼 댈 때마다 목린은 움찔거렸다. 나쁘지 않은 기분이었다. 아니, 솔직히 말하면 좋았다. 그녀의 기분을 좋게 해 주려는 그의 노력이 매번 돋보였기 때문이다. 목린은 차분히 눈을 감고 그가 주는 쾌락에 몸을 맡겼다. 가뜩이나 요즘 피로한 정신이었다. 언영은 한 번 하고 멈출 사람이 아니었고, 오늘 밤은 그저 그의 손에 모든 것을 내주고 싶었다.

"이제 자자. 오랜만에 힘들었지? 미안해."

그런데 예상이 비틀렸다.

"……?"

"잘 자, 목린아."

언영은 목린의 옷을 제대로 입혀 주기 시작했다. 허무할 정도로 그 손길에 욕정이 담겨 있지 않았다. 목린의 머릿속이 혼란스러움으로 가득 찼다.

'서방님……?'

겨우 한 번이었다.

'지치신 건가? ……벌써?'

실망스러웠지만 어쩔 수 없었다. 단월도에는 2초 만에 모든 것을 끝내는 사내도 있다고 들었으니 그에 비하면 언영은 초족 사람들이 일컫는 대로 괴물이 맞았다. 그러니 한 번이라고 아쉬워할 필요는 없었다. 그것을 알고 있는데도…….

언영은 목린의 몸에 팔을 두르고 옆으로 누웠다. 그리고 마치 두 사람 사이에 그 어떤 뜨거운 교류도 흐르지 않는 것처럼, 그렇게 가만히 눈꺼풀을 닫았다. 목린만 어둠 속에서 눈을 끔벅거렸다.

미련이 남은 목린은 일부러 몸을 꾸물거렸다. 그의 근육질 팔을 살짝이나마 손톱으로 톡톡 건드려 보기도 했다. 하지만 모습을 숨긴 언영의 눈동자는 다시 보일 생각을 하지 않았다. 그는 벌써 잠이 든 것 같았다.

'아…….'

목린의 입술 끝이 축 처졌다.

* * *

목린은 저번에 찾아갔던 신당을 다시 한번 방문했다. 팔에는 목현을 위해 쓰다 만 서간을 끼고 있었다. 아무리 고민해도 '족장은'에서 그다음으로 넘어갈 수 없었다. 종일 갖고 다니면서 고민해볼 생각에 가져왔다.

지난번과 똑같이, 무릎을 꿇고 공손히 앉아 손을 모았다.

"서방님이랑 너무 더 하고 싶었어요. 불경한 생각을 해서 죄송합니다."

누군가가 들어주길 원하며 비손하지만, 그렇다고 정말 즉각 답이 돌아오길 기대하지도 않는 곳이 신당이다. 하여 목린은 조용히 침묵과 하나가 되어 있었다. 이곳에 갑자기 누군가가 오리란 생각도 없었다.

"서방님도 사람이시니까요. 다음부턴 서방님께 실망하지 않을게요."

그런데 그때, 바깥에서 이상한 소리가 나기 시작했다.

'어?'

목린의 눈이 크게 뜨였다. 귀가 쫑긋 세워졌다. 저절로 소리의 근원에 관심이 갔다. 단언컨대 이건 도끼 같은 도구로 나무를 내려치는 소리였다.

이곳은 산의 입구 근처였으니, 근처의 나무를 벤다고 생각하면 받아들이기 쉬웠다. 하지만 그렇게 넘어가기엔 석연치 않은 점이 남아 있었다. 이를테면, 아무리 그래도 소리가 너무 가까이서 들린다든가.

'지금 이거…….'

점점 속에서 혼란스러움이 끓어올랐다.

'신당을 도끼로 치고 있는 것 같은데?'

여기까지 생각했을 때 이미 목린은 벌떡 몸을 일으킨 상태였다. 아무리 귀혈족이 무기를 아무 때나 휘두르는 이들이라고 해도, 자기 집도 아닌 마을의 신당을 공격할 이유가 없었다. 설령 어떠한 원인에 의해 건물을 없애야 한다고 한들, 안에서 누군가가 버젓이 기도 중일 때 무너뜨릴 리가 없었다.

목린은 문을 통해 나온 후, 치맛자락을 쥐고 소리가 난 곳을 향해 종종걸음을 내디뎠다. 의문의 소리는 완전히 반대편에서 들렸다. 길을 두 번 꺾어야 했다. 언영이 깨문 자국이 목에 남아서 오늘은 머리를 완전히 풀었다. 뛰는 동안에 부드러운 머리칼이 시원하게 펄럭거렸다.

각오의 심호흡을 한 뒤, 목린은 마지막으로 길을 꺾으며 신당의 후면을 확인했다.

"……."

아무도 없었다.

저도 모르게 긴장했던 목린의 어깨가 힘이 풀려 스르르 내려갔다.

사실 목린이 타닥타닥 발소리를 내기 시작했을 때부터 요란했던 도끼 소리는 이미 알아서 잦아들었다. 목린은 축 처진 몸으로 느리게 걸으며 신당의 벽을 천천히 관찰했다. 고동색 나무로 구성된 벽을 손가락 끝으로 슬슬 쓸면서 나아갔다.

그러다가 발견했다.

명백히 도끼로 찍힌 자국들.

목린의 허리 근처 높이에 있었다. 그녀의 손가락이 그 위를 조심스럽게 더듬었다.

'여기를 왜 찍고 있었을까.'

직접 눈으로 확인하니 더욱 알 수 없는 것투성이였다. 자국은 요란하기만 할 뿐이지, 의미 없었다. 건물을 무너뜨릴 만큼 강력한 깊이로 파이지도 않았다. 마치 누군가가 단순 화풀이를 위해 부러 성급하게 빠른 속도로 쳐 대기만 한 느낌. 애초에 벽은 주목적이 아니었을 것 같다는 예감.

그리고 그 소리가 목린이 뛰기 시작할 때부터 기다렸다는 듯이 식었다는 건 즉…….

"……!!"

목린의 등골을 타고 아찔한 예감이 지나갔다.

그녀의 안색이 대번에 안 좋아졌다. 어디 아픈 사람 같은 표정을 하고 다시 제 치맛자락을 잡았다. 그리고 아까 달려왔던 길을 다시 그대로 돌아갔다. 아니겠지, 아니겠지. 설마. 신당은 그저 신당이었다. 사람들이 마음의 여유를 찾는 곳이지 무언가 값비싸고 귀중한 것을 보관하는 장소가 아니었다.

그래도.

목린은 신당 안으로 절박하게 뛰어들었다.

"하아……."

아담한 신당은 한눈에 내부가 가득 찼다. 쓸데없이 그사이 사라진 물건을 뒤지느라 시간을 허비할 필요가 없었다. 문패도, 그림도 모두 그대로 있었다. 애초에 훔쳐 가도 써먹을 데가 없는 것들이었다.

착각이었나. 목린이 속으로 중얼거렸다.

괜한 오해였나. 그렇다면 정체불명의 그자는 대체 왜.

혹시 몰라 목린의 눈동자가 더 천천히 주변을 뜯었다. 하지만 여전했다. 바뀐 것은 없었다.

이다음에 어떤 행동을 취해야 하나 고민했다. 이곳이 좀 더 위험한 장소였거나, 목린이 그자의 행동에 대해 조금이라도 더 이해할 수 있었더라면 족장에게 얘기를 전달할 수 있었다. 하지만 모든 것이 그녀의 추론인 이 상황에선 괜히 바쁜 분의 시간을 빼앗게 되는 건 아닐까 싶었다.

아무튼 하나는 분명했다. 여기서 더 기도하고 싶은 마음이 완전히 날아가 버렸음이다.

마지막으로 아까 전 그 도끼 자국만 더 살펴보고 다시 집으로 돌아갈 생각이었다. 그렇게 다짐하며 목린은 바닥에 놓았던 제 물건을 쥐려고 했다.

"어?"

난데없이 정신이 아득해지는 게 이런 기분일까.

허공에 뻗어진 그녀의 손가락이 떨렸다.

신당의 내부는 아까 전이나 지금이나 별반 다르지 않았다. 사라진 건 오로지 하나였다. 목현을 위한 서간을 내려놓았던 자리가 텅텅 비어 있었다.

서간에 무슨 내용이 적혀 있었는지 기억하는 건 하등 어렵지 않았다. 뒤를 잇기 위해 수십 번을 반복해 읽었던 문단이다. 오라버니가 남에게 쉽게 드러내지 않았던, 용기를 내어 누이에게 털어놓은 고민에 대한 언급이 한가득하다.

기껏 누이에게 비밀을 얘기해 주었는데 돌아오는 말이 '죄송해요, 실수로 잃어버려서 남이 읽게 해 버렸어요.'라면 얼마나 마음이 상하겠는가. 어떻게든 찾아내야 했다.

물론 그녀에게는 소중하기 그지없는 물건이지만 남에겐 평범한 종이 쪼가리에 불과할 터였다. 왜 하필 많고 많은 것 중에 서간을 훔쳐 갔는지 오리무중이다. 그것도, 아마도 두 번씩이나. 마을에

서간을 멋대로 가져가는 이가 두 명이나 있다고 믿고 싶지는 않았기에.

그녀 혼자서 분명히 이 마을 출신일 범인을 잡아내고 추궁하는 일은 일찍이 포기했다. 도움을 청하기로 했다. 목린은 서둘러 길가를 따라 다시 마을로 내려갔다.

"서방님 어디 계시는지 아시나요?"

가장 먼저 만난 귀혈족 아저씨에게 언영의 행방을 물었다. 아래턱이 길고 몸이 굵직한 그는 머리를 긁적이며 목린이 아까부터 쭉 향하던 방향을 가리켰다.

"조금 전에 봤으니까 이동하지 않았다면 바로 찾을 수 있을 겁니다."

"감사합니다!"

다행히 그의 말은 사실이었다. 조금 더 사람이 많은 곳에 가까워지니, 길이 나뉘는 거리에 표지판을 세우고 있는 언영을 발견할 수 있었다.

"서방님! 서방님! 도와주세요!"

"목린아! 왜 그 방향에서 나타나?"

제가 튼튼하게 박아 놓은 표지판을 뿌듯하게 바라보던 언영은 갑자기 귀룡산 쪽에서 달려오는 목린을 보고 눈을 크게 떴다. 그녀 쪽으로 팔을 벌렸다. 목린은 그 품에 냅다 안기며 빠르게 외쳤다.

"서방님, 누군가가 제 서간을 훔쳐 갔어요! 저번에 있었던 일 말고 또요!"

"뭐?"

언영의 얼굴에 내려앉았던 흐뭇한 미소가 점점 옅어졌다.

"꼭 찾아야 해요, 서방님……!"

목린은 언영의 팔꿈치를 그러쥐고 눈물을 글썽였다. 언영은 묵묵히 목린을 들어 올렸다. 그리고 그녀의 안내에 따라 신당을 향해 내달렸다.

혹시 몰라서 다시 한번 내부에 언영과 들어가 보았지만 그녀가 마지막으로 나왔을 때와 달라진 게 없었다.

"잃어버렸다는 건 어떤 거야? 가족이나 친우에게 받은 거?"

"아니에요. 제가 오라버니에게 쓰던 거예요."

언영은 쭈그리고 앉아 신당의 벽에 박힌 도끼 자국을 매서운 눈으로 노려보았다. 끝에 굳은살이 박인 손가락으로 천천히 그 위를 쓰다듬는데 눈이 예리하게 빛났다. 살짝 무섭기도 했다. 멀뚱히 서서 내려다보던 목린은 저도 모르게 침을 꿀꺽 삼켰다.

언영이 자국에서 눈을 떼지 않고 물었다.

"그 이후에 어디로 갔는지 보지는 못했고?"

"네."

"그대로 마을로 돌아갔다면 아마 내가 봤을 거야. 길이 그렇게 이어져 있으니까."

"그렇다면 역시……."

두 사람의 얼굴이 같은 방향으로 돌아갔다.

귀룡산은 결코 걷기에 친절한 산이 아니었다. 귀혈족에겐 어떨지 몰라도 목린은 엄두도 못 낼 곳이었다. 험준하고 가파른 지형 탓에 균형을 잡기 힘들었으며, 이리저리 꼬여 있는 길에서는 방향을 잃기 십상이었다. 멀리서 보았을 때야 그 웅대함에 가슴이 떨렸지만 그 내부는 그리 깔끔하지 못했다.

"서간은 내가 찾아낼 테니까 목린이 너는 집에 가 있어."

언영이 몸을 일으키며 말했다. 그가 허리를 세우자 단번에 다시 목린보다 높게 올라가며 그녀의 앞에 그림자를 드리웠다.

"길이 많이 위험한가요? 짐승도 나타나고……."

"아니, 그런 건 아닌데 그래도. 얼마나 오래 걸릴지 모르잖아. 너한텐 익숙하지도 않을 테고."

목린은 용기를 내 입술을 열었다.

"그렇다면…… 짐승이 나타나는 것만 아니라면 사실 꼭 같이 가고 싶어요."

평소였다면 괜히 폐를 끼칠까 봐 엄두도 못 냈을 터다. 하지만 사라진 물건이 목현을 위한 서간이라는 사실 탓에 고집이 생겼다.

언영이 남이 아닌 것과 이번 사건은 별개의 일이었다. 서간에 담긴 내용이 그녀에 대한 비밀이라면 모를까, 타인의 사적인 얘기였다. 다른 이도 아닌 언영이 읽게 된다면 목현이 좋아할 리가 없었다.

언영이 사적인 대화를 마음대로 훔쳐볼 인물이라고 생각지는 않았다. 하지만 그가 혼자 찾으러 나간다면, 내용물이 그녀의 것이 맞는지 확인하기 위해 본문을 읽는 상황이 부득이하게 따라올 것이다. 아무리 어쩔 수 없었다고 해도, 그런 일이 일어나게 벌어지도록 가만히 있기엔 양심에 걸렸다.

하나 문제가 있다면, 언영이 말한 대로 당연히 그가 혼자 달려 갔다 오는 쪽이 수십 배는 더 편할 것이라는 사실이다. 목린은 언영의 입장까지 무시하며 제 의견을 고수할 생각은 없었다. 여러 가지로 복잡했다.

하지만 다행히 그가 다음에 던진 말이 희망을 안겨 주었다.

"사실 마음에 짚이는 장소가 있어. 산 안에 아무도 안 사는 낡은 오두막이 하나 있거든. 거길 확인해 보려고. 여기서 엄청 가까워. 서두르지 않아도 너 정도의 체력만 되면 오후에 왕복해서 돌아올 수 있을 거야."

"그러면 저도 따라가도 되는 건가요?"

목린이 눈을 똥그랗게 뜨며 묻자 언영은 천천히 고개를 끄덕였다.

"그런데 왜 하필 그 오두막인가요?"

"그냥…… 범인이 생각보다 아주 작은 것 같아서. 그렇다면 아마 그렇게 멀리 가지는 못하겠지."

언영의 눈이 도끼 자국을 오묘하게 내려다보았다.

"……또한 설령 장대한 덩치의 성인이라고 한들, 마찬가지로 오두막을 먼저 살필 거야. 거긴 다시 말해 사람들이 산을 건너면서 지나가는 쉼터 같은 곳이거든. 또, 다른 곳을 수색하고 싶어도 너무나 광범위한 땅이야. 어떻게 보나 사람 흔적이 많은 곳을 먼저 뒤지는 게 맞아. 가는 길에 다른 흔적을 찾는다면 그때 수색 방향을 바꿔도 늦지 않아."

목린은 수긍하며 천천히 고개를 끄덕였다. 그런 그녀를 언영이 몸을 틀며 내려다봤다.

"갈까?"

언영이 앞장을 서고 목린이 그 뒤를 바짝 붙어 따라갔다. 처음엔 그가 업어 주겠다고, 들어 주겠다고 제안하는 것을 목린은 한사코 거부했다. 물론 가장 큰 이유는 그에게 폐를 끼치고 싶지 않았기 때문이지만, 단지 그것뿐만은 아니었다.

언영이 뭔가 달라졌다. 예전 같았더라면 그는 물어보지도 않고 그냥 바로 그녀를 어깨에 둘러업었을 테다.

예전부터 조금 이상했었는데, 며칠이 지난 지금 목린은 드디어 확실히 말할 수 있었다.

언영은 목린의 눈치를 보고 있었다.

눈이 마주쳤을 때 이상한 기류가 흘렀던 것도, 어젯밤에 함께 몸을 섞던 와중에 갑자기 서먹함이 들이닥쳤던 것도…….

이상한 일이었다. 대개 사람들은 무언가 잘못을 저질렀을 때 눈치를 본다. 하지만 기억을 되돌려 봐도 언영이 근래에 눈에 띄게 무례한 행동을 보인 적은 없었다. 만약 그가 그녀가 모르는 새 잘못을 저질렀다면 그건 분명…….

'서방님! 아버지랑 친구들이 보내 준 서간 보셨어요?'

'보셨냐니……. 네가 매일 곁에 끼고 있는 걸 봤냐고 묻는 거라면, 보긴 봤지. 그런데 왜?'

목린의 눈이 서서히 확장되었다.

목린은 언영의 널찍한 등을 올려다보았다. 그의 품은 목린에게 버거울 정도로 넓었다. 어깨가 가장 넓고 자연스러운 선을 그리며 허리가 좁아지는, 완벽한 비율의 상체임에도 불구하고 그의 허리는 여전히 목린을 아예 가릴 수 있을 정도로 굵직했다. 온몸이 근육으로 두툼했다. 함께 몸을 섞을 때면 그가 너무 딱딱해서 가끔 무척이나 아팠다.

언영은 조용히 앞장서서 길을 가로막는 모든 거슬리는 것들을 치워 주었다. 나무가 시야를 가리면 단번에 검으로 도려내고, 잘못 발에 걸려 넘어지기 쉬운 울퉁불퉁한 돌이 있으면 방향을 살짝 틀었다.

그러고 보니 지금 그는 그녀에게 잘 웃어 주지도 않고 있었다. 물론 상황이 상황인지라 평소보다 심각했지만, 그녀의 심란한 마음을 풀어 주고자 애써 농담이라도 던져 줬을 사람이 그였다.

“못 잡을 수도 있어, 목린아.”

갑자기 언영이 입을 열어서 목린은 소스라치게 놀랐다. 그는 여전히 그녀를 등진 채였기 때문에 어떤 표정을 짓고 있는지 목린은 확인할 수 없었다.

“네, 알아요. 그렇게 급한 문제는 아니에요.”

어차피 서간이야 다시 쓰면 그만이다. 가져간 사람도 이미 내용을 읽은 지 오래일 것이다. 이건 양심의 문제였다. 오라버니를 진정으로 생각하는 사람이 보일 최소한의 예의.

그때 언영은 등을 갑자기 돌렸다.

“그런데도 그렇게 열심히 움직이는 걸 보면 내게 보이면 안 되는 재밌는 내용이라도 있었나 봐.”

“……?”

언영이 걸음을 멈췄기에 목린 또한 그 자리에 굳었다.

그녀는 혼란스러웠다. 저기서 말하는 재밌다는 게, 정말 재밌다는 의미가 아닌 걸 깨달을 만한 눈치는 있었다. 그렇게 보았을 때 언영의 말은 진정 참이었다. 필사적으로 숨겨야 하는 게 있냐는 말에, 오롯이 진실만을 답해야 한다면 목린은 대수롭지 않게 그렇다 할 것이다. 오라버니의 일이니까.

하지만 언영의 어투가 이상했다. 표정이 이상했다.

그는 호기심을 기반으로 질문을 던진 게 아니었다. 그녀가 던질 답은 이미 정해져 있고 그는 그것을 기다리고 있었다.

목린은 언영을 가만히 올려다보았다. 언영 또한 그녀를 가만히 내려다보았다. 그의 짙은 눈썹이, 언제나 생동감 있던 그의 눈동자가 가라앉아 있었다.

바람이 바뀌어, 계속 왼쪽으로 나부끼던 목린의 긴 머리가 오른쪽으로 갈 때까지. 그렇게 꽤 오랜 시간을 서로를 마주 보았다.

적막을 깨부순 건 아주 뜻밖의 변화였다.

꼬르륵.

"앗……."

목린은 얼른 두 손으로 배를 감쌌다. 하지만 손으로 막을 수 있는 게 아니었다.

"푸훗-"

언영의 입술이 꿈틀거렸다.

푸하하하하하학-! 그의 맑은 너털웃음이 숲에 울려 퍼졌다. 목린은 머리를 아래로 수그리며 어쩔 줄 몰라 했다. 죄 없는 복부를 이유 없이 쏘아보았다. 하지만 한편으로는 이상하고 불편했던 분위기가 누그러짐에 감사했다. 목린은 정말이지 도무지 어떻게 나서야 할지 감이 안 오던 차였다.

언영은 너무 웃느라 흘린 눈물을 검지로 대충 쓸고 등을 구부려 목린을 두 팔에 담았다. 조금 전 그 어색한 적막은 갑자기 자취를 감추었다.

"우리 목린이 배고팠구나. 근데 어쩌지, 너무 급하게 와서 먹을 걸 안 챙겨 왔는데."

목린은 너무도 부끄러워 아무 대답도 못 했다. 두 손으로 얼굴을 가리며 창피한 표정을 가렸다. 언영은 목린의 몸을 토닥이며 주변을 살폈다.

"먹을 수 있는 걸 찾아볼까? 빨리 이동해야 하니까 너무 오래 걸리는 건 말고."

"……그러면 저기 있는 산딸기는 어때요?"

목린은 사실 줄곧 여기 오면서 먹고 싶었는데 먹보로 보일까 봐 말을 못 했던 산딸기를 가리켰다. 가는 데마다 보여서 목린의 관심을 자꾸만 사로잡았다. 얘기가 나온 김에 소심하게 얼굴을 드러내며 먼저 제안을 던졌다.

언영은 짧게 고개를 끄덕이더니 이내 목린을 놓아주고 산딸기 쪽으로 성큼성큼 걸어갔다. 그의 신발 밑에서 잡초들이 부스럭거리는 소리를 내며 밟혔다.

"먹어도 괜찮을 것 같아."

언영은 무릎을 쭈그리고 앉아 딸기를 살피며 중얼거렸다. 그리고 허리춤에 차고 있던 작은 주머니를 꺼내 목린에게 뻗었다.

"그래도 혹시 모르니까, 돌아다니면서 여기 몇 개 주워 담아 봐. 그중에서 괜찮아 보이는 것만 걸러내자. 가는 길에 계곡이 하나 있을 테니까 거기서 씻어 먹자."

"네."

목린이 씩씩하게 고개를 끄덕이며 주머니를 받았다. 그리고 바로 언영이 등진 곳으로 뛰어갔다. 두 사람은 서로의 반대 방향에서 산딸기를 따기 시작했다.

이쯤 되면 되었겠다 싶어 언영은 몸을 일으키며 등을 틀었다.

동글동글한 그녀의 뒤통수를 보리라 기대했던 언영의 얼굴에 당혹감이 번졌다.

"목린아?"

목린이 시야에서 사라졌다. 그를 맞이하는 건 휑한 숲이 전부였다.

한편, 목린은 산딸기가 보이는 곳이라면 망설이지 않고 얼른 쪼르르 달려가 따 내는 참이었다. 서둘러야겠다는 생각 탓이었다. 그리하여 언영으로부터 약간 멀어졌지만, 별로 염려하지 않았다. 단순히 왔던 길을 되돌아가면 된다고 생각했기 때문이다. 그렇게 쭈그리고 앉아 코앞의 딸기를 뽁 따내고 옆을 봤을 때였다.

"어……?"

사람의 발이 보였다. 그러니까, 서 있는 사람의 발이었다.

누군가가 그녀의 바로 옆에 서 있었다.

그리고 저 신발은 언영의 것이 아니었다. 훨씬 더 요란하고 화려했다. 목린의 얼굴이 허옇게 창백해졌다.

“이런 숲에서 혼자 있는 미인을 만나게 되다니.”

목린의 정수리로 난생처음 듣는 젊은 사내의 목소리가 닿았다. 그녀는 숨을 멈췄다. 애써 귀혈족 사람들 얼굴을 하나하나 떠올려 봐도 이 음성과 대응되는 이가 생각나지 않았다.

“운명이 아니면 뭐라 설명할 수 있겠는가.”

겁에 질린 목린의 손이 떨리면서 쥐고 있던 산딸기 주머니가 함께 흔들렸다. 목린은 눈물을 어떻게든 억누르며 천천히 고개를 들어 보기 시작했다.

그는 초족에서도, 귀혈족에서도 발견되지 못한 특이한 느낌을 지닌 사내였다. 귀혈족처럼 달각거리는 갑옷을 입고 있지 않았지만 그렇다고 해서 초족 특유의 단아함을 갖추고 있지도 않았다. 바람이 잘 통할 것 같은 흰 의복은 거의 무릎까지 내려와, 언영보다는 작으나 비슷한 풍채를 덮었다. 옷을 타고 꼼꼼하게 새겨 넣은 자수며 손목과 목에 화려하게 차고 있는 장신구가 그를 고귀해 보이게 만들었다. 등에 차고 있는 긴 월도(月刀)의 자루에도 금으로 만든 듯한 장신구가 매달려 흔들렸다.

사내는 냉엄해 보였지만 그것은 언영의 무표정이 가진 차가움과는 상이했다. 어깨까지 내려오는 검은 머리카락과 호화찬란한 귀고리는 그를 얼핏 여자처럼 보이도록 착각하게 했다. 그만큼 사내는 꽤 아름다운 편에 속했다. 아니, 한번 보면 쉬이 잊을 수 없는 미모였다. 그의 여우같이 가는 눈이 목린을 뜨겁게 내려다보고 있었다.

한 가지 목린을 안도시킨 사실은 그 동공 안에 적의는 없다는 점이었다.

"낭자. 오늘 이렇게 우리가 마주한 건 운명의 장난이 아니고서야 있을 수 없는 일입니다."

물론 그렇다고 하여 이런 말을 기대한 것은 결코 아니었다.

정신을 차린 목린은 허리를 곧게 폈다. 그리고 천천히 뒷걸음질을 쳤다.

"저기……!"

"저와 평생을 함께해 주십시오."

사내는 목린이 멀어지는 만큼 가까이 다가왔다.

목린의 얼굴이 새파랗게 질렸다. 육지에서는 이렇게 처음 보자마자 다짜고짜 청혼을 하는 것이 법도란 말인가.

등이 나무에 닿자마자 목린은 화들짝 놀라며 짧은 비명을 질렀다. 더는 뒤로 도망칠 곳이 없었다. 궁지에 몰렸다. 반쯤 주먹 쥔 두 손을 목 근처까지 올리고 떨었다.

사내는 눈을 곱게 접고 웃으며 목린의 손 중에 하나를 그의 손에 감쌌다. 그리고 자신의 입술 쪽으로 천천히 끌어당겼다. 마치 그러면 목린을 달랠 수 있을 것처럼.

그리고 그 행위가 목린의 정신을 돌아오게 했다. 어쩔 줄 몰라 무서워하던 목린의 한 가지 생각이 차올랐다. 이러면 안 됐다. 단순히 처음 보는 사람이라서, 그가 무서워서 때문만이 아니었다. 무엇보다도 그녀에겐…….

"송구스럽게도 저에게는 이미 지아비가……."

"손 떼."

목린이 작지만 또박또박 제 의견을 말하고 있을 때 두 사람 사이의 틈으로 매끈한 칼날이 비집고 들어왔다.

칼날은 피에 굶주린 것처럼 사내의 목덜미를 끊지 못해 안달 난 듯했다. 아슬아슬한 위치에서 떨리고 있었기 때문이다. 물론 검이 자아를 갖고 움직이는 것은 아니었다. 그보다는 검을 손에 쥔 자의 격정적인 감정의 동요가 반영되는 중이었다.

어느새 도착한 언영이 옆에 바투 달라붙어 적을 겨누고 있었던 것이다.

"그 손 떼."

언영의 이글거리는 두 눈이 맞잡은 남녀의 손을 뚫어지라 노려보고 있었다.

"주언영!"

사내가 언영을 돌아보며 뻔뻔하게 웃었다.

"오랜만이다!"

"……."

언영도 마지못해 사내를 바라보았다. 당장 손으로 상대의 목을 찢어 버려도 이상하지 않을 눈빛이었다.

목린은 잡히지 않은 손을 가슴께에 갖다 대고 의미심장한 관계인 두 사람을 번갈아 휙휙 쳐다보았다. 엉덩이까지 내려오는 머리카락이 흔들렸다.

마치 두 사람의 세계만 따로 시간이 멈춘 것 같았다. 여전히 서로를 쳐다보고, 목을 겨누는 칼은 빛에 반사되어 번쩍거렸다. 언영이 조금 더 키가 컸지만 맞은편의 사내도 결코 작은 덩치는 아니었다. 어느새 귀혈족의 몸집이 눈에 익숙해진 목린의 눈에도 그는 거대한 축에 속했다.

이대로 가다간 정말 저물녘까지 저러고 서 있을 것만 같아, 먼저 행동을 보인 건 목린이었다. 휙 당겨 잡혔던 손을 빼냈는데, 사내는 의외로 그 행동을 하등 제지하지 않았다. 더 용기가 생긴 목린은 아예 자리를 옮겼다. 콩콩 뛰어가 얼른 언영의 등에 바짝 붙었다. 다행히 이번에도 방해는 없었다. 목린은 언영의 체취를 맡으며 소곤소곤 물었다.

"누구예요?"

목린이 등 뒤로 넘어오자 언영의 얼굴에 안도의 빛이 서렸다. 그는 약간 몸을 틀어 목린을 더 철저히 가리며 짧게 대답했다. 눈은 목전의 사내를 향해 사납게 내리꽂힌 채였다.

"내 숙적."

"숙적이요……?!"

목린의 눈이 똥그래졌다.

저번 대회에서도 알 수 있었듯이 귀혈족은 모두와 우호적인 관계를 유지하고 있었다. 그런 귀혈족와 대립하는, 그것도 '숙적'이라고 불릴 정도의 사람이라면 보통이 아닐 것이라는 생각에서였다.

목에 날아온 칼날에도 이 낯선 사내는 시큰둥했다. 그는 언영과 눈을 맞추며 웃었다. 그리고 목린 쪽으로 턱을 까딱거렸다.

"야, 정말 오랜만이네. 얼마 만이냐? 그런데 내가 좀 바빠서 말이지. 지금 저분과……."

"내 여자야."

말이 끝나기 전에 언영이 치고 들어갔다.

칼날이 목숨을 노려도 별반 반응이 없던 사내가 이번엔 큰 변화를 보였다. 고작 저 네 음절을 듣고 서서히 경악하기 시작했다. 그가 당혹스러운 표정으로 물었다.

"……뭐?"

"내 아내라고."

언영이 짓씹듯 말했다. 검을 쥔 손이 부르르 떨리며 그가 얼마나 화가 났는지를 보여 주고 있었다.

"너, 너 혼인했어? 아니, 그보다 여자가 있었어?"

"……내가 분명 여러 번 얘기해 줬을 텐데."

"당연히 믿지 않았지! 여자가 외딴 섬에 산다고 하길래 없는 사람을 데려올 수 없는 척 둘러댄다고 생각했지."

그리 말하며 사내는 목을 최대한 옆으로 빼내 목린을 흥미롭다는 표정으로 주시했다. 목린은 더욱 몸을 움츠리며 숨었다. 언영의 허리를 꽉 붙잡았다.

"좋아, 그렇다면."

사내는 뒤로 몇 걸음 떨어지는 모습을 보였다. 하지만 그런 물러서는 모습도 잠시뿐, 그가 두 팔을 들어 올리자 주변이 변했다. 어디 숨어 있었는지 모를 그의 부하로 추정되는 사람들이 불현듯 나무 틈에서 나타나 세 사람을 둥글게 에워쌌다. 모두 붉은 갑옷으로 무장한 상태였다. 여덟 명 정도는 되는 것 같았다.

목린은 병아리처럼 떨며 언영의 허리를 완전히 끌어안았다. 언영이 호통 쳤다.

"지금 뭐 하는 거야!"

"당당히 빼앗아 가겠다. 그러려면 목격자가 필요하겠지."

이어서 사내는 등에 차고 있던 기다란 월도를 제대로 손에 쥐었다.

"걱정 마. 비열하게 구 대 일로 승부를 보려는 건 아니니까. 둘이서만 붙어도 간단히 끝날 일을 내가 굳이?"

사내의 미소는 얄미울 정도로 여유 만만했다. 언영이 이를 바드득 갈았다. 하지만 이 위험한 상황에서 외려 목린은 마음이 편해지는 것을 느꼈다.

목린은 언영의 널찍한 등을 바라보았다. 믿음직스러웠다. 언영이 목숨을 걸고 싸워 배에서 그녀를 지켜 주던 날이 여전히 머릿속에 생생히 남아 있었다. 그래서일까, 누가 뭐래도 목린에겐 그녀의 서방님이 이 세상에서 제일 강했다. 평소엔 없었던 용기가 돌연 샘솟은 것도 아마 그 때문이었다.

"싫어요."

목린은 사내와 눈을 제대로 맞추고 당당히, 또박또박 말했다.

오히려 당황한 사람은 언영이었다. 그는 고개를 획 돌려 크게 벌어진 눈을 통해 목린을 돌아보았다. 목린의 뺨이 뒤늦게 붉게 익었다. 너무 목소리가 컸던 걸까. 쓸데없이 나섰던 걸까. 괜한 고민이 계속 꼬리를 이었다.

하지만 언영은 그녀를 꾸짖지 않았다. 오히려 더욱 심각한 표정을 지으며 다시 눈앞의 사내를 마주했다. 언영의 널따랗고 거대한 몸통에 힘이 빡 들어갔다. 듣기 좋은 목소리로 그가 등을 보이며 낮게 말했다.

"걱정 마, 목린아. 내가 무슨 일이 있어도 지켜 줄게."

그리고 그 또한 검집에서 칼을 뽑았다.

사내는 무기를 굉장히 화려하게 움직이는 편이었다. 마치 남에게 과시하듯 불필요하게 월도를 빙빙 손가락으로 돌려댔다. 그러면서 동시에 안정감을 유지했다. 언영은 그가 날리는 모든 공격을 받아냈다. 언영이 별로 힘을 안 쓰는 것 같아 보이는데도, 묵직하게 쾅 차올리는 힘은 두 칼날이 부딪칠 때 소름 끼치는 굉음을 자아냈다.

"가 있어."

얼굴 정면으로 날아오는 공격을 언영이 왼쪽으로 거칠게 쭉 쳐냈다. 받아치는 상대의 손목이 살짝 떨렸다.

"약속을 지키지 않을 사람들은 아니야. 안전한 곳에 가 있어."

언영은 숙적이라고 칭한 사내의 수하들 쪽을 턱으로 가리키며 무겁게 말했다.

칼을 휘두르고 있는 자와 막무가내로 대거리를 벌일 정도로 눈치 없지 않았다. 우두커니 서 있는 군사들이 무섭기는 했지만, 목린은 언영의 말을 믿고 총총 걸어갔다.

"서방님께서 패배하시더라도, 물론 그럴 일은 없겠지만, 전 따라가지 않을 거예요."

그리고 비장한 표정으로, 그들 중 가장 앞에 가까이 있는 이를 똑바로 바라보고 말했다. 목린도 속으로 놀랐다. 언영을 믿으니 이런 용기가 절로 생겼다.

"부인……."

"당신들은 대체 누구예요? 서방님과 저자는 무슨 관계예요?"

후들거리는 손을 소매 안으로 감추며 목린이 캐물었다.

그러다 그때 뒤에서 강한 돌풍이 불어 화들짝 놀라며 고개를 틀었다. 언영의 움직임이 만들어 낸 잔재라는 것을 깨닫고 더욱 경탄했다. 언영은 은도의 날렵하고 시원시원한 공격을 큰 동작 없이 묵직하게 막다가도 종종 춤사위 같이 잽싼 모습을 보이곤 했는데, 마치 이 이상 건드렸다가는 가만두지 않겠다는 암묵적인 경고 같았다. 은도는 여전히 웃고 있었으나 아까와 같은 여유는 살짝 지워진 상태였다.

정신을 빨아들이는 언영의 그 크지만 우아한 동작에 목린이 홀려 있을 때, 옆에서 목소리가 들렸다. 아까 목린에게 말을 걸었던 그 수하였다.

"두 사람은 아주 어릴 때 같은 스승 밑에서 수련을 받았습니다. 지금은 안 계시지만 성호민 님이라고 또 다른 분이 계시는데, 일곱 살 그 무렵이었을까요? 그때 세 분이 함께 가족처럼 반년을 지냈지요."

언영이 매섭게 날리는 칼에서 죽음을 부르는 바람 소리가 났다.

"간결히 요약하자면……. 저희 족장님, 그러니까 지금 싸우고 계시는 저분은 밤에 요 위에 자주 실수를 하셨고 혼나지 않기 위하여 일찍 일어나 이불을 바꿔치기하곤 하셨습니다."

"……."

"주언영 님은 정말로 자신이 저지른 줄 알고 날마다 엉엉 우셨고요."

"……."

"뭐, 그런 관계입니다."

"아……."

"지금은 저러고 있지만 보기보다 꽤 돈독한 사이이니 그리 걱정하지 않아도 됩니다."

목린은 무슨 말을 해야 할지 알 수 없었다.

다 듣고 있었는지 사내가 제 부하를 향해 월도를 들지 않은 손으로 난데없이 삿대질을 했다.

"이봐, 사실은 똑바로 정정하자고! 이불은 정말 언영이 짓이야."

"웃기지 마!"

사내의 얼굴에 정통으로 언영의 칼날이 내려왔다. 아슬아슬하게 방어하는 그의 이 사이에서 고통스러운 신음이 흘러나왔다. 언영의 검이 코를 반으로 가르기 직전이었다.

한 손으로는 검자루를, 다른 한 손으로는 검날을 아래로 누르는 언영의 목소리에 부아가 넘쳤다. 목소리만 들어도 으스스했다.

"내가 몽유병에 걸려서 창고에 있는 음식을 빼먹는다는 것도, 방을 어지럽히기 좋아하는 혼령이 내 어깨에 늘 붙어산다는 것도 다 네 농에 불과했지."

"타고나길 내 잔꾀가 너무 좋은 걸 어떡하냐. 그때 일은 나도 미안하게 생각한다고. 그래도 우리 한번 긍정적으로 생각해 보자 이거지. 덕분에 넌 나름 스승님과 가장 자주 어울리다가 이젠 제일 사랑받는 제자가 됐고, 그리고……."

은도는 옆구르기로 위기 속에서 빠져나갔다. 그의 화려한 귀걸이가 짤랑거렸다. 덕분에 언영이 잠시 허공을 휘두르는 사이, 은도는 옆에 서서 손을 뻗었다. 그러고는 언영의 한쪽 흉부에 떡하니 올려놓았다.

"그 당시 스승님께서 벌을 내려주신 동작들이, 이렇게 커다란 가슴을 얻게 된 일환이라고 보면 되잖아."

"손대지 마! 목린이 거야!"

언영은 은도의 손을 거칠게 뿌리치며 내질렀다. 커다란 고함 탓에 나무 위에 올라가 있던 새들도 화들짝 놀라 날개를 펴고 파드득 떠나갔다. 그 자리에 있던 화려한 사내의 부하들이 모두 목린을 힐끔 쳐다보았다. 목린은 여기서 완전히 사라지고 싶었다.

두 사람은 싸움을 멈출 기색이 없었다. 목린은 챙챙챙 소리를 내며 다시 싸우는 둘을 향해 조심스럽게 걸어갔다.

"저기, 제가 볼 땐 이렇게 목숨 걸고 싸우실 필요는 하나도 없는 것 같아요. 두 분 친우 사이라시면서……."

그녀는 어정쩡하게나마 중재를 시도했다. 그리고 그 행동은 사내의 관심을 사로잡았다. 사내는 목린을 힐끔 바라보더니, 다시 언영과 눈을 맞추고 입술 끝을 올렸다. 상당히 기분 나쁜 미소였다.

"허현오가 얼마 전에 내게 알려 준 사실이 하나 있지. 그땐 쓸데없는 소리를 한다고 여겼지만."

사내는 갑자기 목린의 뒤로 몸을 옮기더니, 그녀가 더 돋보이도록 무릎을 구부리고 자신을 가렸다. 그 상태에서 외쳤다.

"네가 부인의 얼굴만 보면 정신을 못 차린다는 말을 익히 들었다!"

"어어……."

목린의 귀여운 눈과 입이 크게 벌어졌다.

사내를 향해 모든 오감을 곤두세우고 있던 언영은 당연히 적의 움직임을 자연스레 좇았다. 상대도 그 점을 알고 있었다. 그리하여 언영의 눈동자 속에 목린이 정통으로 들어찬 것은 너무나도 당연한 수순이었다.

"아."

검을 잡은 언영의 팔이 뻣뻣하게 굳었다. 목린의 얼굴을 바로 위에서 내려다보는 그의 얼굴이 귀까지 벌겋게 익었다.

"지금이다!"

언영이 조금이라도 뒤늦게 반응했더라면 그의 어깨에 구멍이 뚫렸을 것이다. 기회를 놓친 귀걸이 한 사내의 낯빛에 아쉬움이 가득했다.

옆으로 몸을 피한 언영 주위엔 이제 방금과는 비교도 못 할 살벌함이 감돌고 있었다. 목린은 자신의 남편을 살피고 움찔 놀랐다. 그가 이를 악물고 속삭이고 있었다.

"감히 목린이를 이용해?"

아까 전까지 묵직한 움직임으로 은도의 공격만 받아치던 건 그저 몸 풀기에 불과했다. 각오하고 움직이는 언영의 육신은 거구의 움직임이라곤 믿을 수 없을 정도로 날렵하고 매서웠다. 그와 동시에 휘둘러 찍는 묵직한 힘은 뼈마디를 모두 산산조각 내기 충분했다. 사내는 환하게 웃었다. 제대로 움직이는 상대를 보며 쾌감을 느끼는 듯했다. 분노가 쇄도하는 언영의 낯빛과 대조적이었다.

언영은 왼쪽과 오른쪽을 번갈아 가며 검으로 빠르게 갈라 냈다. 빠르게 탁탁탁탁 손목을 돌려가며 받아치는 은도의 이마에 땀이 고이기 시작했다. 그가 자연스럽게 뒤로 밀려났다. 공격을 시작한 언영은 그 누구도 피할 수 없는 폭풍이었다.

"크헉!"

날아오는 검을 피하느라 복부를 강타하는 발을 보지 못한 사내가 배를 맞고 뒤로 엎어졌다. 여전히 배를 발로 짓누른 상태에서 언영은 사내를 애정이라곤 하나 없이 차갑게 내려다보았다. 손목을 가볍게 돌려 아래로 찌르기 좋게 검의 모양을 맞추었다.

사내의 얼굴에서 그제야 여유가 사라졌다.

"야, 야, 야!"

살아 있는 피가 흐르는 목으로 칼끝이 겁도 없이 내리꽂히려 했다.

사내는 허리춤에 달려있던 단검을 언영의 얼굴 쪽으로 허겁지겁 날렸다. 뺨으로 날아오는 작지만 첨예한 날을 언영이 무표정한 상태에서 주먹으로 꽉 잡았다. 얼굴이 찢길 뻔했는데 동요 하나 없었다.

"야, 너 손에서 피 나."

사내가 삿대질을 하며 당황스러운 표정으로 속삭였다. 단검을 급하게 붙든 언영의 손마디가 그였는지 검붉은 피가 새어 나오고 있었다. 약간이지만 칼날에 혈흔이 흘러내렸다.

언영이 무심한 눈으로 자신의 피 나는 손을 흘겨보았다.

"그러네."

"야!"

언영은 전혀 감흥 없는 표정으로 중얼거리다가 칼을 마저 내리꽂았다. 사내가 얼른 옆으로 구르지 않았더라면 지금쯤 성대가 터졌을 것이다.

"이렇게 싸울 필요 없다니까요?"

목린은 두 팔을 하늘 위로 벌렸다.

"내가 지켜 줄게, 목린아!"

언영이 빛의 속도로 검을 앞으로 쑤셔 대며 외쳤다. 몸을 이리저리 비틀고 애써 받아치는 사내의 얼굴에서 이제 완전히 웃음기는 죽어 버리고 말았다. 살아남기 위해 몸부림치고 있었다.

"저는 하나도 위험하지 않아요! 안 들으시네……."

목린은 푹 꺼지는 한숨을 내쉬었다. 그러다가 발에 뭔가가 차여서 얼른 땅을 내려다보았다. 그녀의 입에서 바로 안타까운 신음이 흘러나왔다.

아까 산딸기를 따서 집어넣었던 주머니를 떨어뜨리고 만 것이다.

'안 돼! 내 산딸기…….'

목린은 시무룩한 표정으로 쪼그리고 앉아 주머니를 주웠다. 완전히 닫혀 있던 게 아니라서 딸기 몇 개가 바닥에 새어 나왔다.

'그래도 어차피 씻어 먹으려고 했던 거니까.'

주섬주섬 쏟아진 것을 다시 주워 넣으며 목린은 애써 긍정적으로 생각했다.

'서방님 이기시고 난 뒤에 드시라고 미리 씻어 놔야지.'

목린은 아까 친절하게 언영과 은도의 관계를 설명해 주었던 이에게 다가가 공손한 말투로 물었다.

"여기 주변에 딸기를 씻을 만한 계곡이 있을까요?"

"네, 저쪽에 있습니다. 안내해 드리겠습니다."

"고맙습니다!"

목린은 환하게 웃으며 총총 뒤따라갔다.

언영이 목린이가 사라졌음을 알게 된 건 다소 한참 뒤의 일이었다. 그는 온 힘을 다해 검으로 쾅쾅 내려찍으며 상대를 압박하고 있었다. 현란하게 움직이는 칼날에 혹시 주변에 기웃거리는 목린이가 맞을까 봐 근처를 살피는데, 깨닫고 보니 그녀가 여기 아예 없는 것이다.

"목린이 어디 갔어."

언영의 숨이 턱 막혔다.

"목린이 어디 갔어!"

"야야야. 잠깐만. 야!"

언영이 굵고 긴 다리를 꺾어 사내의 종아리를 강하게 툭 때렸다. 사내는 순간 중심을 잃고 비틀거렸다. 앞으로 고꾸라지려는 그의 멱살을 언영이 두 손으로 쥐어 잡았다. 쓰고 있던 검은 이미 아무 데나 내팽개친 지 오래였다. 상대가 서둘러 반격을 날리려 했으나 언영은 그의 손에 잡힌 무기까지 뽑아가 저 멀리 내던졌다. 발에 맞지 않기 위해 수하들이 한꺼번에 뒷걸음질을 쳤다.

핏발이 선 눈과 함께 언영이 소리쳤다.

"어디 숨겼어!"

"자, 진정하고. 숨기긴 뭘 숨겨. 내가 그럴 놈으로……."

증오가 만연한 언영의 동공을 보고 사내는 말을 흐렸다.

"……보이긴 할 테지만 진정하고. 응? 함께 찾아보자고. 일단 날 내려놓……."

"목린아!"

언영은 사내를 아무렇게나 내팽개치고 목린의 이름을 크게 불렀다.

"저쪽 계곡에 갔습니다."

"그걸 다 알려 주냐. 재미없게!"

무사 중의 한 명이 친절히 손으로 방향을 가리켜 주었다. 바닥에 떨어진 사내는 아픈 뒷머리를 쓸면서 투덜거렸다. 언영은 거침없이 앞으로 다리를 휘저어 나아갔다.

"이거 다 먹어도 돼요?"

"네, 괜찮습니다."

머지않아 언영의 귀에 목린의 목소리가 들렸다.

"맛있어요!"

언영을 거의 뛰어가다시피 움직였다.

"목린아!"

쪼그리고 앉아 씻은 딸기를 행복하게 입 안에 우걱우걱 넣고 있던 목린이 화들짝 놀랐다. 음식으로 가득 찬 입이 우물우물 움직였다.

"서앙임."

목린이 황급히 손으로 입을 가렸다. 안도한 언영의 어깨가 힘이 빠지며 내려앉았다. 목린은 얼굴을 새빨갛게 붉혔다.

* * *

"황은도라고 합니다."

호화로운 치장에 둘러싸인 사내는 뒤늦게 자기소개를 했다.

언영이 따 놓은 산딸기까지 함께 씻기고, 짧게 끼니를 때우는 시간을 갖는 중이었다. 은도의 부하들은 갖고 있던 식량을 조금 목린과 언영에게 나누어 주었다. 떡을 씹으며 목린은 은도의 설명을 귀 기울여 들었다. 그녀의 눈에 호기심이 일었다. 모든 게 지루하다는 표정으로 서 있는 언영과는 극히 대조적인 양상이었다.

"일찍이 부모님을 여의고, 제겐 따로 형제자매가 없어 여덟의 나이에 족장 자리에 올랐습니다. 어릴 때부터 못 볼 꼴을 다 보고 손에 피를 묻히며 힘들게 자랐지요. 서쪽 끝에 있는 해야족을 다스리고 있습니다. 또한 보시면 아시겠지만, 모두와 두루두루 친하게 지내는 귀혈족의 족장 혈통과는 달리 이렇게 주종관계가 뚜렷하게 드러나 있습니다."

말을 마치자마자 은도의 주변을 둘러싼 무사들이 은도를 향해 충성을 의미하는 자세를 취했다. 그들 중엔 은도보다 나이가 갑절 많은 이도 존재했다. 그렇다고 결코 그 중년의 얼굴에 굴욕이 떠다니진 않았다.

은도의 화려한 목걸이가 나무 사이를 꿰뚫고 들어오는 햇빛을 받아 반짝거렸다.

"다시 말해 제 곁에 오신다면 남부럽지 않은 부귀영화가 보장되는……."

팔짱을 끼고 은도를 쳐다보는 언영의 눈에 다시금 살기가 피어올랐다. 은도는 자연스럽게 말을 돌렸다.

"……것이지만 선택은 오로지 부인의 몫이지요, 하하하."

언영은 못 들은 척하고 목린의 손목을 잡아끌었다.

"가자, 목린아."

목린은 화들짝 놀라며 손에 들고 있던 나머지 떡을 한입에 넣고 우물우물 씹었다. 뒤에서 은도가 양팔을 옆으로 벌리며 아쉬움을 드러냈다.

"어? 벌써 가려고? 조금만 더 우리랑 있다 가지. 오랜만에 같이 놀자고. 우리 어린 시절 얘기도 다시 회상하고. 부인께선 아무것도 모르시잖아."

"급한 일이 있어서요! 죄송합니다."

목린이 고개를 숙이고 답하자 연도는 손으로 머리를 거칠게 쓸었다.

"아쉽군. 이번에야말로 내 운명의 여인을 만났구나 싶었거늘."

"넌 매번 그 소리잖아."

언영은 탐탁지 못한 표정으로 끼어들었다. 그리고 눈을 가늘게 뜨고 덧붙였다.

"여기 얼마나 오래 있을 작정인데. 여기 따지고 보면 우리 구역인 거 알지."

"금방 나갈 거야. 오른쪽만 더 살펴보고."

"저기, 오는 길에 오두막을 보지 않으셨어요?"

"오두막?"

목린의 질문에 은도는 턱 밑을 두세 번 쓸다가 고개를 주억거렸다.

"산 중간에 있는 그 오두막을 말씀하시는 것이라면, 예. 보았습니다. 하지만 사람이 있는 것 같아 굳이 들어가 보진 않았습니다."

목린은 휘둥그레진 눈으로 언영을 올려다보았다. 두 사람은 무언으로 대화했다. 언영은 목린을 향해 살짝 고개를 끄덕여준 뒤 은도에게 까칠한 목소리로 물었다.

"너는 여기서 아직도 그 꽃인지 뭔지 찾는 거냐?"

"너도 찾아다녔잖아? 나만 갈구니까 좀 억울한데."

"다 부질없는 짓이야."

"그건, 찾아야 아는 거고."

은도는 어깨를 으쓱이며 목린이 알아들을 수 없는 대화를 끝맺었다. 그녀가 아리송한 표정으로 있는 동안 그가 몸을 틀어 작별인사를 건넸다.

"그러면 목린 님, 다음 기회에 만납시다. 이놈과 잘 안 된다면 언제든 저를 찾아 주십시오. 저희가 운명이라는 믿음을 아직 떨쳐 내지 못하였습니다."

"그럴 일은 없을 것 같지만 고마웠습니다……."

목린이 공손하게 답하는 동안 언영은 옆에서 분노를 참으며 부들부들 떨었다. 그러나 은도의 마지막 외침이 그의 인내심을 완전히 박살 냈다.

"그럼 너도 잘 있어라, 귀혈족의 귀염둥이!"

언영이 고함을 던지며 검을 빼 들었다. 목린이 그의 허리를 옆에서 끌어안고 필사적으로 잡아당겨 다행히 큰 싸움을 모면할 수 있었다. 은도는 안전한 거리에 멀찍이 서서 언영을 보고 크게 웃었다. 그리고 손을 크게 휘저으며 마침내 깊은 숲속으로 동료들과 함께 모습을 감추었다.

"굉장히 특이하신 분이셨어요."

은도와의 정신없는 만남이 휘리릭 지나가고 목린이 말했다. 귀혈족을 처음 만나게 된 이후로는 웬만한 사람에겐 놀라지 않으리라 생각했는데 오산이었다.

언영은 다시 앞장서 걸으며 오두막으로 가는 길을 만들어 내고 있었다. 툭툭 앞길을 막는 장애물을 쳐내는 자세나 힘을 보아하니 확실히 아직도 분이 안 풀렸음이 여실했다.

"두 분 어릴 때 굉장히 친하셨을 것 같아요."

"친하긴 뭐가 친해! 매번 날 부려 먹기나 하고……."

“그래도 은도 님은 서방님을 정말 좋아하시는 것 같던데요. 소중한 벗으로 생각하시는 듯해요.”

“정말 좋아하는데 부인을 채 가겠다고 얘기하겠냐고.”

언영이 쌀쌀맞게 중얼거렸다.

“은도 님은 그런 말을 가볍게 하는 성격이신 것 같아요. 진심은 없으셨을 거예요. 그리고…….”

이것까지 말해도 될진 모르겠지만, 목린은 조심스럽게 용기를 냈다.

“싫어하면 귀염둥이라고 부를 리가 없잖아요.”

“으아악!”

“서방님!”

언영은 머리카락을 뜯으며 고통스러워했다. 목린은 뒤늦게 후회하며 언영의 팔을 잡고 말렸다. 한참 동안 소란이 일었다.

“그래도…….”

고개를 숙이고 있던 언영이 갑자기 차분하게 말문을 열었다. 목린의 동그래진 눈과 시선을 맞추며 그가 문장을 끝맺었다.

“목린이 네가 날 그렇게 생각한다면 그건 별로…… 기분 나쁘지 않을 것 같은데.”

부끄럽기는 했는지 언영이 살짝 수줍게 웃으며 목린을 내려다보고 있었다.

목린은 입술을 꾹 다물었다. 분위기가 간질간질했다. 이런 상황에서는 어떻게 나서야 하는 건지 잘 알지 못했다. 언영이 원한다고 해서 정말 서방님께 귀여우시다고 할 수 있는 용기까지는 없었다. 뜨겁게 그녀를 바라봐 주는 언영의 눈빛을 가만히 서서 받으려니 죄책감이 들었다.

그때, 다행이라고 해야 할지, 언영의 관심이 다른 곳으로 돌아갔다.

"목린아, 옷이……."

언영은 목린의 어깨를 쥐고 그녀의 몸통을 아주 살짝 옆으로 돌렸다.

"옷이 나뭇가지에 걸렸어. 잠깐만, 가만히 있어 봐."

"아."

날카로운 나뭇가지가 얇은 목린의 소매를 관통하고 있었다. 언영은 한 손으로는 목린이 움직이지 않게 그녀의 손목을 쥐고, 반대쪽으로 나뭇가지를 잡았다. 터무니없이 크고 무섭게 생긴 손으로 작은 것들을 소중하고 조심스럽게 매만졌다.

"아!"

"잠깐만."

날카로운 가지가 살갗에 스치자 목린이 어깨를 크게 움찔거렸다. 그 과정에서 옷이 살짝 더 찢겨 나갔다. 언영이 이를 악물었다. 목린이 눈을 내리깔며 말했다.

"죄송해요."

그러자 언영이 예상 밖의 대답을 했다.

"그러게 그걸 왜 입고 있어."

"……."

언영이 덤덤한 투로 내뱉은 말이 무거운 돌멩이처럼 날아와 목린의 가슴을 맞추었다. 너무 갑작스러워서 목린은 낯빛도 제대로 감추지 못하고 언영을 휙 올려다보았다.

귀혈족이 그녀에게 한 번도 자신들의 문화를 강요하지 않았다는 것은 좋았고, 목린도 그 점이 고마웠다. 다만 그렇다고 해서 저런 언사를 듣고 묵묵히 넘어갈 수 있을 리 만무했다. 그걸 왜 입고 있냐니. 이 옷은 목린에게 고향이었다. 그리고 목린에게 고향이란 그녀와 떼려야 뗄 수 없는, 지금의 그녀를 만들어 준 곳이었다. 그러니 아까와 같이, 낮잡아 보는 투로 지적하면 안 되는 것이다.

하지만 고개를 들자 보이는 언영의 무거운 시선에 오히려 목린이 놀랐다. 그저 옷일 뿐이다. 겨우 좀 다른 옷을 입었다고 해서 저런 상처받은 눈을 할 필요는 없는 것이다.

목린은 이런 으스스한 기분을 과거에도 느낀 적이 있었다. 오라버니와 마지막으로 얼굴을 마주했던 그 날. 갑작스럽게 남매의 마음에 상처가 깊이 새겨진 그 대화.

아니, 갑작스럽지 않았다. 이전에 있었던 크고 작은, 사소한 일이 쌓이고 쌓여 원래 있었던 상처를 크게 벌렸을 뿐이다.

어쩌면 이번에도.

언영이 낮은 목소리로 말했다.

"서간에 뭐라고 적혔는지 알 것 같아."

그리고 빠르게 덧붙였다.

"알고 있어."

"그렇다면 역시……!"

목린은 생각나는 말을 바로 내뱉었다.

"서방님이 훔쳐 가셨어요?"

"나는…… 뭐?"

무언가 말을 이어 나가려고 했던 언영이 중간에 눈을 크게 떴다.

"방금 뭐라고 했어?"

"저는……."

"내가 훔쳐 갔다고? '역시'? 계속 그렇게 확신하던 거야? 지금이 모든 게 다 거짓이라고 생각하고 좇아왔던 거야?"

"이번엔 다른 사람의 짓 같지만, 그래도 저번엔 분명……."

예상과 다른 반응이 들이닥치자 목린은 당황스러웠다. 하지만 의심을 키워 낸 과거 행각을 일단 입 밖으로 내밀었다.

"제가 서간을 읽는 모습을 탐탁지 않아 하셨잖아요!"

"그러면 어떤 남편이 좋아하겠어? 집으로 데려온 내 색시가 집에서 나가지도 않고 고향에서 온 서간만 읽으면서 울적하게 지내는데!"

"그건……."

"네가 왜 여기 두 달 동안 살면서 끝까지 초족 옷만 고수하는지 내가 모를 거라 생각했어? 돌아가고 싶은 거잖아. 그리운 거잖아."

목린의 눈이 크게 뜨였다.

아니었다. 결코 그렇지 않았다.

물론 고향이 그리웠다. 가족과 친구들의 품이 그리웠다. 하나 그렇다고 해서 돌아가고픈 열망이 강하게 생기진 않았다. 오히려 귀혈족 사람들에 대해 더 호기심이 생겼다면 모를까. 애초에 이 정도의 그리움 정도는 다 예상하고 이곳에 발을 디딘 것이다.

"마음대로 생각하세요."

그래서 목린은 속상했다. 그녀를 고향 생각만 하는, 징징거리는 어린아이로만 보는 것 같아서 실망스러웠다. 그리고 그렇게 생각하자 피로해졌다. 싸우고 싶지 않았다. 얘기하고 싶지 않았다. 쉬고 싶었다. 그리고 그런 자신의 모습이 누구보다 싫었다. 자신이 아직 미성숙함을 인정하는 꼴 같았기 때문이다. 하지만 목린은 여기서 뭘 더 해야 할지 몰랐다.

목린의 불안한 표정을 주시하는 언영의 눈에서 화염이 번쩍거렸다. 마음대로 생각하라는 말은 결국 그의 말을 인정하는 태도에 지나지 않았다.

그때 별안간 오른쪽 구석에서 부스럭거리는 소리가 나더니 사람 한 명이 튀어나왔다.

"아직 안 갔지? 목린 님을 위해서 이걸 드리려고 왔습니다. 이게 사실 별거 아닌 것 같아 보여도 저희 마을 옆 광산에서 캐낸 귀한 보물입니다. 반으로 가르면 어마어마한 빛이 흘러나오는데 목린 님 뒤에서 나오는 후광과 유사하여……."

은도였다. 그는 열 손가락에 채워진 반지 중에서 가장 값이 나가는 것을 빼내 번쩍 들며 다시 나타났다. 신나게 등장했던 그는 예사롭지 않은 분위기를 금세 파악하고 말끝을 흐렸다. 그의 입술 끝이 어색하게 내려앉았다.

목린과 언영은 그에게 아는 척도 하지 않았다.

"그렇게 다 마음대로 하세요. 계속 마음대로 하세요. 혼자서."

목린은 언영을 올려다보며 차갑게 내뱉었다.

이렇게 삐뚤어지게 말하고 싶지 않은데. 목린의 입에서 의지를 배반하는 말이 나왔다. 언영이 바로 대답했다.

"왜 여태까지 다 내가 원하는 대로 한 것처럼 구는 건데? 내가 오해한 게 있다면, 바로 말해 주면 되잖아."

"……몰라요."

목린은 꾸역꾸역 눈물을 참았다. 여기서 울면 정말 언영을 나쁜 사람으로 만들 것 같아서였다.

"말해 줘."

"몰라요."

"말해 줘. 고칠 테니까 말하라고!"

벌게진 목린의 눈가를 본 언영이 초조해져서 목소리를 키웠다.

"그렇게 소리 지르는데 제가 어떻게 말을 해요……!"

"말해 줘, 목린아."

언영이 바로 목소리를 낮추고 이를 악물며 내뱉었다. 그의 어깨가 부들부들 떨렸다.

"여기로 오는 배에서부터 불안하긴 했어. 우리가 어딘가 맞지 않는다는 건 어렴풋이 알고 있었다고. 말해 봐. 내가 어떻게 행동해야 할지 좀 알게."

"배라니 무슨 소리 하는 건지 모르겠어요. 그리고 왜 말하라고 강요하는 거예요?"

"그야 우리는 함께하는 가족이니까! 함께 해결해 나가야 하니까!"

"……저는 제 사적인 생각을 쉽게 남들과 나누고 싶지 않아요. 설령 가족이라도 어색해요."

다음 순간, 목린은 자신이 큰 실수를 했음을 깨달았다.

마지막 발언을 들은 언영의 몸에서 순식간에 힘이 빠져나갔다. 떨리던 어깨가 조용해지다 못해 아래로 처지고 힘이 빡 들어가 있던 얼굴 근육이 사르르 풀어졌다. 마치 모든 걸 놓은 사람인 양.

침묵이 둘러쳐졌다.

"……잘 있어! 다음에 보자!"

은도는 두 사람을 번갈아 바라보며 눈치를 살폈다. 그리고 반지를 다시 손에 끼워 넣으며, 전혀 지금과 어울리지 않는 밝은 인사와 함께 쌩하고 떠나갔다.

그렇게 다시 적막이 잠식하고 얼마 뒤.

언영이 입술이 조심스레 벌어졌다. 음산하리만큼 차분했다.

"낱낱이 다 털어놓으라는 말, 아니었어."

"……."

"넌 너무 네 감정을 밝히지 않으니까……. 조금만, 아주 조금만이라도 내게 문을 열어 달라는 간청이었어. 거절당해도 이해할 수 있었어. 넌 수줍음이 많으니까."

목린은 고개를 숙이고 있어서 지금 언영이 무슨 표정을 짓고 있는지 보지 못했다.

"하지만 그렇게 매몰차게 굴 필요까진 없잖아. 조금은 내게 문을 열어 두어도 되잖아. 내가 그렇게 믿음이 가지 않아?"

목린은 무엇이 문제인지 깨달았다.

언영에게는 솔직함이 곧 사랑이자 마음을 표현하는 방법이었다. 벗과 가족들에게 스스럼없이 다정하고, 처음 만났을 때부터 적극적으로 그녀에게 구애했을 때부터 알 수 있었다. 그러니 그는 목린이 지금 왜 어려워하는지, 힘들어하는지, 하등 이해하지 못한다. 정서가 다르니 이해할 수 없는 것이다. 방금 전 목린의 머릿속에 휘몰아친 고뇌와 괴로움이 그에겐 전부 아무것도 아니다.

"우리가…… 우리가 왜 남들 다 보는 앞에서 부부가 되겠다고 맹세를 했는데. 평생 널 지켜 주고 행복하게 해 주겠다고 내가……."

혼란이 섞인 언영의 목소리를 계속 듣자니 심장이 꽉 조이듯 아팠다. 얼른 목린이 고개를 들어 뭐라도 말하려고 한 그때였다. 하필이면 언영 또한 마침 몸을 옆으로 틀어서 두 사람의 시선이 엇갈렸다.

"됐어. 서간이나 찾으러 가자."

체념이 담긴 그의 목소리가 낡었다.

목린은 차마 그런 언영을 멈춰 세우고 다시 대화를 이을 용기가 나지 않았다. 입술만 몇 번 빼끔거리다가 말았다. 앞으로 성큼성큼 나아가는 언영의 뒤를 쫓으며 안절부절못했다. 입술을 깨물며 다시 대화를 시작할 때를 기다리는데, 언영은 묵묵히 앞서 나갈 뿐, 절대 뒤돌지 않았다.

널찍한 언영의 등이 목린의 눈에 처음으로 벽같이 보였다.

"어."

갑자기 콧방울 위로 빗방울이 톡 떨어졌다. 목린은 눈을 두세 번 깜박거렸다. 그러자 다시 또 떨어졌다. 이번엔 그녀의 손 위였다. 목린은 손바닥을 가슴까지 들고선 내려다보았다. 투명한 물이 작게 번져 있었다. 그리고 잠시 뒤, 그보다 조금 더 위에 또 다른 빗방울이 꽃을 피웠다.

그제야 목린은 하늘을 올려다보았다. 아까는 없었던 먹구름이 유유히 움직이고 있었다. 설상가상으로 이젠 비까지 내리기 시작한 것이다.

"하아."

언영은 신경질을 내듯 한숨을 내뱉었다. 이대로 짜증 나니 돌아가자고 해도 이상할 것이 없는 태도라 목린은 내심 긴장했다. 하지만 그런 일은 벌어나지 않았다. 오히려 언영의 다음 말은 그녀를 놀라게 했다.

"비 오는데 덮어 줄 게 없어."

그가 목린과 눈을 마주치지 않고 다소 무뚝뚝하게 말했다. 겨우 그런 게 그리도 심각한 문제인 것처럼. 목린은 얼른 답했다.

"그런 거 필요 없어요. 괜찮아요."

"당장 우산이라도 만들어 줄까."

말투는 여전히 딱딱해서 내용과 괴리가 일어났다.

"아니에요. 그냥 그럴 시간에 얼른 갔다 와요. 그사이에 더 멀리 가면 어떡해요."

"……나름 누가 그랬는지는 짐작이 가서, 멀리 가진 못했을 거라 확신하고 있지만……."

언영이 말을 뚝 그쳤다.

우거진 나무 사이로 오두막이 조그맣게나마 모습을 드러냈다. 내부에서 흐릿하게 반짝이는 저것은 분명 빛이었다. 비가 오는 칙칙한 하늘 아래에서도 혼자 유유히 존재를 드러내고 있었다.

목린은 언영에게 짐작하는 범인이 누구냐고 물어보지 않았다. 필요하다면 그가 먼저 말해 줬을 게 분명했다. 하지만 언영이 오두막 앞에서 살짝 망설이는 지금은, 질문이 목 끝까지 올라와 인내심이 사라진 그녀를 애타게 했다.

나무로 지어진 간소한 오두막은 사람이 세 명 정도 들어갈 수 있는, 하나의 방으로만 이루어진 협소한 공간이었다. 주변에 있는 길고 치렁치렁한 나무에 지붕의 절반이 가려져 있었다. 날씨가 좋지 않아서 그런지 집에서 우중충한 분위기가 났다.

서먹해진 탓에 목린은 언영에게 제대로 말을 걸지 못하고 그의 뒤에 얌전히 서 있었다. 그의 손이 허공에서 잠시 주춤대다 결국

문을 두들기는 것을 지켜보았다.

귀가 그다지 밝지 않은 목린의 귀에도 안에서 후다닥 달려가는 듯한 부산스러운 소리가 들려왔다. 목린은 움찔거리며 언영의 등 뒤에 더욱 몸을 가렸다.

"실례합니다."

언영은 상대를 배려하듯 잠깐의 시간을 주었다. 충분히 지났다 싶었을 때 문을 밀었다. 한데 뒤에 있는 무언가에 걸린 듯 열리지 않았다. 그는 살짝 미간을 구겼다.

"주언영입니다. 무서워하실 필요 없습니다. 뒤에 있는 것 치워 주시기 바랍니다."

상대는 답이 없었다.

"이 오두막은 그 누구의 것도 아닙니다. 자신의 소유인 양 이용할 권리가 없습니다."

그렇게 말하며 언영은 팔을 쓰면서 문을 밀었다. 그러자 덜커덩거리며 조금의 틈이 생겼다. 목린은 그가 일부러 모든 힘을 쓰지 않고 상대에게 기회를 주고 있음을 알 수 있었다. 그리고 그때, 틈으로 상대의 얼굴이 보였다.

목린은 예상 밖의 사람을 뚫어져라 쳐다보았다.

어린 여자아이였다.

"안 해칠게. 이것 좀 열어 줄래?"

언영의 목소리가 훨씬 담백해졌다. 그는 의외로 이 놀라운 상황에 덤덤했다.

겁에 질린 아이는 언영을 빤히 올려다보았다. 어떻게 하면 좋을지 작은 머리를 굴리고 있는 게 표정에서도 보였다. 아이의 눈은 점차 안정을 되찾았다. 언영을 향해 고개를 살짝 끄덕이며 문을 열어 주려던 차였다. 아이가 그의 뒤에 서 있는 다소곳하게 목린을 뒤늦게 발견했다.

아이의 고운 피부가 삽시간에 파리해졌다. 언영을 향해 조금이나마 열어 주었던 마음도, 문도 모두 다시 쾅 닫아 버리고 말았다. 언영은 당황했지만, 소녀의 행동을 막지는 않았다.

목린이 속삭이듯 말했다.

"열어줄 때까지 기다려요. 너무 겁주면 안 될 것 같아요."

"그래."

언영이 짧게 끄덕이며 문에서 손을 뗐다.

부부는 자리를 지키고 거의 변함없는 자세로 서 있었다. 목린은 다리가 조금 아팠지만 이 정도는 견딜 만했다. 그보다는 안에서 떨고 있을 아이가 조금 더 걱정이었다.

목린은 자신이 이 마을에서 가장 덜 위협적으로 생긴 여인이라고 자신 있게 말할 수 있었다. 단월도에서도 그녀를 무서워하던 아이가 없었으니 이곳은 말할 필요도 없을 터다. 그렇다면 아이가 겁에 질린 이유는 역시 하나였다.

찔리는 것이 있어서겠지.

범인을 잡았다고 거의 확신할 수 있는 상황임에도 하등 기쁘지 않았다. 외려 불편한 감정만 더욱 응어리졌다. 아이에겐 무슨 사연이 있었던 걸까. 무어 때문에 다른 비싼 것은 놔두고 서간 따위를 챙겨 간 걸까.

"안 되겠어."

갑자기 언영이 못 참겠다는 듯 이를 악물고 외쳤다. 목린은 서둘러 입술을 뗐다.

"그래도 제 생각엔 겁먹은 아이를 기다려주는 편이 훨씬 나으……."

"여기 잠깐만 있어. 네가 비를 피할 곳을 찾아 주고 올게."

언영이 완전히 다른 얘기를 하며 황급히 등을 돌린 그때였다. 빗소리로 난잡해진 그 오후에, 문이 끼기긱 열리는 소리가 어찌나 크게 들리던지. 목린과 언영의 눈이 같은 곳으로 향했다.

아이가 소심하게 모습을 보였다. 이리 들어오라는 듯, 조심스럽게 손짓하는 아이의 눈은 여전히 겁에 질려 있었다.

* * *

들어가자마자 제일 먼저 언영은 안에 있는 따뜻한 천을 쥐고 목린의 어깨에 덮어 주었다. 그런 다음에야 내부를 천천히 살폈다.

사실 둘러볼 것도 없는 곳이었다. 세 사람이 들어왔는데도 벌써 꽉 찬 느낌이었다. 고즈넉한 내부에는 딱히 몸을 숨길 가구도 없어 허전했다. 비가 내리는 소리와 함께하니 더욱더 음침하게 보였다.

바닥 중앙에는 목린이 열심히 찾아다니던 서간이 펼쳐져 있었다. 목린이 물었다.

"가져가도 될까요?"

아이는 고개를 조심스럽게 끄덕였다.

서간을 다시 곱게 접으면서도 목린은 아직도 떨고 있는 아이가 걱정스러웠다. 그래서 언영이 덮어 준 천을 대신 넘겨주기 위해 손으로 쥐었다. 그런데 그때 언영이 소녀를 내려다보며 뜻밖의 질문을 했다.

"선영이는 없는 거야? 혼자야?"

"선영이요?"

오히려 놀란 목린이 되물었다.

"선영 아가씨가 범인이라고 생각하신 거예요?"

"단언 짓기 보다는…… 그럴 수도 있겠다 생각했어."

언영이 한 번 더 별것 없는 주변을 둘러보며 말했다.

"요즘 그렇게 글짓기에 열정을 가진 애는 마을에 선영이뿐이잖아. 도끼로 파인 자국도 높이를 보면 어린애가 만든 게 분명하고 그래서. 훔쳐 간 이유는 모르겠지만 아무래도 두 가지를 연결했을 때 가장 먼저 생각나는 애는 선영이다 싶었지."

"죄송해요……. 정말 죄송해요……."

아이가 갑자기 흐느꼈기에 언영의 설명은 여기서 끝이 났다.

"나쁜 짓 할 의도는 없었어요……."

"왜 그랬는지, 물어봐도 될까요?"

목린이 허리를 살짝 굽히며 물었다.

"저, 저는……."

"현화야."

언영이 아예 무릎을 굽혀 아이를 살짝 아래에서 내려다보는 자세를 취했다. 아이는 크게 당황해 움찔거렸고 목린도 놀라긴 매한 가지였다.

부족 사람들 이름을 다 외우고 있는 언영은 아이의 이름을 친근하게 입에 담았다. 아이를 올려다보는 언영의 눈이 친누이를 올려다보듯 부드럽고 믿음직스러웠다. 아니, 목린이 다시 생각해 보니 그는 자주 저런 표정을 지었다. 기분 나쁜 일이 생기지 않은 이상 매번. 특히나 마을 사람들 앞에서는 더더욱.

'하하하, 안녕하세요!'

'모두 좋은 하루 보내시길 바랍니다!'

그는 늘 이토록 해맑게 부족 사람들과 인사를 나누었고,

'제가 전부 다 도와드리겠습니다!'

하루는 행사가 있어서 호박 요리를 많이 할 일이 생겼다. 언영은 수도 없이 쌓여 있는 호박을 모조리 다 직접 잘라 주기를 자처했다.

'하하하하하!'

언영이 가슴에 힘을 주자 안에 끼워 넣은 호박이 모조리 깔끔하게 잘렸다.(따라 하지 마세요.) 언영은 쉬지 않으며 빡, 빡, 빡, 호박을 갈랐고 주변에 있는 귀혈족 사람들은 둥글게 둘러앉아 그 모습을 감상했다. 그들의 눈에 감동이 넘실거렸다.

'엄청난 가슴이다……!'

'실로 족장감이야.'

'세상에서 가장 존경합니다, 형님!'

마음이 여리고 감정적인 귀혈족 사람들 대다수가 이 아름다운

장면을 보며 눈물을 흘리기도 했다. 물론 목린은 저만치에 도저히 이해할 수 없다는 표정으로 혼자 서 있었고. 또 그날 밤 다른 날과 다름없이 언영의 품에 꽉 갇혀 자던 도중에는…….

'서방님……. 가슴에서 호박 냄새나는 것 같아요.'

'뭐? 여러 번 씻었는데? 미안해!'

……이런 기억도 있었지만.

좌우간, 목린이 하고픈 말은 언영의 눈은 언제나 이토록 다정하고 부드러웠다는 사실이다. 그동안은 이 점에 대해 깊게 생각해 본 경우가 전무했다. 애당초 타고난 성격이 늘 그러리라 생각했을 뿐이다.

하지만 바로 전에까지만 해도 초조해하고 긴장하던 그가 아니었던가.

그리고 목린에겐, 목현과 언영은 너무나도 다르리라 지레짐작하고 넘어간 경험이 있었다.

"네가 아무 이유 없이 훔쳐 갔다고는 생각하지 않아."

목린이 생각에 잠겨 있는 동안 언영이 아이에게 다정하게 말했다.

"우리가 어떻게 하면 도와줄 수 있는지 말해 주지 않을래?"

아이는 언영을 보고 용기를 얻었다. 아이가 언영을 편안하게 생각하는 것이 목린의 눈에도 보였다. 그리고 그 소녀의 입술이 벌어졌을 때 부부는 한 글자도 놓치지 않기 위해 진지하게 귀 기울였다.

사람들이 자주 착각하는 것이 하나 있다. 누군가가 어떤 취미에 능통하면 그들은 칭찬을 한다. 여기까지는 괜찮다. 하나 실력이 서투른 자들에게는 갈채가 덜하다. 그리고 더 중요한 문제는, 사람들은 서툰 자들이 그 일을 즐기고 있다고 쉽게 생각지 않는다는 사실이다. 중요한 것은 성과이기에.

현화는 글을 쓰기는커녕 읽는 법도 잘 몰랐지만 글 쓰는 것을 좋아했다.

현화는 언영의 누이인 선영이 부러웠다. 좋아하는 일을 하면서 주변에서 박수갈채를 받는 게 샘이 났다. 그래서 무작정 따라 하고 싶었다. 다만 초조하고 불안한 아이는 제 실력을 기르는 대신 다른 방법을 택했다.

거리에서 서간을 나눠 주는 아저씨를 만나서, 그를 놀리면서 노는 사이 급하게 관찰했다. 그리고 발견했다. 서간의 대부분이 이번에 족장님 아드님 댁에 시집온 어여쁜 선녀 같은 분에게 향한다는 사실을.

이렇게나 많이 받는데, 그렇다면 하나 정도 훔쳐 가도 괜찮을 거야.

하여 줄곧 틈을 노렸다. 그리고 목린이 쪽잠을 자고 언영이 마구간에 있을 때 몰래 벽을 넘고 들어왔다.

처음에는 하나만 가져가려고 했다. 그러나 하나를 집었더니 과연 이 하나를 마음대로 써먹을 수 있을지 걱정이 앞섰다. 그래서 두 장을 집었다. 그래도 불안했다. 게다가 언제 언영이 밖으로 나오거나 목린이 깰지 모르는 상황이었다. 그래서 정신을 차려 보니 현화는 모든 서간을 다 훔쳐오고 말았다.

멋대로 가져온 서간을 마음대로 이용할 수 없자 현화의 걱정은 살금살금 크기를 더욱 키웠다.

본래 소녀의 목적은, 남들에겐 익숙하지 않을 내용과 필체를 이용하여, 그것을 그대로 베끼거나 아니면 이곳저곳에서 여러 문장을 긁어모아 그럴싸한 것을 만들고자 함이었다. 하지만 아는 것도 없으며 초조한 아이가 제대로 그 짓을 할 수 있을 리 만무했다.

서간 여러 장을 사방에 이리저리 펼쳐 놓고도 며칠을 더듬거렸고, 결국에는 이는 서간이 부족한 탓이라 생각하며 마음의 안정을 위해서 오늘, 목현이 보낸 것까지 급하게 빼어 온 것까지가 사건의 전말이었다.

"그거…… 못 읽었어요."

훌쩍이면서 아이는 목린의 손에 잡힌 서간을 가리켰다. 알아보지 못하니 손에 쥐어도 이해하지 못했다는 말뜻이었다.

"나머지는 집에 가면 돌려드릴 수 있어요."

우는 아이는 힘들게 말을 이었다.

"그래도…… 잘못한 거 맞아요."

"정확히 무얼 잘못했지?"

여전히 한쪽 다리를 꿇어앉은 언영이 차분하면서도 다정한 목소리로 물었다. 왠지 이것은 어린 누이들 덕분에 자연스럽게 나오는 습관 같다고 목린은 속으로 생각했다.

"다른 사람의 물건을 가져갔어요."

"그래. 알고 있어서 다행이다. 그러면 앞으로 하지 않을 거야?"

"네……."

"정말이지? 그 물건이 다른 사람한텐 굉장히 소중한 것일 수도 있어."

"흐흑, 네……."

아이는 고개를 떨구며 울었고 언영은 가까이서 눈물을 닦아 주었다. 이어서 그는 고개를 돌려 목린을 올려다보았다.

"목린아, 네가 하고픈 말은 없어?"

갑자기 눈이 마주치자 목린은 놀랐지만, 마찬가지로 부드러운 목소리로 속삭이듯 말했다.

"서방님께서 다 말해 주셨다고 생각해요. 이제 안 하겠다는 약속도 받아 냈으니까 괜찮아요."

"그래, 그러면……."

언영이 다시 천천히 앞을 응시하며 중얼거리듯 말했다.

"내 차례네."

그의 낯빛에 돌연 어두움이 찾아왔다.

목린이 무슨 일이냐고 물어보기도 전에 언영이 먼저 소녀를 올려다보며 진지하게 입술을 뗐다.

"현화야. 네가 그런 고민을 할 수밖에 없는 세상을 만드는 데에 일조해서 미안해. 조금이라도 더 빨리 알아차리지 못해서 미안해. 좋은 사람이 되어 주지 못해서 미안해."

그의 무릎이 보이지 않는 힘에 무겁게 짓눌렸다.

자신보다 경험이 한창 부족하고 미숙한 아이를 상대로, 동등한 위치에 선 이를 대하듯 그렇게 모든 글자에 진지함을 눌러 담아 말했다. 그리고 무릎을 꿇었다.

목린은 그 자리에 얼어붙어 한참 동안 언영을 바라보았다. 정확히 말하면 슬픔을 담은 듯한 그의 등을 응시했다. 머리를 한 대 맞은 것 같은 기분이었다.

왠지 오늘 그의 모습을 죽을 때까지 잊지 못할 것 같은 기분이 들었다.

봄비는 여전히 그치지 않았다.

* * *

일찍 출발해서 다행이었다. 꽤 시간이 지체되고 비마저 내리는데도, 아직 해가 지지 않아 앞을 분간할 수 있을 정도의 빛은 있었다.

목린과 언영 두 사람 사이에 쌓인 앙금은 어느새 빗물에 휩쓸려 같이 내려갔다. 숲을 헤쳐 나가다 보니 분노도, 피곤함도, 짜증도 모두 마모되었다. 단지 말없이 계속 앞으로 나아갈 뿐이었다.

아이는 언영의 등에 업혀 잠이 들었고, 목린은 아까 갈 때처럼 남편의 뒤를 따라 걸었다. 겉으로는 아무렇지도 않게 움직이는 것으로 보여도 언영이 무릎을 꿇고 진지하게 사과하는 모습이 머릿속에 온통 뒤범벅되어 있었다.

사과를 한 뒤 그가 아이에게 이어서 한 의미심장한 말을 떠올린다.

'나도 너와 비슷한 고민을 하고 힘들었던 적이 있었어.'

그는 언제, 얼마나 힘들었을까?

그리고 과연 당시에 티를 냈을까?

목린이 옆으로 살짝 시선을 돌리자 엄청나게 큰 나무가 보였다. 주변에 있는 식물들과 친해지고픈 욕심이 지극한지 마치 손을 뻗는 것처럼 가지를 이곳저곳 사방에 펼쳐 놓고 있었다. 그렇기 때문에 아래에서 비를 피하기 제격이었다.

목린이 입술을 열었다. 오두막을 떠난 이후 처음으로 하는 대화였다.

"서방님, 저녁에 급한 일 있으세요? 없으시다면 왼쪽에 저 나무에서 좀 쉬었다 가는 게 어떠세요?"

언영의 눈도 그 나무를 향했다.

"그래. 마침 비도 서서히 멎고 있고…… 곧 있으면 그칠 것 같으니 잠시만 저기 있자."

터벅터벅 천천히 나아갔다. 젖은 풀을 밟는 느낌이 이상하면서도 중독성 있었다.

비가 그치려면 그래도 꽤 있어야 할 것 같아서 두 사람은 자리에 앉기로 했다. 목린이 언영의 등에 업힌 현화를 먼저 떼 주었다. 그리고 언영이 다시 아이를 가슴에 받아 안으며 땅에 착석했다. 목린도 언영의 옆에 얌전한 자세로 자리를 잡았다.

목린은 멍하니 하늘을 올려다보았다. 어두운 오후, 봄비가 주는 몽환적인 분위기에 빨려 들어갈 것만 같았다. 하늘은 어두운데 오히려 그 외로운 느낌이 마음을 따뜻하게 데워 주고 있다. 옆에서 들리는 언영의 숨소리가 간신히 그녀를 현실에 붙잡았다.

언영이 먼저 입술을 뗐다.

"평생 고민해도 끝나지 않을 것 같아."

목린은 휙 고개를 돌려 언영을 올려다보았다.

언영의 옆얼굴을 타고 흐르는 번뇌가 선명했다. 하늘을 올려다보는 그의 속눈썹이 곧고 예쁘게 뻗어 나가고 있었다.

"이거면 되겠지, 이거면 모두가 행복하겠지 생각해도, 늘 소외당하는 사람들이 생겨."

그의 얼굴이 슬퍼 보였다. 뺨을 타고 흐르는 빗방울이 자연스레 눈물로 착각될 정도로.

"어린 나이에 글을 배우는 걸 선영이가 그렇게 좋아하길래, 당연히 다른 애들도 똑같을 거로 생각했어. 애들이 기뻐하는 것 같아서 뿌듯하고 좋았어."

"확실히 훌륭한 생각은 맞았어요."

"모르겠어, 나는."

목린이 서둘러 말했지만, 그는 씁쓸한 미소를 보이며 다소 회의적인 제 생각을 말했다. 그는 답답한 듯 한 손으로 자신의 머리카락을 쥐었다.

"세상에는 다양한 사람들이 너무나 많아서…… 모두를 끌어안고자 해도, 그 안에서 항상 갈등이 생기기 마련이야. 눈에 보이면 바로 고칠 수 있는 거라면 더 바라지도 않아. 하지만 나도 결국엔 사람인지라 내가 모르는 사정들이 자꾸만 벌어져. 지금도 벌어지고 있을 거야. 그것만 생각하면 종종 미쳐 버릴 것 같아. 내가 모두를 끌어안을 수 없다는 사실이, 내 한계는 여기까지라고 비웃으며 속삭이는 것 같아서."

자조적으로 읊조리며 그가 머리카락을 뒤로 넘겼다. 힘이 풀리며 흘러내린 머리카락 몇 가닥이 힘없이 내려갔다.

목린은 그에게 두 눈을 고정하고 신중하게 입을 열었다.

"……그런 고민을 많이 하셨나 봐요."

언영이 힘없이 웃었다.

"당연하지. 어머니의 자리를 언젠가는 내가 물려받게 될 테니까."

"전혀 몰랐어요. 전혀……."

목린은 고개를 저었다.

"서방님은 늘 밝고, 긍정적이고 고민 없으시고 그러신 줄로만 알았어요."

나뭇잎에서 빗방울이 하나 뚝 떨어져 현화의 다리에 떨어졌다. 언영은 더 단단히 아이를 품에 안았다.

"나는 언제나 밝아야 하니까. 나까지 비관적이라면 내게 의지해야 하는 사람들이 얼마나 두려워하겠어."

'어머님께선 늘 밝아 보이신다고 생각하고 있었어요.'

'그렇구나.'

목린의 눈이 살짝 커졌다. 당시엔 대수롭지 않게 흘러갔던 월진과의 대화가 갑자기 심장을 콕콕 쑤셔 댔다.

변화하는 목린의 표정을 보고 언영이 서둘러 밝게 말했다.

"하하! 그렇게 어두운 표정 짓지는 마. 그렇다고 내가 맨날 감정을 숨기진 않아. 거의 하루 종일 즐거운 것도 사실이고."

하지만 그 쾌활함은 일시적이었다.

"하지만 가끔씩은……."

언영은 다시 얼굴을 굳히고 하늘을 올려다보았다. 그의 입에서 무슨 말이 나올지 목린은 상상도 할 수 없었다.

"애들에게 글을 가르치자고 한 건 단순히, 더 많이 알고 더 배우는 게 중요하다고 생각해서가 아니야. 그런 건…… 물론 좋지만, 단순히 배움의 양이 목적이 아니길 바랐어."

아득한 과거를 끄집어내는 중이라 언영의 눈빛이 사뭇 흐릿했다.

"너한테 예전에 서툴게 글을 남기면서 내 기분이 끔찍했던 건, 내가 무식한 게 부끄러워서라기보다는…… 마음을 온전히 표현할 수 있는 방식이 부족한 현실이 안타까웠어. 그래서 나보다 어린아이들은 같은 고민을 하지 않길 바란 거야. 사랑하는 벗, 가족, 정인에게 마음껏 생각을 전달할 수 있게 하려고. 그리고 그 소통 속에서 몸소 배우는 것이야말로 진정한 가치가 있지 않을까 싶어서."

"……."

"그런데 현화는 전혀 그런 기회를 못 누리고 있잖아. 현화 말고도 또 얼마나 많은 사람들이 비슷한 자괴감을 느꼈으며, 또 내가 얼마나 많이 그걸 모르고 지나갔을지 상상만 해도 너무…… 절망적이야. 나는, 모르겠어. 이런 식으로 애들이 배워 나가도 괜찮은 건지, 정말 모르겠어."

줄줄 생각을 내뱉은 언영의 귀가 갑자기 화르르 불타올랐다.

저도 모르게 진지한 생각을 너무 오래 털어놓고 말아 당황해 버렸다. 그는 의미 없이 손으로 머리를 털며 애써 가볍게 덧붙였다.

“뭐, 내가 무식하고 멍청해서 그렇게 생각하는 걸 수도 있지만. 하하하.”

“서방님, 무식하지 않아요……!”

목린이 언영의 어깨를 손으로 짚으며 다급하게 말했다.

“어떻게 조금 전과 같은 말을 한 분이 무식할 수가 있어요.”

목린이 언영의 어깨를 쥔 손 중지와 검지 사이에는 목린이 오늘 찾아 해맨 서간이 접힌 채 껴있었다. 오는 길에 빗물에 다 젖어버린 종이는 형편없게 변해 버렸다.

언영의 눈이 자연스레 그쪽으로 향했다. 그의 표정이 무너지고 있었다. 비는 분명 나무 바깥에 오고 있는데, 그의 얼굴도 씻겨 내려가고 있는 것처럼.

“목린아.”

언영이 애타게 목린을 불렀다.

“그 서간, 다시 쓰지 마.”

언영이 호소했다.

“가지 마.”

또 호소했다. 서간이 낀 그녀의 손을 쥐고 절절하게 부탁했다.

“가지 마, 목린아.”

“서방님……. 서방님이 생각하시는 그런 내용 아니었어요.”

목린이 눈을 맞추고 고백하자, 언영이 입을 살짝 벌렸다. 그의 눈에서 당혹감과 기대가 같이 섞여 물결치고 있었다.

"……정말이야?"

목린은 한 번 짧게 고개를 끄덕였다.

"네. 저 여기 떠날 생각 없어요. 서방님께 서간 내용을 숨기려고 했던 건 사실이지만, 그건 오라버니께서 제게만 말해주신 오라버니의 비밀이 담겨 있기 때문이에요. 그런 걸 제가 허락도 안 받고 마음껏 읽게 할 수는 없잖아요."

"아……."

언영은 잡고 있던 목린의 손을 천천히 놓았다. 목린이 이어 말했다.

"그리고 옷은 말이에요……. 그 갑옷은 제가 입기엔 너무 무거워요. 첫날부터 입기를 포기했어요."

"그래? 나름 신경 써서 제작한 거였는데……."

"그래도 너무 무거웠어요. 그래서 도무지 입고 생활할 엄두가 나지 않았어요."

언영은 말을 잇지 못했다. 쏟아지는 진실을 받아 내기 힘겨워했다. 목린과 눈을 마주치지 못하다, 빼끔거리듯이 사과했다.

"……미안해. 나는, 몰랐어."

그는 어쩔 줄 몰라 했다. 눈을 내리깔며 황망하게 중얼거렸다.

"그러면 내가…… 처음부터 다 오해했던 거였네. 나는 그런 줄도 모르고, 네가 여기를 싫어하는 것 같아서 눈치보고……. 나 혼자만 한심하게……."

언영은 다시 정면을 보고 앉았다. 그는 앞으로 무슨 낯으로 목린을 보고 살아야 할지 막막했다. 하지만 화끈거리는 그의 귓가에 다시금 목린의 목소리가 들리기 시작했다.

"고향에 계신 웃어른들께선 늘 제가 성숙하고 차분하다고 해 주셨어요. 저는 당연히 칭찬이라고 받아들였고, 나름 뿌듯함을 느끼기도 했어요, 그땐."

언영은 천천히 고개를 다시 돌렸다. 이번엔 언영이 그녀의 말을 들어줄 차례였다.

두 검지를 꼬며 목린이 눈을 내리깔고 있었다.

"그런데 모르겠어요. 어렸던 제가, 지금도 어린 제가, 그 나이에 성숙해 봤자 대체 얼마나 성숙했을까요?"

그리고 목린은 마침내 결론에 도달했다.

"저는 성숙했던 게 아니라, 말을 할 줄 몰랐던 거예요. 숨길 줄만 알았던 거지요. 그저 그 진실을 맞닥뜨리지 않았던 거예요."

부끄러웠다.

목린은 일부러 앞만 바라보았다. 언영과 눈을 마주치기 두려웠다. 그가 기대하던 그녀의 모습이 아니라서, 그가 실망한 표정을 짓고 있을까 봐 무서웠다. 그래도 계속 입을 열었다.

"당연히 숨기고 있었으니 그분들은 제가 갖고 있는 문제를 모르셨어요. 그래서 제가 성숙하다고 생각하신 거예요. 너무 잘 숨겨 놔서 저 자신조차도 못 찾고 있었어요. 그리고 이 사실을 깨달았을 때는 이미, 저 혼자만 너무 뒤처진, 말 못 하는 겁쟁이가 되어 있었어요."

"겁쟁이는 무슨……."

"서방님이 말씀하셨죠, 말을 타는 건 친해지는 과정과 같다고요. 대화하는 법을 안다고 사람과 바로 친해질 수 없는 것처럼, 말을 타는 기술을 안다고 그게 전부는 아니라고. 그건 평소의 제게도 필요한 충고였어요."

다 안다고 생각했다. 스스로가 현명한 어른이라고 생각했다. 하지만 진정으로 겸손한 이라면, 경험을 쌓은 이라면 알 터였다. 세상에 안다고 확신할 수 있는 것은 하나다. 내가 다 알고 있을 리 없다는 것. 이 세상에 내가 모르는 일이 너무나도 많다는 것.

"하루 만에 갑자기 변하진 못할 거예요. 많은 실수와 두려움이 반복될 거예요. 제가 잘 할 수 있을까 무서워요."

이런 말을 하는 것마저도 무서웠다. 하지만 언영이기에 용기를 내어 말했다. 그가 솔직함을 원한다면, 애써 할 수 있을 만큼 보여주고 싶었다. 진심으로.

그가 웃는 모습이 보고 싶어서.

"내가 있잖아."

언영이 갑작스레 손을 겹쳐 와서 목린은 소스라치게 놀랐다.

그는 실망하지도 않았다. 이런 부인이 부끄럽다며 화를 내지도 않았다. 오히려 그는 웃고 있었다. 부드럽게. 다정하게. 눈에 애정을 잔뜩 담아.

목린은 그를 똑바로 보며 진심 어린 목소리로 사과했다.

"죄송해요, 서방님. 금방 해명했으면 끝날 일이었는데 제가 너무 이상한 태도를 보였어요."

"아니야, 괜찮아. 나야말로 미안해."

"저도 괜찮아요. 우리 같이 힘내요."

목린은 주먹을 불끈 쥐며 말했다.

"그리고 이거…… 변변치는 않지만……."

목린은 옆에 있는 작은 손톱만 한 꽃을 뽁 꺾어 야무진 손길로 가락지를 만들기 시작했다. 목린이 열심히 집중하는 얼굴을 빤히 구경하던 언영은, 그녀가 그의 손가락을 잡고 완성된 것을 끼워 넣어 주려 하자 입을 헤 벌렸다.

"허어……."

그의 숨소리가 떨렸다.

"흐어……엉. 흐어엉……."

"서방님……! 왜 우세요!"

"흐어으어으아으어으엉어……."

그를 달래면서도 하나만 주기엔 너무 형편없는 작품이라는 생각에, 다섯 손가락 모두에 맞춰 하나하나 만들기 시작했다.

"제가 틈만 나면 만들어 드릴게요."

"크흐아으어어엉……."

"서방님, 그러다가 애가 깨요!"

* * *

목린이 먼저 자리에 누워 있었다. 입꼬리가 온화하게 올라온 그녀의 얼굴은 같은 시각이었던 어젯밤보다 훨씬 여유가 묻어났다.

뽀송뽀송한 뺨이 미소 덕분에 둥글게 부풀었다. 어두운데도 다소 또렷이 보일 정도였다.

잠시 뒤 옆에서 언영이 산만 한 덩치의 몸을 부대껴 왔다. 재롱부리듯 체격에 안 어울리는 몸짓으로 목린에게 상체와 얼굴을 마구 비비며 달려들었다. 얼굴을 목린의 목에 박고 후각이 예민한 짐승인 것처럼 그녀의 향기를 맡아 댔다. 그러고는 좋다고 실실 웃었다. 아래에 눌려 버린 목린은 잠시 끙 하고 힘겨운 신음을 냈지만 이내 손을 뻗어 멋쩍게나마 그의 등을 한쪽 팔로 안고 토닥토닥했다.

오늘 하루 정신적으로 피곤했을 텐데도, 언영은 마을에 다시 돌아오자마자 바로 사람들을 모아 어떻게 하면 어린 아이들이 훨씬 더 좋은 환경에서 자랄 수 있는지 의논하는 자리를 만들었다. 자리에 있던 이들 대부분이 아이가 있는 부모들이었기에 담론은 다소 적극적이었던 것은 물론, 언영의 예상보다도 훨씬 늦게 끝났다.

목린은 그가 자랑스러워 토닥거렸고, 그러자 헬렐레거리는 언영의 입이 가득 찢어졌다. 목린을 옭아매듯이 제 기다란 다리와 그녀의 다리를 함께 꼬았다. 그런 다음 양팔을 이용하여 숨 막힐 정도로 사랑하는 상대를 얼싸안았다.

"서방님."

"응, 목린아."

목린이 평온하게 속삭였다. 언영은 그녀의 볼을 쓰다듬으며 자상하게 답했다.

"말해, 마음껏."

"사실 아까 좀 무서웠어요."

언영의 미간이 살짝 찌푸려졌다.

"뭐가? 황은도가? 산에 들어가는 게?"

"아니요. 비가 와서요……."

언영의 얼굴은 풀어지기는커녕 더 금이 생겼다. 잘생긴 미간을 구기며 고민하는 그의 모습을 지그시 바라보다가, 목린은 천천히 다시 입을 벌렸다. 조곤조곤한 목소리가 안온한 어둠과 따스하게 함께 섞였다.

"그러니까, 서방님이 몇 달 전 오라버니 혼례식 때, 밤새 저를 찾으러 다니셨잖아요."

"그랬지."

"그런데 그때 비도 왔고……. 그래서……."

목린이 자신 없이 말끝을 흐렸다. 의미 없이 몸을 꼼지락거렸다. 언영은 이번에도 의미를 제대로 받아들이지 못해 눈살을 한껏 찌푸렸다.

"그래서 오늘 비 온 게 싫었다는 거야?"

"아니요. 싫은 게 아니라 무서웠어요. 그러니까, 저는……."

목린은 끝까지 설명을 하지 못하고 말을 얼버무렸다. 눈동자를 측면으로 굴리며 회피했다.

잠깐 찾아온 적막은 엄숙한 언영의 목소리를 듣고 달아났다.

"목린아."

"……네에."

"네가 그랬지. 말을 더 하겠다고."

타이르듯 말하고 있을 뿐이지, 그의 눈동자에 짓궂은 장난기가 총명하게 빛나고 있었다. 목린이 피한다고 화를 내거나 할 리는 없었다. 오히려 다독여 준다면 모를까. 그리고 무르익은 분위기 때문일까, 목린에게 용기가 났다. 그녀는 속삭이듯이 고백했다.

"서방님이 새벽에…… 비에 젖어선 저희 집 앞에 서 계셨을 때, 이제 봄비 하면 그날이 떠올라요. 피도 섞이지 않은 누군가가 그렇게 저를 오래 찾아다녔다는 사실이…… 제대로 표현한 적은 없지만, 무척 기뻤어요."

언영의 열렬한 시선을 마주 보기 겁나 목린은 눈을 아래로 내리깔았다. 그래도 오밀조밀 움직이는 입술은 느리지만, 멈추지 않았다.

"그래서…… 봄에 내리는 비는 제게 무척 소중한 느낌으로 자리 잡았는데 그게 망가질까 봐 두려웠어요. 저희 둘이 함께 추억을 그릴 수 있는 날씨로 남아서…… 얼마나 다행인지 몰라요. 화해하지 못했더라면 그 상처가 엄청 오래갔을 거예요."

말이 끝나자마자 언영이 못 참고 입술을 짓누르듯 맞춰 왔다.

혀가 꼬이고 숨이 얽혔다. 바로 연이어 어둠 속에서 사그락사그락 옷을 벗는 소리가 더해졌다.

나신이 된 상태에서 목린은 팔을 뻗어 언영을 찾았다. 마찬가지로 실오라기 하나 걸치지 않은 언영의 몸이 그녀의 위에 겹쳤다. 불을 끌어안으면 이런 기분일까 싶었다.

뜨겁게 서로를 꽉 채우며, 짐승처럼 움직였다. 오로지 열망에 온몸을 맡기고 하나가 되어 격렬하게 몸을 흔들었다.

"더 해요?"

파정을 끝내고 바로 또 언영이 다시 시작할 준비를 하자 목린이 당황하며 물었다. 어제의 한 번이 너무나도 강렬하게 머릿속에 남아 있던 터다.

언영이 어이가 없다는 듯 웃었다.

"널 두고 한 번 밖에 못하는 놈은 사내 자격이 없는 거야."

"그러면 어제는……."

언영에게 입술이 먹혀들어 목린은 말을 이을 수 없었다.

* * *

[오라버니, 저 목린이에요.

오래 기다리셨을 텐데 답장이 늦어서 죄송해요.

오라버니께서 가지신 고민에 대해서 생각해 보는 시간을 갖느라 많이 지체되었어요.

한데 제가 왜 그렇게 오래 고민했는지 아시나요? 물론 제가 한 번도 생각해 보지 않은 일인 탓도 있지만, 무엇보다 가장 큰 이유는 제가 오라버니를 늘 좋은 사람이라고 생각해 왔기 때문이에요.

좋은 사람이 좋은 사람이 되지 못하여 고뇌한다고 하니 이해할 수도 없고, 말문이 막혔던 것도 당연해요.

오라버니, 오라버니께서는 제가 착각하고 있다고 믿으시지요.

제가 오라버니의 좋은 모습, 믿음직한 모습만을 보았기 때문에 단단히 오인하고 있다고 여기실 거예요.

하지만 오라버니, 제 생각은 조금 달라요.

오라버니께서 정말 생각하시는 것만큼이나 악독한 분이셨다면, 제게 부족한 면모를 숨기실 생각조차 하지 않으셨을 거예요.

오라버니와의 마지막 만남에 상처를 받은 것은 사실이에요. 하지만 오라버니, 오라버니께서 정말 나쁜 분이셨다면 제게 이렇게 사과를 하셨을 리 없어요.

제가 하고픈 말은, 오라버니께서 부족한 이라고 생각하는 사람은 모든 땅을 통틀어 오라버니뿐이란 것이어요. 분명 오라버니께서는 지금, 저한테 숨기셨던 것처럼 마을 사람들 앞에서도 멋진 모습을 보이고 계실 테지요.

지금은 그 정도로 충분하지 않을까요?

물론, 부족한 점도 많겠지요. 서툰 모습도 많이 보일 거예요. 하지만 그렇게 계속 오라버니가 주장하시는 그 '거짓된' 겉모습을 바꿔 나가려고 노력한다면, 어느새 내면에도 그 마음가짐이 함께 스며들지 않을까요?

제가 걱정하는 건 하나예요. 오라버니께서 이런 비밀을 마음껏 털어놓을 수 있는 사람이 늘 곁에 있었으면 해요. 예서 언니에게 말하는 건 어떨까요?

네, 부담스러운 거 알고 있어요. 오라버니께서 언니를 옛날부터 사모하셨으니 얼마나 숨기고 싶을지 잘 알고 있어요. 예, 오라버니께선 모르겠지만 저도, 아버지도, 게다가 언니도 아주 오래전부터 알고 있었어요.

예서 언니께서는 오라버니께서 생각하시는 것만큼 싫어하지 않으실 거예요. 오히려 기뻐하실 거라 제가 장담해요.

오라버니, 그러면 좋은 사람이 되어서 나중에 다시 만나요. 저도 오라버니처럼 노력할 거예요.

저도 괜찮은 사람을 제 곁에 두게 된 듯해서, 생각만큼 어렵지는 않을 거라 믿어요.

다음에는 웃는 얼굴로 함께 만나요.]

* * *

이유 없이 눈이 일찍 떠졌다.

목린은 옆으로 얼굴을 은근슬쩍 돌렸다. 그러자 뒤에서 그녀를 안고 새근새근 자는 언영의 얼굴이 보였다. 목린은 살며시 웃으며 그의 엉망이 된 머리를 손으로 쓸었다.

일어나려는데 몸통을 가로지르는 언영의 기다란 팔 때문에 쉽지 않았다. 잠결에도 목린이 품에서 떠나려는 걸 알고 있는지 그녀가 몸을 비틀려 하면 더 꽉 끌어안았다. 그의 손이 목린의 가슴을 쥐고 부드럽게 주물럭거렸다. 한두 번 겪은 게 아닌데도 목린은 괜히 얼굴이 화끈거렸다.

한 열 번 정도 우악스럽게 주물럭거리다가 결국 언영의 손은 다시 기력을 잃고 처졌다. 여전히 얼굴을 붉히며 목린은 다시 일어나길 시도했다. 끙끙 언영의 팔을 들어 올리고 좁은 틈으로 구르듯 나왔다.

간신히 언영의 품에서 빠져나온 목린은 바닥에 떨궈져 있는 제 옷을 주워 입었다. 밤에 생긴 뜨거운 열정의 흔적이 가려지기 시작했다.

오랜만에 했더니 언영은 더 거칠게 나왔다. 목린의 안에 들어가 여러 번 몸을 떨며 좋아했다. 그녀의 얼굴이 닳도록 입술과 뺨에 입을 맞추고 평소보다 좀 더 난폭하게 허리를 돌렸다. 그녀의 몸을 어루만지고 쓰다듬으며 예쁘다, 너무 예쁘다 쉬지 않고 귓가에 속삭여 댔다.

눈을 비비적거리며 문을 열고 바깥에 나왔다. 새벽 공기가 목린을 얼싸안았다. 어디선가 닭이 울고 있었다. 이른 아침 흐릿한 안개가 그녀의 시야를 방해했다.

목린은 천천히 느긋하게 마구간을 향해 걸어갔다. 이 편안한 기분을 조금 더 만끽하고 싶었다. 풀어헤쳐진 머리카락이 가지런히 모여 목린의 엉덩이 주변에서 살랑거렸다. 청초한 얼굴에서 웃음기가 감돌았다.

마구간 앞에 당도했을 때 이미 깨어나 일어나있던 그녀의 말이 눈인사를 보냈다. 맑은 하늘 아래에서 여전히 털은 윤기 있게 빛났다. 가만히 서 있기만 해도 고고함이 느껴졌다. 그래서일까. 약간 거리를 두고 바닥에 누워 잠을 청하고 있는 륭과 확연히 비교되었다.

륭의 사지(四肢)는 아무렇게나 멋대로 뻗어 있었다. 긴장감이라고는 찾아볼 수 없는 얼굴의 입이 크게 벌어진 상황이었다. 게다가 코까지 골았다.

"하하, 륭이 귀엽지."

먹이통에 미리 준비되어 있었던 풀을 갈아 주며 목린이 다정하게 웃었다. 하지만 륭을 내려다보는 은마는 도저히 목린의 발언에 공감할 수 없다는 표정이었다. 정말 한심하다는 듯한 시선이었다. 그리고 그런 관심조차도 쓸데없다 생각했는지, 목린이 준 먹이에 집중하기 시작했다.

목린은 이름 없는 그녀의 말이 식사하는 모습을 흐뭇하게 내려다보았다. 손을 내밀어 맛있게 먹으라고 털을 쓰다듬었다.

그러다가 무심코, 정말 무심코였다.

무심코 이름이 떠올랐다.

"봄비야."

목린이 노래하듯 불렀다.

봄비는 제 이름이 불린 것을 모르는지, 여전히 식사에만 열중했다.

"봄비야."

목린이 다시 한번 말했다.

이번엔 봄비가 천천히 고개를 들기 시작했다. 목을 펴며 목린의 순한 눈웃음과 천천히 눈높이를 맞추었다. '봄비'의 눈이 그 어느 때보다도 반짝거렸다. 이 영특한 말은 자신의 인생에서 중요한 순간을 알고 있었다.

목린은 작게 푸흐흐 소리를 내며 웃음을 터뜨렸다. 두 손을 뻗어 말의 얼굴을 얼싸안았다. 그리고 얼굴을 내밀었다. 둘의 이마가 콩 맞닿았다.

그 상태로 한참을 있었다. 편안한 웃음이 목린과 봄비 둘의 얼굴에서 가시지 않았다.

행복한 봄이었다.

12장 上

"그럼 난 나갈게!"

"오늘 하루도 수고하세요, 서방님."

목린은 대문 앞까지 쪼르르 걸어가 언영을 배웅 나왔다. 머리를 땋고 있던 도중에 급하게 나온 터라 꼬여 있던 타래는 달리는 과정에서 사르르 풀렸다. 언영이 그 모습을 넋을 놓고 바라보았다.

밖으로 나가려다가도, 언영은 마지막 순간에 등을 돌려 목린을 또 눈에 담았다. 그러기를 계속 반복. 한 세 번쯤 번뇌하다가 끝내 마음을 다잡고 목린의 앞으로 곧장 다가왔다.

멀뚱히 서 있는 목린의 겨드랑이 아래에 손을 넣고 번쩍 들어

올렸다. 아침부터 격렬하게 입을 맞추었다.

"목린아. 한 번만…… 하고 가자."

언영이 끙끙거리며 간절하게 속삭이고, 목린은 그런 그의 팔을 잡으며 눈을 크게 떴다.

"저희 어젯밤에 많이 했는데요……!"

"그건 그거고."

"서방님 회의 있다고 하셨잖아요."

"그러니까 어서. 빨리 끝내게. 오늘 목린이 너무 예뻐."

"어제랑 다를 게 없는데요?"

"목린이는 매일 너무 예쁘니까 그렇지. 어서 가자."

언영은 목린의 겨드랑이 아래에 놓았던 손을 그녀의 엉덩이 아래로 옮기며 목린을 안정감 있게 들었다. 일단 떨어지지 않기 위해 언영의 허리에 다리에 두른 목린이 쩔쩔맸다.

"서방니임!"

언영은 목린의 등을 안고 부라부랴 가장 가까운 방으로 그녀를 데려갔다. 목린의 발목이 힘없이 흔들거렸다.

언영의 어깨를 콩콩 내려치던 목린의 움직임은 서서히 잦아들었다. 잠시 뒤 그 자리를 뜨거운 신음과 달콤한 속삭임이 대신했다.

맴- 맴-

나무에 매달린 매미 소리가 그들이 서로를 침범하는 소리를 절묘하게 덮어 주었다.

여름이 왔다.

* * *

미리 이렇게 얘기했으면 좋았을 텐데. 갑옷 얘기를 털어놓자마자 언영은 훨씬 가벼운 재질로 바꿔 주었다. 이제 목린도 무리 없이 몸에 걸칠 수 있었다. 극심한 무더위가 오기 전까지는 쭉 입을 수 있을 것 같았다.

초족 의복 중에는 가장 아끼는 색만 꺼내 놓고, 나머지는 모두 일단 보따리에 집어넣기로 했다. 목린은 바닥을 무릎으로 기어가, 단월도를 떠나면서 가져왔던 유일한 짐을 다시 열려고 했다.

"……."

그러나 그 보따리 바로 옆에 누워 있는 것이 목린의 관심을 빼앗아 갔다.

섬에서 갖고 온 물건은 최대한으로 간소화했는데, 그 와중에도 직접 들고 온 것이 바로 언영이 선물해 준 창이었다. 길이만 길고 자리만 차지하는 그것은 초족 모두가 가지고 간다 했을 때 막았던 물건이나, 목린은 차마 창을 손에서 놓을 수 없었다. 놓으면 안 될 것만 같았다.

그렇다고 여기 와서 써먹을 것도 아닌데 말이다.

목린은 검은 창을 두 손에 쥐고 자리에서 일어섰다. 한참을 물끄러미 내려다보았다. 여전히 또렷하게 새겨져 있는 그녀와 언영의 이름을 살살 쓰다듬었다.

목린은 제 실력을 과대평가하지 않았다. 당시에 부서진 노를 던져 괴물을 죽인 것은 순전히 운이었다. 현실은, 그녀에겐 실력이라고 할 것도 없었다. 그런데도 왜 놓지 못하냐고 묻는다면.

"따뜻해."

차가운 창을 쓰다듬으며 목린은 중얼거렸다.

겉은 차가울지 몰라도 그것이 주는 감정은 뜨거웠다.

잠시 후 보따리를 다시 정리하고 창을 깔끔하게 씻어 낸 뒤, 목린은 벌컥 문을 열고 밖으로 나왔다. 푸른 하늘을 한 번 올려다보고 천천히 심호흡을 했다. 공기가 슬슬 뜨거워지고 있었으나 아직까진 충분히 버틸 만하다.

마당에서 진짜 창을 던지려는 게 아니라 시늉만 잠깐 해 봤다. 창을 쥐고 제자리에서 팔만 엉성하게 뒤로 젖혔다. 목린은 미간을 찡그렸다. 영 몸에 익지 않은 자세였다. 언영이 자세를 잡아 준 것도 몇 년 전의 일이고, 그 이후로 제대로 연습을 한 날도 손에 꼽으니 실력은 다시 맨 처음으로 돌아왔다고 봐도 무방했다.

목린은 주변을 둘러보았다. 오늘은 양 갈래로 땋은 머리가 귀엽게 흔들거렸다.

"……."

그리고 그녀는 생각했다. 지켜보는 사람도 없겠다, 여기서라면 몇 번 추억을 꺼내 볼 수 있으리라고.

여름 곤충들은 목린이 허락한 유일한 관중이었다. 목린은 얌전히 뒷걸음질 치며 달려 나갈 거리를 머릿속으로 구상했다. 그리고 어정쩡하게 팔을 들었다.

그 상태에서 앞으로 발을 디뎠다.

탁- 탁-

상쾌한 바람이 목린의 얼굴을 때리기 시작했다. 그러자 잠자고 있던 과거에 대한 기억이 새록새록 피어났다. 모습을 숨기고 있던 감각이 되살아났다. 머리보다 몸이 더 먼저 기억했다.

목린의 입이 절로 환하게 벌어졌다. 점점 속도가 빠르게 붙고 자신감이 불어나기 시작했다. 뒤로 땋은 머리가 시원하게 펄럭거린다. 옆으로 삐져나온 머리카락 몇 가닥도 요란하게 춤을 춘다.

달린다. 계속 달린다. 목표하는 지점까지 다다른다.

밟았다.

이제 희미한 기억이 가르쳐 주는 대로 팔을 뒤로 빼고, 허리를 틀고…….

“주언영! 집에 있나?”

걸걸한 목소리의 여인이 돌담 위로 예기치 않게 얼굴을 불쑥 내밀었다.

“어, 목린 님!”

당황한 목린의 발이 꼬였다.

여인은 머리를 좌우로 돌리며 언영의 집 앞을 탐색했다. 바닥에 널브러져 있는 목린을 발견한 건 꽤 뒤늦은 후였다.

“거기 누워서 뭐 하세요? 땅이 뜨겁지 않으신가요? 초족의 문화 중 하나인가요? 저도 해 볼래요!”

호기심 넘치는 목소리로 발랄하게 묻는 여인의 머리카락 끝이 목 언저리에서 찰랑거렸다.

“안녕하세요……!”

목린은 부랴부랴 자리에서 일어섰다. 부끄러움에 고개를 못 들었다. 옷을 대충 털고 등 뒤로 창을 애매하게 가렸다.

"들어가도 되나요?"

"네! 들어오세요……!"

여인은 굳이 대문을 통하지 않고 그냥 제 어깨높이까지 오는 돌담을 훌쩍 넘어 들어왔다. 목린이 숨을 들이켰다.

여인은 목린의 앞에 신나게 저벅저벅 걸어왔다. 긴장하고 있는 목린의 하얗고 작은 얼굴 앞에 곧바로 서 손가락으로 저 자신을 가리켰다. 그리고 들뜬 목소리로 말했다.

"반가워요! 저 기억하시죠?"

"네……. 다인 님이라 하셨죠?"

"맞아요!"

목린은 묵묵히 고개를 끄덕였다. 이름은 바로 기억났다. 언영과 가까이 지내는 여자의 이름은 잘 외워졌다.

다인과 은평, 그리고 현오. 언영의 가장 친한 친우들로 이 넷은 마을 순찰을 할 때도, 평소에 일을 할 때도 부지런히 붙어서 돌아다녔다. 보통 친한 게 아닌 듯했다.

"저, 서방님은 안 계시는데 무슨 일로 찾으세요?"

목린은 가슴께에 두 손을 꼬옥 모으며 물었고 다인은 어깨를 으쓱이며 다소 털털한 자세로 머리를 넘겼다. 다인이 입고 있는 갑옷은 목린의 것에 비하면 매우 화려하고 단단해 보였다. 무게가 많이 나가지 않게 하기 위해 목린의 갑옷은 다소 소박할 수밖에 없었는데, 이 여인은 저 정도 무게는 거뜬히 견딜 수 있는 듯했다.

"그냥 심심해서, 언영이 하는 일에 도움을 좀 줄까 해서요. 어, 근데 뒤에 그건 뭐예요?"

다인은 고개를 갸우뚱하며 목린의 등 뒤에 삐죽 솟아오른 것을 가리켰다. 언영의 손처럼 그녀의 손 또한 오랜 훈련으로 인해 단단한 살이 잔뜩 배겨 있었다.

"아무것도 아니에요!"

목린은 어떻게든 감추려고 애썼으나 등에 완전히 가려질 수 있도록 창을 다잡질 못했다.

다인의 입이 크게 벌어졌다. 오래전에 알던 벗을 재회한 양 눈에 반가움이 굽이쳤다. 귀혈족 특유의 무기를 향한 열정이 후광처럼 그녀의 몸에서 솟아오르고 있었다.

"그거 창 아니에요?"

"배우고 싶었다면 진작 말씀을 하시지 그러셨어요!"

"아니, 배우고 싶었던 건 아니에요! 그저, 오랜만에 보이니까……. 다른 이유가 있었던 건 아니고……."

목린은 얼떨결에 다인을 따라 움직이는 중이었다. 싱그러운 여름 냄새가 주변을 누볐다.

골목을 누비는 씩씩한 다인의 발걸음이 너무 빨라서 목린은 약간 뛰다시피 움직여야 했다. 그때 목린은 평소에 언영이 일부러 그녀의 느린 걸음에 맞춰 주는 중이라는 사실을 어렴풋이 깨달았다. 기분이 이상해졌다.

"저희 부모님께서 무기를 만드시거든요. 그 창은 몇 년 전에 주언영 그 자식이 도와 달라고 내내 부탁했던 거라 멀리서도 알아볼 수 있었어요."

그 당시 일이 어제처럼 생생해서, 다인은 한숨을 쉬며 고개를 내저었다.

"목린 님 주는 거니까 엄청나게 뛰어나야 한다고 몇 번을 강조하던지."

"서방님이랑 오래 친하셨나 봐요……."

"그렇죠! 아기 때부터 같이 붙어 있었으니까."

"그래요?"

목린은 어색한 투로 되물었지만, 추억에 빠진 다인은 그 낌새를 느끼지 못했다. 느긋한 투로 장난스럽게 말을 이었다.

"물론 저는 그 시절이 기억에 없지만요. 하지만 제 어머니 말씀에 의하면 주언영 그 자식은 시도 때도 없이 울고 꽥꽥거려서, 그 자식이 울면 옆에 있던 저도 울고, 제가 울면 현오도 울고 난장판이 따로 없었대요. 은평이 녀석은 예나 지금이나 조용했지만."

"귀여워요……."

"귀엽긴요! 어쩜 그 자식은 달라진 게 하나도 없는지. 물론 목린 님 눈엔 마냥 귀엽겠지만요."

목린은 어색하게 웃었다. 다인이 말은 저렇게 하지만, 언영을 그렇게 편히 대할 수 있다는 사실에서, 목린은 감히 엄두도 내지 못할 다인과 언영 두 사람 사이의 오랜 추억이 드러났다. 목린의 마음속 깊은 곳에서 무시할 수 있을 정도로 작은, 하지만 분명히 존재하는 질투심이 일었다.

"아무튼, 마침 제가 그때 지나가서 다행이에요. 잘못된 자세가 버릇되면 고치기 힘들거든요."

"버릇될 정도로 오래 하려던 건 아니었어요! 그저……."

"그저?"

다인은 걸음을 멈추고 목린을 돌아보았다. 눈이 마주치자 목린은 저도 모르게 고개를 숙였다. 그리고 머뭇거리다가 자신 없게 말했다.

"저도 이제 여기 사람인데……. 비슷하게 뭐라도 할 줄 알아야 할 것 같아서."

그렇게 말하고 입술을 살며시 깨물었다. 그녀는 여태까지 귀혈족을 무서워하면 무서워했지, 그들과 자기 자신을 비교한 적은 없었다. 어쩌다 이런 변화가 온 건지 혼란스러웠다. 다인의 자신감 넘치는 생기 있는 눈이 계속 잔상으로 남았다. 그런 눈을 갖고 싶은 마음이 절실했다.

한편 목린의 말에 순수하게 감탄한 다인은 더욱 신나게 말했다.

"그러니까 특히 더 여기 사람들에게 배워야 한다는 거예요! 곧 도착해요!"

몇 번 더 골목을 꺾어 들어가니 넓은 평지가 나왔다.

미리 그곳에 와 있던 20명 정도의 여인들이 새로 도착한 두 사람을 보고 눈을 크게 떴다. 정확히는 목린을 보고 그랬다. 땀을 닦고 있거나, 몸을 풀고 있거나, 수다를 떨고 있던 이들 모두 동작을 일제히 멈추었다. 쿵- 하고 뒤쪽에서 누가 들고 있던 물건을 떨구는 소음이 났다.

목린 또한 당황한 건 마찬가지였다. 여인들이 모이는 훈련장이 있다는 건 익히 알고 있던 사실이다. 하지만 그 근처로는 감히 다가갈 엄두도 못 냈다. 사람들의 사나운 고함이 가득하고, 무기끼리 부딪치는 소리가 징그럽게 들렸다.

"여기 있는 우리 목린 님께서 하고 싶은 게 있으시대요."

다인이 목린의 어깨를 친근하게 옆에서 안았다.

사내들과 크게 다를 바 없이 역시나 덩치가 우락부락한 귀혈족 여인들은 목린을 기죽게 했다. 훈련 중이라 갑옷이 아닌 편한 걸 걸치고 있어도 덩치가 완악해 보이는 이들이었다. 몇몇은 특히나 눈빛이 매우 살벌하였다. 목린은 창을 매만지며 서툴게 인사했다.

"아, 안녕하세요……. 백목린이라고 합니다."

"목린 님!"

이름이 들리는 방향으로 고개를 돌려보니 두세 명의 여인들이 신나게 팔을 흔들고 있었다. 목린도 잘 아는 이들이었다. 이전에 한 번 오랜 대화를 나눈 적 있는 같은 또래였다. 즐거운 시간이었다.

조금 용기가 생겼다. 목린은 아까보다 훨씬 힘찬 목소리로 말을 이었다.

"저, 창을 던지는 자세를 제대로 잡고 싶어요. 서방님께는…… 될 수 있으면 비밀로 할 수 있으면 좋겠습니다."

뒷말을 들은 여인들이 모두 부드럽게 웃었다. 나이가 있으신 분들이 껄껄 웃으며 다 안다는 듯 눈길을 보냈다.

"놀라게 해 드리려고요?"

"엄청나게 좋아하시겠어요."

"그렇죠! 엄청 좋아하시겠지요. 아무래도, 귀혈족에선 이런 걸 잘하는 게 더……."

멋있어 보일 테니까. 여기서 태어나고 자란 언영에게는 특히나 더. 여기까지 생각했을 때 이유 모를 우울함이 치솟았다. 왜 그럴까 고민하려는데 목린에게는 엄마뻘인 여인이 나무에 기대앉은 채 시원한 목소리로 물었다.

"그러면 한 번 자세를 보여 주실 수 있으신지요?"

"네!"

목린은 애써 당차게 말했다. 창을 한 손으로 꽉 붙들고 뛰어가기 적합한 위치로 발을 디뎠다.

모두가 하던 일을 멈추고 목린을 구경하러 왔다. 두렵지 않다고 할 수는 없었지만 그들의 얼굴에 떠 있는 미소에서 악의는 찾아볼 수 없었기에 목린은 조금 마음이 편했다.

목린이 달리자 그들은 환호성을 날렸다. 이대로 가면 잘될 것 같았다. 가볍게 움직이는 다리를 느끼며 그렇게 생각했다.

하지만 멈춰서 창을 날리려고 하니 숨이 막혔다. 이 동작이 맞는지, 구경하는 사람들의 눈엔 얼마나 엉성하게 보일지 생각하니 금세 심장이 쪼그라들었다. 보이지 않았지만 모두 실망스러워하고 있을 것 같아 무서웠다. 그렇게 생각하니 금세 발이 꼬이고, 팔이 제대로 위로 들려지지 않고, 눈빛이 흔들렸다.

계속 쉬지 않고 달릴 수는 없는 노릇이라 결국 창을 던지기는 했다. 활발하게 움직인 건 양옆으로 땋은 머리뿐이지, 팔의 움직임이며 목소리 모두 어색하기 그지없었다.

"에잇!"

창은 얼마 날지 못하고 거의 곧바로 바닥에 형편없이 떨어졌다. 목린은 울상을 지으며 고개를 돌렸다. 무리 진 귀혈족 여인들과 눈을 맞추었다. 그들의 눈은 도움이 필요한 불쌍한 아기 새를 발견한 양 촉촉하게 반짝이고 있었다.

* * *

"아아아아아아악!"

"목린 님! 할 수 있어요!"

"목린 님! 힘내요!"

"조금만 더 버텨요!"

머리만 한 돌덩이를 위로 들고 있는 목린의 팔이 위태롭게 후들거렸다. 비명과 가까운 목소리로 목린이 괴로워하며 내질렀다.

"죽을 것 같아요!"

"안 죽어요, 목린 님! 목린 님에게 지금 당장 필요한 건 근력이에요! 조금만 더! 더! 더! 됐다!"

다인의 허락이 떨어지자마자 목린은 돌덩이를 바로 옆에 내던지고 그대로 맨바닥에 벌러덩 누워 버렸다. 머리카락에 흙이 달라붙는 것도 개의치 않았다. 팔을 양쪽에 벌리고 시뻘게진 얼굴로 숨을 골랐다. 오늘 하늘이 참 푸르고 좋다고 생각하고 있는데 불쑥 다가온 여인들의 얼굴이 시야를 가렸다.

주변에 있던 이들이 모두 우르르 몰려와서 그녀에게 어떤 동작이 가장 처음 시도하기 쉬울지, 무슨 음식을 먹으면 좋을지 등을 친절하게 설명해 주었지만 정작 지친 목린이 귀담아들은 건 손에 꼽았다.

정성스럽게 땀을 닦아 주는 누군가의 손길을 눈을 감으며 받아냈다. 아무 생각도 하고 싶지 않았다. 근육밖에 없는 돌덩이 같은 서방님의 육체가 더욱 대단해 보이는 오늘이었다.

다음에 다시 생각나면 오겠다는, 기약 없는 인사를 던지고 집에 돌아와 바로 몸을 물에 담갔다. 모두 손을 흔들며 꼭 다시 오라고 했지만 목린은 가짜로라도 그 말에 웃으며 답할 수 없었다.

머리를 풀고, 땀으로 젖은 옷을 벗고 바로 물에 나신을 맡겼다. 처음엔 어깨까지 물속에 잠겼는데, 두 눈을 감고 꾸벅꾸벅 졸다가 실수로 몇 번 코나 입으로 물이 들어갔다. 그래도 몸을 늘어뜨리고 나니 기분이 좀 나아졌다.

"목린아!"

"서방님 오셨어요!"

젖은 몸을 닦고, 마침 딱히 하는 것 없이 쉬면서 오늘 밤에는 뭘 먹을까 고민 중이었던 목린이 쪼르르 달려 나갔다. 언영이 두 팔 벌려 목린에게 성큼성큼 다가갔다. 상체를 쓰다듬으며 안아 주고 정수리 위를 쪽쪽거렸다.

"어, 안색이 왜 그래?"

"네?"

언영은 목린과 눈이 마주치자마자 놀란 표정을 지었다. 그녀의 뺨을 양손으로 안고 다정하게 모았다. 볼살이 눌리며 입술이 살짝 삐죽 튀어나왔다.

"조금 달라 보이는데."

"날씨가 갑자기 더워져서 그래요!"

처음으로 무리하게 몸을 쓴 것이 티가 났던 것 같다. 언영은 그것을 예리하게 잡아냈다. 대신 그녀의 말을 의심하지는 않는지 별다른 대꾸 없이 허리를 굽혀 쪽 입을 맞추며 떨어졌다.

과연 언영이 눈치채지 못하도록 하는 것이 애당초 가능한 발상이었는가 생각하며 목린은 부엌으로 향했다.

언영이 씻고 나오는 동안 목린은 저녁을 준비해 내왔다. 맛난 장아찌와 맥적(貊炙), 물고기 반찬 등이 가득했다. 서로 마주 보고 앉아 수저를 들었다. 눈이 마주치자 언영이 먼저 싱긋 웃었다. 목린도 수줍게나마 그 미소에 답했다. 그리고 잡곡밥을 먹기 위해 입에 갖다 댔다.

"아……."

아무래도 너무 무리한 게 분명했다. 어지러움이 잠깐 몰려왔다. 그렇게 좋아하던 밥도 못 먹고 내려놓았다. 잠깐 심호흡을 하고 다시 입에 넣으려고 했다.

그런데 그때 언영이 내질렀다.

"아기다!"

언영이 두 팔을 천장을 향해 번쩍 들었다. 손에 쥐고 있던 그의 수저가 저 멀리 어딘가로 날아가 벽에 부딪혔다. 그의 눈이 광란적으로 반짝거렸다.

"아기 생겼다아아!"

목린은 손을 빠르게 휘저었다.

"아니에요, 서방님! 제 생각엔……."

언영이 감격에 겨워 입을 맞추는 탓에 말을 끝맺을 수 없었다. 그는 목린과 그 사이를 가로막던 상을 아예 옆으로 뒤집어 던져버렸다.(밥이 엎어지는 모습은 목린에게 극심한 공포를 초래했다.) 그리고 그녀의 머리와 상체를 끌어안고 격렬하게 입맞춤을 날렸다. 목린의 얼굴이 뒤로 확 꺾였다. 흥분을 가다듬지 못하는 언영의 듬직한 몸이 벌벌 떨리고 호흡이 불안정했다.

진하게 혀를 섞고 나서도, 언영은 목린의 코, 뺨, 입술에 스무 번은 넘게 쪽쪽거렸다. 그러고 나서도 진정을 못 해 또다시 진하게 혀를 섞었다. 찐득거리는 소리가 나며 입술이 떼어지고, 언영의 입꼬리가 광대를 찢을 정도로 징그럽게 올라갔다.

"아기다아아아아아아아아아아!"

언영은 목린의 등과 무릎 뒤에 팔을 끼워 넣고 그녀를 불쑥 들어 올렸다. 그리고 그대로 몸통을 들이박아 문을 부숴버리고 밖으로 뛰쳐나갔다. 너털웃음을 터뜨리며 의원댁을 향해 그 상태로 저돌적으로 내달리기 시작했다.

"아기다아아아아!"

"그, 그저 잠깐 어지러워……."

"아기다아아아아아아!"

목린의 설명은 언영의 고성에 처참하게 묻혔다. 어둠이 내려앉은 거리에 언영의 외침이 부지런하게 돌아다녔다. 사방에서 대문이 덜커덩 열렸다.

"아기?"

"족장님 아들댁이 드디어!"

"경사 났네!"

낭보를 들은 귀혈족 사람들은 즉각 거리에 나왔다. 모두 등불을 들고 나와 시야가 환해졌다.

한밤중에 잔치가 벌어졌다. 거리에 나온 이들이 덩실덩실 춤을 추었다. 남의 일에 감동하여 서로를 끌어안고 울기도 했다. 제집의 지붕에 올라가 방방 뛰는 어르신도 계셨다. 팔과 다리를 열심히 꺾고 있는 은평의 그림자도 얼핏 보인 것 같았다.

하지만 단언컨대 언영만큼 흥분한 이는 없었다.

"아기다아아아아!"

"서방님, 아니에요!"

"아기다아아아아아아아아아아아아아아아!"

"아니라니까요오오!"

* * *

"아닙니다."

목린의 눈엔 의원보다 산적에 어울릴 법한 생김새의 우람한 남성이 물러서며 말했다. 고향에 계신 의원 아저씨와는 너무도 다른 생김새의 사람이었다.

목린은 한숨을 푸욱 내쉬며 몸을 일으켜 앉았다. 옆에 망연자실한 얼굴로 서 있는 언영을 쳐다보기 조금 미안했다. 결코 그녀의 잘못이 아니지만, 그가 이 정도로 아기를 좋아하고 기다렸을 줄은 몰랐던 탓이다. 솔직히 말하자면 목린은 아기에 별 관심이 없었다.

"확실합니까? 아무래도 지금쯤이면 소식이 와야 정상인 것 같은데……."

언영은 시무룩한 얼굴로 의원에게 물었다. 그의 넓고 당당하던 어깨가 축 처졌다. 돌아온 답도 그의 마음을 편하게 하지는 못했다.

"두 분께서는 아직 혼인한 지 석 달 정도밖에 지나지 않았습니다. 시간은 많으니 미리 걱정을 사서 할 필요는 없지요. 너무 조급해하지 마십시오. 관계를 활발히 갖는다고 꼭 아이가 일찍 생기는 것은 아닙니다."

"열다섯 명 낳으려면 서둘러야 하는데……."

언영은 목린을 옆에서 껴안았다. 그녀를 쓰다듬으며 초조하게 중얼거렸다. 목린은 그 말에 조용히 움찔거릴 뿐이었다.

의원은 눈살을 살짝 찌푸렸다.

"솔직히 충고하자면, 지금 걱정할 것은 몇 명을 낳느냐가 아닙니다."

"무슨 뜻입니까?"

"살면서 이렇게 허약한 체질은 처음 봅니다. 부인께서 어떻게 걸어 다니는지조차 제겐 의문입니다."

기실 귀혈족 사람들 눈에 초족 사람들은 나무 막대기에 지나지 않았다. 목린은 여전히 경악을 금치 못하는 눈초리로 그녀를 보고 있는 의원에게 약간 당당하게 말했다. 억울하단 투도 섞여 있었다.

"저, 제 고향에선 튼튼한 축에 속했어요. 또래 애들 중에 키도 제일 컸고요."

하지만 가슴이 목린의 것보다 훨씬 근육으로 빵빵한 두 남자 사이에서 그녀의 주장은 힘없이 묻혔다. 고려할 거리가 못 되었다.

의원은 흉터가 가득한 뺨을 긁적이며 중얼거렸다.

"열다섯 명은커녕…… 다섯 명조차 꿈도 못 꾸고, 그나마 많으면 최대 두 명 아닐까 싶습니다. 그것도 기적인 축에 속하고, 솔직히 말하자면 한 명 낳는 것도 부인에겐 무리일 것 같습니다."

그리고 언영과 눈을 마주치며 조심스레 덧붙였다.

"솔직히 말씀드리자면, 저라면 지금 상황엔 수태를 막는 약초를 규칙적으로 복용해 부인의 회임을 미룰 것입니다. 몸이 훨씬 더 좋아지고 난 후에 다시 생각해 보겠습니다."

"걱정 마세요. 목린이가 얼마나 멋지고 강한 사람인지 모릅니다!"

언영은 목린을 꽉 안으며 싱글벙글 웃었다. 의원은 천천히 고개를 저으며 차분히 말했다.

"저도 알고 있지만, 이건 그 문제와는 조금 다릅니다."

하지만 언영은 제 의견을 굽히지 않았다.

"목린이는 강한 사람입니다! 뭐든 해낼 수 있다고 믿습니다."

"야, 이 새끼야. 그건 그거고 이건 이거라고."

얌전히 있던 목린의 눈이 휘둥그레 커졌다.

"열다섯 명 낳고 싶으면 네가 낳아."

"저도 할 수만 있다면 그랬을 겁니다. 하하하! 오랜만에 어린 시절 이후 말을 놓아주시니 기분이 좋습니다."

언영이 털털하게 웃자 의원은 답답한지 가슴을 팍팍 내려쳤다.

"네 부인이 넌 줄 아냐! 난 네놈을 받아 준 여자가 있다는 게 가장 신기해! 아 물론 부인, 그렇다고 부인께서 경솔하셨다는 뜻은 아닙니다."

"네……."

목린이 어색하게 답했다. 옆에서 언영은 뜨거운 눈으로 주먹을 불끈 쥐고 주장했다.

"목린이와 저는 운명이 맺어 준 사이입니다."

"운명이 말하는데 네 부인은 열다섯 명 낳을 몸이 못 된다. 임신 자체가 힘들 수도 있어."

"목린이를 얕보지 마십시오!"

"얕보는 게 아니라! 너는 가슴 키울 시간에 뇌 좀 키워라!"

두 사람은 끊임없이 실랑이를 벌였다. 가운데에 낀 목린만이 머쓱한 표정을 지으며 눈치를 보았다. 오늘 못 먹은 밥이 눈앞에 아른거리며 슬퍼졌다.

* * *

훈련장에 다시 가는 미친 짓은 하지 않겠다는 결심은 쉽게 흔들렸다.

그녀의 몸이 좋아지고, 훌륭한 실력을 갖추게 되었을 때, 그리고 비로소 건강한 아이를 가졌을 때 언영이 보일 해맑은 웃음이 눈앞에 그려졌다. 그 다정한 미소를 상상해 보니 의외로 금방 힘이 생기고 용기가 났다. 집 안을 청소하고, 여러 가지 잡일을 해도 시간이 남아돈다는 사실을 운운하며 훈련장을 찾아갔지만 결국 근본적인 원인은 저게 맞았다.

그리고 둘째 날은 첫날보다, 셋째 날은 둘째 날보다 나았다. 처음엔 너무 갑작스럽게 받아들이느라 몸이 놀랐지만, 두 번째, 세 번째 되는 날에는 미리 준비되어 있었다. 이는 그녀를 맞이하는 귀혈족 여인들 또한 마찬가지였다. 대충 목린의 힘이 어디까지 가능한지를 얼추 눈치챈 그들은 과도한 제안을 내던지지 않았다. 목린이 즐겁게 시간을 보낼 수 있는 선에 맞춰 주려고 노력했다. 또한, 가까이 밀착하여 다니니 말이 트지 않을 수가 없었다. 재치 있고 편한 농담이 오갔다.

셋째 날이 되는 날에는 훈련장에서 언영의 모친인 월진과의 조우가 있었다. 월진은 훈련장에서 뛰고 있는 목린을 보고 호탕하게 웃었다. 며느리를 안아 주며 잘할 수 있을 거라고, 약속한 대로 언영 앞에서는 말을 않겠다고 반복해서 맹세했다. 처음엔 당황하고 무서웠던 목린은 진심 어린 응원에 마음이 따스하게 녹았다.

다만 걱정되는 것이 있다면, 점점 많은 사람들에게 연습 시간이 노출될수록, 언영에게 들키는 시점이 앞당겨지리라는 사실이었다. 귀혈족과 보다 잘 어울리기 위하여, 훨씬 건강한 모습의 아내가 되고자 훈련을 한다는 건 하등 괴이한 일이 아니었다. 그런데도 왜, 언영에게 밝히려니 이리도 낯부끄러워지는지 모르겠다. 상상만 해도 얼굴이 화끈거리고 심장이 쿵쿵 춤을 춘다.

그러기를 일주일째 되는 하루였다.

"주언영이 온다! 목린 님! 언영이가 오고 있어요!"

목린의 반대쪽에서 활을 연습하고 있던 다인이 달려오며 외쳤다. 목린은 창을 내려놓고 가장 키가 큰 여인의 뒤에 부리나케 달려가 숨었다. 혹시라도 언영의 눈에 띌까 봐 그렇다. 아직은 그에게 알리고 싶지 않았다.

목린을 비롯한 여인들이 모두 제 일인 양 놀라며 다인에게 급하게 물었다.

"들킨 거야?"

"어디까지 왔어?"

"그건 아닌 것 같아요. 저쪽에 있어요!"

요즘 언영은 마을에서 처음으로 짓는 천문대의 책임자 중 하나가 되어 바쁜 나날을 보냈다. 목린도 몇 번 구경하러 간 적이 있었다.

멀리서 언덕을 내려오고 있는 그는 혼자가 아니었다. 스물이 좀 넘는 사람들이 동반했다. 평소에도 자랑하듯 늘 입고 다니는 현란한 갑옷이 아니라 편한 의복을 입은 모습이며, 땀을 닦는 친숙한 행동을 보아하니 막 오전 작업을 마치고 쉬러 내려오는 길이 분명했다. 평소에는 이쪽이 아닌 다른 경로로 이동하던 무리라서 이렇게 마주친 건 오늘이 처음이었다. 목린의 안색이 파리해졌다.

"목린 님, 저쪽으로 나가세요! 저쪽으로!"

창을 던지는 자세를 가까이서 자주 잡아준 고마운 분이 목린에게 언영이 오는 반대 방향을 가리켰다. 나무가 우거진 숲이라서 무작정 뛰어들기는 겁나는 장소였지만 지금 그런 상황을 따질 겨를이 아니었다. 목린은 짧게 감사하다는 인사를 던지며 종종 달려 나갔다. 뒤로 땋은 머리가 그녀의 등 뒤에서 자유롭게 하느작거렸다.

목린이 사라지고 남은 여인들은 애써 평소와 같은 자세를 잡고 딴청을 부렸다. 언영 일행이 지척에 당도했을 때는 이미 뻔뻔한 가면을 쓰고, 무슨 일이냐는 듯 그들과 인사를 나누었다.

다인은 팔짱을 끼고 다리를 어깨너비로 벌리며 언영과 사람들을 마주했다.

"여긴 왜 왔냐?"

"일부러 온 건 아니고 지나가는 길에 생각나서 들렀어. 훈련하면서 뭐 불편한 점은 없고?"

거리를 돌아다니며 사람들에게 불편한 건 없는지, 개선되길 염원하는 사항은 없는지 묻는 건 족장의 의무와 다름없었다.

"그그그그런 걸 왜 나나나한테 묻냐냐냐냐?"

다인의 눈가 주변이 벌벌 떨렸다. 언영은 짙은 눈썹을 꿈틀거리며 다인을 빤히 내려다봤다.

한편 목린은 허둥지둥 뛰쳐나가던 도중 너무 급한 나머지 창을 놓고 온 사실을 깨달았다. 지금 다시 가지러 갔다간 언영과 맞닥뜨릴 수도 있었다. 그렇다고 그냥 이대로 도망치자니, 훈련장에 있는 창을 언영이 못 알아볼 리 없었다. 목린은 입술을 아그작 깨물었다. 마음대로 되는 게 없었다.

"응?"

그런데 숲에 있는 사람은 그녀 혼자만이 아니었다. 많은 이들의 기척이 느껴졌다. 고작 한두 명이 아니었다. 기합을 넣는 소리와 함께 단체로 동작을 맞추는 낌새가 났다.

목린은 거의 제 허리까지 자라난 풀을 옆으로 치우며 길을 개척해 갔다. 본래 사람이 자주 지나가는 통로가 아니라 그런지 다소 너저분했다.

그렇게 한 손으로 나무를 짚으며 모퉁이를 돌았다.

"……?"

이미 떡하니 자리를 차지하고 있었던 성인 남자와 몸이 툭 부딪쳤다. 당황한 목린은 얼른 사과하려고 했다. 하지만 숨이 턱 막혔다.

남자는 웃통을 입고 있지 않았다. 그 옆의 남자도, 또 그 뒤의 남자도 마찬가지였다. 무더운 여름의 시작이라 갑옷을 완전히 갖춰 입고 훈련을 하긴 너무 고됐다. 모두의 불룩한 흉부가 적나라하게 튀어나와 목린을 맞이했다. 그중에서도 목린은 바로 코앞에 있는 낯선 남자의 가슴팍 탓에 충격에 빠졌다.

한편 숲 바깥에서는 언영이 팔짱을 끼고 다인을 주시했다.

"너 왜 그래?"

"무슨 말인지 도통 모르겠다다다다."

다인의 눈 밑 살이 격동적인 움직임을 보였다. 언영의 눈이 가늘어졌다.

"눈치 없는 나도 이상하게 느낄 정도면 얼마나 네가 어색한지……."

그때 언영의 눈이 위아래로 넓게 뜨이며 번득였다.

"목린아!"

날카로운 비명이 터진 곳으로 언영이 정신없이 뛰어갔다.

예감이 맞았다. 목소리의 주인은 목린이었다. 두 손으로 얼굴을 가리면서 숲에서 콩콩 뛰어오고 있었다. 많이 불안정해 보였다. 언영은 목린의 앞을 가로막고, 달려오는 그녀를 두 팔로 안았다. 그의 가슴팍에 얼굴이 부딪친 목린은 짧게 비명을 질렀다가 그가 제 남편임을 확인하고 입술을 급히 오므렸다.

"목린아. 네가 왜 여기 있어? 아까 비명은 뭐 때문에 그래?"

"서방님, 그게……."

목린은 눈을 꾹 감고 머리를 휘저었다. 머릿속에 남은 생판 모르는 남자의 두둑한 흉부를 애써 지워 냈다. 위에서 언영은 더욱 혼란스러운 눈길로 그녀를 내려다봤다.

목린은 눈치를 보며 주변을 살폈다. 그동안 잠깐이나마 우애를 쌓았던 여인들은 목린이 뭐라고 대답할지 두근두근 지켜보고 있었고, 언영과 함께 온 이들 또한 이쪽에 큰 관심을 보냈다.

보아하니 머지않아 탄로 날 진실이었다. 그렇다면 여기서 허접한 변명을 늘어놔 봤자 소용없었다.

"저 창 기억하시죠. 이걸로 창 던지기를 연습하고 있었어요……."

목린은 팔을 뻗어 커다란 돌에 기대진 제 창을 가리켰다. 무심코 고개를 돌렸던 언영의 입이 떡 벌어졌다.

“정말?”

“네. 다인 님께서 정말 열심히 가르쳐 주시고…….”

“한번 보자!”

언영은 근처에 함께하는 이들을 향해 가운데서 쾌활하게 외쳤다.

“모두 자리 잡아!”

목린이 제지할 기회도 없었다. 귀혈족 사람들은 기다렸다는 듯이 배열을 맞추어 옹기종기 모여 앉았다. 흉포한 덩치에 어울리지 않는 초롱초롱한 눈길을 보내며 서른 명 정도의 귀혈족이 집중을 보였다.

목린은 창을 어색하게 쓸며 물었다.

“언제 할까요?”

“그냥 준비되면 해! 계속 기다릴게!”

언영은 거짓말을 하지 않았다. 이대로라면 정말 일주일 동안 저렇게 기다리고 있어도 이상할 게 없어 보였다. 목린은 머리를 숙이며 작게 대답했다. 가운데에서 실실 웃는 언영을 마주 볼 용기가 나지 않았다.

“네…….”

망했다는 생각밖에는 들지 않았다.

“목린 님, 할 수 있어요!”

“그동안 노력한 걸 보여 주자고요!”

목린을 향해 여인들이 모두 응원의 한마디를 던졌다. 궁싯궁싯

하던 목린은 조금 용기를 얻었다. 적절한 시작점으로 걸어 나가며 언영에게 한 마디 던졌다.

"저, 잘하진 못할 거예요."

"괜찮아! 상관없어!"

그렇게 말한 언영은 본격적으로 목린이 달려 나갈 준비를 하자 두 팔을 쳐들고 함성을 내질렀다. 다인이 시끄럽다고 뒤에서 한 대 머리를 갈기고 나서야 잠잠해졌다.

하지만 조용해졌다고 해서 언영의 존재가 마모된 것은 아니었다. 목린은 언제부턴가 그를 굉장히 의식하고 있었다. 그가 입을 다문다고 해결될 문제가 아니었다. 어차피 이쪽을 주시하고 있을 뜨거운 눈빛이나 다정한 미소는 여전히 함께였다.

"에잇!"

그래서일까, 목린은 완전히 실패했다.

"아아……."

발과 손이 반대로 꼬이고 정신이 흔들렸다. 결국 창을 던지기보단 그냥 바닥에 떨구었다. 오히려 휘청이는 목린의 몸이 더 멀리 떠났다. 한 발로 몇 번 뛰며 넘어지지 않으려 애쓰는 그녀의 얼굴에 참담함이 빗발쳤다.

짧은 기간이었지만 소소하게나마 있었던 목린의 발전을 곁에서 바라봐 온 여인들도 마찬가지로 아쉬움을 숨기지 못했다. 하지만 목린을 생각해서 얼른 감정을 은폐했다.

다인이 재빨리 말을 던졌다.

"야. 목린 님 이것보다 훨씬 잘하시니까……."

"우워어어어어어어!"

언영이 쿵쿵 목린을 향해 질주했다. 기겁하는 목린을 두 팔에 꽉 가두고 번쩍 들어 올렸다. 목린의 볼살이 완전히 눌려서 뭉개졌다.

"목린이 대단해! 너무 대단해!"

이러다가 목린 님 숨 막혀 죽거나 압사당하겠다고, 얼른 놔주는 게 좋겠다고 주변에서 끊임없이 말해 주고 나서야 언영은 아쉬운 듯 목린을 내려놓았다. 그의 눈동자에서 끝까지 감탄이 빛을 냈다.

* * *

언영은 진심으로 감동했다. 목린은 그 점을 이해할 수 없었다.

차라리 그녀의 솜씨가 일취월장했다면 이해가 갔을 터인데 오히려 정반대였다. 있던 감동도 죽이는 실력이었다. 도대체 뭐에 감동하고 뭐가 그리 좋은지 알 수 없었다.

지금만 해도 그렇다. 오늘은 훈련이 아침 일찍 있는 목린이 어쩔 수 없이 새벽부터 기상해 부지런히 머리를 땋고 있는데, 언영이 홀린 표정으로 저만치서 구경하고 있었다.

귀혈족에 가까워지는 모습을 보는 게 그리도 즐거운 걸까. 저렇게 침 흘릴 것 같은 표정으로 앉아 있다면, 목린도 힘이 날 수밖에 없었다. 그가 좋아해 주니 뿌듯했다. 해도 제대로 뜨지 않은 이른 시간이라 남아 있던 피곤함이 가볍게 날아갔다.

"할 말 있으세요?"

목린이 머리를 땋다 말고 휙 고개를 돌렸다. 벽에 등을 기대 편하게 어여쁜 아내를 완상 중이던 언영이 소스라치게 놀랐다.

"아니, 난 그냥…… 머리 땋는 모습이 너무 예뻐서."

언영이 이제 막 첫사랑에 빠진 순수한 소년처럼 눈을 아래로 깔며 중얼거렸다. 그 또한 나갈 준비를 마치고 의복을 다 차려입은 상황이었다. 하지만 목린의 모습을 마저 구경하기 위해 바깥으로 몸을 내딛지 못하고 있었다. 그 모습에 괜히 목린 또한 부끄러워져, 땋은 머리를 손가락으로 돌리며 시선을 피했다.

심장을 콕콕 찔러대는 간질간질한 침묵이 잇따랐다. 두 사람 모두 어색하게 몸을 움직였다.

잠시 뒤 언영이 번쩍 고개를 들며 물었다.

"저, 내가 한 번만 묶어 줘도 될까?"

"네? 서방님도 할 줄 아세요?"

"당연하지. 누이만 셋인데. 해 줘도 돼?"

목린은 잠깐 고민하는 모습을 보이다가 금방 대수롭지 않게 끄덕였다. 누이도 셋이나 있는 데다가, 남자들도 머리를 기르고 묶는 곳이니 못해도 뭐 얼마나 못하겠냐는 생각이었다. 저번에 오두막에서 현화라는 아이를 달래 준 행동만 봐도 그가 어린 누이들 다루기에 익숙하다는 것이 보였다.

목린의 허락이 떨어지자마자 언영은 벌떡 일어났다. 화려한 대모로 만든 빗을 한 손에 쥐고 그녀의 뒤에 앉았다. 그리고 정성스럽게, 위에서부터 엉덩이까지 닿는 긴 생머리를 끝까지 주의 깊게 빗겨 주었다. 잠깐 그가 힘만 주면 부러질 것 같은 빗은 제 소임을 열심히 다 했고, 언영의 눈은 어느 때보다도 진지했다. 다 빗겨 놓고는 마음에 들었는지 정수리에 입술을 쪽쪽 쪼아 댔다. 목린이 부끄럽게 웃으며 얼른 묶어 달라고 하니 그제야 아쉬운 표정으로 물러섰다.

"흠……."

언영은 목린을 머리카락을 쥐고 본격적으로 묶을 준비를 했다. 이게 뭐라고 심호흡까지 반복했다. 목린은 그의 손이 어떻게 움직이고 있는지 제대로 볼 수 없었다. 하지만 가끔 두피가 아프지 않을 정도로 당기는 느낌이나, 언영이 열심히 움직이는 듯한 소리가 들리는 걸 보면 무슨 일이 벌어지고는 있었다.

"서방님. 지금 땋고 계시는 거예요?"

시간이 얼마 지나 목린이 먼저 조심스럽게 물었다.

그녀가 눈에 담고 있는 면경을 보면, 언영이 분명 뒤에서 고심한 표정으로 뭔가 꼼지락거리고는 있는데 도무지 끝날 기미가 보이지 않았다. 계속 같은 곳만 풀었다 땋기를 반복하고 있는 것이 분명했다. 혹시 까먹었다거나 아니면 괜히 잘 보이고 싶어 으스댔던 거라면 제대로 알려 줄 참으로 목린은 입술을 뗐다.

"아니, 어, 그러니까……. 잠깐만."

하지만 언영은 귀를 벌겋게 붉힐 뿐이지, 그녀의 윤기 나는 머리카락을 놔주지 않았다. 가까이서 보면 뭐가 달라지기라도 할 것처럼 허리를 잔뜩 굽혀 몸을 바싹 붙이곤 머리칼을 내려다보는 중이었다.

“그러니까, 원래는 땋아 줄 참이었는데 더 괜찮은 생각이 떠올라서 말이지. 잠시만.”

“…….”

아래에서 자신 없게 꼼지락거리던 언영의 손은 갑자기 위 가닥의 모발을 덥석 붙들었다.

목린은 면경을 통해 현란하게 움직이는 언영과 급격하게 변하는 제 머리의 변화를 구경했다. 그가 점점 더 색다른 도전을 추구할수록 목린의 낯빛이 안 좋아져 갔다. 하지만 굉장히 신나 보이는 그의 안면에 대놓고 침을 뱉듯 그만해 달라 요구할 수는 없었다.

“됐다!”

언영이 자랑스러운 표정과 함께 뒤로 물러섰다. 이마에 맺힌 식은땀을 손으로 쓸며 닦아냈다.

“아…….”

오른쪽 위에 높게 묶인 몇 가닥은 엉성하기 그지없었다. 왼쪽으로는 귀와 같은 높이에서 포박된 모발이 달랑거렸는데, 네 살 아이도 이렇게 우스꽝스럽게 다니지 않을 것 같았다. 왼쪽으로도, 오른쪽으로도 환영받지 못한 나머지 머리카락은 언영이 옆으로 멋대로 ‘땋아 놓았다.’ 그것은 사실 어떻게든 꼬아 놓은 것에 더 유사했다.

“이쪽으로 돌아봐.”

후방에서 들리는 언영의 뿌듯한 목소리 탓에 목린은 난감해졌다. 언영이 일부러 이런 짓을 할 사람은 아니었다. 목소리에서부터 기대감이 물씬 풍겨오지 않는가. 애써 땀을 뻘뻘 흘리며 만든 결과물이 이렇다는 거에 그가 미안해할까 봐 걱정이었다.

목린은 언영을 향해 조심스럽게 몸을 틀었다.

"서방님……. 정성만으로도 저는 괜찮아요."

부부의 눈이 마주쳤다. 그리고 언영의 동공이 벼락 맞은 것 같은 목린의 머리를 빠르게 훑었다. 목린은 그 안에 경악이 스며드는 모습을 실시간으로 목도했다.

"사과하실 필요 없……."

"정말 예쁘다, 우리 목린이!"

언영이 좋아서 어쩔 줄 몰라 했다. 양손으로 목린의 얼굴을 즉각 감쌌다. 탱탱한 볼살이 쏠리면서 목린의 입술이 삐죽 튀어나왔다. 언영은 그 위에 입을 맞춰댔다. 짝짝이로 묶인 목린의 양쪽 머리채가 흔들거렸다.

* * *

"재는 작년 여름보다 가슴이 더 커진 것 같다."

"땀으로 번들거리는 것 좀 봐."

"……."

처음에는 기겁하며 감히 시선을 '저쪽'에 둘 엄두도 못 냈던 목린도 언제부턴가 빤히 구경하는 이들 중의 하나가 되었다. 처음엔 근육진 가슴이 징그럽다고 생각했는데 이젠 아니었다.

무더위가 코앞에 다가오면서, 보란 듯이 여인들의 훈련장 앞에서 남자들이 상반신을 탈의한 채 뛰고 있었다. 땀으로 번들거리는 요철한 몸이 햇빛을 받아 찬란하게 빛났다. 근육으로 가득 차 불룩한 그들의 흉부가 달리는 과정에서 흔들거렸는데 그 모습이 가히 예술이었다. 배는 모두 군살 하나 없이 복근으로 빽빽했다.

이왕 이렇게 된 거 그냥 오늘은 쉬고 감상하는 게 어떻겠냐고 하면서 여인들 몇몇이 잘 익은 수박을 여러 개 들고 왔다. 과도 같은 건 없었다. 주먹질 한 방으로 조각내어 사방에 돌렸다. 결국 모두 훈련을 멈추고 자리에 편하게 앉았다.

사내들은 여전히 뛰고 있었다. 미혼의 여인 몇몇은 점찍은 사내와 은밀히 눈빛을 교환하는 중이었다. 몸에 대한 감탄이 여인들 입에서 자연스레 쏟아져 나왔다.

목린은 가장 조용한 구석에 앉아 남자들을 힐끔힐끔 바라보다가 상념에 잠겼다.

저들의 벌거벗은 상체를 보다 보면 저절로 언영과 보내는 밤 생각이 났다. 양쪽으로 떡 벌어진 그의 두툼한 몸이 시야를 아예 완전히 가리고, 그것과 빈틈없이 맞붙어서, 서로의 살 냄새에 흠뻑 취해 두 몸을 비비고, 합치고, 한쪽이 다른 한쪽을 장악하고…….

목린은 들고 있던 수박을 서둘러 내려놓고 양쪽 볼을 찹찹찹 손으로 때렸다. 대낮에 그런 음탕한 상상을 하다니, 미쳐 버린 게 틀림없었다. 이제는 신당에 가서 기도도 딱히 드리지 않는다. 치욕스러운 일이란 걸 앎에도 서방님이랑 더 하고 싶었다.

얼굴을 때리는 과정에서 양 가닥이 모두 흔들렸다. 언영은 진심으로 그가 묶어 준 머리에 감탄했다. 하여 목린은 이게 귀혈족에서 통하는 외형임을 억지로나마 이해해야 했다. 딱히 마음에 드는 귀혈족 문화는 아니었으나(사실 끔찍하게 싫었으나) 좋은 것, 마음에 드는 것만 가려서 받을 수는 없었다. 특히나 이곳에 뿌리박고 살게 되었다면 더욱.

하여 목린은 언영이 묶어 준 그대로 밖으로 나왔다. 신경 써준 언영을 위한 나름대로 고마움의 표현이었다. 오는 길에서도, 훈련장에서도 모두 그녀의 머리를 힐끔 보고 갔지만 이상하다고 하는 이 한 명 없었다. 약간 자신감이 생기려 했다.

"목린 님! 저희랑 같이 계곡에 가요!"

갑자기 작은 두 여자아이가 측면에서 쪼르르 달려왔다. 언영의 두 동생이었다.

목린은 서둘러 자리에서 일어났다. 그러자 두 동생 중 어린 혜영은 기다렸다는 듯 목린의 다리를 끌어안았고 화영은 목린의 옷깃을 잡아당겼다.

"같이 놀러 가요!"

"안녕하세요. 저, 막내 아가씨는 어디 계세요?"

"선영이는 작문 과제를 다 못 끝냈대요!"

"그래도 선영 아가씨도 기다렸다가 함께 가는 게 좋지 않을까요?"

"오늘 안에 못 끝낸다고 들었어요!"

아무리 그래도 가장 어린 막내를 두고 가는 건 좀 미안하지 않은가. 목린이 선뜻 답하지 못하고 망설이고 있을 때 옆에서 다인이 호탕하게 말했다.

"걱정 마세요, 목린 님. 저 남자들 내일도 이러고 있을 거예요. 감상할 기회는 많아요."

"아니에요. 그런 게 아니라……!"

주변의 모든 여인이 등을 젖히고 웃었다. 목린의 얼굴이 사과같이 붉어졌다. 팔을 흔들며 부정해도 소용이 없었다. 옆에서 혜영이 나지막하게 중얼거렸다.

"우리 오라버니가 제일 멋있는데 저런 거 왜 봐요? 오라버니가 잘 안 보여 줘요?"

언영의 두 누이와 목린을 뺀 모두 박장대소했다. 목린은 어쩔 줄 모르며 혜영의 입을 손으로 막으려 했다.

"아니에요, 그런 거……!"

"그러면 잘 보여 줘요?"

"잘…… 보여 줘요. 그러니까 그만……."

이젠 모두가 배를 잡고 구르고 있었다.

"잘 보여 주면 뭐가 문제예요? 내가 알기론 오라버니 몸이 제일 크고 멋있는데. 안 그래요?"

목린은 결국 울면서 먼저 계곡 쪽으로 뛰쳐나갔다. 화영과 혜영은 같이 가자고 해맑게 뒤쫓았다. 목린은 뒤에서 역시 신혼은 귀엽다고 껄껄 웃는 소리를 어렴풋이 들었다.

천진난만한 두 아이는 계곡에 당도하자마자 바로 옷을 훌러덩 벗고 뛰어들었다. 첨벙첨벙하는 소리가 여름의 감성을 온전히 전달했다.

계곡은 적당한 위치에 있었다. 너무 사람들이 사는 동네에서 위험할 정도로 멀지도 않고, 누군가가 기웃거리다 발견할 정도로 근접하지도 않았다. 많은 나무가 지나치게 내리쬐는 햇빛을 적당히 가려 주었다. 목린은 괜찮아 보이는 곳에 자리를 잡고 앉아 신을 벗었다. 바지를 무릎까지 당기고 하얀 발을 물에 담갔다. 차가움이 주는 짜릿함에 귀엽게 살짝 미간을 좁혔다.

"아가씨들, 너무 깊게 들어가시면 안 돼요!"

"걱정 마세요! 여기 안 깊어요!"

"그래도 조심하세요! 물살이 빨라질 수 있어요."

"네에!"

언영의 누이들은 성격이 매우 활발할 뿐이지, 말을 안 듣는 말썽꾸러기는 아니었다. 누가 봐도 수심이 얕고 안전한 곳에 모여 둘이서 물장구를 치고 놀았다. 그 모습을 구경하는 목린의 얼굴에 절로 흐뭇한 미소가 떠다녔다. 훌륭한 안식처를 찾은 것 같았다.

"목린 님도 들어오세요! 여기 엄청 시원해요!"

"아무도 안 오니까 걱정 마세요!"

두 소녀가 손을 휘저으며 말했지만 목린은 고개를 저으며 배시시 웃었다. 그리고 물에 담그고 있던 발을 살짝 들어 보였다.

"아니에요. 저는 이렇게 발만 담그고 있어도 좋아요. 신경 써 주셔서 고맙습니다."

사실이었다. 또 무엇보다 설령 덥더라도 끝까지 이 자세를 고집했을 것이다. 아무리 애들 앞이라도 저들의 오라비가 밤새 그녀의 가슴팍에 얼굴을 묻으며 물고 핥고 빤 자국을 보여 줄 수는 없는 노릇이었다.

발을 흔들거리며 푸른 물의 요동을 구경하고 있는데, 갑자기 화영이 물에 젖은 머리를 뒤로 넘기며 물었다.

"목린 님, 목린 님은 오라버니 어디가 좋아서 반한 거예요?"

"어……."

목린은 발길질을 멈추고 머뭇거렸다. 언제부터인지는 몰라도 목린이 왔을 때는 이미 서로를 보자마자 눈에 담은 운명의 연인으로 소문이 나 있었다.

"서방님은 멋있으시죠."

목린이 모호하게 말했다.

"정확히 어디가 멋있었어요? 처음 봤을 때?"

"어……. 그냥 전부 다?"

목린은 자신의 표정이 어린 애들에게 어색하게 보이지 않기를 바랐다.

"저, 서방님이 그러셨어요? 저희 둘이 서로에게 반했다고?"

"네. 이웃 부족들도 다 아는걸요."

언영에게 진실을 비밀로 하는 게 낫겠다고 더욱더 확신하게 되는 계기가 되었다. 목린은 그가 자괴감을 느끼지 않길 바랐다.

대화를 다른 쪽으로 틀고 싶었다. 그래서 이번엔 먼저 질문을 던졌다.

"그러면 서방님께서…… 제 어떤 모습을 특히 좋아하셨는지도 아세요?"

언영에게 직접 묻기엔 좀 부끄러웠다.

이건 단순한 호기심 그 이상이었다. 목린은 첫눈에 반하는 사랑이 영원할 수는 없다고 생각했다. 언젠가 그에게 버림받지 않으려면 그가 호감을 느끼는 면모를 꾸준히 지켜야 할 터.

"글쎄요. 보자마자 딱 알았다고 하시던데요."

목린의 마음에 썩 드는 답변은 아니었다.

모르겠다. 애초에 영구적인 사랑을 바라고 그와 혼인을 결심한 것이 아닌데. 그저 그가 설령 둘의 관계가 끝에 망가진다고 한들, 그녀를 끝까지 존중해줄 것 같아 선택했던 것인데. 왜 인제 와서 사랑이 욕심나는지 모를 일이었다.

목린은 누군가에게 첫눈에 반한 경험이 있었다. 그리고 그건 사랑이라고 부르기도 쪽팔릴 만큼 짧고 미지근했다. 그가 그녀의 환상과 다른 이라는 순간 바로 깨져 버린 헛된 망상에 불과했다.

언영이 그녀의 무얼 보고 좋아하게 되었는지만 알게 된다면 그에 꾸준히 맞춰 줄 수도 있겠는데, 그냥 보자마자 알았다니. 너무도 추상적인 데다가…… 솔직히 목린이 보기엔 너무도 이해할 수 없는 행동이었다.

"어?"

하지만 지금은 그보다 더 목린의 관심을 빼앗아 간 것이 따로 있었다.

"화영 아가씨, 등에 화상 자국이 있네요?"

어린아이의 등에 새겨지기엔 너무도 가혹해 보이는 상처였다. 화영은 고개를 돌려 등 쪽을 힐끔 보며 입을 열었다.

"아."

"죄송해요! 이상하다는 뜻으로 물어본 건 아니었어요. 그저 어떻게 생긴 건지 궁금하여……."

"오라버니께서 저를 지켜 주신 날에 생겼어요!"

안절부절못하는 목린과 달리 화영이 위풍당당하게 웃었다.

"제게는 매우 뿌듯하고 자랑스러운 영광의 상처예요!"

"예?"

"언니!"

그때 갑자기 계곡으로 들어오는 길에서 어린아이의 외침이 들리며, 목린이 질문을 더할 기회가 날아갔다. 익숙한 목소리임에도 세 여자는 몸을 움츠리며 경계했다.

풀을 헤치고 걸어오는 꼬마는 다름 아닌 언영의 막냇누이 선영이었다. 아이가 씩씩거리는 얼굴로 뛰어왔다.

"나만 빼고 놀러 가고!"

선영이 주먹을 허공에 휘두르며 외치자 두 자매는 눈길을 얼른 피했다.

"오라버니한테 이를 거야!"

"아가씨! 여기까지 위험한데 혼자 오셨어요! 어서 우리랑 같이 놀아요."

울먹거리고 있는 선영을 향해 목린이 팔을 뻗으며 종종걸음으로 달려갔다. 급하게 움직이느라 신도 다시 신지 못했다. 선영의 눈도 그녀 쪽으로 향했다.

"어?"

선영이 휘둥그레진 눈으로 목린의 머리를 가리켰다.

〈다음 권에서 계속〉